涌动的羊湖

时代出版传媒股份有限公司
安徽文艺出版社

作者介绍

贺贵成，1963年生于四川省射洪县。大学本科学历。中国作家协会会员，四川省作家协会报告文学专委会委员，四川省巴金文学院签约作家，四川大学客座教授。1980年10月应征入伍，先后在青藏高原和四川盆地服役24年。因工作勤勉，曾8次荣立二、三等功。2003年12月自主择业，曾在四川电视台《税收与法制》和《四川地矿》栏目任主编、中共四川省委组织部《共产党人》声像杂志任责任编辑、中共四川省委《四川党的建设》杂志社办公室任副主任、编辑部任副主任、精神文明报社任副总编辑。20世纪80年代开始文学创作，共发表文学作品400多万字，其中20多篇（部）作品获得省级以上文学奖。与人合著出版报告文学集《扫尽贪官》《柏油路上的"战争"》《忠诚卫士故事集》《铸剑橄榄绿》等10多部作品。个人已出版报告文学集《昆仑作证》，长篇报告文学《醉风景》，影视剧作集《热血丰碑》，30集长篇电视剧作《生命线》，电视专题片解说词集《人生路》，长篇小说《黑飘带》（被四川人民广播电台改编制作成5集同名连续广播剧，并获得中国优秀广播剧大奖）、《天路尖兵》（入选解放军文艺出版社成立60周年暨建党90周年"百部优秀作品"）、《守四方》（入选中华人民共和国70华诞献礼作品）、《雪域高原》（献礼中国共产党百年华诞作品），网络长篇小说《绽放》等。

涌动的羊湖

YONGDONG DE YANGHU

贺贵成 著

时代出版传媒股份有限公司
安徽文艺出版社

图书在版编目（CIP）数据

涌动的羊湖/贺贵成著.—合肥：安徽文艺出版社,2024.1
ISBN 978-7-5396-7596-1

Ⅰ．①涌… Ⅱ．①贺… Ⅲ．①长篇小说－中国－当代 Ⅳ．①I247.5

中国版本图书馆 CIP 数据核字(2022)第 222878 号

出 版 人：姚　巍
责任编辑：周　丽　　　　　　装帧设计：徐　睿

出版发行：安徽文艺出版社　　www.awpub.com
地　　址：合肥市翡翠路 1118 号　邮政编码：230071
营 销 部：(0551)63533889
印　　制：合肥创新印务有限公司 (0551)64456946

开本：710×1010　1/16　印张：22.5　字数：420 千字
版次：2024 年 1 月第 1 版
印次：2024 年 1 月第 1 次印刷
定价：85.00 元

(如发现印装质量问题，影响阅读，请与出版社联系调换)
版权所有，侵权必究

艰难困苦是人类达到目的的障碍,能闯过难关的人,自然是生活的强者。在世界屋脊的"生命禁区",生存固然不易,奋斗就更加困难,而最令人惊叹的是中国军人在雪域高原艰苦奋斗所创造出的奇迹。

——题记

目　　录

用忠诚和生命铸就世界屋脊的丰碑　江村罗布 / 001

序曲 / 001

第一章 / 009

第二章 / 026

第三章 / 044

第四章 / 054

第五章 / 060

第六章 / 074

第七章 / 083

第八章 / 101

第九章 / 109

第十章 / 116

第十一章 / 136

第十二章 / 143

第十三章 / 164

第十四章 / 201

第十五章 / 210

第十六章 / 236

第十七章 / 248

第十八章 / 272

第十九章 / 282

第二十章 / 291

第二十一章 / 297

第二十二章 / 305
第二十三章 / 316
第二十四章 / 320
第二十五章 / 329
尾声 / 332

后记　书写英雄壮举　赞颂英雄精神 / 341

用忠诚和生命铸就世界屋脊的丰碑

江村罗布

1985年夏天,在西藏自治区成立二十周年大会上,时任国务院副总理的李鹏同志饱含深情地宣布:"我代表党中央、国务院,把建设羊湖电站作为一份礼物,献给西藏人民,造福西藏人民。"

"羊湖"的全称叫"羊卓雍措",藏语意为"碧玉湖",是西藏三大圣湖之一,汉语意为"仙女掉落的耳坠",无论从哪个角度看都很美。在羊湖电站工程建设期间,我曾多次前往工地看望、慰问武警水电三总队的官兵,所以比较了解羊湖电站建设工程的全过程。

党中央、国务院决定修建羊湖电站,其目的是缓解拉萨市电力供应紧张的状况。由于羊湖为高海拔封闭式湖泊,有特殊的水文、地质、生态属性,考虑到电站建成后会使羊湖水位下降而影响生态环境,为慎重起见,1986年7月国家计委决定缓建开工不到一年的羊湖电站。缓建期间,武警水电羊湖工程指挥所以服务西藏人民为己任,积极协助设计单位对电站进行深入细致的再勘测、再论证和再设计。历经整整三年时间,经过充分的勘测设计和科学论证,1989年8月,国家正式批复羊湖电站复工。电站由原单纯引水发电工程修改为既发电又抽水蓄能的水电工程,确保不降低羊湖的水位,保持湖区生态平衡,满足拉萨电网调峰生产运行的需要。

在平均海拔4000多米的西藏,蕴藏着十分丰富的水力资源。然而,由于高寒缺氧、环境恶劣、交通不便等因素,这块占祖国版图八分之一、面积达122万多平方千米的辽阔地域,亘古以来处于封闭和落后状态。20世纪80年代初,在全国28个无电县中,西藏就占了21个,甚至连自治区首府拉萨也缺电30%,千家万户连基本的照明都难以保障,工业用电更为短缺,拉萨市仅有的几家工厂经常因停电而停产。过去的西藏是一个严重缺电的地方,"点酥油灯照明,烧牛粪做饭"曾经是藏族百姓生活的真实写照。

改革开放之后,党中央、国务院和西藏自治区党委政府十分重视西藏水电能源建设。1985年,中央军委赋予武警水电部队一项新的历史使命——

担负青藏高原重大水电工程建设任务。从那时起,这支历经战火硝烟,治理过淮河水患,建造过国家大型水电工程的专业化部队移师进藏,开始了他们在"生命禁区"建造电站,为藏族百姓送光明、谋福祉的漫漫征程。

羊湖电站作业区大部分在海拔4400米的岗巴拉山上,据科学测定,这里的含氧量仅为海平面的一半,人即使躺着不动,其体力消耗也相当于在内地负重20公斤从事体力劳动的消耗。刚到羊湖电站工地,官兵们都不同程度地出现呼吸困难、胸闷、头疼、呕吐、流鼻血、口唇干裂等高原反应,有的甚至患上肺水肿、脑水肿……但恶劣的环境并没有吓倒他们。

党和国家领导人曾多次到羊湖电站建设工地视察或题词勉励,给广大官兵带来亲切的关怀和巨大的鼓舞,激发他们建好羊湖电站工程的斗志。

为了使羊湖电站早日建成投产,发挥效益,西藏自治区党委政府把羊湖电站建设列为自治区"重中之重"的工程,特事特办,破例实行巨额财政垫支和税收免征的特殊优惠政策,凡羊湖电站工程需要地方政府解决的困难,各有关部门必须"急羊湖之所急,想羊湖之所想",积极认真落实。

羊湖电站建设工程开工以来,几届西藏自治区党委领导班子和武警部队水电指挥部多位领导同志,都十分关心工程建设情况,多次亲临现场,亲自指挥。

西藏自治区党委领导高度评价武警水电三总队说,官兵们靠着艰苦奋斗创造了奇迹,也只有人民军队才能创造这样的奇迹。水电官兵在赤诚奉献建设羊湖电站的过程中,形成了"团结协作、顽强拼搏、无私奉献、科学进取"的精神品格,这就是"羊湖精神",是对"两路精神""老西藏精神"的继承和发展。

1998年9月18日,羊湖电站通过国家验收,交付地方使用,由此使拉萨电网增加了两倍以上的电力,西藏的总装机容量首次突破了30万千瓦,大大改善和提高了西藏各族群众的生活质量。官兵们用忠诚、青春、热血和生命在世界屋脊铸就的羊湖电站,就像一座高耸入云的丰碑,永远镌刻着他们为西藏的经济建设和社会发展做出突出贡献的辉煌业绩。

军人出身的作家贺贵成怀着对高原军人的诚挚敬意,用满腔的激情,先后采访一百多位当年建设羊湖电站工程的老军人,又深入羊湖电站实地了解情况,体验生活……创作出了长篇小说《涌动的羊湖》。

这部小说语言朴实无华,呈现在大家面前的是一组真正顶天立地的英雄群像,一种堪与日月争辉的献身精神。主人公石方竹的原型来自于当时全军唯一基层带兵的总队长、女大校方长铨同志。无论在国内还是国外,女性搞水电的都很少,像方长铨同志这样一辈子搞水电的就更少了。羊湖电站上马以来,对西藏情有独钟的她挂帅进藏。十多年高原缺氧的折磨,致使她多种疾病缠身,身体受到了很大的损害,但巨大的精神力量仍支撑着她在工作岗位上奋斗。她率领三千多名军人在极其恶劣的环境里和艰巨至极的工程任务面前,以勇于奉献、敢于牺牲的豪情和钢铁般的意志克服种种难以想象的困难,完成了举世瞩目的羊湖电站建设工程。

谨以此序向羊湖电站工程建设者及那些有名或无名的英雄致敬!

(江村罗布,西藏自治区人民政府原主席)

序　曲

　　万万没有想到的事情发生了,官兵们惊得目瞪口呆。

　　这天下午3时,蓝天白云,阳光和煦,是高原难得的好天气。然而,高原的天气就像娃娃的脸,说变就变,一天之内,能经历春、夏、秋、冬四季的变化。

　　两千多名官兵整齐有序地坐在羊湖电站宽阔的厂区,满脸都是喜悦,因为他们日日夜夜奋战了五六年时间建设的羊湖电站,终于迎来首台机组充水调试的庆祝大会。

　　主席台上方巨大的横幅上写着:羊卓雍措抽水蓄能电站首台机组充水调试庆祝大会。主席台两侧分别是巨幅标语:团结奋斗顽强拼搏世界屋脊建电站,艰苦创业无私奉献雪域高原铸军魂。

　　广播播放着气势磅礴、热情奔放的《中国人民解放军进行曲》,伴随着武警官兵们的热烈掌声,中央领导人在部队首长和西藏自治区领导的陪同下,健步走上主席台,为羊卓雍措抽水蓄能电站首台机组充水调试剪彩。

　　欢快的锣鼓响起,喧天的鞭炮炸响,热烈的掌声经久不息,欢乐的声浪在山谷中久久回响。

　　接着,电力工业部万部长宣读了电力工业部的决定:"授予武警水电第三总队'世界屋脊水电铁军'的光荣称号"。

　　全场响起了潮水般的掌声。

　　总队长石方竹大校、总队政委陆丰大校满面春风地抬着一块写着"世界屋脊水电铁军"的金光闪闪的奖牌向主席台下的官兵们展示。

　　掌声,又是一阵雷鸣般的掌声,官兵们似乎使出了施工时的劲头鼓着掌。

　　这经久不息的掌声中,包含着官兵们对几年来在高原鏖战的艰苦岁月的回忆,包含着他们的酸甜苦辣。在建设羊湖电站的五六年时间中,不到十九岁的山东籍新战士张顺,进藏仅有七天,因为高寒缺氧,患了脑水肿,倒在"四通一平"的工地上,再没有醒来;十二支队一连的副连长苏明,牺牲在打引水隧洞时的大塌方中,真是惨不忍睹啊;十二支队一连的老兵吴忠海,牺牲在打引水隧洞的涌水中;总队机关炊事员杨成钢,还没有等到他恢复志愿兵资格的那一天,便牺牲在曲水县的特大山体滑坡的抢险之中;总队机电处处长刘富盛,在送资料到西藏电力厅返回途中,为了躲让横穿公路的牦牛,车翻到山坡下,不幸牺牲,让深爱着他的官兵们泪湿衣襟!

首台机组充水调试庆祝大会结束后,官兵们兴高采烈地等着晚上的庆功会餐,还有电影晚会,电影不仅有国产故事片《红高粱》,还有美国故事片《廊桥遗梦》。为了庆祝羊卓雍措抽水蓄能电站首台机组充水调试的成功,昨天政治部专门通知各基层单位组织官兵统一到总队大院观看电影。

十二支队一连的官兵,坐在回连队的东风卡车车厢里,高兴得手舞足蹈,有说有笑。

"哈哈哈,今天真是幸福的一天啊,晚饭有大餐,吃过饭还有大片看哟!"

"是啊,苦活干了几年了,是该好好享受了哟!"

"累了几年了,吃完晚饭,看完电影,然后就该好好地睡个懒觉了!"

然而,谁也没想到,大地发生了微微颤抖,随之而来的是羊湖电站隧洞发生了塌方的消息……

总队领导惊呆了,修建进水口的十一支队官兵惊呆了,打通引水隧洞的十二支队官兵惊呆了,建好电站厂房、调压井和沉沙池的十三支队官兵惊呆了……

"怎么可能发生这样的事呢?"

"怎么可能出现这样的问题呢?"

官兵们发出一阵阵疑问。

"肯定是隧洞出了问题!"石方竹脸色惨白地说。

"不可能的!石总放心吧!隧洞固若金汤,不会有问题的!"后勤部部长徐成强操着东北口音安慰石方竹。

"开什么玩笑呢?5883米长的引水隧洞,官兵们建设得如磐石般坚硬呢!怎么可能塌方了?"与石方竹一起走到总队机关大门口的总队政委陆丰说道。

"这声音不对,我立马打电话到厂房问问。"石方竹跑步上了二楼的办公室。

石方竹的右手有些颤抖地拿起电话筒,通过总机接通了电站厂房的值班电话,声音颤抖地问:"我石、石方竹,我问一下,电站现在还能正常运行吗?"

"报告石总,电站的进水越来越小了,不能正常运转发电了!"

话筒咚的一声掉在了办公桌的桌面上,石方竹一下子瘫坐在椅子上,眼睛怔怔地盯着对面墙壁上西藏自治区羊卓雍措抽水蓄能电站建设工程的总体布置图……

过了片刻,两行清泪顺着她疲惫不堪的面颊流了下来。

她突然想起当年自己在国家电力部万部长面前立下的军令状:"我会不辱

使命,不负人民!如果我修建的羊湖电站出了事,我愿意接受法律的制裁!"现在想来,觉得自己当时把话说得太绝了,没有留下一点余地。

石方竹抓扯着几把已经斑白的头发……然后,她打电话让徐秘书立即通知总队班子成员前往电厂的出水口现场处理情况。

通知完徐秘书,她整理一下头发,站了起来,戴上警帽,转身走出了办公室,走下办公楼,在大楼前碰到了一口接一口地吸着烟的后勤部部长徐成强,还有一脸沉重的总队司令部参谋长龙大佩。

"石总,我们的施工质量管理抓得那么严,怎么会出问题呢?"龙大佩痛苦地说。

"石总,隧洞出现的垮塌,没有您想象的那么严重吧?"徐成强说。

"也许是吧!走,都去出水口现场看看,究竟问题出在什么地方。"石方竹一说完,也没有多看龙大佩和徐成强,便径直地朝总队机关大门口走去。

石方竹、龙大佩和徐成强等人来到出水口,只见浑浊的水流出来,而且水量也不大。

讨论后,大家都认为如果是正常的情况下,应该是清水从出水口奔流而下,只有隧洞出现了塌方,才会有浑浊的泥沙夹杂着羊湖水流出来,而且水量也变小了。

大家的看法是一致的,都望着石方竹。

石方竹咬了咬干裂的嘴唇,对身旁的徐秘书说:"你快去,快去电话通知,把进水塔的拦水闸放下来关闭进水口。"

"是。"徐秘书便朝厂房中控室跑去通知进水塔的连队关闭进水闸门。

"就算关闭了进水闸门,等到9000米长的引水隧洞、地下埋管和地面钢管内的水排放干净也要一两天时间,之后才能发现事故的原因。"龙大佩说。

"是呀,是呀!"其他人也附和着。

"那我们现在咋办?"

"只能干瞪眼,着急也没有用。"

大家脸色阴沉且无奈。

石方竹一脸痛苦地转身走了。

"您去哪里?"徐成强望着石方竹的背影问道。

"别管我,我想独自走走!"石方竹头也不回地说。

这时,政委陆丰问徐成强:"也不知道石总打电话向水电指挥部报告了隧洞出现事故的情况没有?"

"出这么大的事情,大家现在心里很难受,哪顾得上呢?"徐成强说。

"唉,刚才大家还是锣鼓喧天、喜笑颜开,现在都愁眉苦脸!"陆丰说。

"唉,谁说不是呢?"徐成强懊恼地说。

心绪不宁的石方竹希望自己一个人不受干扰地独自走走,却迷糊中绕过十三支队营房,朝着半山坡上走去。

半山坡上是一块墓地。

她气喘吁吁地爬上去,在墓地边的石头上坐下来,仰望着天空。

等她冷静下来后,她突然想到,自己对不起这五六年时间修建羊湖电站的几千名官兵,更对不起牺牲的战友!今天羊湖电站隧洞出现的垮塌事故,给国家造成了巨大的损失,作为总队长、总工程师,自己必须要勇于承担责任。说不定明天或后天,自己就要被隔离审查,然后受到审判……

待气息均匀了,身心疲惫的石方竹站了起来,望着墓地上的五座坟茔,悲痛地喃喃道:"我对不起你们,我带领你们修建的羊湖电站,今天首台机组充水调试失败了,我辜负了大家的殷切希望。你们把自己的青春留在了西藏,留在了雪域高原……"说着,她泪流满面了。

瞬息,天空变得黑沉沉的,随即电闪雷鸣,倾盆大雨。

她无力地瘫坐在坟墓前,过了一会儿,她又强迫自己站了起来。

大雨浇透了她的全身,她向五座墓碑庄重地鞠躬后,不由得栽倒在地……

晚饭时,总队机关的食堂里,十多张饭桌上摆放着丰盛的饭菜,每张饭桌上都摆着两瓶庆功的白酒。按计划,今天晚上大家要好好庆祝一下羊卓雍措抽水蓄能电站首台机组充水调试的成功,但是,出乎意料的事情却发生了……

只有少数人在静静地、慢慢地吃着饭,没有谁打开酒瓶喝酒,大家心情都很沉重。

总队政委陆丰、参谋长龙大佩、后勤部部长徐成强,脸色沉重地吸着烟。大家都在等石方竹回来一起吃饭。

一位领导问:"石总到哪里去了呢?"

陆丰说:"也许在办公室吧!出了这么大的事故,她心里肯定很难受!"

龙大佩透过玻璃窗,看到室外大雨如注,说:"下这么大的雨,她能到哪里去呢?"

徐成强说:"是不是去她女儿的医院了?"

陆丰说:"那抓紧打电话去医院问问。不管遇到多大的事情,饭总得吃吧!"

徐成强扔掉烟头,对坐在他对面的党委秘书徐航说:"徐中校,徐秘书,你快去打电话,看看石总在不在办公室。如果不在,就打电话到医院问问。"

徐航快步跑到墙角边的电话桌旁,抓起那部红色电话机的话筒,让总机接了石方竹的办公室,但没有人接电话。他又让总机转了医院,并让石方竹的女儿裴婧医生接了电话,裴婧说:"我妈没有来医院找我!"

"那石总到哪里去了呢?"

"我也不知道!"

徐航想了想,接着又分别给十一支队、十二支队、十三支队机关打了电话,得到的回答几乎一致:"石总没有来我们支队!"十三支队提供一个情况:在下雨前,有人看到石总好像去了后山……

放下电话后,徐航快步奔到总队领导们的那张饭桌旁,把十三支队提供的情况告诉了大家。

陆丰、龙大佩、徐成强急忙站起来,取下挂在墙壁上的雨衣,急急忙忙的边走边穿上雨衣,其他领导和徐航也跟着取下雨衣,想一起去寻找石方竹。

"我和龙参谋长、徐部长去就行了。外面雨下得太大了,你们就别去了,你们快吃饭吧!徐秘书,你通知各单位今晚上的电影晚会取消!"陆丰说道。

"是!"徐航回答道。

陆丰、龙大佩、徐成强跑出室外,并慌慌忙忙的朝后山方向跑去……

石方竹侧身横躺在墓地中,全身浸泡在雨水中,脸色惨白,紧闭着双眼,奄奄一息,警帽也滚到了离头部半米远的地方。

陆丰、龙大佩、徐成强气喘吁吁地跑到石方竹的身旁,不禁怆然泪下。

"快、快把她扶起来,送医院去抢救!"陆丰用嘶哑的声音喊道。

龙大佩、徐成强咚的一声跪在石方竹的身旁,泪流满面地一前一后呼喊道:"石总,您没有事吧!""石总啊,您怎么了?"

徐成强跪在地上,左手抓起石方竹掉在地上的警帽,甩了甩帽子上的雨水,头低向地面,弓着腰说:"你们把石总扶到我身上!"

陆丰和龙大佩立即把石方竹扶到徐成强背上。龙大佩迅速把雨衣脱下来,披在石方竹的身上。

徐成强背着石方竹深一脚浅一脚地踩着泥泞小道朝医院小跑。

一左一右扶着徐成强背上的石方竹的陆丰、龙大佩,提醒道:"每一脚都踩稳当些,别把石总摔下来了!""徐部长,下坡路滑,要小心些!"

脸上淌着泪水和雨水的徐成强只是嗯了一声。

这时,大雨倾盆,电闪雷鸣。

还有十几米远的距离就到医院的营区时,徐成强高声喊道:"孙院长,快、快抢救石总!"

听到徐成强的呼喊声,医生童心慌慌张张地从办公室蹿出来:"快、快快,背到抢救室!"

院长孙月刚急忙奔向医生值班室,喊道:"裴医生、王护士,快、快去抢救室,有病人要抢救!"

这时,龙大佩他们已经把周身湿透的石方竹轻轻地放在了抢救室的病床上。

医生裴婧手里拿着听诊器,一进抢救室,看到病床上满身泥水、全身湿透、奄奄一息的病人,开始不相信自己的眼睛,然而当她定神细看后,才突然惊呼起来:"妈妈,怎么是您呢? 您是那么坚强的人,怎么弄成这个样子?"她一下子扑到母亲的病床上,豆大的泪水从细嫩的脸庞上滚落下来,一声接着一声地呼喊着:"妈妈,妈妈!"

孙月刚仔细检查后,抓紧兑了药,安排王护士把吊针给石方竹输上了。

裴婧满脸泪水地给母亲输上了氧气,童心扶着石方竹,给她喂了一些西药。

"裴医生,你快去拿你的衣服来,抓紧把石总的湿衣服换了!"孙月刚安排裴婧道。

裴婧抹着眼泪,嗯了一声,就去自己的宿舍拿来了衣服。

"童医生和王护士,你们就在这里守护着石总!"

"是!"童心和王护士回答道。

孙月刚请全身湿透的陆丰等三位总队领导到医院的会议室坐坐。

还没有到会议室,徐成强就焦急地问:"老孙,石总没有事吧?"

"应该没有什么,只是精神压力太大,她太虚弱了,一直就有些老毛病!"孙月刚说。

陆丰说:"没事就好!"

龙大佩说:"你们要照顾好石总!"

"请三位首长放心吧,我们医院保证会照顾好石总的!"孙月刚说。

待大家在会议室坐下,陆丰说:"唉,真不知道石总跑到墓地去干吗?"

"我想是不是工程出了事故,她压力太大,想不开……她想……"徐成强没有继续往下说。

龙大佩反对徐成强的说法。他认为,石方竹平时尽管一身病,也尽管为了这次羊湖电站首台机组充水调试庆祝大会的准备工作,连续几天每天晚上只睡三四个小时,但她是一个多么坚强的人啊!

陆丰更是不相信徐成强的推断。他知道,当年石方竹为修建好羊湖电站向电力工业部和武警水电指挥部党委立下过军令状,她是那么强大、坚强、无畏。凭他对石方竹的了解,她不至于因为工程事故而想不开!

孙月刚也不赞成徐成强的说法。他知道,石方竹每次住院都心系工地,输点液,吃点药,就又跑去工地了……他说:"这样吧,三位首长先回去,先吃饭,也换换湿透了的衣服!"

"哪还有心思吃得下饭?工程出了事故,石总也倒下了!"陆丰说。

"我们医院今晚也搞了不少菜,但一听说隧洞出了事,大家心情沉重,只心不在焉地扒拉了几口饭。"孙月刚说。

"好吧!我们到病房看看石总就回去!"陆丰说。

"如有什么情况,随时给我们打电话!"龙大佩说。

"好的,好的。你们放心吧!"孙月刚说道。

机关炊事班班长黄群德等着陆丰、龙大佩、徐成强三位首长回来吃饭,已经把饭菜热了两遍了……

因为隧洞出了工程事故,所有的支队、连队官兵的心情都不好,都没有吃好饭。

打隧洞的十二支队一连长月玉成、副连长宁林、技术员高祥、排长萧山然、班长金晓灿得知羊湖电站的隧洞出了事,他们都坐在饭桌旁,呆呆地望着为庆功准备的丰盛的饭菜,没有动筷子。

月玉成流着泪水,说:"石总对工程质量要求那么严格,我们连这些年为打引水隧洞还牺牲了三位战友,怎么可能出现隧洞塌方呢?"

"嗯!"人们眼圈红了,默默地落泪了。

……

深夜11点多,石方竹终于微微地睁开了眼睛。

守在病床旁的孙月刚、裴婧、李婷、童心、王护士脸上顿时露出了微笑,都站了起来,望着盖着洁白被子的石方竹。

裴婧心疼地望着石方竹,说:"妈妈,您终于醒了,可把我们吓坏了!"

石方竹睁开眼睛,看了看屋顶,声音微弱地问:"我在哪里呀?"

孙月刚微笑道:"老首长,您在医院呢!"

"我怎么到医院了?"石方竹问。

裴婧双手握着石方竹的右手,眼圈红了,哽咽地说:"妈,是陆政委、龙参谋长和徐部长他们把您从墓地背下来的,当时您……"说着,嘤嘤地哭出声来。

孙月刚说:"他们把您背来医院时,您的全身都湿透了。幸亏他们及时找到了您……"

这时,石方竹想从病床撑起身坐起来,被孙月刚阻拦了,说:"老首长,您身体虚弱,正在输液,还是躺着的好!"

医生李婷拿来一个枕头,将石方竹的头垫高了些。

石方竹声音微弱地对孙月刚说:"老孙,孙院长,你快去打电话告诉陆政委,让他们抓紧将羊湖电站出现的垮塌事故,报北京武警水电指挥部和电力工业部,请他们派专家来调查事故的原因。这次事故不小,给国家造成了重大的经济损失,我愿意接受党和人民对我的任何处理……"说着说着,泪水从眼角滚落了下来。

孙月刚、裴婧他们惊得目瞪口呆。

"老孙快去,快去吧,按我说的,快去打电话吧!"石方竹气喘吁吁地说。

"我去,我去!"孙月刚抹了抹脸上的泪水,转身出了抢救室。

裴婧扑在母亲的病床边痛哭起来。

石方竹伸出左手,轻轻地抚摸着裴婧柔软的头发,轻声细语地说:"婧婧,有什么好哭的呢?妈妈是总队长、总工程师,妈妈在羊湖电站工程建设前,就向上级组织立下过军令状的,现在电站出了这么大的事,妈妈就要勇于承担责任!"

裴婧大声地哭着。

石方竹又轻轻地抚摸了裴婧柔软的头发,说:"妈妈口渴,想喝点水,快去给妈妈倒点水!"

"嗯!"裴婧站了起来,抹了抹满脸的泪水,转身就要去倒水。

"裴医生,我去吧!"李婷眼里噙着泪水,抢着去倒水。

裴婧走出了抢救室,进了医生值班室,在病人治疗记录单上写下了石方竹的病情和治疗方法,然后写了时间:1995年9月3日。

第一章

向前！向前！向前！我们的队伍向太阳，
脚踏着祖国的大地，背负着民族的希望，
我们是一支不可战胜的力量。
我们是工农的子弟，我们是人民的武装，
从无畏惧，绝不屈服，英勇战斗，
直到把反动派消灭干净，毛泽东的旗帜高高飘扬。
……

豪迈雄壮、气势磅礴、高亢的歌声，久久地回荡在辽阔的高原。

两千多名官兵歌声毕，石方竹对刚刚复工而开赴羊湖电站施工工地的官兵们讲道："同志们，我们是一支忠于人民、听党指挥、打硬仗打胜仗的水电铁军！什么叫铁军呢？就是有着铁的信念、铁的意志、铁的纪律、铁的作风的军队！"

接着，她先回顾了部队的光荣历史。这支部队的前身是新中国成立初期华东野战军步兵第九十师。1952年4月，根据毛主席"一定要把淮河修好"的命令，正在开赴抗美援朝战场途中的华东野战军步兵第九十师就地改编为水利工程兵第一师，投入治淮战斗。1966年8月，部队重新组建为中国人民解放军基建工程兵第六十一支队。后于1978年相继成立了中国人民解放军基建工程兵第六十二支队、第六十三支队。1985年1月，部队转入武警部队序列。几十年来，这支经历了战火硝烟的英雄队伍，几经转隶整编，以锹镐为武器，南征北战，屡建奇功。

"羊卓雍措抽水蓄能电站（简称'羊湖电站'）是目前世界海拔最高的抽水蓄能电站，是国家'八五'期间援助西藏的重点项目工程。羊湖电站的建成对改善西藏电源结构和供电条件，促进西藏经济发展，造福西藏人民，维护祖国统一，增强民族团结，巩固西南边防，具有显著的社会效益和深远的历史意义。"此时讲话的石方竹，身高不足一米六，体重不足40公斤，脸庞瘦削，炯炯有神的眼睛闪现着坚毅、智慧的光芒，她的鼻子略长而坚挺，嘴角倔强而执拗，一看就是那种性格坚强刚毅、工作大刀阔斧、办事雷厉风行的女性。

石方竹讲道:"过些天,还有一批挖掘机、推土机、自卸车等大型施工设备和一千多名官兵从一总队和二总队开上高原。你们是根据武警水电指挥部'抽调精兵强将,火速进藏,迅速打开羊湖电站的施工局面'的紧急动员令,由广西天生桥、江西万安、河北潘家口、四川成都等地星夜兼程,飞抵拉萨,奔赴羊湖电站工地的,今天你们是第一批到达羊湖电站工地的。对于你们风尘仆仆奔赴高原,火速投入羊湖电站建设,我代表武警水电羊湖工程指挥所领导表示热烈的欢迎,也表示真诚的感谢!"

官兵们掌声雷动。

石方竹眼前浮现出当年初次登上海拔5000多米的岗巴拉山的情景。她放眼望去,但见北面的雅鲁藏布江如一条蓝色的彩带,蜿蜒于雪山、草地之间;南面的羊卓雍措像一块碧玉,静卧在喜马拉雅群山的怀抱之中。江、湖被庞大的山体隔开,直线距离9500米。雅鲁藏布江江面海拔3500多米,羊卓雍湖海拔4400多米,居高临下,落差近千米,是修建大型电站最理想的地方。官兵们要凿通岗巴拉山之胸腹,修建一条6000米长的隧洞,在半空飞架3000多米长的暗管与明管的高压引水管道,引羊湖之水,直落雅鲁藏布江,带动装机容量11.25万千瓦的发电机组。

当地政府领导以及活佛向石方竹等一行人介绍说,被称为"神山"的岗巴拉山,在藏语中,"拉"指山,"岗巴"是指不可逾越,"岗巴拉"就是指不可逾越的山。石方竹还清楚地记得当时很惊奇地看到那里的山峦是亮色的,一个紧挨着一个,山峰坡势陡峻,银装素裹,纵横交错,肆意绵延着粗犷的线条;山谷间河床深削,河道坡度颇大,水流湍急;天色则特别透明,湛蓝得深远。

位于距离拉萨110千米处的羊湖,是一片面积达620平方千米的浩渺湖水,全称则叫"羊卓雍措"。在藏语里,"羊卓雍"意为"高高牧场的碧玉","措"是"湖"的意思。像内地人说"上有天堂,下有苏杭"一样,藏族的群众常爱说"天上的仙境,人间的羊卓"。因而,它被人们称为"西藏三大圣湖"之一。

羊湖水明如镜,碧绿清澈,通体晶莹,由于绝少人为破坏,依旧保留着一份原始的野趣和童贞。

狭长的湖水两旁,长着茂密的青草。羊湖中盛产裸鲤鱼,素有"西藏鱼库"之称。湖面上不时地有野鸭、斑头雁、长脖子黑顶鹤等飞过。湖心还有十个小岛。每个小岛无不芳草如茵,牛羊成群,是一个个肥美的天然牧场。湖畔是长年不化的冰山雪峰,仿佛天地间一条条无首无尾、无边无际的哈达,又仿佛一个个头戴素冠的巨人……

石方竹知道,在拉萨附近修建一座大型水电站,以彻底改变拉萨电力供应紧张的局面,是西藏无数水电工作者多年来梦寐以求的理想。

但是,这里海拔高,空气十分稀薄,据许多专家测算,这里的氧气含量不足内地的一半。用一个形象的比喻来说:倘若在这里躺着不动,需要的氧气量也大致相当于一名上海的正在工作的搬运工人。

1979年8月的一天,曾经有五个法国人来到西藏,徒步登上了海拔5374米的岗巴拉山山顶,呈现在他们面前的是一个巨大的神秘而美丽的湖泊,这就是西藏著名的神女湖——羊卓雍措。法国人的目的是来考察羊湖水力资源。他们的愿望和冒险精神令人钦佩,但是很不幸,他们只回去了四个人,另一个被高原吞噬了,永远留在了世界屋脊的岗巴拉山上。

这四位幸存的法国人向世界水利组织递呈了一份报告,详细地陈述了岗巴拉山和羊卓雍措的情况:羊卓雍措的蓄水量高达150多亿立方米,在近千米的落差之下,雅鲁藏布江汹涌奔流,不舍昼夜。这无疑是建造水电站的得天独厚的条件。在这里修筑水电站是上帝的旨意。但是,就像人类无法遵从上帝要我们戒除战争和罪恶一样,人类将永远无法完成上帝的这一"旨意",如果你想创造奇迹——建设电站,那你建造的很可能不是电站,而是自己的坟墓……

至今为止,即将建设的羊湖水电站是全球260座抽水蓄能电站中海拔最高的一座。要想建成这座水电站,须得从北到南凿通横亘在羊卓雍措与雅鲁藏布江之间的海拔5374米的岗巴拉山胸腹,把羊湖水从湖盆引向山北,与雅鲁藏布江形成近千米高的落差,然后循环引用江水与湖水带动数台机组发电。同时,还能利用拉萨电网负荷峰谷悬殊的特性,用低谷廉价电力抽水蓄能。这样做,也有效地保护了湖区的生态平衡。

从古至今,世界上虽然有过利用高原湖泊发电的实例,然而在这样的高海拔地区进行大规模土方建设,还从来没有人实践过,因而具有科学研究的价值。羊湖得天独厚的水资源条件,曾经吸引许多国家的水电专家接踵而来,外国专家们经过对羊湖周边的考察,都曾对这项被称作"顶在世界头顶上的水电工程"摩拳擦掌,跃跃欲试,想要有所作为。然而最后皆由于高原施工的极大难度而望之兴叹,悻悻而去。

羊湖地处欧亚板块的结合处,地层年轻,地壳运动剧烈,岩石破碎,地质条件恶劣,又位于海拔4400多米的高山地带,高寒缺氧,羊湖电站被不少西方专家比喻为"不可思议"的工程。

其实,早在20世纪60年代初期,中国科学院就曾经派出过一个科学考察队到西藏考察,并提出了修建羊湖电站的计划。当时还没有通往羊湖的公路,考察队的专家是骑着马去考察的。

考察的结果众说纷纭。

有一些科学家坚决反对在羊湖修建水电站,其理由是苏联在西伯利亚建成的一个大型水电站,对气候影响很大。而拉萨周边的纳木湖、羊湖等几大湖,对拉萨的气候也有很大影响。

但更多的科学家认为:我们在羊湖修建电站,生态是不会受到影响的。

认识最终得到了统一。

1985年夏天,在西藏自治区成立二十周年大会上,时任国务院副总理的李鹏同志饱含深情地宣布:"我代表党中央、国务院,把建设羊湖电站作为一份礼物,献给西藏人民,造福西藏人民。"

这充满深情的话语,春风般地抚慰着世界屋脊大地上两百多万藏族人民的心。

羊湖电站就要上马了!藏族人民日夜祈祷、满怀希望地期待着明珠遍地、灯火辉煌的那一天。

据武警水电指挥部主任贺毅的秘书向石方竹介绍,修建羊湖电站的任务,历史地落在了以善打硬仗、恶仗著称的武警水电部队的肩上。贺毅将军接到任务时,正在住院治疗。这一消息像一剂最有效的强心针,使他腾地从病床上坐起来。贺毅叫来秘书,要他立即通知所有指挥部党委委员与有关人员来到医院,召开了一次特殊的党委会。

贺毅坐在病床上说:"中央要上羊湖电站,是从发展民族经济,维护民族利益出发的。修好这个电站,对发展边疆经济,保证社会稳定,增强民族团结有着特殊意义。"

"对。修建羊湖电站,对西藏建设有着重要的政治意义和经济意义。羊湖是我国锦绣山河的一部分,我们开发它丰富的水电资源责无旁贷。"党委委员们也这么认为。

贺毅又道:"不过,羊湖属于高寒地带,在这个地方修建水电站非常困难,可能会碰到一些世界上没有先例的课题。地方上施工队伍很难上得去。我们武警水电部队,是专门为民造福的部队,又是'第一流施工部队''金奖之师',在国家遇到困难的时候,我们不上谁上?"

"我们武警水电部队就是要去那种条件最艰苦、国内外一般单位不愿去,即便去了也干不了的地方!这也正是我们这支部队担负'急难险重'任务的优越性之所在!"会议很快就取得了一致的意见。

会议决定:先从所属各部队抽调部分官兵与精良装备前往羊湖,成立一个"羊湖指挥所"(武警水电羊湖工程指挥所)。

国家对羊湖电站建设拨款很及时。

一场规模宏大的战役即将展开。

那么,谁去统帅这支精良之师呢?

武警水电指挥部党委多数领导不约而同地想到了一位水电女将。这个人就是1966年9月底在四川映秀湾穿上军装的石方竹。

1985年8月,石方竹被武警水电指挥部党委任命为武警水电羊湖工程指挥所(副师级单位)党委书记、主任、总工程师,同时,武警水电指挥部命令抽调一总队、二总队官兵分别成立一总队羊湖工程指挥所(正团级单位)、二总队羊湖工程指挥所(正团级单位)和武警水电独立支队(正团级单位),归辖武警水电羊湖工程指挥所管理,参加举世瞩目的羊湖电站工程建设。

接到任命时,石方竹还在潘家口水库工地,此时她感到了自己肩上沉重的压力。

一贯以雷厉风行著称的石方竹,风风火火地赶到高原。

上任之后,石方竹立即带领官兵,架高压线路,修建50多千米的场内便道,盖起了6500平方米的房屋……

现实生活中的事情,有时很难预料。

由于种种原因,上马不到一年时间的羊湖电站建设工程,不得不突然停建。官兵们失意地垂着头,长叹一口气,仿佛候鸟般地返回内地。整个工地由人声鼎沸变得荒凉沉寂。

"你借此退下来。这样虽不是功臣,也不是逃兵,于人于己都是一个很好的交代。"许多亲戚朋友都劝告石方竹。

但石方竹却没有退下来:"我给自己布置了一项新的任务,力争电站早日复工。"

她的一位老同学得知她的这个想法后,说:"要实现这个愿望,就像用沙子搓一条绳子那样难!"

这时,石方竹那烙满高原风沙和严寒印记的面容显得更加刚毅,说:"工程停工当然有种种的理由,但我坚信一个真理,就是西藏要发展,电力要先行!一定要积极创造条件,力争电站早日复工。"西藏电网总装机容量很少,还不足内地一个现代化大工厂的电力,全区不少的县缺电。有一天晚上,给石方竹开车的藏胞司机望着因为临时停电而一片漆黑的拉萨城,触景生情地说:"共产党给了我们西藏和平、幸福,要是再给我们一盏神灯,让黑夜永远光明就更好了。"

石方竹听了,彻夜不眠。黎明,当她睁开眼睛,想到的第一件事就是要去北京。她仿佛已经找到了进取的支点。在以后相当长的一段时间内,石方竹像一只雄鹰,在拉萨与北京之间翱翔。一方面大力陈述羊湖电站造福西藏人民的好处,一方面不断完善羊湖电站的设计。

1988年5月,一支由国家能源部组织的联合调查组抵达羊湖考察。石方竹怀着激动的心情穿梭于这些人之中……

在这期间,石方竹不顾心脏、肺部、关节等多处患病,三次携带各种报告、论据进出西藏,进一步再勘测、再考察、再论证、再设计,力图改正原先留下的种种缺陷。历经常人难以想象的艰苦实践,使她成了地地道道的"羊湖通"。

有一次,石方竹听到一个满脸沧桑的藏族大哥给她讲述了因为缺电而造成的悲惨故事。

藏族大哥原本有一个幸福的家,阿爸、阿妈、妻子和两个孩子。在他的女儿五岁生日那天,他一大早就把羊肉炖在电炉上,肉汤开了,电就断了。拉萨断电是经常的事,一断电就是十天半个月。他的妻子让他上城里去给孩子买一身新衣裳,他就去了,等他回来的时候,简直不敢相信眼前的一切。"五个活生生的人,一下子全都,全都……如果不是我走了,就是六个人。"

真是惨不忍睹,五个人,大人、孩子全堆在门口,手指头抠进门里……

公安局说,人是被熏倒,然后被火烧死的,是肉汤里的油溢在电炉上,发生的火灾。电是什么时候来的,谁也不知道。当时他们没有把插头拔出来。谁想到呢?只想把肉炖得烂一点,好给孩子吃。

这个因缺电造成的悲剧,更加坚定了石方竹一定要建好羊湖电站的信心!除了扎根西藏考察,石方竹还频繁往返于拉萨和北京,一次次地找武警水电指挥部、国家能源部、电力工业部、国家经委、国家计委、中南海……由于跑多了,许多机关的警卫战士都认识这位面色黝黑、风尘仆仆的女大校。

国家机关某要害单位的大门口,警戒相当严密。除了两名执勤战士持枪而立外,凡有人出入,都必须仔细验证才能放行。一天,许多来访者都被挡在传达室里,拿着证件和介绍信等候值班员与有关部门负责人电话联系,然后认真填写会客单,领取相当于路条的铜牌才能进入。由于等候的人多,不少来访者心情焦躁地频频看表,或向那森严的院落及办公楼内纷纷张望,希望能得到警卫战士的"关照"与"通融"。

这时,女大校石方竹出现了。她只礼节性地朝警卫战士微微一笑,既没有被查证件、介绍信,也没有等值班员打内线电话联系,便自由地进入那扇象征着权力与威严的大门。

前来这家机关办事的人,脸上露出了惊愕的神色。经过一阵叽叽喳喳的猜测、议论之后,一些手里攥着各种各样"关系"写来的条子,或是一些"人物"的电话号码的来访者心情焦躁,口吐微词:"这位穿军装的老太太显然不是你们机关的人,凭什么特殊对待?"

警卫人员先是没有搭理这种质问,后来见面露不满神色的人多了,才解释道:"大家耐心排队吧,你们谁也不能和人家比!这位女首长论年龄可以做我们母亲了,但她一次次不远万里地从西藏跑北京,不是为了自己的私事,完全是为了建设羊湖电站的……"

传达室内喧哗的人群顿时寂静下来。人们或敬佩,或无奈,无不向女大校石方竹那瘦弱的背影投去好奇而尊重的一瞥。

这天,石方竹来电力工业部参加一个关于讨论羊湖电站复工的会议。

会议室里灯光明亮。

椭圆形的会议桌旁,围坐着相关领导和水电专家。

万部长说:"现在,我们进行第三项表决。这个大家意见比较多,有各种不同的看法,现在我们就充分地发表意见,关于在羊卓雍措建设抽水蓄能电站,它的可行性,大家发表意见吧!"

一位水电专家边用纸巾擦着眼镜边说:"花在内地修几座电站的钱,结果怎么样,还很难说呀,我个人认为风险很大,不一定符合中央目前稳中求进的精神。另外,格尔木不是有天然气嘛,投资很少,同样可以解决问题嘛!"

身着警服的石方竹坐在会议桌旁听到这个发言,不禁眉头皱了起来。

一位领导说:"世界上还没有一个国家在海拔4400米的高原修建水电站。据科学考证,人在这样的海拔高度,就算不动,也已经相当于上海港码头上一个重体力搬运工的体能消耗。我们在追求效益的同时,应该尊重科学,施工是要人来完成的。"

另一位水电专家说:"这外汇也成问题呀,预算大约需要5000万美元,这对此项工程来说啊,无疑是个天文数字啊!"

又一位领导说:"又得说民族问题了。这是一个敏感的老话题,直接涉及政治和民族政策,当前有人反对抽羊湖水入雅鲁藏布江,认为神湖的干涸会带来灾难,听起来这不是理由,因为湖水不会被抽干,但我们必须正视这个问题,尊重他们的意见,考虑到政治影响,不然的话,一个小小的电站,可能会被国内外的某些政治对立势力利用啊。"

一时间各种意见纷纷响起,赞成与反对的,都各有理由。但反对意见似乎占了上风。

万部长指了指坐在会议桌旁、身着警服的石方竹说:"我来给大家介绍一下,这位就是羊湖电站筹备处的石总工程师。"

石方竹立刻站起来,向与会领导和专家敬了一个标准的军礼。

大家的掌声响了起来。

石方竹放下敬军礼的右手,站在会议桌边,说:"大家的发言,我都听见了,我认为这个会应该在拉萨开,在羊湖的岗巴拉山上开,在这里谈论这个话题,似乎与环境不太协调。"

一说完,石方竹走到会议室墙壁边,关上电源开关。

顿时,会议室一片漆黑。

人们开始议论起来:"石总要干吗?""这会怎么开呢?""嘿嘿,我还是第一次在这种黑灯瞎火的情况下开会哩!"

石方竹又回到椭圆形会议桌的桌边,声音洪亮地说:"对不起大家,委屈大家了,现在我们就假设大家在西藏的会议桌旁,听我说几句,像这样讨论羊湖电站建设工程的会议,这几年我已经参加了好几次了。话已经说得够多了,现在需要的是行动!这次我背来了一些资料,它是一波又一波到羊湖勘测的工程人员走了以后留下来的。我想,在座诸位提出的问题都能从中找到答案。"

黑暗中,大家认真地听着石方竹的介绍。

石方竹激情地说:"长期以来,西藏燃料与电力均严重不足,能源问题一直未得到较好的解决。在平均海拔 4000 多米的青藏高原,蕴藏着十分丰富的水力资源。然而,由于高寒缺氧、环境恶劣、交通不便等因素,使得这块占祖国版图八分之一,面积达 122 万多平方公里的辽阔地域,亘古以来处于封闭和落后状态。20 世纪 80 年代初,在全国 28 个无电县中,仅西藏就占了 21 个,甚至连自治区首府拉萨市也严重缺电,千家万户连基本的照明也保障不了,更不用说工业用电了,拉萨市仅有的几家工厂经常因停电而停产。雪域高原在急切呼唤:发展电力,尽快打破制约西藏发展的'瓶颈'。1985年3月,党中央、国务院决定修建羊湖电站,缓解拉萨市电力供应紧张状况。由于羊湖为高海拔封闭式湖泊,有特殊的水文、地质、生态属性,考虑到电站建成后会使羊湖水位下降,影响生态环境,为慎重起见,开工不到一年的羊湖电站经国家计委批准于1986年7月停工缓建。缓建期间,我们武警水电羊湖工程指挥所以西藏人民的利益为己任,积极协助设计单位对电站进行深入细致的再勘测、再论证和再设计。到1989年7月,历经整整三年,经过充分的勘测设计和科学论证,电站由原单纯引水发电工程修改为既发电又抽水蓄能的水电工程,基本不降低羊湖水位,保持湖区生态平衡,满足拉萨电网调峰生产运行的需要……"

  人们专心致志地听着。黑暗之中,只有石方竹饱含激情的宣讲声。

  紧接着,石方竹心情沉重地说:"现在,西藏解放已经二十多年了,我们每天都说着为西藏人民造福,可现在西藏80%以上的地区,一到太阳落山,就陷入一片黑暗之中。他们甚至没有见过电视机、电冰箱。西藏水利电力厅厅长刘殿功同志说得很形象:'西藏电网现在是小马拉大车,经常动不动就溃网。'就拿供电最好的拉萨市来说吧,现有发电装机容量也仅仅只有4.5万千瓦,而实际发电才2.5万千瓦。十几万人呢,对于一个省会城市来说,这是一种嘲笑!城市还在靠着烧牛粪、拉草皮过日子,总是笼罩在烟尘之中。市委的干部们把节能断电列入日常工作,并带头执行。各单位轮流断电,一断就是七八天,在经受长期断电折腾以后,人们已经不相信任何承诺了,纷纷把电表拆下来,还给供电局要求退款,他们说:'没有电,让我们装这些干什么嘛?'我听着这些话,就好像有一只手指着我的鼻子在控诉!"

  她停顿了片刻:"好吧,我说得够多了。"

  会议室鸦雀无声。

  石方竹说完后走过去,打开墙壁上的电源开关。

  会议室顿时灯光明亮。

  她又走向会议桌边沿,站立着,笑了笑,说:"哦,在座各位中有谁对我说的感兴趣,想到我们那儿去看看,我们欢迎!来回的路费,我们报销!"

  大家又是一阵掌声。

  1989年8月26日,对石方竹来说是一个梦想成真的日子。这天下午,国务院一位官员也许是出于一种褒奖心情吧,无意中透露了羊湖电站即将复工的消息。

那天晚上,石方竹万分激动地回到宾馆,还没进门就倚在门框上流出了两行滚滚热泪。这两行泪,一行是她自己的,而另一行无疑是属于西藏人民的。是啊,她经过多少曲折,尝过多少酸甜苦辣,才终于盼到了羊湖电站建设工程的正式复工。

两天后,石方竹穿着一身整洁的警服,来到电力工业部万部长的办公室。

万部长坐在办公桌旁的椅子上,伏案签阅一份文件,听到敲门声,便说:"请进!"

石方竹手里提着一个装有资料的文件包进来了。

听到脚步声,万部长便抬起头来,见石方竹已走近了办公桌旁,哈哈地笑道:"你是不请自来,还是老脾气啊!"

"哈哈,没办法,别人是躲着怕挨骂,我是赶着来啊!"石方竹早已做好了来"挨骂"的准备。

万部长热情地招呼她:"请坐,请坐!"

石方竹坐在靠墙的沙发上,万部长的态度有些令她捉摸不定。

万部长给她倒了茶水,放到她跟前的茶几上:"请先喝茶吧!"

石方竹礼貌地点点头:"谢谢首长!"

万部长坐到另外的一张沙发上:"哎呀,一些人对工程抱有不同意见,这很正常嘛!"

石方竹嗯了一声。

万部长感喟不已地说:"人活着平平淡淡,那可真成了庸人了啊!你们的计划我已看过了,西藏自治区方面的意见我也看过了,上面经过研究,已经决定把这个项目列入国家'八五'计划期间援藏的重点工程,然而,在几个月的招标中,竟没有一家单位竞标。这一点都不奇怪。电站工地位于藏南海拔4400多米的岗巴拉山,低温缺氧且不说,更令人生畏的是地质条件。岗巴拉山位于两大地质构造体系结合部,地壳运动强烈,而电站的主体工程,就是要从这里穿山而过,打出长达6000米的引水隧洞。一些国外水电专家危言耸听地说,在岗巴拉山钻隧洞,建造的可能不是电站,而是坟墓……现在啊,我想听听你对工程的看法。"

石方竹想了想:"羊湖电站的建设到底有出头的日子了!部长,我的想法,您已经清楚了。我只有一个请求,把这项工程任务就交给我们部队去完成!"

万部长说:"你的口气先别这么大啊,中央已经确定把这项工程列为自治区成立三十周年的献礼工程!工程量大,条件艰苦,工期还要缩短。怎么样?还敢接吗?"

"接!"石方竹声音洪亮。

万部长提醒道:"你所熟悉的几家技术力量一流的集团公司,以前曾经很想得到这项工程,现在一个个都跑了。"

石方竹信心坚决地说:"我还是一个字:接!"

面对信心十足、态度坚决的石方竹,万部长在赞赏之余,禁不住强调说:"这次任务不比以往,可是独家承包工程啊,白纸黑字要签合同的,出了问题要承担法律、经济责任,甚至还要搭上个人的前途啊,你要想好啊,现在反悔还来得及啊!"

石方竹说:"这些话就不必讲了吧,我是军人,军中无戏言!"

万部长说:"全世界在海拔四五千米的高原修建水电站,还没有先例,会遇到不少技术上的难题,工程施工上也会有不少的困难!"

石方竹:"部长说的这些情况,我都知道。我会不辱使命,不负人民!如果我修的羊湖电站出了事,我愿意上军事法庭,接受法律的审判!"

万部长说:"好啊!到底是石总!一言既出,驷马难追!"

石方竹高兴地拍了一下大腿,说:"好!"

万部长关切地问:"你们还有什么要求?"

石方竹说:"既然您提出来了,那我就不客气了:第一,发个红头文件,这年头您也清楚,有它好办事;第二,保证资金到位,这也是当今的特点,没钱办不成事情;第三嘛,请部长多给我派些技术人员,最好是有高学历的,您知道我是千军万马好调,唯良将难求啊!"

万部长站了起来:"好!这些都没问题!"

石方竹笑笑,起身离去,步履坚定。

1989年9月3日。党中央、国务院宣布:羊湖电站正式宣告复工。

按照武警水电指挥部"自带设备,快速进藏,不讲条件,干起来再说"的指示,水电部队进行了广泛深入的进藏动员,在每一座警营里,掀起了一股"羊湖热"。水电一总队、水电二总队、水电独立支队,为了建设羊湖电站这个大局,抽出最得力的干部、最优秀的战士,配备最好的设备,以最快的速度,从广西与贵州交界的南盘江畔的天生桥,从江西万安,从河北潘家口,从四川盆地等地出发,自带价值4000余万元的设备,浩浩荡荡地翻越唐古拉山,穿越无人区,朝着西藏腹地挺进。

此次开进羊湖电站建设工程施工的官兵们背着背包,均集结在成都双流国际机场统一登机,十五架军用飞机载着两千多名官兵奔赴拉萨贡嘎机场。

几位西方记者在成都双流国际机场候机时,看到十五架军用飞机与两千多名军人的宏大场面,都纷纷惊呼:"中国西南地区将要展开大规模的军事行动……"

今天,石方竹铿锵有力地对官兵们说道:"既然我们来到羊湖电站工地,既然我们来到这个世上走一回,就要走得辉煌灿烂!我坚信:我们是一支敢打硬仗、善打硬仗的水电劲旅、水电铁军!岗巴拉山就是我们的战场,羊湖电站的施工就是我们的战斗!完不成任务,决不走下岗巴拉山!大家有没有决心按时保质保量地完成羊湖电站的任务?"

"有!"官兵们洪亮的声音回响在岗巴拉山上。

"我再问大家一遍,大家有没有决心按时保质保量地完成羊湖电站的任务?"

"有!"官兵们那视死如归的高亢的声音又一次回荡在雪域高原。

在西藏建设水电站,首先是要有人,有设备,还要做到通路、通电、通水、通讯、场地平整,人们称为"四通一平"。

部队在1985年刚刚进藏时,道路全程坑坑洼洼的,宽窄不一,根本不成路形。适逢天降大雪,大地雪裹冰封,根本看不见路,车辆和一些重型机械随时都有可能陷进泥泞。官兵们无论职务高低,都是住帐篷,常常吃不上蔬菜,只能以方便面充饥,以干菜、咸菜佐餐。武警水电指挥部的副主任隋德望少将一行前来检查工作,住帐篷、吃方便面,连续两天两夜不休息,与官兵们同甘共苦……

石方竹总是歉疚地苦笑道:"实在是没有办法……"

隋德望少将却豪爽地宽慰一线的官兵说:"这有什么?和战士们住在一起不是很好吗?当年红军长征,连毛主席、周总理、朱总司令都是和战士们一起翻雪山、过草地,现在我们和大家一块儿吃点苦,不是理所应当的吗?"

原先修通的场内便道,由于工程停工三年,已经严重地自然毁坏,现在必须立即打通。"四通一平"又得从头开始,但此时的世界屋脊,令人"谈虎色变"的大风,正横扫着岗巴拉山。

尽管大家坐的是租来的军用飞机来到高原,但毕竟是初上高原的第一天,聚集在成都的官兵们今天早上都起得很早。起床后,大家便是手忙脚乱地打背包,收拾自己的行李。

经过两个多小时的飞行,飞机降落在拉萨贡嘎机场。官兵们背着背包,提着行李,从飞机上走出机舱大门,仰望着高原的天,大家很兴奋,天空是那么的湛蓝、那么的高远,空气是那么的清新,第一次上高原的官兵们嘻嘻哈哈地说:"这儿的感觉比想象中好得多……"

三年前参与过羊湖电站建设的一位老兵颇有感受地说:"你们不要高兴得太早了,等你们真正到了海拔 4000 多米的羊湖电站工地,就知道这高原的厉害了……"

果然,当大家坐上部队的大轿车时,心情就不像刚才下飞机时那么美好了。人们渐渐感到头变得沉重起来……经过一个多小时的路程,大轿车到达武警水电羊湖工程指挥所机关的营区内,大家背着背包,提着行李下车时,感到双脚发软,周身无力,呼吸困难。

早就等候在武警水电羊湖工程指挥所机关大楼前的石方竹、指挥所参谋长龙大佩、后勤部部长徐成强、工程技术科副科长潘登等领导望着从一辆辆大轿车上走下来的官兵们,微笑着。

"安全到达就好啊!安全到达就好啊!"石方竹高兴地说。

下车时,一位战士摔倒了。

龙大佩急忙跑上前去,将那位身材瘦削的战士扶起来。

那位战士很感激,望着身着上校警服的龙大佩,连连说:"谢谢首长,谢谢首长!"

龙大佩要帮他提行李,他不让。他说:"刚才,我的头昏得很,眼前一黑就摔倒了!谢谢首长了!"

"嗯!你叫什么名字?"龙大佩问道。

"我叫张顺。"

"好吧,快入列!"龙大佩说完便跑到石方竹跟前。

石方竹对身旁的龙大佩说:"快组织大家集合吧!"

工程技术科副科长潘登将手提式扩音器喇叭递给龙大佩。龙大佩接过扩音器喇叭,面对着官兵们高声喊道:"大家注意了,现在开始集合了!"

官兵们的嘈杂声顿时消失了。

"立正!"扩音器喇叭传出龙大佩洪亮的声音。

官兵们立正后,又听到从扩音器喇叭传来龙大佩响亮的声音:"大家以我对面正中为中心,向右看齐!"

"快点,快点看齐!"龙大佩吼道。

官兵们听从指挥,很快便看齐了。

"向前看!"龙大佩又下达了命令。

人们便昂首挺胸地平视着前方。

"我们唱一首《中国人民解放军进行曲》,振奋振奋精神!然后由石主任做动员讲话。我来起头,向前、向前、向前,我们的队伍向太阳……预备——起!"

……

中午,指挥所机关炊事班班长黄群德和炊事人员给大家分别发了两个硬邦邦的馒头和一包方便面!

不少人因为高原反应吃不下,坐在背包上有气无力地垂着头,眯着眼睛。

石方竹手里拿着馒头,边走边啃着,观察着机关营区内坐在背包上吃着方便面的官兵们,鼓励大家说:"打起精神来,多吃饭……"

"石主任,我吃不下,心里堵得慌,脑袋也痛,周身一点力气也没有!"一位战士望着石方竹,声音里带着哭腔说。

"石主任,我实在受不了,我想回内地!"另一位战士说。

还有的战士正想说高原反应的痛苦,却被石方竹制止了。她对大家说:"现在大家吃饭的地方是山下,海拔高度才3600米。你们下午要去的各连队驻地在山上,海拔高度是4400米。下午各连还要搭帐篷,所以,大家中午要多吃点饭……"

接着,传来一阵"哎呀,哎呀!有人流鼻血,有人流鼻血了!"的惊呼声。

石方竹、龙大佩、徐成强便奔了过去,看到几位战士的鼻孔流血了……

徐成强疾呼道:"潘登,潘副科长,快去叫孙院长安排两三个医生过来处理一下。"

潘登嗯了一声,丢下还没有吃完的方便面,急匆匆地向指挥所医院跑去。

人们惊恐地望着石方竹、龙大佩、徐成强。

"大家冷静些,别大惊小怪的,这是正常的高原反应,过一段时间就好了,就不会流鼻血了。当初,我刚来羊湖的时候,流的鼻血比你们多!"龙大佩安慰道。

石方竹从衣兜里掏出手绢来,给一位战士擦了擦鼻血,说:"刚才龙参谋长说的是实话。我们当初来这里,也是这样的!大家别恐慌……吃了饭的休息一下,待一会儿,开车送你们到各连队驻地,开始搭帐篷!"

一位战士问:"石主任,我身上一点力气都没有,还搭什么帐篷呢?"

"不搭帐篷,你们今天晚上住在什么地方?"石方竹严肃地说,"作为军人,这点苦都吃不了,还算什么军人!"

看着石方竹满脸的严肃状,大家不吭声了。

下午,由重机连副连长许林海组织的车辆分别将官兵们送到武警水电羊湖工程指挥所司令部早已确定好的所谓"驻地"。负责羊湖电站进水口引水隧洞施工、拦水闸、进水塔及电站副厂房砌筑施工的独立支队的所有连队官兵们,背上背包、带上行李坐上车后,便出了指挥所机关的大门,向右行驶一段路后,便向右转行驶在依山而建、弯弯曲曲的盘山公路三〇七省道上。当车上到海拔4000多米时,汽车的排气管开始冒着浓浓的黑烟,官兵们风趣地说:"汽车开始'打屁'了……"因为高原缺氧严重,汽车油料燃烧不充分而冒着滚滚黑烟,动力大大下降,一辆在内地能拉五吨的卡车,到这儿只能拉两吨,否则非"趴窝"不可。

官兵们要翻越海拔5000多米的岗巴拉山山口,然后再下到4400多米的羊湖边上安营扎寨……在翻越岗巴拉山时,不少人头晕、胸闷、恶心、想吐。有位战士把中午强迫自己吃下的方便面和馒头呕吐在了汽车上,一股浓烈的恶心气味便扑鼻而来,同车的官兵只好紧紧地捏住鼻孔,不让那难闻的气味熏到自己……

负责修建电站发电厂房、中控室、尾水渠、沉沙池、低扬程泵站、升变站等土石方开挖及砼支护、送电线路施工的二总队羊湖工程指挥所(人们简称为"二羊指")的官兵是最幸福的了。他们只需要背着背包,提着行李,从指挥所的大门口出来,向左转,走上几步路,再左转,便进入了他们的机关与连队驻地。他们将住进早在三年前就修建好的土砖平房。"二羊指"与武警水电羊湖工程指挥所机关只隔了一面墙。在武警水电羊湖工程指挥所机关的二楼走廊上,人们就能把"二羊指"机关、连队的营区尽收眼底。

负责打引水隧洞的一总队羊湖工程指挥所(人们简称为"一羊指")的官兵就没有那么幸运了。他们的两个开挖连、两个木工连、两个钢筋连、两个混凝土浇筑连都住在半山坡上,尽管羊湖电站初建时修建过道路,但三年时间过去了,道路自然毁坏了,所以他们要背着背包,提着行李,一步三喘,三步一歇地朝半山坡上爬去。他们张着大嘴,喘着粗气,觉得周身软弱无力,脚步沉重,脚下像踩着棉絮似的无力。尽管大家都拼着命地咬着牙向半山腰缓慢迈进,但不少人不仅额头上冒着汗珠,而且脸色惨白,嘴唇发紫……

那个头晕倒地的张顺是由技术员宁林牵扶着走上来的。三年前参加过修建羊湖电站的宁林为了鼓励他,对他说:"当年,我从大学毕业后,由电力工业部安排,我来到刚开建的羊湖电站工地,因为怕这里的工作艰苦,也因为爱情……我退缩了……"

张顺用疑惑的目光看着宁林。

"不行,大家就坐下来歇息歇息吧!但只能休息十分钟,否则休息久了,大家就不想动了!"一连连长月玉成是参加天生桥水电站施工的老兵了。

生于1961年1月的月玉成,刚满十八岁时,就从甘肃农村应征入伍,来到了武警水电一总队。到现在,这身军装陪伴他整整十年。他与隧洞结伴也十年了。在这十年里,他在河北引滦入津打过隧洞,在广西天生桥水电站打过隧洞。他至今还清楚地记得,在天生桥水电站建设中发生的一起特大滑坡事故。那是1985年12月24日15时24分,天生桥水电站(坝索)工地右岸边坡发生了特大滑坡,造成在边坡下方正在进行现场施工的四十八名官兵不幸遇难!他悲痛欲绝、泪流满面地参加了特大滑坡后的清理工作。这些牺牲的战友中,有的是与他同批入伍的,也都二十三四岁的美好年华呀!……1984年12月他转为志愿兵,1985年12月从志愿兵改转为副连长,1989年1月,他被提为连长,先后立过二、三等功三次,多次被评为优秀党员。今天,他又上了西藏羊湖电站建设工地,还是打隧洞。

1989年9月,月玉成所在的担负广西天生桥水电站建设工程的武警水电一总队,奉命抽调一部分人员进藏担负羊湖电站的建设任务。他从当兵到现在学过电工、修理工、车辆驾驶等专业技术,还作为水电施工的技术骨干到瑞典考察学习过混凝土三联机操作。他在潘家口、引滦入津、天生桥水电站对隧洞施工的风、水、电供应,电气、机械设备的维修都比较在行,尤其在隧洞的施工技术、组织管理方面有一定的经验。羊湖电站建设最艰巨、最有吸引力的工程就是打一条长达6000米长的隧洞,这正是他施展特长的好机会。但一想到家里,已年过半百、多年生病的老母亲还需要照料,妻子在农村带着女儿忙里忙外,他又迟疑不决了。

他向已经头发花白仍然战斗在天生桥水电站工地上的一位副总队长讲了他不想干的想法,那位副总队长回答他说:"是牛就得耕地。我和总队长都干了三十多年了,仍然在干。再想想,我们国家的西部总要有人建设,国家选择你,你就要服从。"

当然,月玉成经过徘徊、犹豫、斗争,还是选择了羊湖,来到了西藏。他最后的决定就是写信说服家里的老人和妻子,再上羊湖干几年。就这样,他到了西藏,上了岗巴拉山。

今天到了羊湖,他还真不适应高原的气候,头晕、胸闷、恶心,中午也没有吃上两口饭。作为一连之长,现在他爬山也感到吃力,气喘吁吁的,还不能说出口。

月玉成看看手腕上的表,对坐在地上默默无语的官兵说:"休息时间结束了,大家慢慢往上爬吧,再坚持半小时就到了。"
　　于是,人们就慢慢悠悠、懒懒散散地吃力地站起来,背着背包,提着行李,迈着如铅似的沉重脚步朝山上爬去……

第二章

"大家先休息一会儿，然后再搭帐篷！"一到驻地，月玉成就下达了休息的口令。

所谓的驻地是依山而修的光秃秃的平地，面积有三四千平方米。看得出来，这是几年前，初建羊湖电站时整出来的，还堆放着十多顶崭新的帐篷和搭帐篷用的钢管。

由于爬山极度劳累，加上强烈的高原反应，到达半山腰的驻地时，官兵们个个脸色铁青，四肢无力，个个都瘫软在那里。

有的战士因为高原反应，头枕着背包或行李，横七竖八地躺在地上……

月玉成也不管这些横七竖八的战士，觉得大家能爬上这个所谓的"驻地"已经很不容易了，从指挥所机关到驻地的直线距离是800多米的路程，大家却用了两个小时才爬上来，个个累得精疲力竭。

月玉成没有休息，放下背包和行李，就到堆放帐篷的地方寻找东西。在他们上山前，主任石方竹、参谋长龙大佩、后勤部部长徐成强和工程技术科副科长潘登组织连队以上的干部在指挥所机关的二楼会议室开了会，告诉月玉成等连长：一是大家初上高原，要注意安全，不能发生伤亡事件；二是由于开工急，不少准备工作还不充分，需要大家克服困难，不要因为个别战士怕苦怕累，甚至怕死而逃跑；三是独立支队、"一羊指"的各连队的帐篷、食品已由早一两周时间就到达羊湖电站工地的重机连官兵提前几天就堆放到各连队的驻地。会议上特别强调的是，"一羊指"八个连队的驻地特别分散，生活物资都分别堆放在各连队的驻地，由于条件特别艰苦，所以连队干部要高度负责……

现在，月玉成翻开那一顶顶堆放的帐篷，找到了存放在帐篷下的食品（大米、面粉、面条、罐头、海带、黄豆、粗粉条等），油、盐、酱、醋、煮饭用的高压锅，还有十几个大塑料桶装的水，以及一大堆干牛粪……

为了不影响战士们的休息，月玉成组织副连长苏明、技术员宁林、排长萧山然等干部坐在背包上准备开一个会。他给每个人发了一支烟，然后掏出打火机，但打了几下都没有打着火，说："今天早上在成都一打就着火，现在却打不着了。"他生气地把打火机扔掉了。

"我们现在在海拔4400多米的地方,缺氧50%以上,因为氧气不够,所以打火机不容易打着火!"技术员宁林说。

"我才不相信你的鬼话哩!"副连长苏明说着把烟咬在嘴唇上,掏出自己的打火机试了试,还是打不着火。

宁林笑了笑:"相信了吧!我教你个方法,你把打火机在双手的手心里握紧,使劲地摩擦几下,再试试吧!"

苏明照着宁林教的方法试了试,果真打着了。

大家点着烟吸了起来。

月玉成吸了一口,感觉烟的味道与在成都时不一样,于是把烟从嘴里取出来,看了看说:"宁技术员,这是咋回事呢?"

宁林笑了,说:"几年前,我们刚到高原也遇到过这种情况,原因是这里海拔高,也干燥啊!成都平均海拔才500米,空气也湿润,这里海拔这么高,气候干燥,所以同样的烟,在成都抽起来就舒服,但这里干燥,烟的味道就变了。过去,我们在帐篷里抽烟前,就把水瓶盖子或茶缸盖子揭开,把烟放在上面,让它吸收些热气,烟丝就变得柔软起来了……"

"哦!"大家恍然大悟。

月玉成吸着烟,说:"我们目前的主要任务是搭帐篷,尽管大家爬上山来很辛苦,但还是要咬着牙把帐篷搭起来!刚才我让技术员算了下,究竟搭多少顶才够我们连队住,下面由宁技术员说说。"

宁林手里拿着一张已算好帐篷数量的纸,说:"我粗略地算了一下,一个班住一顶帐篷,我们九个班就住九顶帐篷,一个班十二人,加上一个排长,一顶帐篷最多住十三人,我也住在班里……"

"宁技术员需要安静的环境,有时写写画画的,就与苏副连长住一个帐篷吧,卫生员小朱也与他俩住一起!大家有意见吗?"月玉成抿了抿已干裂的嘴唇。

萧山然等三个排长都说:"没有意见!"

宁林推辞说:"算了算了,我就住在班里,与大家在一起热闹些……"

月玉成手一挥说:"就这么定了,你接着说吧。"

宁林说:"连长和文书住一顶帐篷,兼连队会议室。今后电话也安放在会议室。"

"这样可以!我没有意见!"苏明说。

"炊事班要三顶帐篷,一顶住人,一顶做伙房,一顶堆放食品。"宁林说。

"炊事班只有六个人,住一顶帐篷太浪费了。"一个排长发表了不同意见。

"我也觉得炊事班有两顶帐篷就够了,把食品放在住人的帐篷里就可以了。"苏明说。

"行吧,炊事班就用两顶帐篷吧!"月玉成一锤定音。

"我们连队还应该有一顶大帐篷做食堂,这是必不可少的,这里风沙大,不可能在露天吃饭。另外,就是要有一顶堆放施工工具的帐篷做库房。比如说,堆放铁锹、钢钎、锤子、炸药、电风钻、手推运渣车等等。"宁林说。

"听技术员这么一算下来,今天下午就要把十五顶帐篷搭起来了。"

"是的!"萧山然说,"我们连共计一百二十二人,今天下午能把十五顶帐篷搭起来的。"

宁林说:"我们连队就我一人是第二次进藏了,在这方面,我有发言权。一是今天大家刚上高原,不少人高原反应强烈,周身无劲。二是这里海拔高,要想把十多顶帐篷搭得牢固,会费很大的力气,大家不仅要使用钢钎,还要使用大锤,把每顶帐篷四周的绳子固定好,现在是9月底了,应该是开始刮大风的时候了,否则到时帐篷被连根拔起……你连哭都来不及呢!"

"这里的风有这么大?"

"我刚来这里时也是技术员,对这方面有所了解,全年八级以上的大风要刮一百多天呢!"

"这么厉害?"

"不信,你们等着瞧吧!这里一天就有四季的变化,说不定今天下午就有大风呢!"

大家一听,脸色骤变。

月玉成看了看手腕上的表,说:"好了,不争论了,开始搭帐篷吧。除炊事班为大家烧点开水外,其余的人全部搭帐篷。每个排长分别指挥着自己的班排干吧!由宁技术员指导、监督搭帐篷吧!"

月玉成站起来吹响哨子后,说:"以班为单位,大家开始搭帐篷!"

班长金晓灿、城市兵严雪和老兵吴忠海睡着了,发出了轻微的鼾声。今天早上他们在成都6点就起床收拾东西了,再加上在高原上的折腾,大家觉得很疲倦,所以就睡着了。

头痛欲裂的张顺听到哨声就去拉身旁的严雪:"快起来,快起来!大家开始搭帐篷了。"

严雪似睡非睡,迷迷糊糊的,听到了哨音,但无法打起精神来和他搭话。

人们拖着疲惫的身体,穿着棉大衣都从地上爬了起来。

月玉成说:"先适应一下再干活。"

一位战士不满地说:"连长,活命都难,还干活啊?"

月玉成满脸严肃地说:"少说废话,来就是干活的。不干活你来干什么?"

人们慢吞吞地走到技术员宁林用铁锹在地上画出的搭帐篷的位置。

大风刮起来了。

副连长苏明、排长萧山然和班长金晓灿,还有张顺他们,吃力地将厚重的帐篷缓慢地拖到宁林画出的搭帐篷的位置。

连长月玉成手提大锤、老兵吴忠海拿着钢钎过来了。月玉成说:"让宁技术员指导我们,我们先试搭一顶帐篷,然后大家照着这个示范干吧。"

按照宁技术员的指点,月玉成抡起大锤,由萧山然掌钎,开始打孔洞,然后将用来捆帐篷四周的绳索的铁橛子深深地埋入冻土下,再使劲夯实⋯⋯

十多个人喘着粗气,在冻得硬邦邦的大地上,靠大铁锤支起了帐篷的铁管骨架,接着开始将篷布挂在铁骨架上固定好。

这时,一阵猛烈的狂风怒吼着,使刚支起的帐篷骨架在狂风中歪倒下来了,只有那挂在骨架四周的篷布在狂风中发出哗哗的响声。

"这天气真害死人了!"严雪骂了一声。

第一顶帐篷在缓慢而又艰难的过程中终于支好了。接着,月玉成指挥道:"由各位排长带领各班就像我们这么搭帐篷。大家开始干吧!这一顶帐篷是炊事班的伙房,现在炊事班抓紧给大家烧点开水喝吧!"

炊事班班长梁春天应声道:"是。"

在搭起来的第一顶帐篷内,炊事班三个人去帐篷堆里搬进来了食品。梁春天与另外两个炊事员手忙脚乱地用石头和泥巴支起了一口硕大的高压锅,他们用铁锹把牛粪铲进灶膛内,可就是点不燃火。

气得快要哭的梁春天跑到正在指挥搭帐篷的宁林跟前,恳求道:"宁技术员,你是老高原了,我们炊事班点不燃火,请你过去帮我们看看吧!"

宁林放下手中铁锹就跟着梁春天去了伙房。

进了伙房后,宁林弯着腰看了看灶膛,说:"有没有旧报纸呢?"

梁春天急躁起来:"哪里能找到旧报纸?"

宁林想了想说:"那有没有旧衣服?"

"没有。只有我们炊事员穿的旧围裙!"

"那抓紧拿来吧。"

梁春天把旧围裙从身上解了下来,递给宁林。

宁林接过旧围裙,几下就撕扯成了碎布条,说:"快去把菜油拿来!"

梁春天一转身将背后一塑料桶菜油拿过来了。另外一个炊事员把油桶盖拧开了。

宁林让梁春天提起油桶就往碎布条上淋了淋油。

"好了,够了!"宁林接着将已淋满菜油的碎布条交给梁春天说,"梁班长,你帮我拿着。"

梁春天拿过碎布条后,宁林从衣兜里摸出打火机在手心里搓揉了十多下,然后打了三次,才打着火,伸到布条下,终于点燃了火。

梁春天将燃烧着的碎布条扔进了灶膛。

灶膛内,火苗由小变大,一股牛粪的气味飘了出来……

人们拖着疲惫的身体,穿着棉大衣,喘着粗气,没精打采地搭着帐篷。

月玉成察看了地形后,走过来发了火:"搭个帐篷都这么困难,懒洋洋的,我们作为打引水隧洞的连队,今后怎么完成艰巨的施工任务呢?"

班长金晓灿安慰道:"连长别发火,我们实在没有办法,身上软得不行,一点儿力气都没有。"

月玉成说:"我不发火行吗?这样子叫人着急!"

不少人鼻孔里开始淌鼻血了,张顺淌的鼻血最多。

宁林跑到流鼻血的战士们跟前,说:"大家不要恐慌,刚上高原流鼻血很正常!"

"正常个啥?血流多了,就要死人了!"不知谁恶狠狠地吼了一句。

"快叫卫生员,快叫卫生员来给小张止血!"月玉成喊着,便从衣兜里掏出手绢来递给张顺,"快擦擦吧!"

"我有,我有,连长!"张顺没有接月玉成手中的手绢,自己从裤兜里掏出手绢,轻轻地在鼻孔处擦了擦,谁承想鼻血越流越多。

卫生员小朱慌忙提着药箱跑过来,看着张顺脸上的鼻血,不知所措地看着月玉成严肃的脸庞。

月玉成有些急了,说:"你看着我干吗?想办法把小张的鼻血止住呀!"

小朱将药箱放在地上,然后打开药箱,取出医用棉球,打开一个装有酒精的瓶子,用棉球蘸了淡红色的药水,给张顺消毒,当棉球擦着鼻孔时,张顺"哎哟"一声大叫起来,便双手捂住鼻孔蹲在了地上。

月玉成便跑了两步,蹲下去从张顺的背后抱住他说:"消消毒,就会迅速地好起来。别怕,别怕!"

张顺痛苦地哭道:"连长,我痛!"

围着的几个人看着张顺痛苦的样子,便怜悯起来,眼里也有些潮湿……

月玉成对小朱说:"卫生员,算了!让他休息吧!"然后把张顺扶到了堆放着的帐篷上,侧躺着休息。

张顺开始小声地呻吟着:"哎哟,哎哟!"

月玉成放下张顺后,站起来,看了看表,抬起头来,说:"炊事班怎么搞的,烧个开水都用了快一个小时了,怎么还没有烧开?"然后,对不远处的萧山然说,"快去看看,大家都口干舌燥的!"

宁林说:"连长,您着急也没有用。这里海拔这么高,煮一锅饭用两个小时左右都是正常的!"

"唉!这高原真是没有办法呀!"月玉成一声长叹后,从衣兜里掏出哨子,吹响哨子,说,"大家休息十分钟。"

人们便丢下手中搭帐篷的工具,横七竖八躺倒在地上,喘着粗气……

"开水来了,开水来了!"梁春天和另外一名炊事员抬着冒着热气的高压锅放在坝子中心。

人们这才从地上吃力地爬起来,拿着各自的刷牙缸从高压锅里舀出开水来喝。

月玉成右手端着半刷牙缸开水,走到侧躺在帐篷堆上、已迷迷糊糊的张顺身旁,蹲下去,左手拉了拉张顺的衣服,说:"小张,小张,起来喝点开水吧。"

张顺捂着鼻孔的手松开了,血已不流了。他感激地说:"谢谢连长,我不想喝,头痛得很,身上也没有力气……"还没有说完,眼泪便从眼眶里滚落下来。

月玉成看着眼前这个瘦小的战士,也差点掉下泪来,只好说:"好吧,你躺着别动,好好休息一会儿吧!"

张顺想到大家都在干活,觉得自己躺着有些过意不去,便挣扎着想起来。

月玉成按住他,说:"你身子弱,休息休息,不用干活了!有我们干呢!"

张顺便又躺了下去,泪水止不住地从眼眶里涌了出来。

"刚上高原,条件太差,应该给你煮碗鸡蛋面吃,唉!"月玉成关心地说。

"连长,我不吃,我再躺一会儿就起来干活儿!"张顺泣不成声地说。

月玉成害怕自己的眼泪流出来,立刻站了起来,背着张顺抹了一把快要滚出来的眼泪,走开了。

这时,炊事班班长梁春天走到月玉成身旁问:"连长,都快5点半了,我们抓紧做晚饭吗?下点面条,放几罐午餐肉进去吧。"

月玉成望了望明亮的天空,又看了看场地上还没有搭起来的帐篷,觉得时间还早,说:"这样吧,你们先烧开水吧,反正要用一两个小时才能烧开呢,等我们把帐篷搭起来,把床铺安顿好后,再下面条吧!"

"是。"梁春天便转身朝伙房走去。

搭好十四顶帐篷,安置好床铺,天快黑下来了。由于缺氧,人们嘴唇紫黑,累得人仰马翻的,横躺在地铺上,周身像散了架一般,大家只有唉声叹气的声音,连开口说话的力气都没有了……

炊事班班长梁春天和炊事员,手忙脚乱地把20多公斤挂面放入高压锅里沸腾的开水中。

有人喊:"再放几个午餐肉罐头。"

另一名炊事员又去拿来十个罐头,梁春天找来钢丝钳,弄开罐头倒入高压锅中……燃烧着的牛粪冒着暗绿色的火焰,又煮了三十多分钟,但见面条还是硬邦邦的,就是煮不熟。

一名炊事员问梁春天:"班长,怎么搞的,老是煮不熟?"

梁春天答道:"不知道,在内地只要一两分钟就行了。这里用高压锅怎么这么长的时间也煮不熟呢?你快去找宁技术员来出出主意吧!"

那名炊事员把宁林找来了。

宁林看了看高压锅里的面条,解释说:"这里海拔四五千米,水的沸点只有六七十度。你们不想想,这样怎么能煮得好面条?你们快把高压锅的盖子盖上吧,再煮十来分钟,就应该差不多了。"

梁春天双手抱着沉重的盖子,把高压锅盖上了。

三名炊事员又将高压锅上的三个螺栓与盖子卡好,然后用扳手把螺栓牢牢固定死。

十多分钟后,高压锅的压气阀终于喷出呼呼的气声,一股股白雾似的气体喷涌而出。

当压气阀上的白色气体喷了五分钟的时候,宁林指挥着梁春天他们从简易的灶膛上把高压锅抬下来,说:"把高压锅抬到帐篷外,端两盆凉水来,然后往高压锅盖上淋下去。"

梁春天他们按照宁林教的方法做了,等压气阀没有一点气体喷出来,然后宁林手舞足蹈地指挥着:"你们快拿扳手来把螺丝帽拧开吧!"

人们按照宁林的要求做了,然而,一打开盖子,高压锅里的面条还是硬邦邦的。

大家看了看硬邦邦的面条,一脸的无奈。

梁春天说道:"我长这么大,还第一次见到用高压锅煮出来的面条跟筷子一样硬!"

"我也是第一次见到,煮一顿面条花了两个多小时还这么硬!"另一名炊事员气呼呼地说道。

宁林安慰道:"你们以后就会知道在高原就是这个样子! 三年前,我初到羊湖电站工地时,因为受不了这里的苦累,我还……"他离队的事情,自己不好意思说出来。

"那这让全连的人怎么吃?"梁春天征求宁林的意见。

"是啊!"宁林无奈地说。

"好吧,你们把面条抬到食堂的帐篷吧,分别倒在三口大钢精盆里,放好勺子! 我去通知连长吹哨子吃饭。"梁春天与宁林朝连部走去,"我们还得煮一锅,否则大家不够吃。"

"是呀!"宁林说。

哨声响过之后,月玉成站在连部帐篷外,大声地喊道:"大家带上自己的碗筷,开饭了!"

已饿得饥肠辘辘的战士们拿着碗筷,慢腾腾地到了所谓的食堂的帐篷,大家两眼直愣愣地看着三口大钢精盆里冒着热气的硬邦邦的面条,一点胃口都没有。

月玉成拿着碗筷进到帐篷,看着大家发呆,没有人往碗里盛面条,就说:"大家快打面条吃吧!"同时,看到来食堂吃饭的人只有三分之二,就对站在自己身旁的苏明说:"苏副连长,你快去各帐篷催催吧,让大家抓紧来吃饭了。"

"好的! 我去催催。"苏明把碗筷放在了帐篷角的地上,便去了。

月玉成、宁林、萧山然带头,分别在三口钢精锅面前蹲了下去,往自己碗里挑着硬邦邦的面条。

城市兵严雪嘟囔道:"这怎么吃?"

"吃吧,大家快来打着吃吧! 闻起来挺香的。我们在高原的第一天能吃上午餐肉面条不容易,吃了好好休息,明天还要干活呢。"月玉成能理解大家的心情,盛好面条,站起来,望着大家,慢条斯理地说。其实,他的高原反应也不小,周身也是软软的。

于是,人们这才慢腾腾地走过去,往碗里盛面条。

苏明到了各帐篷去催战士们来吃饭,但不少人从地铺上爬了起来,摇了摇发蒙的脑袋,说:"头胀痛得不行,呼吸也困难,周身都快散架了……"也有不少人躺在地铺上,迷迷糊糊地说:"今天下午搭帐篷太累了,不想吃饭了……"

"统统给我起床去吃饭,否则我处分你们!"苏明有些火了,拉下了脸,严厉地说。

不想去吃饭的士兵这才慢腾腾地爬起来,去取自己的碗筷。

月玉成带头吃了两碗后,看到有的人才只吃了半碗,表情严肃地说:"每人必须吃够两碗,否则明天干活身体支撑不住。记住,必须像完成战斗任务一样。"

严雪开起玩笑来:"要是战场就好了,我宁愿牺牲当英雄算了!"

因为高原反应,谁也没有笑。

"谁说这里不是战场,这里不是战斗?今天石主任讲了的:我们的战场就在岗巴拉山,我们的战斗就是羊湖电站工地!"月玉成边吃边说道。

可是,张顺一碗还没有吃完就哇的一声吐了出来。

金晓灿赶快将自己的碗放在地上,跑过去扶着张顺坐在地上。

月玉成看到大家吃饭比干活还痛苦,说道:"实在吃不下去,就不要吃了。"

张顺吐得脸色惨白,全身无力,就想倒下去。

月玉成也过来扶着张顺,拍了拍他的后背,心疼地说:"好些不,小张?"

张顺有气无力地说:"好些了,连长!"

人们看到张顺呕吐出来的凌乱的面条,有的还在硬邦邦的地上竖立着。

吃了晚饭,大家稍作休息后开始支第十五顶帐篷,也就是堆放施工工具的库房。

第十五顶帐篷在缓慢而又艰难的过程中终于支好了。为了避免狂风把帐篷连根拔起,他们用高压锅烧来开水浇在铁橛子四周,将帐篷和大地冻在一块。

岗巴拉山夜凉彻骨,帐篷像一座冰窖,寒冷和高原反应使他们气喘头疼难以入眠……

在一排一班的帐篷里,人们坐在地铺上。老兵吴忠海说:"我想给家里写封信,但脑子好像不听使唤,一下子想不起父亲和母亲的相貌来了……"

宁林带着卫生员小朱进来,他说:"这里缺氧厉害,又是刚上高原,所以,大家记忆力出现障碍属于正常情况,慢慢适应过来就好了。卫生员来了,看大家有没有生病?如需要吃药,就向卫生员取吧!"

"吃药有什么用?我们从成都出发前,卫生员都给我们发了党参片,还有红景天,吃了后,来到这里,一点用都没有,照样头昏脑涨,呼吸困难,鼻子流血,周身无力。这鬼地方我是领教了!"

"就是,就是!我可怕死……我过几天才满二十岁呢……我父母都三十多岁了才生我这个独苗苗……"一名战士说着差点掉下泪来。

"适应高原反应得有个过程,大家不要有恐慌情绪!"宁林不等那名战士说完就安慰大家道。

排长萧山然刚才流鼻血了,这时他用手擦着鼻血,走到小朱跟前来:"卫生员,给我一点药棉,我把鼻孔塞塞。"

小朱扯了一些药棉给他。

萧山然接过药棉就往鼻孔里塞,又说:"卫生员,你再给张顺一些预防高原反应的药!"

小朱从一个药瓶里倒出十多片党参片,用小药袋装好,并从药箱里取出两管红景天药液交给了萧山然。

萧山然转身就走过去把药交给了金晓灿,说:"你快用开水让小张服下。"

张顺由于高原反应厉害,饭也没有吃两口,早就躺在地铺上睡了。其实,也没有睡着,偶尔还能听到他的叹息声。

金晓灿拿着药,端来半牙缸温开水,跪到张顺的地铺上,扶着他,帮他把药服下……

宁林带着卫生员小朱到炊事班走了一趟,看有没有人需要药。他让梁春天给他找了三个晚上煮面条时扔下的午餐肉罐头盒,说:"连长、副连长和我各一个用来装烟头。"

"我送给你一个烟缸!"宁林来到连部帐篷,看到月玉成坐在一张简易的饭桌旁吸着烟。他便将罐头盒交给月玉成。

月玉成接过空罐头盒子,笑笑:"嗯,这个烟缸很别致嘛,装烟灰不错,谢谢宁技术员了!另外,宁技术员,你去各班排通知一下,今天晚上,大家用水洗完脸后再用洗脸水来洗脚。看来,道路没有通前,还要派出一个排下山,从雅鲁藏布江背水上山,供大家吃饭和日常生活用!"月玉成说。

"怎么背呢?用什么工具背?"宁林问道。

"是啊,明天早上吃饭时,我们几个干部再商量商量吧!"

"好吧!"

当宁林来到一班帐篷通知节约用水,五个人用一盆水洗脸洗脚时,严雪说:"水这么珍贵,我就不洗了。"

人们七嘴八舌地议论开了:"我也懒得洗,反正喘不过气呢。""晚上这么冷还用冷水洗脸洗脚,这与当年老一辈的二万五千里长征差不多了……"

大家还没有说完,林宁就说:"驻扎在山上的其他连队与我们一样的,别人能吃苦,为啥我们就不行呢?"

大家不吭声了。

"晚上吃饭时,我与连长、副连长商量了一下,如果你们怕晚上睡觉冷,就铲些牛粪进来取取暖吧!"林宁说。

"牛粪一燃就臭烘烘的,怎么睡觉啊?"一名战士嘟哝道。

"习惯了就好了,待'四通一平'一好,大家日子就好过一些了。我是老高原了,大家相信我的话吧!"宁林说。

大家只好默不作声了。

宁林走到张顺的床铺跟前,看了看和衣躺在床铺上盖着被子的张顺,问道:"你好些了吗?"

张顺小声道:"好了一些,谢谢宁技术员了!"

宁林弯腰给他掖了掖被子:"好好休息吧!"

晚上,大风吹得帐篷哗哗地响。

萧山然说:"大家洗完后抓紧睡吧!"

严雪说:"这么大的风,水又是凉水,冻脚冻手的,我不洗了,我学雷锋把水让给大家吧!"

一盆水在烛光的照耀下,闪着亮光。大家先用水刷了刷牙,三个人才洗完脸,水就乌黑乌黑的了。

吴忠海看了看盆里的水就说:"算了,算了,我也学雷锋不洗了!"

苏明躺在自己的床铺上问刚进帐篷的宁林:"宁技术员,这才9月底,高原怎么这么冷呢?风怎么这么大?"

宁林说:"我今天下午已说过了,这里八级以上大风每年要刮一百多天,空气中的含氧量只有内地的50%,机械功率下降50%。"

苏明说:"我的高原反应也厉害,上气不接下气的,脑瓜子痛得很。"

宁林走到自己的床铺边坐下来,说:"我们这里海拔高,高原就是这样的,我三年前进来与你们一样,也是流鼻血,脑袋痛,呼吸困难!"

苏明只好无奈地说:"睡吧!"

一晚上,人们躺在地铺上,听着吹得帐篷哗哗响的风声,再加上高原反应,并没有睡好,不少人喊头痛,呼吸困难。大家都在迷迷糊糊中痛苦地度过了一个晚上。

第二天早上,天色朦胧,连长月玉成站在连部帐篷门外,吹响了哨子,喊道:"起床了,起床了,今天不出早操了,抓紧洗漱,然后开饭!"

这时,重机连的副连长许林海,驾驶员兼推土机手李晓明气喘吁吁地跑来了。

月玉成看着许林海、李晓明,诧异地问:"你们来有事吗?"

许林海喘了两口粗气,解释道:"我是重机连的副连长许林海,他是我们连的驾驶员,也是推土机手李晓明。石主任一早就让我们重机连的人分别来通知你们驻扎在山上的八个连队,今天不安排施工生产了……"

月玉成脸上露出微笑:"那好,那好,确实大家高原反应很严重。"

许林海说:"你们打引水洞、机械修理、支模浇筑、灌浆的八个连队还真不错呢,没有一个人进医院,住在羊湖边上打进水洞的独立支队官兵昨天晚上已有十二人住进了指挥所的医院。唉!"

"我们在山上,又没有路去医院,大家只有强忍着高原反应,煎熬着度过漫漫长夜……我人高马大,身体也是很棒的,但我的反应也大,昨天深夜,我去各班排查了两次铺,大家都被高原反应折腾得呻吟不止……唉!我昨晚上洗脸时,发现开始掉头发了……"月玉成叹息地说道,随手从头上一抓,好几根头发就掉下来了,然后,他手一松开,便随风飘去了。

李晓明说:"三年前,我们来修羊湖电站的不少战友因为严重缺氧,头发都掉光了!"

"当然也有因为严重缺氧而影响生育的,还有女干部生的孩子都脑瘫了。你们适应适应就好了!"许林海安慰道。

月玉成说:"是的,大家只有咬着牙适应!另外,我有个事需要从许副连长那里了解一下,我们中午煮了饭,就没有饮用水了,我们从哪里背水近一些?"

许林海想了一下,说:"这样吧,我们连用塑料桶从雅鲁藏布江装二十桶饮用水运到三〇七省道公路边离你们最近的地方,然后你们派人去省道背吧!"他用手指了指营房旁边一条三年前傍山粗修的道路,又说,"那条道路因为停工三年时间,经过风霜雨雪的侵袭已被毁得面目全非了,但还能辨别出一点路的轮廓,你们走这条道去背水近一些,免得大家爬坡上坎的,好省些力气。我们连几天前运帐篷上来,就是走的这条道。我们会在10点前把水运到三〇七省道边,你们过去背就行了。"

"谢谢了!另外,请你向指挥所首长反映一下,应该抓紧给我们基层连队配发皮大衣,这山上确实太冷了,冷得让人受不了。"

"好的,好的。我一定向指挥所首长反映。我们走了!"

"不在这里吃点饭再下去?"

"不了,谢谢!"

望着许林海和李晓明走远后,月玉成便想到自己在广西修建天生桥水电站时全连官兵都剃成光头的事情。

那是一个月前的事情,也就是1989年8月,月玉成刚担任连长才七个多月时间,支队警务股长三人到施工工地来检查警容风纪,发现不少官兵的头发太长了。有五六个战士的头发已经过肩了,于是,警务股长当着官兵的面,批评他说:"月连长,你们的施工任务虽然完成得好,但你们的警容风纪实在太差了,地方老百姓见了,他们会说这哪像是部队,头发那么长……这会影响部队的形象。"

因为当时总队提出"大干一百天",所以那段时间,施工是"三班倒",官兵们十分劳累,作为一连之长的月玉成自然是更加疲劳。当着官兵们的面受了批评,心里自然不好受,于是他火冒三丈起来:"你们没有看着我们天天一身泥,一身水的,都快成了泥猴子了吗?我们没有顾上理发又咋的了?"

警务股长声音也大了起来:"你月玉成有什么了不起的?全支队十多个连队不是都在工地上'大干一百天'吗?就你们连队特殊吗?"

"我们不像你们坐机关的,天天不讲实际,坐在办公室发号施令……"月玉成又气愤地说道。

"你一直是我们全总队的老典型,我们一直以你为榜样,一直以你为骄傲,你这是什么态度?"警务股长也气得嘴冒白沫。

"我就这态度,如果你对我有意见,可以到支队、总队领导那里建议,把我的连长职务撤了!反正我是志愿兵转的干,我又不怕再当战士!"月玉成气得想骂人。

"我无权撤你的职,但有一点,不管你们把施工任务完成得有多好,超额了多少施工任务,但作为军人,警容风纪是绝对不能马虎的,在讲究警容风纪方面,必须是按部队标准执行的。你知道官兵头发长度的标准是多少吗?"警务股长余怒未消地瞪着月玉成。

"谁不知道,发长不得超过1.5厘米。"月玉成不屑一顾地说。

警务股长说:"月玉成,我们下一周还要来检查。"

"欢迎你们明天就来检查!"月玉成咬着牙,一脸气愤地说。

警务股长他们走后,他一屁股瘫坐在地上,目光呆呆地望着远处的山峦……

排长萧山然跑过来,要拉月玉成站起来,他挣脱萧山然的手,声音里带着痛苦地问道:"你身上有烟吧?"

"有、有、有!"萧山然赶紧从衣兜里掏出烟来,递给月玉成后说,"连长,您不是一直不抽烟吗?"

"我心里烦得很。"月玉成把烟含在嘴里。

萧山然便弯腰用打火机给月玉成点上。

这是月玉成人生中第一次抽烟,由于心情烦躁,也由于吸得过猛,他吸了一口后,便猛烈地咳嗽起来。

萧山然在月玉成的背上拍了拍,让月玉成缓了口气。

"我陪您坐坐!"萧山然自己也吸了一支烟,然后坐在了月玉成身旁。

两人谁也没有说话,都望着远处起伏的高山,默默地吸着烟。

月玉成苦思冥想,然后将烟头抛向天空,看着烟头坠落在地上,对萧山然说:"萧排长,你赶快让文书去买两三套理发工具回来。"

"您要干什么呢?我们连队的人都不会理发呢。"

"别问了,快去,快去!"

"好!"萧山然从地上跃起来,就朝连部营区跑去。

"唉!"月玉成无可奈何的一声长叹。

第二天清晨,连队出操时,月玉成要求全连官兵不要戴帽子。官兵们喊着"一、一二一"的呼号声,比平时出操多跑了十来分钟,当其他连队的官兵看见月玉成连队的官兵一个个锃光发亮、光秃秃的脑袋瓜子时,大家都笑得前仰后合。

有一个与月玉成关系颇好的同年入伍的老乡、连长郭世明跑到月玉成跟前,开玩笑说:"月玉成,你平时带领你们连队施工比我们厉害,没有想到你管理部队也有那么一股子狠劲儿。我对你佩服得五体投地了!"

"郭老乡,你少挖苦我了。"月玉成笑笑。

"你们连队的官兵看上去更像土匪了!哈哈,你月玉成就是土匪连长!"郭世明一阵大笑道。

"去、去,你管得真宽,跟你有什么关系?"月玉成有些不悦地吼道。

没过几天,总队主管司令部的领导,知道月玉成所带领的连队官兵都成了"和尚头""土匪头"的事情后,找月玉成谈话。

月玉成一五一十地把事情发生的经过讲了一遍后,总队领导就批评说:"那是你月玉成不对……你是总队的先进,是总队的典型,你应该认真听从支队警务股的批评,然后改正连队存在的问题嘛!"

月玉成谦虚地说:"首长批评得对,首长批评得对!我今后一定改正!"

"好吧!知错就改,就是好同志!"

说实话,月玉成从那位总队领导的办公室出来后,心里五味杂陈,难受得很……

再后来,他想在年底转业,但副总队长的"是牛就得耕地……国家选择你,你就要服从"那句话,使他放弃了转业的念头。所以,在支队动员官兵主动报名来高原参加修建羊湖电站工程时,他第一个走上主席台报了名。

支队领导表扬他:"关键时候还是先进、典型的觉悟高!"弄得全礼堂的官兵不停地鼓掌。

现在,月玉成想起这"头发问题"的往事,不由得笑了笑。

接着,月玉成转身去了营区院内,喊道:"集合了,集合了!"

人们疲惫地从各自的帐篷出来了,月玉成发现还有不少人没有来到营区内集合,就拉下脸来:"各班班长,快去喊,快去喊,有高原反应,也要克服克服,也要吃早饭。"

各班班长去喊了,人们才慢悠悠地走进帐篷围成的营区。

一阵阵寒风吹过来,不少官兵都缩了缩头,觉得寒风凛冽刺骨,浑身冷飕飕的。

月玉成开始整理部队,指挥道:"立正,向右看齐——!"

人们按照口令不停地前后左右地挪动,队列整齐划一了。

"下面由我来指挥,咱们唱首歌。说句心里话,预备——起。"月玉成舞动起手臂指挥起来。

> 说句心里话,我也想家,
> 家中的老妈妈已是满头白发;
> 说句那实在话,我也有爱,
> 常思念那个梦中的她,梦中的她。
> 来来来来既然来当兵,
> 来来来就知责任大。
> 你不扛枪,我不扛枪,
> 谁来保卫咱妈妈,谁来保卫她?
> ……

这应该是一首深情的且有力量的歌曲,却软绵绵地飘在高原的上空。

歌声毕,月玉成说:"歌唱得不好,我不怪大家,因为大家高原反应得厉害,晚上天气又寒冷,所以昨天晚上没有休息好……待过两天大家适应高原了,就开始出早操,饭前一支歌,当然要唱出我们的气势来,不能像今天早上唱歌的样子了,这哪像一个部队呢!"

"听说,在高原唱歌能唱死人呢。"严雪说。

队列里不少人开始议论起来。

月玉成声音大了起来:"我才不相信能唱死人呢!另外,我们连队是由好几个单位组建的,有的来自一总队,有的来自二总队,也有的来自独立支队。像我们的宁技术员三年前就是初建羊湖电站的,我这里说的意思是大家要团结一心,互相帮助,互相关心,互相爱护!另外,对于高原的生活习惯不了解的,我们都要向老高原宁技术员请教,他的高原生活经验丰富。我也是初上高原,对高原生活的经验一无所知,也与大家一样,高原反应得厉害。我们昨天晚上能吃上饭,就是宁技术员想办法把煮面条的牛粪引燃的,否则大家连饭都吃不上。所以我们在这里鼓掌感谢他!"

于是,队列里响起掌声。

"下面请宁技术员到我这儿来,给大家介绍介绍吧!"月玉成说。

由于宁林事先没有思想准备,所以走到月玉成身旁时,脸也红了,只是支支吾吾地说:"如果说我在高原生活、工作的具体经验吧,一时半会儿说不太清楚的。这样,大家遇到困难,可以找我,我不会推辞的,我们都有一个共同的目标,就是把羊湖电站建设好。关于高原反应,过上三五天就适应了,大家不要有恐惧心理。想当年,电力工业部把我这个学电力专业的大学生安排到羊湖来工作时,因为畏惧艰苦,我当时犹豫过……石主任当时对我网开一面,没有处分我,但我知错就改。回到部队后,我便咬牙战胜生活、工作上的困难,适应了高原的生活与工作。"

月玉成又带头鼓掌,说:"包括我在内,今后多向宁技术员学习!"

待掌声结束,月玉成又说道:"另外,吃了早饭后,每个班挑选三个身强力壮、高原反应小的同志去公路边背一趟饮用水,宁技术员知道三年前修建的道路,由他带队,我也参加。另外的同志由苏副连长负责,再把我们的所有帐篷四周固定固定,这里的风大,今后雪多、雨水也多。昨天晚上的风吹得帐篷都在摇摇晃晃的,我也担心被风吹垮掉……"

还没有等月玉成说完,大家就开始议论纷纷:"这里的风真大,搞得我一晚上没有睡好觉。""这鬼天气,吹得帐篷哗哗响,好吓人啊!"

"大家静静,再说一个让大家高兴的事情,根据指挥所首长要求,我们今天把活干完后,大家就休息一天,可以写写信,或者休息!"

队列里,人们的脸上露出了微笑,欢呼雀跃。

"好,大家开饭!"

早上的饭很简单:有些夹生的稀饭,还有没有发酵好的馒头,每个班一碟子干炒黄豆,一碟子罐头脱水菜。

排长萧山然住在一班,与一班战士在地上围成一圈一起吃饭。他对有些看着饭菜就紧皱眉头的战士说:"再难吃也得吃,不吃明天咋干活哩?"

有一名战士说:"这馒头硬得像石头,让人怎么咽得下去?"

另一名战士也说:"这稀饭也是半生不熟的……唉!"

严雪说:"我是想当公安的,没有想到来当了武警,还在这么艰苦的地方修电站!吃得比猪差,干得比驴累,睡得比狗晚,起得比鸡早……"

萧山然说:"你们少发牢骚,快吃吧!"

张顺喝了半碗稀饭后,又强迫自己啃了一个硬馒头。

人们一出门,脸就被风吹得火辣辣的痛。吃完饭,全连九个班选出的二十七个战士和三个排长,在月玉成和宁林的带领下,手里攥着捆扎背包用的背包绳,气喘吁吁地来到三〇七省道公路边,公路边果真有二十个装有饮用水的塑料桶摆放得整整齐齐的,每桶大约有25公斤重。

"身体强壮的,一个人背一桶水,身体稍弱的,两个人轮换着背。"按照月玉成的要求,人们用背包绳捆扎着塑料桶,开始背了起来。

班长金晓灿背起25公斤重的饮用水站了起来,由于缺氧,加上昨天晚上没有休息好,砰的一声倒下了,鼻子磕到坚硬的地面上,顿时鲜血直流。

"金班长,金班长!"月玉成呼叫着,跑了过来。

大家也围了过来,人人脸上惊恐万状。

月玉成把金晓灿肩上的塑料桶卸下来,宁林把金晓灿扶起来,坐直。

只见金晓灿鼻孔里涌出鲜血,大口大口地喘息着。

"班长,班长,莫动!"张顺从衣兜里掏出来手绢,帮金晓灿堵塞鼻孔。

老兵吴忠海说:"金班长,你不要背了,让我们来背吧!你跟着咱们走回去。"

人们便把金晓灿搀扶起来,满脸鼻血的金晓灿站立起来后,考虑自己是班长,应该起带头作用,便把手绢还给张顺说:"给,谢谢你小张!还是我自己来背吧!"

"金班长,在高原,你就别强来,你不背,大家也不会怨你的!"月玉成挡住他,安慰道。

金晓灿只好用右手捂着鼻孔嗯嗯地答应了。

宁林考虑张顺身体瘦削,让他跟自己背一桶。他们的班长并没有安排张顺来背水,让他在连队与大家一起固定帐篷,他却执拗地来了。这让连长月玉成、宁林很感动。于是,宁林背上一桶水后,就让张顺走在自己后面,偶尔用手帮助托住塑料桶。

人们背着冰凉的水,走走停停,总是觉得腿脚无力。不到1000米的路程,大家硬是走了两个多小时,累得大口喘气。

中午吃过午饭,大家休息了两个小时,起来后,一些人才想到应该给家里亲人写信。

严雪手里握着钢笔,坐在地铺上,背靠帐篷,一本信笺纸放在合拢的膝盖上,望着帐篷顶发呆,然后看着班里其他人与他一样,也断断续续地写不下去。他就问萧山然说:"排长,我怎么信写不下去呢?脑子里记不起父母的模样了!很恼火……"

还没有等萧山然回答,另外一名战士说:"唉,我的脑子也乱的,不知从什么地方下笔呢,我才只写了'敬爱的奶奶,爸爸妈妈'几个字。"

萧山然说:"听宁技术员说,在海拔这么高的地方,对人的记忆力和体力都有很大的影响。我们刚上高原,记忆力都很差,过一段时间自然就会好起来了的。"

张顺也靠着帐篷,坐在地铺上,苦思冥想地在写信……

第三章

"轰隆隆,轰隆隆!"

一块块巨石、一片片泥土在爆炸声中腾空而起,接着从空中坠落到地面,烟雾四处弥漫。岗巴拉山的工地上,官兵们一派热火朝天的繁忙景象。

一台台进口的挖掘机、装载机、自卸车因为高原缺氧,油料燃烧不充分而冒着滚滚黑烟。

重机连的官兵驾驶着二十多辆载重量达八吨的进口五十铃运输车往返在工地至拉萨拉运水泥电杆、地下管道……

在岗巴拉山的工地上,在机械无法通行的地方,"一羊指"近千名官兵分别手持铁锹挖着土方,推着手推运渣车,抬着石头,打着炮眼,架着电线,铺着管道,在气喘吁吁、生机勃勃地忙碌着……官兵们为早日实现"四通一平"在昼夜不断地、挥汗如雨地拼命施工。

"一羊指"一连一百多号人正在修建从他们营区到三〇七省道的便道。这条所谓的便道,一面是山,一面是陡坡,由于工程停工,已经遭到严重的自然毁坏,现在必须立马打通才能通行车辆,运水上山。否则,他们就只能从雅鲁藏布江背饮用水和生活用水,还有所有的施工物资也无法运上山来。

按月玉成的安排,一排的人马由他领着干,二排、三排的人马分别由副连长苏明、技术员宁林领着干。

由于大地太坚硬,几天下来,不少用十字镐修便道的官兵虎口都被震裂了,并渗出了血。

上午干了整整两个小时了,月玉成吹响了哨子,让大家休息十分钟。人们这才纷纷坐下了休息。

月玉成吸着烟,苦思冥想地思考着怎样提高施工的速度。这些天因缺氧夜里所有人都没有睡好,人们或坐着或靠着隆起的土包,都闭合了眼睛。金晓灿和严雪、吴忠海真的睡着了,打出轻微的鼾声;萧山然似睡非睡,迷迷糊糊的,知道月玉成坐在了自己身边,又无法打起精神来和他搭话。

张顺眺望着对面雅鲁藏布江那边的雪山,想着心事。

张顺的家在山东农村,父亲去了青岛的粮库打工,农忙之外的时间,他偶尔回家一次,帮助家里干些农活。在他幼年的记忆里,和父亲总是聚少离多,他也从来不知道父亲做什么工作。只是他曾无意中一次看到回家的父亲交给母亲厚厚的一沓钱。

张顺十六岁时,考上了镇上的高中。开学之初,父亲从镇储蓄所取出来一沓钱,一张一张地蘸着口水数,他一直看不懂父亲数钱时的表情,有着满足又有着沉重。

吃住都在学校的张顺在高一的时候疯狂地迷上了电影,经常整晚整晚地耗在校外的电影院里。虽然感觉到有些虚度光阴,但他身边的同学都是那样,不是去打台球,就是去看电影……

高一那年暑假,张顺从镇上回到村庄,在村里待了几天,就感觉无所事事了,他想去父亲那里玩几天。他从村里走到镇上,在镇上坐班车去了青岛。他看到父亲的时候,第一次感觉父亲在人群中是那么刺眼——衣服不仅破旧不堪,还宽大得有些不合身。他提醒父亲的衣服太旧了,父亲说,出力干活的,又不是走亲戚的,穿那么新干吗?他又责怪说,那也太大了啊。父亲又说,衣服大点,干体力活的时候,能伸展开手脚,不然一伸手,衣服就撕破了……

让他没想到的是,父亲竟然住在一间租的民房里,只有五六平方米大,除了一张单人木床之外,还有个放洗脸盆的断了一条腿的木架子,木架子上搭着一条看不出原来颜色的旧毛巾,旧毛巾上还有几个窟窿,那个小小的窗户上白色的窗帘布也脏乎乎的……他有些失望,原来一直以为父亲在城里打工过得很不错,但万万没有想到过得是这么的苦。

正当他凝视父亲的住处的时候,父亲对他说,你坐着耍吧,我要去忙活儿了……面对这样的环境,他自然是待不下去的,就悄悄地跟在父亲身后,他想看看父亲干的什么活儿。

穿过大街小巷,张顺跟随父亲来到了粮库。在那门口聚集着十多个跟父亲差不多的农村人,他们有的推着手推车,有的拿着扁担。他看到父亲从门卫那里推出了自己的手推车。正在这时,一辆运着粮食的大货车进入了大院,那些推着手推车的人和挑夫们一起跟在车后面拥了上去……几分钟后,他终于看到了父亲。父亲正弓着腰扛着一麻袋沉重的粮食,走了十几步后,他停了一下,艰难地用搭在肩上乌黑的毛巾擦了额头的汗水,然后继续前行几步,把肩上的麻袋放到手推车上。接着他又去车尾处,过一会儿,又弓着腰,扛过来一麻袋的粮食……如此反复五次之后,父亲推着那辆手推车向粮库走去,他仍旧是弓着腰,双腿蹬得紧紧的,站在不远处的张顺,看到父亲的脸上汗水淋漓,腿上青筋暴露……

他从门卫那里得知,父亲搬这些粮食是计件活,两毛钱一麻袋。他悄悄在心里算了一下,父亲用手推车,一次运了五袋,往返一次赚一元钱……

当天回家的路上,张顺的眼前总是浮现着父亲汗水淋漓的脸和突暴着青筋的腿……他还想起了在高一的一年时间里,他在电影院浪费了多少父亲用汗水挣来的钱……父亲还要挣钱来交超生妹妹的罚款。他的心情开始沉重。

临回学校的时候,父亲又从镇储蓄所取出一沓钱,在张顺的面前,数了又数,然后交给他。张顺数了一下说:"这学期我用不了这么多。"然后,退回一半给父亲。其实,这是他第一次读懂了父亲数钱的表情。他也是第一次下决心做个孝顺儿子,做个好学生。他亲昵地抱了抱身旁的妹妹。

父亲说:"你超生的妹妹的罚款也交得差不多了。"

他的泪水顿时溢满了眼眶。

从那以后,他再也没有进过电影院,再也不浪费一分钱,也就是从那一天起,他开始努力学习。

可是天有不测风云,就在张顺高中快毕业进入总复习时,他的父亲积劳成疾患了癌症,因治疗无效,离开了人世。

张顺觉得父亲去世后,家里的天都塌下来了,超生的妹妹的罚款还没有交完,于是他下定决心来当兵。尽管他的母亲舍不得,但他还是固执地当了兵。

月玉成坐在镐柄上,连吸了两支烟,一看手表,上工的时间到了,他腾地站了起来,吹了吹哨子说:"大家继续干活。"

萧山然身子摇晃了一下,猛地睁开眼。

月玉成去拽醒吴忠海。

吴忠海刚一睁眼,坐在他身边的严雪就跳了起来。

月玉成叫道:"萧排长、吴忠海、张顺,你们过来,我刚才想了半天,咱们是不是先从三○七省道那边开始重修便道?"

"我们也不懂究竟怎么弄好些。"萧山然摇了摇头说。

"如果那样能行的话,我们修一截便道后就向指挥所申请一台推土机来推土,我们再打眼放炮,人工再修整,这样速度要快得多……"

还没有等月玉成把话说完,吴忠海说道:"连长,我去找宁技术员来吧,他应该知道怎么把速度搞快些。"

"那快去喊宁技术员来吧!"月玉成说。

吴忠海嗯了一声便咚咚地跑去了。

一会儿,技术员宁林和吴忠海快步过来了。

"连长,怎么了?"宁林问道。

月玉成把自己对施工的想法对宁林说了后,问道:"你是我们的高科技人才,也是老高原了,你看我的想法可行吗?"

宁林望了望四周的地形,想了想说:"我觉得可以,但指挥所司令部能不能从重机连调出来一台推土机,这就很难说了。"

"为啥?"月玉成凝视着宁林。

"连长,您没有看到吗,除了我们山上打隧洞的'一羊指'外,山上打进水口的独立支队、山下修建发电机厂房的'二羊指'都在大量使用推土机、挖掘机,我们如果能从武警水电羊湖工程指挥所司令部分管的重机连调来一台推土机,速度也快,当然好啊!但是,能搞来吗?"宁林说。

"这寒风刺骨的,我们咋整呢?唉!"月玉成一脸苦恼的表情。接着他左手取下帽子,右手抓了一把头发,不少头发脱落了下来,他手一松,头发便随风飘去。

萧排长、吴忠海、张顺看着月玉成一脸的苦恼,也无计可施。

月玉成掏出烟来,递给宁林一支,自己点燃,先猛吸了起来,然后一脸严厉地说:"宁技术员,我命令你去找指挥所司令部,请求首长想方设法给我们调来一台推土机!"

宁林用防风打火机把烟点燃,也猛吸了一大口,然后吐出浓浓的烟圈,说:"我只能试试看!我估计很困难哪!"

"不行,必须搞来,如果司令部首长不批,你就跑到石主任跟前,下跪也要搞来!"月玉成不容宁林讨价还价了。

"那我下午就下山去求人吧!力争明天就能弄上来一台推土机!"

"好!看来我这支烟,没有白发给你啊,技术员!"月玉成对宁林开起玩笑来。

宁林笑笑,吸着烟,朝工地走去。

午饭的主食是米饭,菜只有两个:每个班一碟子干炒黄豆,一碟子炒海带,另加一盆白开水醋汤。

下午,张顺在"四通一平"的施工中砰的一声栽倒在地。

"张顺栽倒了!"与张顺一起打炮眼的城市兵严雪简直不相信眼前发生的事情,顿时脸色惨白,过了片刻,才吃惊地呼喊道。

月玉成放下手中的铁锹,匆匆忙忙地奔跑过来,蹲下去将张顺揽在怀里。

张顺双手紧紧地抱头,心慌气促、呼吸困难地说:"连长,我头痛得要爆炸了……"话还没有说完,他就不停地呕吐起来。

接着,排长萧山然、班长金晓灿、老兵吴忠海也放下手中的工具,急忙跑了过来,见此情景,大家手足无措。

张顺频繁地呕吐,呕吐物已喷在月玉成胸前的衣服上。

月玉成安慰着张顺:"小张你要挺住!我们立马送你到医院!"

张顺双眼紧闭,脸色苍白,已经说不出来话了,处于昏迷状态。

月玉成抱着张顺使劲地站了起来,对萧山然、金晓灿还有吴忠海说:"你们抓紧去找车,抓紧送小张到指挥所医院。"

萧山然望了望远处的三〇七省道说:"连长,从我们这里到马路还有五六百米呢!"

月玉成冷静地说:"这样吧,金班长、吴老兵,你们俩快去公路边拦车吧,我和萧排长轮换着把小张背过去,抓紧送医院!其他人抓紧施工。"

"是!"金晓灿和吴忠海朝公路方向跑去。

"连长,您抱了那么久,让我来背吧!"

"嗯!看着点脚下的路,别摔倒了!"月玉成把张顺放到了萧山然背上。

"是。"萧山然背着张顺小跑起来。

人们目送萧山然背着张顺远去,一脸愕然。

嘴唇干裂的月玉成又招呼大家说:"你们快回去,回去施工吧,都悠着点,不能再倒下了!"

人们便悄无声息地走向各自的施工地点。

月玉成跑步上来跟已满脸冒汗、气喘吁吁的萧山然,说:"萧排长你背一会儿,我就来背。"

萧山然用右手擦了擦脸上的汗水,继续小跑着说:"没事,我来背!"

走了一会儿,月玉成从萧山然背上接过张顺,背着张顺开始向公路方向小跑起来。

金晓灿和吴忠海在公路边拦住了一辆小轿车。车是石方竹的专车,她要去进水口的工地检查施工情况,正好路过这里。当金晓灿和吴忠海焦急地拦下车后,石方竹摇下车窗玻璃,从车窗口伸出头来问:"你们怎么了?"

金晓灿有气无力地向石方竹行了军礼,上气不接下气地报告道:"报告石主任,我们连一个新兵栽倒了,嘴里不断地吐东西,不省人事……"

"人呢?"石方竹下了车,焦急地问。

吴忠海气喘吁吁地说:"连长他们一会儿就背过来了,急需送医院。"

石方竹感慨万千地说:"唉,凭我多年在高原工作的经验,在这高原施工稍不注意就会得肺水肿、脑水肿。"

这时,月玉成汗流浃背地背着不省人事的张顺跑过来了,萧山然紧跟在身后。

到了车跟前,月玉成抬头一看,是焦急的石方竹,说:"石主任,小张病得不轻!"

"快、快、快上车!赶紧送到山下的医院。"石方竹忙上前拉开后车门。

几人扶着,把病重的张顺扶上了车。

"月连长,你也上车吧!你叫上一个人也上车。"石方竹安排道。

"那这样,萧排长上车吧!"说着,月玉成就上了车。

萧山然也紧跟着上了车。

石方竹坐上副驾驶座位,拉上车门,对驾驶员说:"小马,快、快去我们医院。"

车缓慢地掉了头,便风驰电掣地行驶在蛇形的弯弯曲曲的公路上,经过近二十分钟,到达了部队医院。

月玉成和萧山然从车上下来,慌忙地把张顺送进了抢救室。

"孙院长,你们要不惜代价、尽百分之百努力抢救!"石方竹指示道。

"是!请石主任放心!"孙月刚向石方竹敬礼后,便跑步进了抢救室。

在医院营区内,萧山然对石方竹、月玉成说:"张顺昨天下午还问我,他说他到西藏的第一感觉就是天怎么这样蓝?西藏离天怎么这样近?我没有回答上他的话。他又问我,天上会不会有天国,如果有,这里到天国应该最近……"

萧山然话未说完,院长孙月刚便一脸沮丧地走到石方竹、月玉成、萧山然跟前。

"怎么了,怎么了?"石方竹看着满脸悲伤的孙月刚,急促地问。

"石主任,人已经走了……"孙月刚低垂着头说。

月玉成、萧山然的眼睛睁圆了,惊讶地望着孙月刚。

"老孙,你不是刚才还向我保证,让我放心吗?嗯?"石方竹吼道。

"石主任,您别发火!"孙月刚没有底气地安慰道。

"我能不发火吗?咱们才开工几天呀,就牺牲一个战士!这也是复工以来牺牲的第一个战友!"说着,石方竹的眼眶里盈满了泪水。

月玉成、萧山然的泪水也悄无声息地从面颊上滚落到警服上。

孙月刚解释道："张顺是因为高寒缺氧患了脑水肿。高原脑水肿是急性缺氧引起的中枢神经系统功能障碍，这种病发病急，临床表现就是严重头痛、呕吐……"

石方竹、月玉成、萧山然已是泣不成声了。

孙月刚又道："我们医院已经尽力了……"

"不用你解释了，我也不想听！"石方竹说道，用手抹了抹脸上的泪水。

萧山然心想，我们没有人相信西藏高原上会有天国，但我们此时真的希望西藏有天国。如果有，张顺会因为这里离天国最近而早就到达天国了……

"哎哟，哎哟，哎哟……"这时，四个战士汗水淋淋地用一块帐篷布抬着一个呻吟声不断的战士向医院走来，后面跟着一个上尉。

还没有到达医院营区内，石方竹、孙月刚就奔了过去。躺在帐篷布上的这个战士，右脚大腿的裤子已经被鲜血浸透了，鲜血也浸透了帐篷布，一滴一滴地滴落下来……鲜血几乎是滴了一路……

"老孙，老孙，孙院长，快、快抢救！"石方竹着急地喊道。

孙月刚说："快跟着我把病人抬进来吧！"

病人很快送进了病房。

上尉向石方竹汇报道："报告石主任，我是'二羊指'一连连长赵明。今天，我们连往山坡上抬电杆，因为每根水泥电杆长12米、重1200多斤，所以需要八个人抬，谁承想，大家抬电杆时，绳索挣断了，砸在司务长的腿上，他的腿被砸断了……没有办法，我们就找了一块帐篷布把他抬到医院来了。"

"他叫什么名字？"石方竹问道。

"他名叫杨成钢，是到羊湖水电站来之前才转的志愿兵，陕西农村入伍的。我们连为了抢工期、早些完成'四通一平'的施工任务，要求炊事班人员轮番上阵，一半的炊事人员一天施工，一天做饭。"赵明回答道。

石方竹沉重地说："你快去病房看看杨成钢吧！"

赵明小跑去了病房。

石方竹走到沉浸在悲伤中的月玉成、萧山然跟前，交代说："你们坐我的车回连队吧，叫上四五个战士背上牛粪，带上铁锨和铁锹，把指挥所机关背后的半山坡那块地平整一下，就把张顺同志埋葬在那儿吧！我想了一下，把他埋葬在那里，好让我们这些领导时时刻刻不要忘记修建羊湖水电站所肩负的责任！"

"嗯！"月玉成、萧山然泪如雨下地坐上石方竹的专车走了。

待车驶出医院大门，石方竹便进了抢救杨成钢的病房。

童心医生刚才为杨成钢注射了止痛针并为他输上了液,他已经入睡了。

看着石方竹满脸泪痕地进来,孙月刚迫不及待地跑到病房门口,向她汇报:"石主任,经过检查,小杨是骨折。"

"今后不会影响他的生活吧?"

"不会,肯定不会的。"

"我们医院医疗条件差,如果不行,就送西藏自治区人民医院吧!今天是大家上高原的第七天,就一死一伤,我心里很难受!"

"我们再观察观察吧,今晚上打电话向您汇报!"

"好吧!"说完,石方竹朝着杨成钢病房走去,正在给杨成钢包扎的童心医生、王护士主动让开道。石方竹走到病床前,俯下身子,仔细端详了片刻这个只有二十四岁的年轻战士的脸庞后,又伸出她那瘦削的右手,心疼地轻轻地在他稚气的脸上抚摸了一下。霎时,她的泪水又从眼眶里溢了出来,滴在了杨成钢的脸上。

在场的医生、护士被石方竹的举动感动得热泪盈眶。

石方竹蹒跚地走出了病房。

距武警水电羊湖指挥所机关只有三四百米远的半山坡上,有一块不大的平地。月玉成带着扛着挖坟工具的萧山然、金晓灿、严雪等四人来到半山坡上,将地稍稍平整后,就开始用牛粪烤着地面,牛粪冒着浓浓黑烟,烟雾飘向空中。

金晓灿看着指挥所机关那孤零零的四层办公楼房,难过地对月玉成说:"连长,不能埋远点吗?"

月玉成不容反驳地说:"不能!不能让他离部队太远,他是有灵魂的。"

金晓灿说:"可我们是来执行施工任务的,让这坟堆天天望着首长的办公楼,会影响大家的情绪。"

月玉成说:"这是石主任的意思,干吧!"

燃烧的牛粪将地烤化后,几个人就拿镐头、铁锹等工具挖起土坑来。

一个浅浅的土坑是用不着五个人挖的。

月玉成蹲在一旁看了一会儿,便将冒烟的牛粪用铁锹铲向一边,烘烤了一会儿后,又自个儿挖起另一个坑。

萧山然惊异地望着月玉成的一举一动。

月玉成挖着坑,喘了口气:"再挖一个预备着,说不定哪天还会有人牺牲。"

大家什么话也没说,挖好坟坑后,便扛上工具离去了。

时间过得太慢了,下午的沉寂滞留不去。全连官兵都陷入一种悲痛中,忐忑不安而又手足无措。

副连长苏明负责整理张顺的遗物。其实,张顺的遗物很简单,除了两身换洗的警服,就只有一个红色塑料皮的笔记本,还有一封未写完的家信。

苏明打开张顺的那个红色塑料皮的笔记本,发现张顺抄写下的是著名诗人贺东久的两首诗歌,一首是《自豪吧!士兵》,一首是《墓志铭》。还有一张报纸。

报纸是张顺家乡的市文化馆办的,上面刊登有张顺创作的一首诗歌《我是世代农民的儿子》,看得出来是他当兵后在部队写的。

张顺还有一封未写完的家信,只写了一页多纸。

尊敬的母亲,可爱的小妹:

我向部队首长反复请缨,才到西藏的羊湖电站工地的。刚开始,首长们不让我来,是因为我个头矮,不到一米六五,身体也不硬朗……但我以血书的方式,感动了部队首长,所以,我终于来了。我来的目的很简单,一是在艰苦的地方锻炼一下自己,多了解高原军人的不容易,将来会写出一些好的诗歌,我的理想是当好一个合格军人的同时,努力奋斗,力争当个诗人。二是来高原,我想多挣些津贴费,在高原的津贴费要高些。我知道今年已读小学一年级的妹妹是超生的,我们家被罚了款,尽管爸爸在世时打工挣的钱与从亲戚那里借来的钱,已经向镇上交上了,但家中还欠着亲戚一千多块钱,所以我会把挣来的津贴寄回家,快些把亲戚家的钱还上,他们也不富裕……

我们刚到高原,由于高原反应,头痛得要爆炸,胸闷气短,四肢像散了架……黄金是宝贵的,但比黄金更宝贵的是青春,我愿把青春的热能化作电能奉献给人民。

我好像患了健忘症,好多事情都想不起来了……信,过几天,我再接着写吧!

苏明读着张顺的诗歌和信,心潮澎湃,热泪盈眶。坐在苏明身旁的萧山然、严雪看完后,眼眶也湿润了。

"可惜了,张顺是患了脑水肿而倒下了。"苏明无比惋惜地说,"如果他不牺牲,也许能成为一名伟大的诗人。"

"张顺把自己的青春年华留在西藏,留在青藏高原……"萧山然落着泪说,"他才不到十九岁,这么年轻就走了……他到羊湖只有七天就走了……想着,想着,我心里就难受!"

月玉成和士兵们抬着装有张顺遗体的棺材朝墓地走去。一连的全体官兵紧跟在后面。有人在哭,却听不到声音,哭泣声被凌乱的脚步声和风的呼啸淹没了。

官兵们向着墓地缓缓走去……

不到十九岁的山东籍新战士张顺,进藏仅七天,就因缺氧引发了脑水肿,壮志未酬身先死,长眠在岗巴拉山上。火红的青春刚刚绽放,便化作了永恒。年轻的士兵,连一张相片都没有留下。

转眼三个月时间过去了。

石方竹在自己二楼的办公室,推开玻璃窗户,望着远处张顺的坟茔,感慨万千。她不能忘记,自己在党中央、国务院宣布正式复工的第二天,便出现在国家能源部计划司司长办公室里的情景。

"要投资?今年能完成多少?"

"五百万元。"

"五百万元!"司长愣了愣,紧接着甩来一连串反问,"你能完成吗?现在已经9月份了。你是在哪里施工呢?你是在条件很差的西藏施工!"

确实,羊湖气候恶劣,交通、供应等都有很大的困难,入冬就无法施工,再说石方竹虽说是主任,眼下其实是个光杆司令,等人马招齐,没准儿冰雪已封山。到那时候,别说是五百万,就是有再多的投资,也无济于事,到年底,钱花不出去,只能上交了。

12月,裸露的岗巴拉山添上了两幢上千平方米的仓库和一条蜿蜒几十千米的盘山路。这似乎和深圳的建楼速度不能比,但12月份深圳绝不会下大雪,深圳人也绝不会因缺氧而栽倒在工地上。

三个月完成工程投资九百万元。上报时,国家能源部一官员错听成九十万,颇为满意地说:"不错,真不错,这么短的时间完成九十万真不错。"

"不,是九百万……"

美联社一名记者参观了羊湖电站建设工地。他见多识广,足迹遍布全世界,战争的硝烟,刀光剑影他都经历过,但他仍然为这支部队表现出来的气魄而惊叹。晚上,他吸着氧气向他的国家发回一篇介绍这支部队的稿子。在稿中他写道:"在青藏高原,有一支堪称铁军的部队,他们所表现出来的勇气令人叹服。这是一支不可战胜的队伍,任何一个国家都会因为有这样一支队伍而自豪和骄傲。"

第四章

司令部参谋长龙大佩带着工程技术科副科长潘登来到石方竹的办公室时，石方竹正站在办公桌旁，手持铅笔，面对桌面上硕大的羊湖电站建设工程的施工图纸，聚精会神地思考着。

龙大佩向石方竹敬礼后，大声道："报告主任，我们来向您汇报'四通一平'的检查工作了！"

石方竹猛地一惊，抬起头来，指着办公桌对面的沙发，平和地说："你们坐吧！"

龙大佩、潘登便坐到了沙发上，望着石方竹。

石方竹将手中的笔放在图纸上，在皮椅子上坐了下来，眼睛平视着龙大佩和潘登，叹道："唉，本来我该与你们一起去看看的，但手里的工作太多了，忙得头昏脑涨的。昨天晚上我才睡了四五个小时，这么庞大的工程，国内外毫无借鉴的经验，就靠我们自己摸索着干，所以施工中的每一个细节都要反复斟酌……唉！"

"是啊，石主任很辛苦！"潘登实事求是地说。

"责任重大啊！"石方竹感慨地说。

"那是，那是！我感同身受！"龙大佩也有同样的感慨。

"你们把'四通一平'施工的检查情况，具体给我说说。"石方竹说完，拿起桌子上的电话，对着话筒说，"请接徐部长办公室。"

"好的！石主任！"传来一个女兵甜美的声音。

"喂！请问哪一位？请讲！"电话里传来后勤部部长徐成强的声音。

"我是石方竹！你到我办公室来一下！"

不一会儿，徐成强手里拿着笔记本和钢笔来了。

"我办公室坐不下，咱们到会议室吧！"石方竹站了起来，端着茶杯，拿着笔记本和钢笔朝门口走。

龙大佩、徐成强和潘登跟在石方竹的身后。

石方竹走到门口，就朝着自己隔壁的办公室喊道："徐秘书，带着会议记录本到会议室开会！"

"是！"传来秘书徐航的声音。

会议室与石方竹的办公室相隔两间办公室。

会议室有五六十平方米,中央摆放着一张椭圆会议桌。待上校龙大佩、上校徐成强、少校潘登、上尉徐航坐下后,眼里布满血丝的石方竹才坐到会议桌中间的位子。

石方竹喝了一口茶说:"唉,大家手头的活儿太多了,所以临时起意组织你们几个开个简短的会议,徐秘书做好记录!"

"是!"徐航摊开会议记录本,手里握着钢笔,抬起头来答道。

"今天会议的主题有两个方面:一是'四通一平'方面的进展情况;二是后勤工作的保障情况!"石方竹开门见山地说。

龙大佩说:"好,我来先汇报。石总,根据您的安排,我与潘副科长对三个施工部队的'四通一平'进行了认真检查,总的来说,大家都干得很好,质量很高,而且速度也快。我没有汇报到的地方,由潘副科长汇报。"

潘登从衣兜掏出笔记本,翻开说:"大家上高原才三个来月,官兵们克服强烈的高原反应,在'四通一平'施工中,不少人流着鼻血,也没有躺床板,硬是在三个来月中,完成了百分之四五十的施工任务,实属不易。刚才龙参谋长已讲了质量高,速度快。这是在内地工作的人无法想象的!"

石方竹感慨万千:"是啊,我记得大家在刚上羊湖电站工地的第七天,就有一个叫张顺的山东籍新兵牺牲了,一个叫杨成钢的陕西籍志愿兵骨折了⋯⋯"她说到这里,眼泪已盈满了眼眶,哽咽着说不下去了。她掏出手绢来擦了擦快要滚落出来的眼泪,强迫自己坚强起来,又道:"那个叫张顺的新兵,只有十八岁多呀!徐部长,他牺牲后的抚恤金,不知你们寄回张顺的老家没有?"

徐成强说:"关于张顺抚恤金的事,因为还有不少手续需要办,所以还有几天才能寄出。"

顿时,石方竹严肃起来,猛拍两下会议桌,桌面发出咚咚的声响,严厉批评道:"你们这种慢腾腾的工作效率怎么行呢?建设羊湖电站千头万绪的工作等着我们呢!嗯?你们给我抓紧,抓紧,再抓紧!"

"是!保证在四天内寄出!"徐成强表态道。

人们只是埋着头,不敢看发怒的石方竹。

"不行,两天内寄出!记住,两天内寄出!"石方竹强调道。

"是!"徐成强唰地站起来,向大家行了军礼,类似向大家做了检讨。

"上次,我安排你们后勤部门给每位官兵买一床羊皮被褥的事情拖延了半个月,使在山上施工的官兵多挨了半个月的冻,现在不少官兵生冻疮了,所以,你们的后勤保障工作就显得越来越重要了……"石方竹向徐成强挥了一下手,"你坐下!"

徐成强红着脸坐了下来。

"另外,告诉大家一个消息,听孙院长说,那个叫杨成钢的志愿兵骨折恢复得很好,今后能参加正常的施工。"石方竹一改刚才的态度,平缓地说,"司令部要把施工组织好,工程技术科要随时到工地监督,大家要齐心协力。你们要少坐办公室,要多往基层跑!"

"是!"龙大佩、潘登几乎是同时回答道。

"现在干得最好的是哪个单位?"石方竹问道。

"是一总队羊湖指挥所,他们在半山上安营扎寨,又修盘山路,很不容易。"龙大佩说。

"目前,一总队羊湖指挥所的哪个连队干得最好?"石方竹又问道。

"土匪连长的连队干得最好!"潘登说。

"土匪连长?"大家笑了。

"土匪连长的连队,就是'一羊指'的一连。连长月玉成是在修天生桥水电站时,大家给他取的绰号。"潘登解释道。

"今后不准喊别人绰号了,我们是武警水电部队,喊别人绰号不文明。"石方竹说。

"我今后注意!"潘登脸颊红了。

"我听说这个月玉成带兵施工很有一套。"石方竹说。

"对,官兵们对他很尊敬!"龙大佩说。

"那个技术员宁林现在如何?"石方竹问。

"听连长月玉成讲,宁技术员在施工中肯动脑筋,与大家一样舍得吃苦,舍得卖力气!"龙大佩说。

"看来,这个宁林进步不小啊!想当年这个从电力工业部分配来的大学生……在座的,大家都很清楚的,不说他了……这些干得好的同志,今后该表彰就表彰!"石方竹谈笑自若了。

大家就只是微笑着,点点头。

"下面,我安排一下后勤部的工作。现在,所有施工场内的便道都能通车了,后勤部要解决好施工部队的生活,现在已经是1990年1月初了,这个季节拉萨市是没有蔬菜可以买来供官兵生活了,不能总是让大家顿顿吃黄豆、海带、干菜罐头,应该想办法,给官兵一些蔬菜吃……"

石方竹的话还没有说完,徐成强就着急起来:"我从哪里去弄蔬菜呢?"

"你别着急嘛,我想了几天,看能不能从成都空运蔬菜到拉萨?"石方竹说。

大家都抬起头来,互相看看。

"这、这怎么可能呢?"徐成强眼睛睁圆了,惊呼道。

"贡嘎机场到我们羊湖电站工地也有100公里左右吧!"徐航也有些吃惊。

"再说,蔬菜要从成都郊区到双流国际机场,也有五六十公里呢。"龙大佩说。

"代价太大了!"潘登说。

"是的,代价太大,成本也高。你们刚才说的这些,我都反复地考虑过了,付出再大的代价、再高的成本,我们都应该这么干。官兵们到羊湖电站施工才多长时间呀,由于施工任务繁重,不少人因为缺少营养,嘴唇干裂出血、指甲变形、头发脱落,这固然有高原高寒、严重缺氧等多种原因,但是也跟我们的饮食单一、生活太差分不开。我请教过医院的老孙,他也说官兵的营养太差了,随着时间的推移,今后不少人将患贫血症,对今后繁重的施工有很大的影响。他也同意我的意见。"石方竹说。

"石主任,那么我们后勤部门怎么弄呢?"徐成强着急地问。

"我想的办法是,先空运到拉萨,我们再派车去拉,然后送到基层施工部队!就由后勤部负责,徐部长有没有信心?"

徐成强因为给张顺家寄抚恤金的事拖延了,刚才受了批评,他此时不敢说"没有信心",只能咬咬牙,表态道:"有信心!"

"如果徐部长没有把这项工作抓好,我到时批评起你来是不会客气的啊!"石方竹严肃地说道。

徐成强只是满口嗯嗯地答应道。其实,他心里也没有底,也不知道这件事该怎么办。

"好了,这事就这么定了,抓紧与两个机场对接吧!从下周开始吧!"

"今天都星期四了,下周可能来不及了。"徐成强叫起苦来。

"就下周,不要讲客观条件,发挥好你的主观能动性吧!"石方竹看了看徐成强,就这么一锤定音了。

人们看到徐成强一脸的忧愁,很想笑,但转脸看着石方竹一脸的严肃,又不敢笑。

石方竹喝了一口茶,用舌头抿了抿干裂的嘴唇,说:"会议室太冷了,大家休息十分钟,活动活动,上上洗手间。"

话音一落，石方竹先站起来，活动了几下，又用嘴哈出热气来，暖了暖手。

其他人都迫不及待地放下笔，站了起来，跑出会议室，跳了几下，让冻得僵硬的腿脚活络活络，然后就抓紧吸烟，上厕所。

徐成强、龙大佩跑进自己的办公室后，打开开水瓶塞子，将烟点火的那一头，放进水瓶颈内，让冒出的热气湿润一下干燥的烟……

待大家再次坐进会议室，石方竹的声音又响了起来："另外，我说说，我们这里既看不上电视，又听不上收音机，文化生活相当枯燥，每个连队就《解放军报》《人民武警报》《西藏日报》各一份，大家都抢着看，报纸都看得烂兮兮的了，我到基层连队看到后感到很愧疚，我深深地觉得对不起官兵们。大家没日没夜地干活，他们来这里三个多月了，连场电影都看不上。所以呢，龙参谋长和潘副科长明天带上我们部队的介绍信，去武警西藏总队政治部，直接找政治部主任，就说我们请他们的电影文化站来这里给我们放几场电影吧。"

"就不用带介绍信了吧，我们都是武警！"龙大佩笑了笑。

"我们虽然都是武警部队，但他们是内卫武警，我们是水电武警，尽管都是一身橄榄绿，但警种不一样。所以，带上我们的介绍信最好。"石方竹说。

"好吧！"龙大佩爽快地说。

"今天星期四了，请他们星期天来吧，我们车接车送！三个多月也没有给官兵们放个假。应该让大家休息一天了。"石方竹说。

"哎呀，施工任务这么重，就不放假了。电影晚上看嘛！"龙大佩说。

"大家已经习惯了，我也觉得不应该休息一天！"徐成强赞同龙大佩的看法。

"这么天寒地冻的，就算我们能请来武警西藏总队的给我们放电影，大家在什么地方看呢？"龙大佩问道。

"就在刚建好的仓库吧！分批次让官兵们看电影。一次放两部吧！"石方竹说。

大家都点了点头，表示赞同。

"另外，由于自然和历史的原因，致使我们驻地的浪卡子县和贡嘎县的基础教育很薄弱，制约着藏族群众的文化素质提高，制约着雪域高原的前进脚步。农牧区数以万计无法获得正常教育的藏族儿童，让人揪心。我们部队应该义无反顾地承担起帮助驻地发展基础教育的一份责任，在雪域高原播种希望。离我们部队承建的羊湖电站进水口不远的浪卡子县白地乡白地村，村小学校舍破烂不堪，缺少课桌板凳，没有文具和纸张，孩子们只能坐在地上听课。在另一个乡的哈西村，根本没有学校，四十五名适龄儿童只有六人在外乡上学。我在一两年前了解到的现状让我震惊……我想了想,今后的每个星期天,官兵们都应该利用我们的物资去帮他们建学校,使更多的孩子实现上学的梦想。"石方竹说。

第五章

电影租得很顺利,龙大佩和潘登很快就与武警西藏总队政治部领导洽谈好了。至于租什么电影,武警西藏总队的机关电影放映员让他俩到存放电影胶片的库房里挑选。

龙大佩和潘登一走进电影胶片库房,吓了一大跳:满屋整齐地存放着装有电影胶片的方方正正的淡绿色的铁皮箱,铁皮箱上粘贴着片名。

当潘登看到《决裂》这个片名时,愣住了。真是触景生情啊!他忘不了当年看这部电影时的情景。

那是潘登作为知青上山下乡的第一年的冬天,在生产队的院坝里看了一场"露天电影"。那天晚上,天气寒冷,风也大。全村最漂亮的姑娘文静,担心他冻着,给他送来一件她父亲的崭新棉袄,让他抵挡寒风。

相貌英俊的潘登1957年出生在四川省云阳县县城,高中毕业后,他成为全国一千六百多万上山下乡知识青年中的一个。这是响应毛主席发出"农村是一个广阔的天地,在那里是可以大有作为的""知识青年到农村去,接受贫下中农的再教育,很有必要"的指示,也是政府组织大量"知识青年"离开城市、在农村定居和劳动的群众路线运动的结果。

只有十八岁的潘登和另外五个高中生背着背包,提着行李,坐着长途班车,一路颠簸来到了远离县城100多千米的最北端的农坝公社的偏远农村。

潘登记得,当年坐了两天的长途班车才到达插队的农坝公社的第一大队第六生产队。

当时,上山下乡有两大模式:农场(包括兵团)和插队。与农场模式不同,插队属于集体所有制,无须政审、体检等手续,也没有严格的名额限制(赴边疆除外),顾名思义就是安插在农村生产队,和普通社员一样挣工分、分红、分口粮。

属于插队的潘登,分配去的生产队,那里地形很特殊,村南村北两条河流把村子夹在中间,两条河流在村西汇合,大队东面是平坦的耕地,因为水资源丰富,那里一半以上的耕地是水田,水稻种植面积在全公社名列第一,旱田的粮食产量也比较高。

潘登被分配到生产队后,李队长安排他到家庭条件较好的文家暂时住两个晚上。文家有一个比潘登年龄小半岁的漂亮姑娘,名叫文静,她对于来自县城的知识青年感到十分好奇和喜欢。城里来的知青,能够暂住在自己家里,这是何等令人骄傲的事情。她的眼前浮现出村子里年轻人羡慕的眼神。

落落大方、热情能干的十八岁姑娘文静,忙里忙外地帮助新来的插队"知青"潘登收拾了一间房屋,并帮他铺好了床铺。接着,她端来一木盆冒着热气的洗脸水,笑嘻嘻地说:"你快洗洗脸吧!"

潘登抬头看了看眼前热情、爽朗的文静,脸庞红了,感激不尽地说:"谢谢你!"

"谢啥子哟!"文静一双杏眼望着他,笑逐颜开地说。

潘登不敢看她那热情的双眼,拿起自己带来的毛巾准备洗脸。

这时,文静解下系在腰上打了补丁的围裙说:"你不要动,我用围裙帮你把身上的尘土掸掸。"

"谢谢你!"潘登心里一阵温暖。

"嘿,你们城里人就是客气!对我来说就是举手之劳嘛!"文静笑容可掬地说,"好了,你身上的尘土掸完了,你快洗脸吧!"

潘登洗完脸后,端起木盆要去屋外倒洗脸水,文静却坚决不让他去倒,所以他只好坐在床边,就拿起一本《红岩》来看。

"嘿,你们城里人就是不一样,坐下来就读书!"文静热情地端着木盆将洗脸水在屋外倒掉后,回来把木盆放在墙角,开玩笑地说。

"你少挖苦我!我随便翻翻!"潘登抬起头来笑笑。

"我刚才帮你收拾东西,看你带来这么多书,可以借给我看看吗?"

"当然可以!"

"好啊,我先说一声谢谢!"文静学着潘登的口气说道。

逗得潘登哈哈大笑。

文静的脸红了,不好意思地低下头,用手摆弄着胸前两条又黑又粗的辫子。

"你帮我干了这么多活,我还不知道你叫什么名字呢?"

"我叫文静!"她抬起头来。

"文静,这名字取得好,挺好记的,与你人的长相一样文文静静的!"

"我这名字好啥子嘛,你取笑我呢。"

"我没有一点取笑你的意思!你这名字取得有诗意哩!"潘登看着她说。

"啥子诗意哟?我不懂!我的名字是一年级开学报名时,老师帮我取的。"

文静说着,便又不好意思地低下了头,一会儿抬起头来,绯红着脸问道,"你叫啥子名字呢?"

"我叫潘登!"

"你这名字才有诗意哩!毛主席说过'世上无难事,只要肯登攀'!"文静又学着潘登的腔调说道。

"嘿嘿,你真有意思!"潘登又大笑起来。

"嘿嘿,你嘲笑我们农村姑娘呢!"

"我一个插队知青有什么资格嘲笑你!"

"你是城里人嘛!"

"城里人有什么了不起呢,我把户口都落到你们生产队了,我还不是到农村的广阔天地来当农民,来劳动,来向你们学习嘛!"

"城里人,就是与我们农村人不一样,肚子里的墨水多,说起话来整套整套的。"

潘登又哈哈大笑,然后问:"你们这里有高中毕业生吗?"

"没有。我们这里能读到初中毕业就已经很不容易了。初中在公社读,高中要到区上去读,路远不说,我们这里比较穷,都拿不出钱来供孩子读书呢。我也只是一个初中生。"

"那你为啥子不继续读高中呢?"

"我哥为了娶嫂子,把家里的钱用完了,还借了钱……所以……"文静的眼神黯淡下来了,"哥哥娶了嫂子后,嫂子提出要分家,家也分了,哥哥嫂子住到爷爷留下来的老屋子了。嫂子对我们也不太好……再者,我们这里的人,也不太重视对孩子的教育。"

"你现在做什么呢?"

"在大队当民办老师!"

"那好呀,不错,我得叫你文老师了!"潘登笑笑。

文静也笑了笑:"我们大队学校,只有小学五个班,除我之外,三个民办老师和一个公办老师都是高中生,都是县里安排来的。我教三年级。我们每一个老师都从一年级一直教到五年级小学毕业!"

"文静,文静,快叫客人来吃晚饭了!"传来文静母亲的声音。

"潘知青,我妈让我们去吃饭了!"

"好的,好的!"潘登放下手里的书,然后跟着文静到堂屋吃饭。

潘登一进堂屋,就看见饭桌上放着昏暗的煤油灯,火苗燃烧着,照着桌面上的菜——一碗冒着热气的厚皮菜、一碗泡菜白萝卜,还有一碗炒鸡蛋,四碗红苕稀饭。

文静的父亲坐在饭桌正中的位子上,嘴里含着一根竹子烟斗,正吧嗒吧嗒地吸着旱烟,看见文静带潘登进来,赶紧把嘴里的烟斗取出来,站起来,热情招呼道:"娃娃,一路跑来,很不容易的,快坐下吃饭。"

"这是我爸爸!"文静向潘登介绍道。

"文叔叔好,给你们添麻烦了!"潘登很有礼貌地说。

文静的父亲憨厚实在,穿着一件打了补丁的染蓝布旧棉袄。他把烟摁灭,将烟斗挂在土墙的墙壁上,坐下来说:"娃娃,快吃饭吧,农村只有粗茶淡饭,不知你吃得惯不?"

"吃得惯,吃得惯!"潘登坐在了文静父亲右手的位子上。

文静坐在下方,刚一坐下,胸前系着一件染蓝布围裙的母亲进来了,并将一碗腊肉放在潘登饭碗跟前,双手还在围裙上擦着手上的水珠,微笑地对潘登说:"娃娃,快吃,饿了吗?"

"阿姨好,我不饿,你快坐下来吃吧!"潘登站起来说。

"你快坐下,你快坐下吃!"文静的母亲坐下后,招呼潘登坐下,然后对文静说,"你把桌子中间的那碗炒鸡蛋,朝城里娃娃跟前放放。"

"好的,爸爸、妈妈,你们别喊他'娃娃,娃娃'的了,好像别人像小孩,多难听呀!今后就叫潘知青!"文静把那碗炒鸡蛋朝潘登面前推了推。

大家笑了起来。

"随便怎么喊都可以,没关系的!"潘登边吃饭边把炒鸡蛋、炒腊肉朝饭桌中央推了推,"大家吃,大家吃!"

"好,我们就叫潘知青吧!那潘知青今年多大了?"文静的母亲边吃饭边问道。

"刚满十八了。"潘登回答道。

"潘知青比我们家老大小四五岁,比文静大几个月呢!"憨厚的文静父亲边吃饭边说。

文静笑嘻嘻地开起玩笑来:"那我就应该喊潘登哥哥啦!"然后往潘登碗里夹了一筷子腊肉。

低头吃着饭的潘登,脸顿时红了。

"你就是应该喊哥哥!"文静的母亲说,"老头子,明天杀只母鸡来招待城里来的潘知青,顺便叫儿子儿媳他们来一起吃顿饭。"

文静的父亲嗯了一声:"四只母鸡都在下蛋呢,家里买的盐巴、煤油都要靠它们呢。"

"家里来了客人,先杀一只来招待客人吧!"文静母亲说。

潘登心里一阵感动,说:"李队长说我在你们家暂住两晚上,之后就搬到生产队去住了。给你们添麻烦了。鸡就不要杀了,留着下蛋卖钱吧!"他想自己的父母、姐姐、姐夫都没有这么疼爱过自己,他深深地感受到山里人的纯朴与厚道。

吃完晚饭,天已经黑了,远处不时传来猪的"哼哼"声和狗的"汪汪"声。文静手里拿着父亲饭前用英雄牌的墨水瓶做好的煤油灯,走在前面,用煤油灯光照着路,朝着潘登住的房子走去。

一进屋,文静把煤油灯放在柜子上,对已经进屋的潘登说:"潘登哥,我在你这里借本书就走!"

潘登一听到文静亲昵地叫他"潘登哥"时,心中觉得很温暖,但他只是笑笑说:"我立马给你取!"

潘登从床头抱出一个大布袋,放在柜子上,取出《红灯记》《智取威虎山》《毛主席挥手我前进》《红心铁手换天地》《列宁在一九一八》等连环画和几本小说,还有美术、数学、语文等书籍。

"哎呀,你有这么多好书哩!"文静欢天喜地地拿起一本封面色彩鲜艳的美术书,问道,"这美术书,你有什么用呢?"

"美术书和连环画是我在学校办板报用的。"

"我要向大队、生产队推荐你这个人才哩!我们这里正需要办板报、写大标语的人才呢!"文静笑吟吟地说,"是人才就不能浪费!"

潘登不好意思地说:"我算什么人才!哎呀,你口才真好,人也聪明!"

"我聪明吗?我妈经常说我是个没心没肺的傻丫头呢!"文静选了《智取威虎山》《毛主席挥手我前进》两本连环画,说,"嘿嘿,我又有小人书看了。"

"我送送你吧!"潘登拿起煤油灯。

"不用送,不用送!我对自己的家院熟悉得很。"文静一跨出门,便顺手把潘登的门带上了。

李队长带领两个人,与潘登一道,忙忙碌碌地把生产队的一间10多平方米的库房收拾出来了,并在四周墙壁糊了一层报纸,又和了些泥巴,帮潘登糊起了一口灶。李队长又安排人去公社供销社买了一口铁锅,也顺带买了一整套碗盆,还有盐巴、煤油等生活用品。

本来,当天潘登就要搬过来住,免得给文静他们一家人添麻烦,但李队长说:

"做饭的灶刚刚垒起来,怕湿气太大,不好烧火做饭呢,潘知青还是在文老师他们家再住上一天吧!"

潘登觉得李队长是一番好意,也就没有坚持。

第三天中午,文静、文静的父母和潘登正准备吃午饭时,李队长就带着一个年轻的村民来帮助潘登搬东西。

"你们也不想想,仓库外的灶也许还没有干呢,让潘知青怎么过去住呢?就让他在我们家多住几天再说吧!"文静的母亲说。

"李队长,我妈说得对呢!让那土灶晾晾吧!"文静也不同意今天就让潘登搬到队里去住。

"谢谢文老师全家,这两三天给你们添了不少麻烦,我还是搬到队里住吧!"潘登诚恳地说。

"我今天上午已经安排人,把潘知青的米、面、油、红苕等已经准备好了……"李队长又说。

"就让娃娃在这里多住几天吧,等灶膛晾干些再搬过去吧!"憨厚的文静的父亲说道。

李队长也不好多说什么了。

当天晚上,生产队为了欢迎潘登到"广阔天地"来锻炼,请来公社电影队到生产队院坝里放露天电影——故事片《决裂》。

面对像过节一样热闹的村民,在电影队放完《新闻简报》后,李队长就站在支起放映机的桌子旁,手里拿着放映员递给他的话筒,"喂、喂"两声后,人们开始安静下来。他说:"今天这场电影,是专门为了欢迎潘知青放的……"

潘登与文静一家人坐在一起,他听到生产队长这么一讲,有些激动。

掌声响彻云霄。

待掌声结束后,李队长拿着话筒说:"我了解到潘知青能写会画,是个人才哩!我已将这些情况向大队的谭书记说了,大队领导决定,潘知青今后的工作,就是帮我们大队、生产队办板报,写大标语……"

潘登知道是热情洋溢的文静向李队长推荐了他,他心里十分感动。

李队长的话音一落,用两根竹竿支撑起的幕布旁边的喇叭里,便响起激昂的音乐,随着音乐声,幕布上出现了"北京电影制片厂"几个金光闪闪的大字,然后就是片名《决裂》……

电影放到一半时,文静觉得身上有些寒意,便跑回自己家中,找出父亲走亲戚穿的一件新棉袄,让潘登穿上,抵御寒风。

对于文静的关心,潘登感动得不知说什么好,只觉得一股暖流顿时涌上了全身。

潘登搬到生产队给他安排的住处,做第一顿饭时就遇到了麻烦。这也是他平生第一次单独做饭,在家里有母亲和姐姐做饭、炒菜,到了插队的生产队,又在文静家住了几天,所以他还没有做过一顿饭。今天下午从大队办了板报回来,傍晚时分,潘登就正式在自己住的库房外的灶台上做饭。他用火柴点燃了一张旧报纸,然后把不太干的柴草往灶膛里送,十多分钟也没有把火点燃,手忙脚乱,黑乎乎的手在额头上擦了擦汗珠,搞得满脸也是黑乎乎的。

文静放学后挎着一个装有学生作业本的布包回家路过生产队时,看到冒着浓浓黑烟的灶膛前,潘登正蹲着吃力地烧火,便急忙跑过去,笑着说:"哎呀,灶膛里的柴草塞得太多了!"

听到声音,潘登抬头看见文静已站到自己身旁。

文静看着手上和脸上都弄得黑乎乎的潘登,笑得前仰后合。

"你看你的脸,跟花猫脸一样。你站到一边去,我来帮忙烧火吧。"接着,文静把布包从肩上取下来,顺手挂在墙上,就在灶膛前蹲下去,把灶膛里不太干的柴草统统拨拉出来,重新把火点燃后,说,"做人要实,灶膛要空,火才能燃起来。记住了吗?"

潘登说:"记住了,人要实,火要空。"

"你别傻乎乎地站着了,你快去拿镜子照照你的脸吧!"

潘登从屋里取出镜子,到屋外一照,看着自己花猫似的脸庞,禁不住笑了起来。

在文静的帮助下,潘登终于将面条煮好了。文静又手把手地教他怎么做油泼辣椒,然后又教他怎么往碗里放盐、蒜、葱、醋、姜末。

潘登很感激地说:"谢谢文静老师!"

"像你这种城市人,看起来光鲜亮丽,一做起农家活来就成傻子了!"

潘登也不好吱声,任凭文静取笑他。

……

潘登在大山上,用石灰水写的"工业学大庆,农业学大寨"硕大的字,让全大队的人赞不绝口:"这个知青了不得,写得真好!""是啊,这个知青的字写得好漂亮啊!"

然而,没有几天,潘登却在山上写另一幅"下定决心,不怕牺牲……"的标语时出了事。

农坝公社第一大队,村前村后、小河旁边,到处长满了比人还高的茅草,里面藏匿着鸟儿、兔子、黄鼠狼、蛇等动物。村里的孩子胆子大,一点都不怕蛇,光着脚,赤手空拳都敢捉蛇,大的捉回家炖汤,小的放在空地上玩够了又扔回草丛。

对于蛇,潘登是很害怕的,从不敢光着脚走路,唯恐从茅草丛中蹿出一条蛇来避之不及而被蛇蛟。那天,他正认真地在山坡上用石灰写着"下定决心,不怕牺牲……"的标语时,一条一米来长的蛇缠在他脚腕上,他当时吓得脸色惨白,扔掉手中刚调好的冒着热气的石灰桶,便用手去抓蛇,那条青花蛇快速地逃跑了。但是,因为他扔石灰桶时用力过猛,那浓度很高的石灰水溅了他一脸,霎时间脸就被烫伤了,接着就起了血泡。

文静知道潘登的脸被烫伤后,特意跋山涉水去公社供销社买了一瓶价格不菲的蛇油膏送给他。

"蛇油膏能干什么?"潘登问。

"这瓶子上的标签上写着的,主治冻疮、烫伤、烧伤、皮肤开裂、慢性湿疹、脚癣……你试试嘛!这是我们学校的那位公办老师告诉我的。"

还真别说,蛇油膏治疗烫伤确实效果好,三四天的工夫,潘登被烫伤的脸就慢慢好了起来。那瓶蛇油膏还没用完,潘登觉得应该去还给人家。

"如果空着手去还蛇油膏,那显得我这个人太没教养了,可又能回赠点什么给文静呢?"潘登身边没有东西可以回赠,他是无论如何不好意思去还那瓶蛇油膏的。直到有一天,他去了趟公社供销社,特意买了一瓶百雀羚牌雪花膏作为回赠她的礼物,才把那瓶蛇油膏还给了她。

当潘登送给文静的雪花膏时,文静推辞道:"我不要,我从不用那些东西,我一个农村姑娘素面朝天就很好哩!你借了那么多书给我看,我就感激不尽了。我怎么能收你这么贵重的东西呢?"

潘登无奈,只好说:"那算我送你妈妈的吧!"

文静勉强收下那瓶雪花膏:"那我替我妈谢谢你了!"

当天晚上,文静的母亲做了油炸糯米粉油饼,用一个大碗装好后,担心凉了,上面还用一个碗盖着。她笑嘻嘻地催文静抓紧给潘登送去:"就说文阿姨谢谢娃娃送的雪花膏,你爸爸一辈子也没有舍得给我买这么一瓶洋玩意儿,刚才妈妈打开盖子闻了闻,那雪花膏子真香呀!你替我谢谢他!如果他说糯米粉油饼好吃,今后妈妈还给他做!"

文静开玩笑道:"妈,你这么喜欢潘登哥,收他当干儿子好了!"

"你妈我要有这么一个干儿子,我这辈子就烧高香了!你看你哥哥,娶了媳妇忘了娘！快,赶快给娃娃送去,让他趁热吃了!"

"好的,我给你干儿子送去!"文静一边笑,一边拿了一个竹篮子,装上那一碗油炸糯米粉油饼。

文静笑容满面地看着潘登一手提着办板报用的颜料,一手提着一捆蔬菜回来,就问:"这是谁送你的蔬菜?"

"是张婶送的,今晚下面条正好用上呢!"潘登微笑地回答,看见文静手里提着的竹篮子,问道:"文老师,你提的是什么?"

文静捂着竹篮子,神秘地说:"你猜!"

"我猜不着!"潘登把手里的东西放在灶台上。

"哈哈,我告诉你吧,是我妈送你的。我妈专门给你炸的油饼子,让我抓紧给你送来,她说感谢你给她送了雪花膏呢！嘻嘻!"说完,又是一阵甜甜的笑。

潘登草草地洗了一下脸,从文静手中接过竹篮子,打开包裹的毛巾,揭开盖着的碗,一股浓郁的油香味道扑鼻而来:"哎呀,好香,好香!"

文静站在一旁,抿嘴而笑:"你最近又读了什么好书呢？能不能推荐给我看看?"

"我最近刚读了沈从文的中篇小说《边城》,写得很好。"

文静问正在吃油饼的潘登:"潘登哥,书里写的什么内容?"

"爱情!"

文静脸庞一下子就红通通的,朴实善良、温柔清纯的文静不好意思起来。
……

1977年10月中旬末的一个傍晚,文静放学回来,笑吟吟地给潘登送来一张报纸。

潘登也不知道为何文静送来这份报纸,只是盯着她问:"文老师,你送我报纸干什么呢?"

"你看了就知道了。"文静还是笑嘻嘻地说。

潘登便看到了一则全国恢复高考的新闻:1977年,刚刚复出的邓小平同志主持召开科学和教育工作座谈会,做出了当年恢复高考的决定。10月12日,国务院正式宣布当年立即恢复高考。

看完这则新闻,潘登简直是喜出望外,激动得无法表达此时的心情,便情不自禁地突然抱起文静,转动了几圈,直到累得气喘吁吁,才将羞得满脸绯红的文静放下来。

"你高兴得像个小孩啊!"文静绯红着脸,羞答答地低下了头。

当晚,坐在煤油灯下的潘登想,距离高考还剩不到两个月的时间,而且复习资料也不齐全,尽管插队时带来几本高中的书籍,但学习条件是艰苦的。潘登白天还需要到地里干活或写标语或办板报,只有晚上才有时间复习。

在潘登复习的近两个月的时间里,文静的母亲想方设法地给他做些可口饭菜,令他感动不已。文静也处处以一个纯真的少女之心,鼓舞着他……他把文静全家的关心,化为巨大的动力,经常通宵不眠,不知东方之既白。

1977年的那个冬天,中国五百七十多万考生走进了曾被关闭了十余年的高考考场。1977年全国大专院校录取新生二十七万三千人;1978年,六百一十多万人报考,录取二十四万两千人。

1977年冬和1978年夏的中国,迎来了世界历史上规模最大的考试,报考总人数达到一千一百八十多万人。七七级学生1978年春天入学,七八级学生秋天入学,两次招生仅相隔半年。

在这样的条件下,潘登刻苦学习,勤奋努力,终于取得不俗的成绩。

潘登高考成绩如何,具体得了多少分,当时并没有公布。但是在高考成绩公布之前,报纸就刊登了他的作文《我在这战斗的一年里》。作文由于文笔细腻,感情真挚,一时广为传颂,引起轰动。

后来,潘登终于盼来中国科技大学的录取通知书。

潘登临走的那天早晨,雾气朦胧,尽管时节已到初春,但山沟里仍然寒风凛冽。大队领导、李队长、村民们,还有文静一家人都来欢送潘登。

人们像过年似的热闹非凡,有说有笑。

"这个小潘知青能干呀,居然一声不吭地考上大学了!""这个娃儿懂事呀,人勤快,字也写得好!""潘登这孩子为我们大队的学生娃儿树立了榜样啊!"人们赞不绝口。

在一片赞美声中,潘登背着背包,左手提着行李,右手提着一捆书籍,从他居住了两年的生产队仓库里走出来。大概是人逢喜事精神爽吧,再加上一表人才,潘登显得更加朝气蓬勃。

潘登一眼在人群中见到平常笑容可掬,今天却一副失魂落魄模样的文静。他满面春风地走到她跟前,将右手提着的一捆书交到文静手上:"文老师,这些书全是送给你的,好好学习,记住啊,明年一定要去参加高考啊,考不上大学,考个中专也能离开这里去城里工作,就能吃上国家商品粮了!"

文静嗯了一声,接过书,两行滚烫的热泪从眼眶里流下来,这个情窦初开的姑娘,手里的一捆书籍砰的一声掉在了地上,随即呜的一声撕心裂肺地啼哭起来,嘴里深情地喊着:"潘登哥,潘登哥!"

霎时间,潘登再也控制不住自己的情感,泪如雨下:"文静妹妹,听哥哥的话,一定要在把书教好的同时,抓紧复习哦!"

文静一个劲地点着头,嘴里也一个劲地嗯嗯嗯。

这送行的感人场面,使送行的人们也泪水涟涟,不少人撩起衣襟悄然抹泪。

文静的母亲擦着泪水,走到潘登跟前,说:"娃娃,你今后一定回来看看我们和文静啊!"

"你今后要回来看看我们啊!"文静的父亲双眼盈满了泪水。

泪流满面的潘登点着头,嘴里嗯嗯嗯地说道:"谢谢干爸干妈全家对我无微不至的照顾!"然后,他转身面向大家深深地鞠躬后,抬起头来,用手掌抹了抹脸颊的泪水,无比深情地说道,"谢谢大家这两年对我的照顾。我会想念大家的,也会回来看大家的!"

潘登见文静哭得更厉害了,便用手绢给文静擦泪水,刚擦拭了两三下,文静便伸出双臂拥抱潘登,嘴里不停地呼喊着:"潘登哥,潘登哥,我不让你走。"

"静静呀,让潘登走吧,免得耽误了他坐班车!"文静的母亲走过来,拨开文静的手。

文静终于松开了手,擦拭着满脸滚烫的热泪,低着头,从肩上的布包里取出一件洁白的毛背心,交到潘登的手上:"这是我特意为你织的,潘登哥哥带到城里读书穿,别感冒了!"

潘登拿着洁白的毛背心,担心自己再流泪,让文静伤心,便咬咬牙,爬上了早已等候在那里送他的手扶拖拉机,坐下来后,向大家挥手告别。

手扶拖拉机开动了,离人们越来越远,泪水模糊了人们的视线……

文静伤心地追赶着拖拉机,一路跑一路哭,两条长辫子在背后跳跃着……

这种送别的情景再次让人们动容,人们的热泪又从眼眶里滚下来……

潘登读大学的第一个暑假,他在城里当了一个半月家教后,连自己家都没有回去,就坐着班车兴致勃勃地要去插队过的生产队看望乡亲们,看望文静他们全家。

第一个看到满面春风的潘登回来的人是李队长。李队长肩上扛着锄头正从田间走过来。

潘登笑眯眯地从背上的一个大布包里抓出一把糖果递给李队长。

李队长将肩上的锄头放在地上,双手接过糖果装进白色的粗布衣服兜里,笑嘻嘻地说:"谢谢潘大学想着我呀!"

"我去看看文阿姨他们!"穿着白色背心的潘登彬彬有礼地说。他一路小跑地跑到文静他家,看见文静的母亲,就兴高采烈地喊道:"文阿姨,干妈,我来看你们了!"

文静的母亲正在院子内的一个大木盆里洗衣服,听到喊声,转过头来:"你是,你是……"

潘登喜悦地跑过去,说:"文阿姨、干妈,我是潘登啊!"

脸颊已瘦削不少的文静的母亲抬起头来,愣愣地看了片刻,痛苦的泪水便从眼眶里流了下来:"你来了?"

"嗯!我来看看你们!你的精神怎么这么差?文静妹妹呢?"潘登一边说着,一边扶着文静的母亲站起来。

"唉!"文静的母亲一声长叹之后,说,"咱们到堂屋里说吧!"

"好!"潘登扶着文静的母亲来到堂屋,在饭桌旁坐下来。

"小潘来了。快坐吧!"文静的父亲一脸悲伤的样子,正坐在桌旁吸着旱烟。

"文叔叔好!"潘登把背上的一个大布包放在脚旁。

"快坐吧!"文静的父亲招呼着潘登。

潘登从两位老人脸上的表情中,似乎感到家中发生了什么大事,便问:"发生什么事了吗?"

文静的母亲撩着胸前的围裙,抹着脸颊上不断滚落的泪水,从饭桌上拿起一个信封默默地交到潘登的手上。

潘登打开信封,取出来一看,惊喜地说:"这是录取通知书!文静妹妹考上了重庆市的中专,可喜可贺啊!你们怎么不高兴呢?出了什么事情吗?"

"人都没有了,录取通知书还有什么意思?"文静的父亲淡淡地说。

潘登顿时眼睛睁圆了,不相信自己的耳朵:"人都没有了?啥意思呢?"

"几天前,我们这里电闪雷鸣,下起了特别大的暴雨,山洪暴发,河水暴涨,一个二年级的女娃儿在回家的路上被雷声吓到了,脚一滑,一失脚就滚到了暴涨的河沟里,静静看到后,就下到河沟里救人,在后面跑来的大人帮助下,小女娃儿被救上来了,但她却因没有力气沉了下去……"文静的母亲哭哭啼啼地说。

潘登愣怔住了,半天说不出话来,霎时间,泪水悄然从眼眶里滚到面颊上。

"喀!"文静的父亲因为心情不好,吸烟过猛,呛了一下。

"半年来,我与她相互通了十多封信,她每封热情洋溢的来信,我都看了又看!"潘登泣不成声地说。

"她把你的来信,也是看了又看……所以,她说要向你学习,努力考上中专,将来好与你在一起……"文静的母亲说着，又哭出声音来。

"我为了鼓励她，我说只要文静妹妹考上中专，我会爱她一辈子。我知道感情催生大爱，大爱激发巨能……其实，就算她考不上，我也喜欢她，也会与她结婚！但是万万没有想到……"潘登悲痛欲绝，泪流满面的有些说不下去了。

"唉！我们也万万没有想到啊！"文静的父亲唉声叹气着。

潘登抹了抹脸上的泪水，弯腰从脚旁提起大布包放在饭桌上，打开大布包，从包里取出给文静的父母买的衣服，放在桌子上，说："这是我孝敬你们两位长辈的！"

"你花那么多钱干啥子嘛？"

"这是我给文静买的纱巾……"潘登从包里掏出一条粉红色的纱巾，说，"我立马去看看她！把纱巾给她送去，她埋葬在哪里？"

"在我们后面的山上。"文静的母亲说。

潘登跑过山村小路，跑过石路……

文静的父母在潘登后面紧跟着……

生产队的人们惊愕地看着。

潘登脚踩乱石，奔跑到文静的新坟前，用双手在潮湿的新土的坟头，挖了一个坑，将粉红色的纱巾的一半埋进了泥土中。

顿时，粉红色的纱巾在风中飘舞着。

"文静呀文静，我来晚了，我来晚了……"潘登扑倒在坟上，失声痛哭，痛苦地用双手在坟头乱抓，然后十根指头深深地抠进那潮湿的泥土中。

这叫人心碎的情景让文静的母亲又痛哭起来。

"潘副科长，我选好了两部电影，一部是反映对越自卫还击战的《自豪吧！妈妈》，一部是反映咱们老基建工程兵部队修建天山公路的《天山行》，你看行吗？"在电影片库房，龙大佩选好影片，走到潘登跟前问道。

"参谋长，您是首长，您定就行了！这两部电影我都看过，它对鼓舞我们的士气很有好处的！"龙大佩的话，打断了潘登对往事的回忆。

龙大佩看到满眼泪花的潘登："你怎么看到《决裂》的胶片铁盒子就哭了呢？"

"1975年，那年我才十八岁，刚到农村当知青时就看过这部电影。"潘登掏出手绢擦了擦快滚落下来的眼泪，"冬去春来，转眼十四五年过去了，时间过得真快呀！"

"你是不是想到了当知青时的艰难,所以心里就难受呢?"

"可能是吧!"潘登不想把自己当知青时的那段心路历程告诉龙大佩,更不想把他心中有着美好形象的、也许一辈子也无法忘怀的文静姑娘的凄惨故事告诉龙大佩,因为在他心中文静是那么美丽,不仅外貌美,而且心灵更美……

"是呀,好像我看《决裂》这部电影时,是1977年八九月份吧,当年我是一个副营长呢。我好像记得是1977年8月的中旬吧,我们六十一支队所属的六〇二大队(正团级单位)派出三百一十人支援山西大寨的农业建设,担负'西水东调'工程建设任务,开凿隧洞1860米,于1978年9月完工的。所以,我们部队官兵刚去不久,就看了《决裂》。"龙大佩嘿嘿地说,"我还记得,电影里有一个教授讲授马尾巴的功能哩!"

"是的,是的!"潘登笑笑。

第六章

年轻的战友,再见吧,再见吧!
为保卫祖国离开了家。
你看那山岭上一片红霞,
那不是红霞,是火红的攀枝花,
攀枝花,青春的花,美丽的生命,
灿烂的年华,当你浴血奋战的时候,
莫忘家乡的攀枝花,攀枝花哎攀枝花……

按照水电羊湖工程指挥所警务科组织部队在星期天观看电影的时间安排:下午由独立支队和"一羊指"官兵观看,晚上由"二羊指"和水电羊湖工程指挥所机关官兵观看。

《我们相会在攀枝花下》是彩色电影故事片《自豪吧!母亲》的插曲,由著名歌唱家朱逢博深情演唱。

"一羊指"一连的副连长苏明看完两部电影后,心潮澎湃。

刚吃完晚饭的苏明,坐在部队统一配发的小方凳上,孤零零地瑟缩地倚着营区的帐篷。在寒风中,他睁大着双眼,神情肃穆地仰起头,凝视着远方。

冬天的夜空上,皓月,寒星,沉默着。

远处的群山上,白雪,山峦,沉默着。

苏明现在的家乡,是四川的攀枝花市,之前叫渡口市。准确地讲来,苏明的祖籍在黑龙江,具体是什么市,什么县,他至今也说不清楚。

出生于1922年6月的苏明的爷爷名叫苏庙家。关于苏庙家的故事,还得从1948年说起。那年1月,二十六岁的苏庙家告别妻子和儿子参加中国人民解放军,随四十军——九师三五七团参加四平战役、辽沈战役、平津战役和解放长沙、海南岛等战役,屡立战功。

在解放四平的战斗中,苏庙家是机枪手,是敌人火力重点打击的对象,密集的子弹袭来,使他的身上留下不少伤疤。由于表现出色,1948年,苏庙家在战地光荣地加入了中国共产党。

1950年，美国发动侵朝战争，把战火烧到了鸭绿江边，刚从海南战场撤回的苏庙家，立即随部队集结安东（现辽宁丹东）待命。

"保卫和平，保卫胜利果实！"10月的一天，命令终于下来了，苏庙家随部队一起雄赳赳气昂昂跨过鸭绿江。

1952年10月27日中午时分，苏庙家所在部队坚守阵地，在击退敌人一次又一次进攻后，部队伤亡惨重，阵地三面处于敌人的火力控制之下，增援部队很难上去。当时担任副排长的苏庙家带领八名战士，在击退敌人疯狂反扑中，击毙数十名敌人，然后和最后剩下的三名战友顽强地坚守在阵地上。赶来支援的战友找到了昏迷的苏庙家。

1953年，苏庙家荣获二级荣誉勋章。

1955年，苏庙家复员后被安排到了黑龙江钢厂从事基建工作。黑龙江是我国重要的老工业基地。20世纪50年代，二十五家大企业北迁，苏联援建的一百五十六项重点工程，其中二十二项在黑龙江省，这些"老国宝"造就的无数个"中国第一"，挺起了中国的工业脊梁。

攀枝花是一座因三线建设而兴起的城市。毛泽东主席在听取国家计委领导小组汇报"三五"计划的设想时曾指出，在原子弹时期，没有后方不行，四川是三线建设的一个重点地区，应该首先把攀枝花钢铁基地和相应的交通、煤、铁、电搞起来。之后，他还说：建设要快，但不要潦草；攀枝花搞不起来，他睡不着觉；你们不搞攀枝花，他就骑着毛驴去那里开会；没有钱，拿他的稿费去搞。

1965年2月26日，中央下发的《关于西南三线建设体制问题的决定》指出，成立攀枝花特区党委和工地指挥部，任命冶金工业部副部长徐驰为特区党委书记兼总指挥。3月4日，毛主席在冶金工业部部长吕东和副部长徐驰递交的关于攀枝花特区筹备及工作打算的书面汇报上做出批示，而这一天也就成了攀枝花的建市纪念日。随后，徐驰向中共西南局提出："攀枝花特区这个名字，只能对内使用。还需一个公开名字，以便政府挂牌、出公告、职工通信及物资发运等使用。建议用'渡口矿区'作为公开名字。"几乎同时，四川省人民委员会也收到报告，提出为有利于保密，拟将攀枝花矿区改称市，政府的名称改为"渡口市人民委员会"。

电力是工业发展的血液。选址、选路、选人，在一切都准备就绪以后，如何在保密的前提下为攀枝花建设提供充足的血液，这样一个问题摆在了建设者面前。在攀钢建设初期，荒凉的峡谷中只有一座现代化发电厂。作为在三线建设中被最早提上日程的攀枝花，它的开发建设可以看作三线建设史上的一处缩影。从地名确定、攀钢选址,到领导管理体制等方面的重大问题,无一不是由毛主席拍板决定。在项目建设方面,周恩来负责安排部署,邓小平亲赴攀枝花指挥,李富春、薄一波具体执行,中央十三个部委参与会战,这在新中国任何一个工业建设项目上都是绝无仅有的。

"备战备荒为人民,好人好马上三线。"在那个历史瞬间,没有什么可以阻止有志之士的脚步,等待建设的攀枝花,吸引着人们前赴后继。

1964年5月,本是寂静荒芜的山区,突然间沸腾起来。数以万计的年轻人、技术工人和知识分子,来到四川南端的川滇交界处。在此之前,这处"地无一里平"的山地,从未引起世人的关注。

矿产资源富集的攀枝花,成为"三线建设"的主战场之一,肩负起国家使命,扬帆起航。1965年2月5日,中共中央、国务院正式批复,同意成立攀枝花特区。

早期建设者之一的苏庙家从未忘记自己在请战书上的决心:"亲爱的党啊,请你相信我吧,让我到大西南去,滚一身泥巴,炼一颗红心。"他的请战书第一天被组织批准同意,他第二天就准备行囊,第三天就带着苏明的奶奶和苏明的母亲,还有出生只有两个月的苏明上路了。那时,苏明的父亲已经参军两三年了。

苏明懂事后,曾多次听爷爷讲过:"1964年5月,我们到这里时啊,只有荒草,盖过人头顶的荒草。我们义无反顾奔来,住的是席棚子,喝黄泥巴水,汗洗脸、风梳头……新区建设主要是抓基建,我业务熟,那年我已四十二岁,精力旺盛,希望组织让我多为党和人民做点贡献。"

1965年春,时任攀枝花煤炭指挥部党委书记的亓伟,像驰骋沙场的将军,舍生忘死,带领几千名职工投身开发宝鼎矿区的战斗,在自然环境恶劣、生活条件艰苦、生产设备简陋的情况下,用二十八天时间使宝鼎矿投入生产,用三十八天打通太平煤矿主副井,用七十五天建成龙洞矿,确保了攀枝花出煤、出铁、出钢。

如果说,是耳畔时常想起的革命歌曲、随处可见的社会主义建设标语为攀枝花早期的建设者注入了无尽的激情,那么三线文化孕育的英雄精神,则是薪火相传的内生动力。

苏明的父亲苏德前,于1962年1月参军,1979年时任连长。在对越自卫反击战中,带领全连在攻打扣当山的战斗中,不怕牺牲,不怕艰苦,勇挑重担,英勇作战,出色完成了上级交代的任务,歼敌二十二名,荣立个人二等功。

1980年底,苏德前转业回到了攀枝花市,从事民政工作。

1981年初夏的一天,五十九岁的苏庙家和三十九岁的苏德前带着只有十六岁多的苏明和十二岁的苏妍看了一场电影,电影的名字叫《自豪吧!母亲》。

电影看完后,苏庙家一家三代走在回家的路上。高中快要毕业的苏明,拉着苏庙家的手,说:"爷爷,我也想参军!"

苏庙家很高兴地说:"我和你爸爸都上过战场了,也立了战功。如果你能今年考上军校去当兵,我当然高兴呀!"

"我今后如果能当上兵,也像爷爷和爸爸一样,立战功!"

"好啊,好啊!不过,现在可没有仗要打哩!"苏庙家满脸高兴地说。

"打不打仗无所谓,我支持苏明,去部队锻炼锻炼也好!"父亲苏德前说。

"那爷爷,我今后长大了也要去当兵。"妹妹苏妍笑着跑到苏庙家跟前,拉着他的手说。

"好吧,我们家除了你奶奶和你妈妈,一家三代全是军人了啊!"苏庙家有不少皱纹的脸颊盈满了幸福,"不过,想当女兵,不容易哩,一是数量少,二是不一定体检得上哟!"

"反正,我也去试试,体检不上就算了,就在家陪着爷爷奶奶、爸爸妈妈!"苏妍说。

"假如,我能当上兵,一定像爷爷爸爸一样,立功回来!"苏明以为立功是很容易的事情。

"来,我们唱一唱《自豪吧!母亲》的歌曲吧。"苏德前说。

"我只记得住两三句歌词呢!"苏明说。

"好,爷爷来起头吧。"说着,苏庙家的手就挥舞起来,"年轻的战友,预备——起!"

四个人有说有笑就唱了起来:

年轻的战友,再见吧,再见吧!
为保卫祖国离开了家。
你看那山岭上一片红霞,
那不是红霞,是火红的攀枝花……

大家因为记不住歌词,便笑了起来。

"好像这首歌是专门为我们攀枝花写的呢,我们天天都相逢在攀枝花下呢!"苏明说。

"可能写词的人到过我们攀枝花吧!"苏庙家说。

"爷爷说得对！这首歌就是好听呢！"苏妍说。

"嘿嘿,真的很有意思呢,我们是攀枝花人,我们在攀枝花市,今天又听到攀枝花的歌！"苏明说。

"我也觉得好听,爸爸能不能买一台录音机呢?"苏妍问。

"我要看看市里有没有卖的,如有就买吧！"苏德前说。

苏妍兴高采烈地拍着手掌:"那好！爸爸说话算数哟！"

"嗯！"苏德前答应了女儿的要求。

"到时歌唱家朱逢博的磁带出版后,我想她的盒式磁带里也许能收录这首歌曲吧！"苏明说。

"那到时候我们全家人可以天天听这首歌！"苏庙家说。

两个月后,苏德前果真在市里的商场买回来一台录音机,也买回来五盒歌曲的盒式磁带,其中有一盒就是朱逢博的歌曲选,当然,最让全家人高兴的是,朱逢博的歌曲选里有《相会在攀枝花下》这首歌曲。

于是,当苏明、苏妍两兄妹放学回家做着作业时,就把录音机的声音开得很大,反复播放《相会在攀枝花下》这首优美、深情的歌曲。

那年的夏天,苏明报考军校却差了九分。名落孙山的苏明很沮丧,很痛苦。

"失败乃成功之母,你才十六七岁,这点失败算得了什么呢？下半年继续读书复习吧！"爷爷苏庙家安慰孙子苏明。

"我相信哥哥能实现当兵的愿望的！哥哥,笑一笑！"妹妹苏妍拉了拉垂头丧气的苏明的手。

"好,好！我听爷爷和妹妹的！"苏明勉强笑了笑。

这年冬天,也就是 1981 年 11 月,苏明如愿以偿地参军了。当他从市武装部换上绿军装,在家吃最后一顿香喷喷的饭菜的时候,全家人都发自肺腑地说了一些祝福他的话。

苏明满脸笑意地举起酒杯,表态道:"请全家人放心,我一定要在部队好好干,不辜负全家人的殷切期望,以爷爷和爸爸为榜样,早日把立功的喜报寄回家……"

爷爷端起装有红酒的杯子说:"来,咱们碰一杯,祝我的孙子早日把立功的喜报寄回家！"

全家六口人都举起酒杯,碰了碰,喝下去了。

苏明来到了建设潘家口水库的基建工程兵水电部队。正在新兵训练的苏明,在 1981 年 12 月 5 日,兴奋地见到了来潘家口水库工地视察的国务院副总理姚依林。姚依林赞扬指战员有吃苦耐劳精神，为解决天津、唐山地区工农业生产及人民生活用水的问题做出了积极贡献。他勉励部队继续努力，加快水库后期的施工，早日建好潘家口水库。

潘家口水库，位于河北省唐山市迁西县与承德市宽城满族自治县、承德市兴隆县交界处。此水库是经国务院批准，作为"引滦入津"的重要工程之一。潘家口水库为引滦入津的主体工程，是华北地区的水库之一，它由一座拦河大坝和两座副坝组成，最大面积达72平方千米，水最深处达80米，水库总容量29.3亿立方米，库区水面达70平方千米。水库两侧山峰陡峭，怪石嶙峋，十分险峻。水库所在地域喜峰口一带是古长城雄关要塞，由于部分长城已没入水中，形成长城奇观——水下长城。

苏明在潘家口水库建设工程的水电部队服役了两年后，经过考试，进入了部队的教导队。他很轻松地学完两年的水利工程方面的知识，回到部队后，被提拔为排长，由于工作成绩突出，在到羊湖电站建设工地来之前的几个月被提拔为副连职干部。

刚来到羊湖电站工地，苏明与其他战友一样，克服严重的高原反应。在施工中，挑战生理极限，流汗流血不流泪，勇攀高峰不掉队。

苏明也听连长月玉成在传达"一羊指"的会议精神时讲过，西藏自治区领导视察羊湖电站工地时动情地说过："这个地方，除了部队，谁也不行！"

在部队干了八年多时间已是副连长的苏明，远眺雪山，想着这么多年走过来，实在不易。自己的档案除了有两个嘉奖和一个优秀共产党员的奖励外，曾向爷爷、爸爸他们许下"以爷爷和爸爸为榜样，早日把立功的喜报寄回家……"的诺言，还没有实现。

他想，自己在今后的羊湖电站工程建设中，一定要努力工作，一定要实现自己的诺言。

当晚，苏明在笔记本上写道："我们在高高的雪山上，常常与死神为伴，以苦为乐，用鲜血与汗水创造人间奇迹。我们连的每一位官兵都做好了牺牲的心理准备……假如，假如我牺牲了，请我的爸爸和妹妹带来家里的录音机，为我再放一次《相逢在攀枝花下》的歌曲吧！"

伏在床铺上写完笔记，抬头看了看已熟睡的宁林技术员和卫生员小朱，苏明又走出帐篷，在营区内，轻轻地哼起了《相逢在攀枝花下》……吸了几口烟后，苏明望了望夜空，突然想起了未婚妻刘颖。他和刘颖是在河北迁西县大官庄的基建工程兵第六十一支队教导队学习时认识的，他俩属于一见钟情。

那是刚上教导队没有几天,在课堂上,老师在黑板上出了一道水利水电工程建筑专业方面的题后,转身便问:"同学们,谁能答得出来?"

五六秒钟过去了,全班竟然没有一个人举手发言。

苏明抱着试一试的心情,红着脸举手道:"我也没有什么把握能答得正确。"

"苏明同学,你来回答吧!"老师微笑道。

苏明站了起来,一口气把那道题的结果准确无误地答了出来。

"苏明同学答得很好啊!"老师赞扬道。

谁也没有想到,这时,教室里响起了掌声。

苏明一边坐下,一边往掌声响起的方向望去,一看是刚刚才认识的,且长相出众的女同学刘颖在鼓掌。

"老师的表扬,对苏明同学来说,当之无愧!"刘颖担心大家听不到,她故意大声地说道。

苏明坐下后,心跳很快,身上燥热,脸颊泛红。

后来,他俩就这样成了好朋友。因为两人都还在教导队读书学习,没有提干,按部队的相关条令规定,战士与战士之间不能谈情说爱,所以平时他俩只能眉目传情。只要他俩有单独在一起的机会,就有说不完的话。

苏明虽然个头比刘颖高了四五厘米,但从性格上来看,苏明内向些,刘颖外向些,且较为固执。

从谈话中,刘颖了解了苏明的家庭情况。当刘颖听完苏明的家庭情况后,双眼睁得很大,笑嘻嘻地连声惊讶道:"哎呀呀!看不出来,你来自军人世家呢,了不得!"

苏明不好意思地低下了头。

苏明也从刘颖的口中得知,刘颖是内招兵,其父亲是部队副团职,曾任过支队的政治处主任,去年底已经转业回到地方了。她家除了父母,还有哥哥嫂子。她虽然与苏明同岁,但军龄却比苏明老一年呢。所以,有时,苏明就与她开玩笑,喊她"刘老兵"。

刘颖故意用拳头去擂他的胸膛:"你再这样喊我刘老兵,小心我今后收拾你!"

接着,他俩就哈哈大笑。

在教导队学习快结束时,刘颖先提出来:"咱俩确定恋爱关系吧!"但苏明胆怯地说:"咱俩现在还是战士,还是学员,今后再说吧!"

刘颖顽皮地说:"天知,地知,你知,我知,难道我还去告你不成?"

苏明只是傻笑。

"等到提干命令一下,咱们就公开吧!"

"好吧!一切听你的!"

刘颖嘿嘿地笑了,又说:"教导队学习一结束,我们就各回各的团了,回去后你要经常给我写信。"

"那是肯定的!"

教导队结束后,他俩各自回了自己的基层部队。但他俩经常是鸿雁传书,甜蜜地谈着爱情,谈着未来……

提干命令下来的那个晚上,他俩通了两个多小时的电话。最后约定,在当年的春节,双双申请探亲假。探亲假批下来后,苏明和刘颖结伴而行,去了刘颖的家。父母、哥嫂见了一米七五、长相标致的苏明,都夸刘颖有眼力,这个对象找得好!

在一总队、二总队动员大家来西藏建设羊湖电站时,他俩都约定好,主动写了申请书。两人都被批准了。得知两人今后能天天见面时,他俩都激动得热泪盈眶。

但是,从四面八方到来的官兵在成都集结待命的两三天时间里,他俩只见过两次面。刚到成都见第一次面时,刘颖不管不顾,主动拥抱着他,由于激动,嘤嘤地哭泣着说:"我们终于可以天天在一起了,我们终于可以天天在一起了!"官兵们一见两个中尉警官拥抱在一起,都不好意思地从他们身旁走过。

但是,等分配的命令下来后,苏明被分配到"一羊指"一连任副连长,刘颖被分配到了成都后勤保障基地机关当了副连职干事。虽说是一个大单位,但还是天各一方,只有互相牵挂着对方。他俩已经商量了,不能违反国家计划生育政策和部队的规定,只有等到政策规定的年龄,他们才能结婚,现在到国家规定的结婚年龄只差一年时间了。

现在,苏明在寒冷的夜里踱着步子,苦思冥想着怎样才能与刘颖在一起。

就在苏明痛苦地思考如何让两人在一起的当天,刘颖接到了石主任同意她调到羊湖电站建设工地的武警水电羊湖工程指挥所机关当保卫干事的任命了。水电羊湖工程指挥所机关今天已将调动文件电传到了成都保障基地。事情原来是这样的:刘颖为了能和苏明天天见上面,免去相思之苦,半个月前找过成都保障基地的主任,但主任说:"你要实在想去羊湖电站工地工作,就去请求石主任吧,我是做不了人员调动这个主的。"所以,刘颖一口气就给石方竹写了一封情真意切的要求上高原工作的自荐信,并在信中告诉石主任,自己的对象就是"一羊指"一连的副连长苏明。信写好后的第二天早上,她就托正好要上高原的一位领导,将信捎给了石方竹。

石方竹收到信后,被刘颖上高原的决心所感动,就签字同意了。

当然,这一切,苏明并不知道。

第七章

今天早上,石方竹起来得比较早,洗漱完后,就服了降压药。

在机关食堂吃早饭时,她只喝了几口稀饭,吃了半个馒头。她的饭量很小,原因是三四年前,初上高原时,为了千头万绪的工作,也没有顾得上按时吃饭,天天饱一顿,饿一顿,时间一长便患了胃病,随着时间的推移,就得了胃癌。后来,为了保险起见,根据水电指挥部领导的"命令",强行安排她去了西藏自治区人民医院,做了一个大手术,胃切除了三分之二。同时,她患有风湿病,血压也高。

但是,在石方竹身上有着一种中国军人的刚强性格,有着一种永不服输的拼搏精神。在严重缺氧的西藏,男同志在这里生存已经不易,而作为一名女同志在高原上建功立业就要付出比别人更多的努力。在高原上除了要克服男同志都要经历的高原反应外,还要克服和忍受女同志生理上的各种情况,她以对党的事业的执着挺了过来。

她是全军唯一基层带兵的女师职干部。无论在国内还是国外,女性搞水电的极少,像石方竹这样一辈子搞水电的更是凤毛麟角。无论东方还是西方,很多国家都不允许女人进洞。石方竹常常自豪地说:"女性打洞也许就从我开始。"羊湖水电站建设工程上马以来,她挂帅进藏。几年来,她对西藏情有独钟,多年高原缺氧的折磨,致使她多种疾病缠身,身体受到了很大的损害,她吃不下,睡不着,一日三餐仅以稀饭充饥,但巨大的精神力量仍支撑着她高速地运转。有人说,在岗巴拉山,随便搬一块石头都要比石方竹沉。岗巴拉山的每一块石头又最清楚,这里"最负重量"的就是石方竹。

吃早饭时,石方竹在饭桌上就安排司令部参谋长龙大佩、后勤部部长徐成强、工程技术科副科长潘登,今天上午跟随她去山上施工连队跑一圈,一是看看"四通一平"的进展和质量情况,二是看看后勤工作的保障情况。

"石主任,算了,算了,您身体不太好,您别去了,我们去就行了,然后回来向您汇报。"龙大佩劝道。

"眼见为实!我要亲自去看一下才放心!"石方竹说。

"参谋长说得对,您就在山下办公吧,我们去!"徐成强也劝阻道。

"你们都给我闭嘴,我去!"石方竹瘦削的手一挥,大家只好不吭声了。

"我也跟着去……"秘书徐航说。

"徐秘书在家好好值班吧!"石方竹说。

徐航不敢吭声了。

石方竹等人坐在一辆车上,先去了今后将修建进水口的独立支队工地。

看着官兵们干得热火朝天的施工情景,她感慨万千:"我们的战士太可爱了。"

"不少人正趴在电杆上架线。爬上十多米高的电杆,胸口闷疼,阵阵眩晕。有的战士因严重缺氧,脸色苍白,嘴唇发紫,在电杆上,每往上爬一步,每重复爬一回,都要付出异常艰辛的努力,需要顽强的毅力。"独立支队支队长向石方竹、龙大佩、徐成强和潘登介绍道。

"这实在不容易啊。难怪前一段时间,自治区的领导来视察时说过,'这个地方,除了部队,谁也不行!'"石方竹感慨地说。

"你们的连队还有哪些生活方面的困难吗?"徐成强问支队长。

"要说困难就太多了,比如说吃水问题,比如说馒头发酵不起来,比如说取暖问题,比如说官兵的用药问题,比如说战士吃饭没有桌椅的问题……"支队长一口气说了这么多"比如说",但还没有说完。

还没有等支队长说完,石方竹手一挥制止了,说:"你所说的,是全部队的普遍问题,你现在说一个最最需要解决的问题是什么?"

"那就是食堂里的桌椅问题。"支队长说,"官兵们为了这'四通一平'的施工任务,不少人抬电杆和架电线,还有修道路,都累得疲惫不堪了,端着碗吃饭,脚踝发肿,已经蹲不下去吃饭了,不少人一说吃饭,就难受起来……我们如果,如果……"支队长说着就哽咽起来。

"石主任,支队长的意思是,如果有饭桌和凳子,大家就不那么受罪了!"参谋长龙大佩说道。

"这样吧,后勤部统计一下,全部队的施工单位需要多少张饭桌、多少条板凳,抓紧统计,抓紧购买!"石方竹对身旁的徐成强指示道。

"我下午就安排人抓紧统计。"徐成强回答道。

"参谋长,等后勤部门统计好后,你抓紧安排重机连去拉萨买吧!"石方竹说。

"石主任,可能拉萨不一定能全部买到呢?"龙大佩说。

"那就安排重机连去格尔木,去西宁买!"石方竹语气里透着坚定。

"到格尔木1300多公里,到西宁要2000多公里呢!也需要时间哪!"龙大佩解释说。

"哪怕再远,也让他们星夜兼程地去给我买回来!"石方竹不容龙大佩再说了。

石方竹对那位支队长说:"至于你反映的取暖的问题,你们还是只能烧牛粪来取暖;至于官兵用药的问题,后勤部门正在积极想办法,从成都空运过来,到时会通知各单位去取的……"

"嗯,知道了!"支队长点着头。

"我们教育官兵要有一不怕苦,二不怕死的精神,前一段时间,大家都看了电影《天山行》,他们与我们部队前身一样都是基建工程兵部队,修天山公路时官兵们与我们现在吃的苦一样多,受的累也一样多,我们应该以他们为榜样,把羊湖电站建设好!"石方竹说。

检查完独立支队几个连队的施工情况后,石方竹他们坐上车,驾驶员小马问坐在副驾驶座位上的石方竹:"石主任,回机关吗?"

石方竹看了看手腕上的表:"不,还有一点时间,去'一羊指'工地看看!"

车从独立支队的施工工地出发,翻越岗巴拉山口,从三〇七省道前往"一羊指"一连。

车快到一连的施工地段时,由于刚修好的道路不平,车颠簸得厉害。石方竹等人透过车窗玻璃远远望去,不少官兵在山岗上抬着沉重的电杆……

线路架设是最近施工的重点,也是难点。全部工作都将在海拔四五千米的岗巴拉山坡上完成,陡峭的山崖、满是乱石的冲沟,给施工带来极大的困难,数百吨重的电杆、瓷瓶、钢架、缆线,都要靠人工一件件抬上山岗,绝不是一件易事。但是,一连官兵在连长月玉成的带领下,紧张有序地工作着,任务完成得很出色。按照上级的施工要求,必须要在一个月时间内完成从厂房到2号支洞七八千米110千伏动力线的架设,确保主体工程顺利开工。任务艰巨,迫在眉睫。

石方竹等人知道,几天前,岗巴拉山上连下阵雨,架线的官兵们更是异常艰苦。有时在雨里,用望远镜都看不清对方的信号旗,只好一档一档传递。当地藏族同胞看见官兵们在电杆上风雨无阻,坚持操作,多次关切示意,要他们等大雨停了再干活,可他们只是感激地一笑,谁也不肯下来。阵雨把官兵们的衣服浸透,太阳出来了把他们的衣服晒干,大雨来了又把他们衣服淋湿。就这样,衣服湿了又干,干了又湿,一天不知道重复多少遍。参加架线的很多官兵都患过感冒……

"石主任,在这里停车吗?"小马问。

"在这么窄的便道上,左边是凸起的岩石,右边是陡峭的悬崖,不能停车,直接去连队吧!你要专心致志开好车!"

"嗯!"

小车颠簸着,小马小心翼翼地把车开进了连队营区。

连部的门口,是用红布缝在绿色帐篷上一副醒目的对联——上联是"奉献奉献",下联是"硬汉硬汉",横批是"英雄好汉"!

听到刹车声音,连队的文书小魏便跑了出来,看到石方竹等人下了车,这是他入伍一年来,第一次这么近距离地见到一位大校、两位上校和一位中校,所以他吓得不知所措地咬咬牙,还是壮着胆子,红着脸,跨步上前,立正后,举起右手,向石方竹等人敬了一个标准的军礼:"首长好!"然后,放下了右手。

"你一个人在营区?"石方竹还了军礼后问道。

"不,还有一个病号,还有炊事班!我是连队文书小魏。我去喊连长回来。"小魏神情紧张,所以回答的声音是颤抖的。

"不需要喊你们的'土匪连长'了。"石方竹故意开起玩笑来,不想让小魏太紧张。

大家也笑了笑。

"你带我们去炊事班看看,今天中午吃什么呢?"石方竹说。

石方竹等人一进伙房,就看见身系白色围裙的炊事班班长梁春天,他立刻放下手中正在大铁锅炒着粗粉条的铁锨,声音洪亮地对五个身系白色围裙的炊事班的战士喊道:"大家注意了。"

人们放下手中的活,不动了。

"立正!"梁春天下达了口令。

炊事班的战士立正后,梁春天双手提至腰间,跑步到石方竹跟前,举起右手,向石方竹行了军礼,报告道:"报告石主任,我们炊事班正在蒸馒头和炒菜,请首长指示!报告人:炊事班班长梁春天。"

"我们随便来看看。大家辛苦了!你们继续干活吧!"石方竹还了军礼,指示道。

"是!"梁春天回答道。接着,梁春天带着炊事班的战士又忙忙碌碌地做饭了。

石方竹看到有两个炊事班的战士蹲在一个大钢精盆旁,用冻得通红的双手,在盆里刺骨的凉水中洗着从成都运来的绿叶子蔬菜。洗一会儿,战士们便把双手从钢精盆里抽出来,将冻得像红萝卜的双手放在嘴唇边,哈出热气暖暖手,接着又将手伸进刺骨的凉水里洗菜。

"中午你们吃几个菜?"徐成强问正在用铁锨从大铁锅往大钢精盆里铲着炒熟的粗粉条的梁春天。

"我们一般是两菜一汤。像今天中午,就一个炒粗粉条子,一个猪肉炒蔬菜。自从有了蔬菜后,因为分的蔬菜有限,大家又喜欢,所以月连长就让我们多放些盐巴,咸些,这样才够吃啊!另外,还有一个天天都要喝的海带汤,大家没有办法,只有硬着头皮喝几口。就这个条件,我们炊事班也只能这样了!"梁春天说。

"我们再想想办法吧,一定要把官兵的伙食搞好点。"石方竹说。

"是的,是的!我们后勤部门再动动脑筋!"徐成强说。

"不行的话,我们就咬咬牙,买些牛羊肉来供应部队!"石方竹说。

"这个办法好!这样可以调节下大家的伙食!"龙大佩说。

"我也觉得好!等待'四通一平'施工一完工,接着就是开挖进水口,打引水隧洞,建设厂房,修调压井,修沉沙池……到那时,施工更恼火,体力消耗会更大……所以,我个人建议要抓紧改善好大家的伙食,这很重要。人们常说,人是铁,饭是钢嘛!"潘登说。

"我们要随时想着基层的官兵,每次下来,都要去食堂查看伙食,看大家吃得好不好!"石方竹对龙大佩、徐成强、潘登说。

"好的,我们后勤今后就按主任的指示办!"徐成强态度坚决地说。

"那我们去看看病号!"石方竹对身旁的文书小魏说,"你给我们带路吧!"

"是。"

走在前面的小魏,带着大家走到一顶帐篷前,停了下来,用手推开门,大家进去时,光线有些昏暗。

"首长们,这是苏副连长、宁技术员和卫生员小朱三人住的帐篷!"小魏边走边介绍道。

上身穿着棉衣,背靠帐篷,下身躺进盖着被子和皮大衣的被窝里,借着窗子透进来的光线,正在看书的苏明,听到脚步声后,便放下手中的书,抬起头来,惊讶地喊道:"石主任,你们怎么来了?"

"听说你病了,我们就顺便来看看你!"石方竹说着,就走到了苏明的床头边。

苏明为了礼貌,用手掀开被子,想从被窝里跳下床来,好向石方竹他们敬礼。

石方竹却阻拦了,并帮苏明掖了掖被子,说:"你不用下床了。"

"这多不礼貌呢!"苏明有些过意不去。

"你叫什么名字?"石方竹问。

"我叫苏明!"

"你就是苏明呀? 太巧了吧!"

"首长,我咋的了?"苏明一时有些蒙了。

"我告诉你一个好消息吧!"石方竹笑笑。

"好消息? 我有什么好消息?"苏明吃惊地睁大了两眼。

"刘颖,你认识吗?"石方竹故意地卖关子。

"认识,她是我的未婚妻! 她在我们部队的成都保障基地。"

"对啊! 你想见她吗?"

"咋不想呢?"

"我上高原这么久了,才收到她一两封信呢。"说着,苏明的眼神黯淡了。

"我告诉你吧,我收到刘颖同志给我写的信,她希望能调到高原来工作。她作为一个内招兵的女干部,我倒是很佩服她的勇气和胆识。她在信中也介绍了你们的恋爱情况,我已批准她调到羊湖电站工地来,凭她敢给我写信的胆子,把她安排到政治部从事保卫工作比较合适! 反正保卫科正缺人手,现在就保卫科科长一人,是个光杆司令!"石方竹满脸的笑意。

"哇!"苏明一高兴,便用拳头擂打床头边,接着就是"哎哟,哎哟!"地叫出声来。

"你怎么了?"石方竹急忙问道。

"碰到我的伤口了……"苏明疼得额头冒着虚汗,但咬着牙关,再也没有叫出"哎哟"来。

"你高兴过头了!"站在石方竹身旁的龙大佩笑道。

接着,一股鲜血便从苏明的棉衣袖口流了出来。

"你们卫生员呢?"徐成强问文书。

"上工地了。"文书小魏说。

"快去喊吧!"潘登对小魏说。

小魏便转头朝帐篷外跑去了。

"来,我帮你把右手的棉衣袖子脱下来吧! 反正,屋内温度还可以!"石方竹说着,看了看屋内的一个金属盆里燃烧着的牛粪,便上前挪了两步,弓腰帮苏明解胸口上的纽扣。

"首长,我自己来吧!"苏明不好意思起来。

等到苏明脱下棉衣后,人们才发现鲜血已经染红了他的白衬衣。

潘登要去帮他把白衬衣的衣袖挽起来,苏明却咬着牙,忍受着疼痛,嘴里说:"谢谢,我自己来吧。太疼了……"他慢慢地挽起衣袖,手臂上的鲜血还在往外淌。

人们这才发现苏明缠裹着两三层白色纱布的手臂上,有二十多厘米长的纱布已经浸透出了鲜血,手臂还有些红肿。

"都怪我,我不应该把刘颖的事情告诉你,把你搞成这样子!"石方竹有些自责起来。

"石主任,您是好意!"龙大佩说。

"哪能怪石主任呢?我感谢首长都来不及呢!"苏明左手抬着受伤的右手臂,笑了笑。

"你的手是怎么受伤的呢?"石方竹关切地问道。

"唉,在架线路的时候,我与战士们放线时,都怪我不小心……刚开始,卫生员给我擦了些红汞,然后上了一些消炎粉,也裹了几圈纱布……我们连长让我休息一下,我觉得小伤口,问题不大,所以又上了工。为这事,连长还吼了我几句,但是我还是犟着与大家施工了,谁承想伤口流血了……"苏明带着检讨似的口吻说道。

"啊!你是应该好好休息嘛!"石方竹安慰道。

"我坐在帐篷里休息,有一种犯罪感!大家都在风里雨里雪里拼命地干活,我却躺在温暖的被窝里养病看小说,心里不是滋味啊!"苏明深感愧疚地说。

这时,苏明手臂上的血已经凝住了。

石方竹坐在床边,要帮苏明托起受伤的手臂,却被苏明拒绝了:"哪好意思麻烦首长呢,你们来看我,我就万分感动了!"

潘登从苏明的床头边拿起苏明刚才看的书,一拿到手上,便看到书名《钢铁是怎样炼成的》,就说:"这本书我当知青时看过。"

苏明笑笑:"我是第二次看了……这次上高原来施工顺便带来几本书。"

龙大佩说:"我也读过《钢铁是怎样炼成的》。"

徐成强也说:"我也读过。"

苏明说:"小说通过记叙保尔·柯察金的成长道路告诉人们,一个人只有在革命的艰难困苦中战胜敌人也战胜自己,只有在把自己的追求和祖国、人民的利益联系在一起的时候,才会创造出奇迹,才会成长为钢铁战士。还有一段名言,就是'当我们回首往事的时候……'。"

石方竹接着苏明的话,深情地背了出来:"一个人的一生应该是这样度过的:当他回首往事的时候,他不会因为虚度年华而悔恨,也不会因为碌碌无为而羞耻;这样,在临死的时候,他就能够说:'我的整个生命和全部精力,都已经献给世界上最壮丽的事业——为人类的解放而斗争。'"

"石主任,石主任,你太厉害了,能熟悉地记住这些名人名言,实在不易啊!"苏明露出敬佩的眼光。

"你们知道《钢铁是怎样炼成的》是怎样译成的吗?"石方竹问道。

大家摇了摇头,表示不知道。

"我来告诉你们吧。《钢铁是怎样炼成的》一书在我国赢得了数以万计的读者,但很少有人知道在那艰难困苦的岁月里,翻译家梅益为翻译这本书所付出的代价。"石方竹说,1939年冬天,在风雨飘摇的上海八路军办事处的领导刘少奇同志交给梅益一本《钢铁是怎样炼成的》英文本对他说:"这是党交给的任务!"于是梅益开始了艰巨的翻译工作。那时,地下党的同志们生活都十分艰苦,梅益经常义务给全国革命报刊写稿,有时只有一点微薄的稿费收入,还常常送到比他更困苦的漂泊在海外的党员家属那儿去,自己常常遇到断炊的难题。聪明可爱的小儿子不幸得了肺炎,因无钱医治,梅益眼睁睁地看着妻子抱着病儿的绝望表情,一筹莫展。没有几天,病儿死在母亲的怀抱里。不久,伤心和操劳过度的年轻妻子也离开了人世,只留下一个无人照料的不满四岁的大儿子,贫困交加的梅益走投无路,为了孩子能活下去,为了翻译不致中断,他忍痛把孩子送到了育婴堂。一年后,《钢铁是怎样炼成的》一书终于脱稿,流畅的译笔几乎是再创作,1942年该书出版,解放区的书店纷纷翻印。虽然该书先后有多种译本,但最终还是梅益的译本流传最广,激励无数青年走上革命的道路,影响了中国几代青年人。梅益写完译稿的最后一个字,搁笔后赶快买了一斤糖,跑到育婴堂去看儿子,但是已经晚了一步,孩子已病死了。糖托在父亲的手里,泪珠滴在孩子已不需要的糖上。一年前温馨的家已破碎了,只剩下他一人,但他并没有消沉,他像保尔一样战胜了生活中的不幸。

"佩服,佩服!石主任你这么大年龄了,还记得这么多。"龙大佩带头鼓起掌来。

徐成强、潘登、苏明也跟着鼓了鼓掌。

"你们少拍马屁!你们三个烟鬼出去抽烟吧!"石方竹玩笑道。

三人便出了帐篷,潘登走在最后,顺手把帐篷的门关上了。

"我们只是随便聊聊,你对你们连队的几个干部怎么看?"石方竹问苏明。

"哎,怎么说呢?"苏明想了想说,"为修建羊湖电站,我们连队是几个单位组合而成的,但在月连长的带领下,我们大家心往一处想,劲往一处使!仅凭这一点是很不容易的!比如说我就是从潘家口水库建设工程来的。"

"嗯!假如,用一句话来评价每一个干部呢?"石方竹点了点头。

"对于月玉成,官兵们说,没有见过这样玩命的连长!他熟悉每一项工种,几乎很少有事能把他难倒。当他发现架线的人手少时,便毅然爬上电杆;当他发现抬电杆的人数不够时,便抢先顶上。每天在工地上,他都是'全副武装'——成套的电工工具、爬电杆的蹲高板子、安全带、信号旗和望远镜等。他就像一个'多功能'的普通兵!在工地上,再恶劣的环境,再艰苦的工作,只要他在场,就永远是欢乐和热烈的气氛。其实,可又有谁知道,他曾在1986年夏天的一次工地撬石头时,右手臂被严重砸伤过呢?日后,只要稍稍用力,就会疼痛不堪。来到羊湖电站工地后,他无数次强忍着手臂的疼痛,咬紧牙关,艰难地爬上十多米高的电杆,亲手将一组组电缆挂上、夹牢。有一次,他腹泻脱水两三天,他居然还是爬上了电杆。要说他一天工作多少个小时,因为从天亮到深夜,实在没法计算。他晚上醒来时,想的还是连队的工作。"

"嗯。"

"我们的宁林技术员,肯动脑筋,也很能吃苦……"

"宁林,他几年前就在羊湖电站工地待过,我比较了解。"

"宁技术员,给全连官兵讲过,当年刚从大学毕业来到羊湖时,因为怕吃苦曾离队过。"

石方竹笑了笑:"他说的是实话。"

"他还给我说过,当年您没有处分他,他很感动,所以,他自嘲是戴罪立功!"

"他不应该有这么大的心理压力呀!"

"嘿嘿,他文化知识渊博,高原生活经验丰富,我与他共同语言也多些,又住在一个帐篷。"

"你转告他,好好工作,不要有什么心理压力!"

"嗯。我们的萧山然等三个排长,也与战士们打成一片,吃苦耐劳,战士们也尊敬他们……"

"你如何评价你自己呢?"

"我吧,只想好好干!我爷爷参加过抗美援朝,爸爸参加过对越自卫反击战,都立过战功。在羊湖电站工地再苦再累,我不会给他们脸上抹黑的!"

石方竹惊讶地睁大了眼睛："你说你爷爷、你爸爸都上过战场？都立过战功？"

"是啊，他们都立了战功。爷爷获得了二级荣誉勋章，我听他说过，好像还受过彭德怀司令员的接见呢！爸爸立的二等功。"

"那他们可是共和国的功臣呢！"

"应该是吧，正因为如此，我才来当兵，我一直以他们为为榜样！我也想在和平时代的部队立功受奖呢！"说完苏明不好意思地抿嘴笑了。

"你立过功？"

"没有，只得过嘉奖！"苏明又嘿嘿地笑了。

"海阔任鱼跃，天高任鸟飞！努力力争早日立功！！"

"我不相信，我在修建羊湖电站这几年立不了功呢！"

"我喜欢一句话，作为共勉吧！'既然我们来到这个世上走一回，就要走得辉煌灿烂！'"

两人都笑了起来。

这时，连长月玉成和文书小魏气喘吁吁地跑进了帐篷。

正与苏明聊天的石方竹听到脚步声，转过头来，从床边上站了起来。

嘴唇干裂的月玉成，急忙跑到石方竹的跟前，边敬军礼，边热情地说："石主任，你们来，也不先说一声，打个招呼。"

"天天见面，有什么招呼可打？我们顺便来转转，看看。"石方竹双手紧紧握着月玉成那双既有厚茧又在脱皮的双手。

这时，卫生员小朱已提着从工地上背回来的药箱，来到苏明床头，问："苏副连长，你手臂怎么出血了？"

"唉，自己乐极生悲碰的。没有啥，就再上点药，包扎一下就行了。"

"好，我重新上些消炎粉，包扎一下。"

月玉成陪着石方竹进了只有几米距离的连部帐篷。

文书小魏分别用瓷杯给石方竹、龙大佩、徐成强、潘登端来了茶水，放在桌子上。

月玉成取下头上的安全帽，放到自己的床头上，就走过来，围坐在桌子边，说："我们山上海拔四五千米，比山下要冷得多，缺氧也比山下厉害些！"接着给龙大佩、徐成强、潘登各发了一支烟，自己也点燃一支。

"是的。你们连部帐篷门上的对联是谁写的？"石方竹问。

"报告首长：字是我们一个排长写的，内容是我瞎想的，我们昨天晚上才缝上去的,让首长们见笑了。如果你们觉得不妥就提出来嘛,我们改过来就行了。"月玉成吸了一口烟,用舌头抿了抿干裂得已经渗出血的嘴唇。

"写得好,写得好!'奉献奉献,硬汉硬汉,英雄好汉'!只有十二字,言简意赅,实实在在!"石方竹喝了一口茶,评价说。

"在这个山上不长草,风吹石头跑,四季穿棉袄,氧气吃不饱的地方建设羊湖电站,我主要是想鼓舞鼓舞官兵们的士气,如果给我们配上指导员,这些事我就不用操心了!哈哈……"月玉成笑道。

看着身材魁梧、肩膀宽厚、头发稀疏、目光炯炯有神的月玉成,石方竹说:"现在,不论是我们水电羊湖工程指挥所机关,还是下属各单位的干部都缺编,你们要理解!我们考虑'一羊指'将来要啃打隧洞这硬骨头的活儿,施工任务重,技术要求高,施工强度大,所以,给你们'一羊指'的两个开挖连、两个木工连、两个钢筋连、两个混凝土浇筑连,共八个连队的排长都配齐了的。在座的龙参谋长是三年前修羊湖的,那时就是'一羊指'的主任,徐部长也是三年前修羊湖的,那时就是'二羊指'的主任,当然,潘副科长一直在水电羊湖工程指挥所工程技术科工作。他们都清楚,1985 年 9 月来建羊湖电站时,我们哪有这么多人呀,干部缺编很厉害的,都是一个干部顶两三个人干活儿呢。"

龙大佩、徐成强、潘登都说:"就是,就是!"

月玉成也就没有吭声了。

石方竹叹了一口气:"我给你们讲一个曾经发生在我们羊湖电站建设工程的故事吧。记得那年刚进羊湖电站施工不久,来自月连长他们一总队的一位副总工程师,来到羊湖不到一个月,觉得这里不仅气候恶劣,环境艰苦,地质条件也不是能修水电站的地方,于是他说'在这么苦的地方,鬼才相信在这里能修起电站呢',后来,他千方百计地通过上面的关系,又调回了一总队。现在他还在天生桥建设电站……我就不说他的名字了。"

"是有这么回事情呢!"龙大佩说。

月玉成习惯性地抓了抓头发,几十根头发就轻轻地脱离了头皮。

"哎呀,月连长的头发掉得这么厉害啊?"徐成强看着月玉成将手里的几十根头发,扔到了地上。

"上高原的第一天,我就开始脱发了,我们连不少战士比我掉得还多呢!"月玉成说,"唉,既然这个地方不待见头发,就算了,掉了就掉了吧!"

"当年,我们来到这里时,也有不少人脱发,有的后来竟然成了和尚头。唉,这是高原严重缺氧造成的。也许,今后回内地,就会长出来的。"石方竹也说。

"以前我在天生桥水电站时，因为全连官兵忙于施工，头发长了没有时间理，跟警务股长干了一次架，一气之下，我要求全连官兵剃了光头，大家就叫我'土匪连长'……后来又遭总队领导批评……哎，现在好了，头发也不用剃了……哈哈哈……"月玉成说着，就笑起来。

大家也哈哈哈地笑了笑。

"月玉成，有个事情我还要感谢你哩！"石方竹望着月玉成说。

"感谢我？石主任，您别开玩笑，我有什么值得您感谢的？要说我们连队的施工进度，都是官兵们咬着牙齐心协力干出来的，就说我们在岗巴拉山上安装管道的一排吧，在海拔4700米的山上，气候多变，风沙袭人。一阵风沙过后，脸上身上全是沙土。施工地段，不是雨，就是雪，有时还有冰雹，施工环境十分恶劣。在那里安装3000多米的管道，钢管、氧气瓶、电石桶，都得人工搬运。大家坚持在室外作业，每天得干十几个小时，有的手上脱皮，有的嘴唇开裂流血……"月玉成说着，热泪就要流出来了，"但没有一个人叫一声苦，叫一声累，一直坚持到任务完成。我们的萧排长说，如果我不是军人，给我一百万元，我都不来这鬼地方……"

"是应该感谢你，就是你请重机连副连长许林海给我们反映，山上高寒，能不能抓紧给基层连队配发皮大衣的事。"石方竹说。

"啊，我都忘记了，是有这事。上级机关不仅给大家很快配发了皮大衣，而且还配发了羊皮褥子。晚上，大家垫着羊皮褥子，盖上被子和棉大衣与皮大衣，就不那么冷了。所以，我要感谢你们这些首长哩！还有一件事，也应该感谢你们，我们在修便道时，我们宁技术员来找你们，需要一辆推土机，在其他单位施工任务也重的情况下，龙参谋长想方设法给我们连调来一台推土机，使我们的施工速度大大提高了。再者，就是那个推土机手的志愿兵李晓明与我们同吃同住，加班加点，很能吃苦。"月玉成说。

"今后你们有什么困难，就直接打电话吧，反正现在各单位的电话已经安装好了。你们下山一趟不容易。"石方竹说，"说起安这电话，很是费了一番周折的。地方电信部门也解决不了此事。经我们与成都军区联系，在羊湖电站工地和成都保障基地机关安装了卫星地面通信设备，并从西藏军区卫星地球站调来了技术人员，才解决了通信问题。"

"好的。我们有事情就向你们汇报！"月玉成说。

"另外，你们现在还有什么困难？"石方竹说。

"要说困难就太多了，但我们能克服。我有点建议就是给我们这些山上的连队多配一些药,现在像我们连队就只有一点感冒药、一点消炎药。"月玉成说。

徐成强认真地在笔记本上记着。

"我们今天上午去的独立支队也反映了这个问题,看来山上的部队缺医少药的现象普遍存在。"石方竹转头就对徐成强说,"徐部长,你们要抓紧落实。"

"是。"徐成强抬起头来回答道。

"你们还有什么困难呢?"石方竹问月玉成。

"当然,现在提出来,可能不现实。如果今后条件成熟了,请求给山上的施工连队配上一两台洗澡淋浴器。这么长的时间,官兵们累死累活,每天一身汗水,一身泥土,没有条件洗澡,大家现在真的成'土匪'了……"月玉成笑笑。

"唉,这确实是个问题啊!"石方竹想了想说,"龙参谋长、徐部长、潘副科长,我们商量一下,因为我们连接拉萨的110千伏输电线路还没有建设起来,现在如果给施工部队购置淋浴器,就成了聋子的耳朵,是个摆设,看能不能在我们指挥所机关的仓库旁抓紧修一个能容纳一百人左右的洗澡堂?"石方竹说。

"是可以的,但燃料怎么解决呢?"龙大佩说。

"是啊,烧牛粪是达不到烧锅炉的温度要求的。"徐成强说。

"我们能不能去买些木柴来,但是据我了解,要在西藏境内买烧火的木柴,也是很不容易的。如果买煤炭来烧,也只有到一两千公里外的青海省境内的大柴旦煤矿去买,这样成本太高了……"潘登说出了自己的想法。

石方竹眼睛盯着前面的帐篷窗户,想了想,然后转过头来,面向大家说:"现在,解决官兵的洗澡问题也是燃眉之急,成本再高,我们也要立马着手解决。我看这样吧,司令部明天就安排重机连派出一二十台车辆去大柴旦拉一趟煤回来,让官兵每一周能洗上一次澡!直到与拉萨的输电线路通了为止……你们的意见如何?"

"好的!"大家都同意了这个办法。

"说干就干,今天晚上工程技术科加班加点就把修洗澡堂的图纸搞出来,然后大家根据图纸再研究一下。"石方竹说。

"是。"潘登回答道。

"图纸定下来后,后天由参谋长安排'二羊指'组织人员施工。由后勤部安排人去拉萨市看看有没有锅炉,如果拉萨没有,就到格尔木去买。大家都各司其职吧!"石方竹说。

这时,官兵下工回来吃午饭了。人们放下手中的工具,值班干部就组织大家唱饭前的一支歌:

说打就打,说干就干,
练一练手中枪刺刀手榴弹!
瞄得准来投得远,
上起了刺刀叫他心胆寒;
抓紧时间加油练,练好本领准备战,
不打垮反动派不是好汉!
打他个样儿叫他看一看!
……

慷慨激昂、令人振奋的歌声传到连部,月玉成便叫站在一旁的文书小魏去把饭打到连部来,让首长们在连部吃饭,并叫他给炊事班说:"给首长们加一份午餐肉……"

月玉成的话还没有说完,石方竹就从凳子上站了起来,制止道:"我们都到食堂与大家一起吃饭,也不用加菜了。"

大家都站了起来,准备朝食堂走时,却被月玉成挡住了,他说:"所谓的食堂,其实就是一顶大帐篷,里面连饭桌、凳子都没有。首长们在连部吃饭,至少可以坐着吃!"

"不行,我们与大家一起吃!"石方竹严肃起来。

月玉成就有些尴尬,说:"我们就这个条件,你们还是在连部吃饭吧!"

"月连长,我们还是去食堂吃。我们石主任在机关也一直与大家在一个食堂吃饭,这是她与官兵打成一片的一贯作风。我们有时在成都开会,到餐馆吃饭时,石主任都很积极把酒钱和饭钱付了。其他人争着要付,她就说:'今后大家一起上街吃饭,谁的职务高就谁付饭钱,这是我的规定',其他人也就只好按照她的'规定'执行了。"龙大佩对月玉成解释道。

"石主任是坚决不给自己开小灶的。她说损害官兵利益的事,她坚决不会做的。"徐成强也对月玉成说。

月玉成没有再阻拦了。

在食堂里,每一个班的战士都围成一个圆圈,共围了七个圆圈,有蹲着吃饭的,也有站着吃饭的,圆圈中间是两菜一汤:一盆炒粗粉条、一盆猪肉炒白菜,外加一盆海带汤,主食是馒头。

蹲着与大家围成一圈吃饭的宁林见到石方竹、龙大佩、徐成强、潘登在月玉成的引领下进到食堂里,便将左手端的装有海带汤的碗放到地上,又将右手攥着的馒头赶紧放回地上的一个馒头盆里,站起来,跑过来与石方竹他们打招呼。

"现在怎么样呢?"石方竹握着宁林的手,笑问道。

"石主任好!我已经是第二次上高原了,挺适应的。"宁林说完,就笑笑。

"好吧,你快去吃饭吧!"石方竹亲切地拍了拍宁林的肩。

宁林笑嘻嘻地又回到自己的位子上,吃起饭来。

"月连长,你们连队干部也每天与大家一起这么吃饭吗?"石方竹问道。

"是的。我提倡我们干部要与战士同吃、同住、同劳动,大家也没有什么特殊的。所以官兵之间的关系都很好!"月玉成汇报道。

"你这个做法很好,是应该这样的。"

"我是从新战士、老战士、志愿兵、干部,这么一路走过来的,我懂得大家的心。像抬水泥电杆,我与大家一样的抬,我们人人肩膀都磨起了血泡。我们几个连队干部既有分工,又有合作。像今天,我们还有两个班在排长萧山然的带领下,在电焊棚里用钢管焊接电杆。"月玉成说。

"他们的饭也在工地吃?"

"是的。已经有人给他们送去了。"

"吃过饭,我们去看看!"

"好啊!我陪你们去!"

这时,炊事班班长梁春天手里拿着碗筷,带着三个炊事人员,还有文书小魏把两菜一汤、馒头分别用四个钢精盆端来了,放在石方竹他们六个人围起的圆圈之中。

当炊事人员离开后,月玉成便拿起饭碗要为石方竹他们盛海带汤,却被石方竹拒绝了:"我们自己有手,自己来!"

见石方竹不苟言笑的表情,月玉成只好把盛汤的饭勺、碗筷交到石方竹的手上。

因为有上级首长在食堂吃饭,连队官兵没有人敢说话了,只有埋头啃着因没发酵好而硬邦邦的馒头、喝着汤、吃着菜。

石方竹啃着馒头,吃着菜,对月玉成说:"你们的菜的味道还算凑合,可这馒头实在有点咬不动呢。"

"我们一直都这么吃的,也没有其他办法把馒头蒸得酥软些。"月玉成解释说。

"今年刚上高原时我们吃的馒头也是硬邦邦的,现在就比你们连队的馒头酥软得多了。"龙大佩一边啃着馒头,一边说道。

"我和我们科的同志因为检查施工质量,也跑完了所有基层连队,他们吃的馒头都和我们今天吃的一样硬!"潘登说。

"石主任,我建议能不能在独立支队、'一羊指'和'二羊指'机关以及每一个连各抽一两个炊事人员到黄班长那里学习学习,让黄班长教教大家怎么在高原把馒头做得酥软。"徐成强建议说。

"徐部长的建议好,你们后勤部今天晚上就通知独立支队明天去学习蒸馒头的经验,后天'一羊指',大后天'二羊指'去吧,另外把医院的炊事员也叫去学习学习!"石方竹安排道。

吃了午饭,月玉成就陪着石方竹、龙大佩、徐成强、潘登他们去了离驻地两三千米远的电焊棚。

石方竹等人来到四面透风的电焊棚时,萧山然带领班长金晓灿、城市兵严雪、老兵吴忠海以及其他战士已经吃完饭,正在干活。一部分人在搬运钢管,一部分人手持焊枪焊着,忙碌地制作电杆。

电焊棚里,火花闪闪,一片繁忙景象。

抬着钢管的萧山然突然看见石方竹等人已到电焊棚边了,便慌忙放下手中的钢管,声音洪亮地喊道:"大家都有了,停下手中的活儿!"

战士们立刻停止了手中的活儿,站了起来。

"立正!"萧山然下达口令后,士兵们都严肃地立正了。然后,他迅速跑到石方竹面前,举起右手向石方竹敬礼,声音洪亮地报告道:"报告石主任:我们两个班的二十多人正在焊接电杆。请首长指示!报告人:一总队羊湖工程指挥所一连一排排长萧山然。"

"你们辛苦了,继续工作吧!"石方竹还了军礼后,指示道。

"大家继续干活儿!"萧山然转向战士们命令道。

人们又忙碌地工作起来。

石方竹看到战士们被风吹雨打后,脸色更加黝黑了,嘴唇更加紫了。她心里默默地说,多好的官兵啊!

月玉成陪着石方竹等人来到正在焊接钢管的吴忠海跟前,介绍说:"这个战士叫吴忠海,是我特地从天生桥水电站要过来的,他是这次打焊接硬仗的干将。不过,眼下的焊接任务比预计的更加艰巨。"

"是的,2号线路的架设,我们工程技术科方案几经修改,最后决定既用水泥杆,又用角钢排架代替'中219'钢管制作电杆,大大地增加了他们焊接的工作量。对于仅有二十来人的官兵来说,要在一个月时间完成上百吨的角钢焊接任务,只有夜以继日,加班加点了。"潘登向石方竹、龙大佩、徐成强解释道。

月玉成说:"我们吴老兵,已经是第四年兵了,家是安徽农村的,是个思想素质、技术素质俱佳的排头兵,他没有被这严峻的现实所吓倒,他向我和技术员保证说:'请放心,只要有我吴忠海在,绝不拖工程的后腿!'"

自从接受任务的那天起,萧山然和吴忠海心里就有一本账,知道一天要完成多少焊接量,才能保证按时完成任务。前些天,多数人由于连续作业,每天焊接时间长达十多个小时,强烈的弧光灼伤了他们的眼睛,脸上脱了好多层皮,都没有一个人退却。对他们来说,工作只能往前赶,不能往后拖。他们充分利用电焊棚离连队帐篷近的优势,天一亮就钻进电焊棚,只有吃午饭的那段时间才休息一会儿。吴忠海作为技术带头人,除了比一般的人多焊外,还要把质量关。难焊的地方都得由他亲自焊接。焊接刚开始时,由于焊接量大,吴忠海的眼睛被弧光灼伤得厉害。刚开始,眼睛红肿、流眼泪,他也没有在意。等到两天后,眼睛肿得看图纸都非常吃力时,才被月玉成安排去了山下的指挥所医院治疗。医生童心给吴忠海注射过普鲁卡因球结膜封闭后,对他说:"任务再紧,也得休息几天。"他却背着医生,跑进了电焊棚。他想过,这个时候不抓紧干将会给工程带来什么后果……许下的诺言不能够实现,对一个军人来说是绝不可原谅的。当童心再次发现吴忠海不听劝阻时,便无可奈何地打电话给月玉成,并带着责备的口气说:"如果你不下令阻止吴忠海继续进焊接棚,他的眼睛废了,你可得负责。"

月玉成收到妻子的一封"母病危速归"的电报,这时,连队施工正紧,他左右为难了。

自古忠孝难两全。他只好心情沉重地给妻子曾巧写了一封信。

曾巧:你好!

你拍来的电报收到了。照顾好妈妈,你一定多操心啊。我们正在施工的节骨眼上,我无法脱身回去照顾妈妈了。假如妈妈走了,请你替我在她坟前多烧些纸钱,替我多磕几个头吧!

我到了西藏,上了海拔四五千米的岗巴拉山。刚到那阵子,我还真不适应高原气候,头晕、胸闷、恶心想吐,干什么都感到吃力,人一出门,脸就被风吹得火辣辣的痛。部队进藏后的第一件事就是先修一条通往各个施工作业区的公路。为了让部队早日投入电站主体工程的施工,我和战士们每天在野外施工长达十多个小时。由于天气寒冷,我们每个人的脸都被风吹得裂开了一道道血口子。为尽快完成筑路任务,我们经常要在风雪中挑灯夜战。由于不适应高原气候,许多年轻的战士都住进了医院,而我的手脚也都冻伤了,但我仍然坚持上工地。部队领导说我是一条真正的硬汉,战士们则称我是"老藏民"。

月玉成

涌动的羊湖

第八章

"啊哈,原来在高原上是这么做馒头的呀!"

"嘿嘿,怪不得说我们蒸的馒头是硬疙瘩呢!"

"哈哈,是我们做馒头的方法有问题哩!"

今天上午不到9点钟,机关伙房来了独立支队的十多个炊事员,他们是来向黄群德班长学习蒸馒头的手艺的。

黄群德站在靠墙的一块宽大的木案板前,说:"今天,我们就和一袋面粉,也就是五十斤!"说着,就将木案板上的一袋面粉,用菜刀割开面袋口上的线,然后将洁白的面粉倒在了案板上。

一个机关炊事员端来一大盆温水,放在案板上。

"我们首先要把上次做馒头时留下来发酵用的酵母面团,放在温水中,捏散,让酵母面团与温水完全化开,搅得跟稀米汤一样,然后将这些稀面汤与面粉揉在一起。"黄群德边讲解边干着。

前来学习的炊事人员说:"我在内地就是用冷水和面粉,也能蒸出软酥酥的馒头来。""是的,我们到高原用内地的办法蒸出来的馒头太硬了。"

有一个连队的志愿兵班长说:"哎呀,我们今天长见识了!"

黄群德揉好面团,说:"我们揉好面团后,就要把面袋布放入温水中打湿,拧干,再用两三层面袋布把面团覆盖住!"

"我们从来没有像黄班长所讲的这样办过,和好面团,就直接盖上干毛巾。"一个连队的炊事员说。

"用毛巾也可以,但一定要用温水浸透,拧干,多盖两层。"黄群德说。

"我记住了,黄班长!黄老师!"那个炊事员笑着说。

然后,黄群德让自己炊事班的人从室外装了一铁皮桶干牛粪来,放在木案板下,并让牛粪燃烧起来……

"我们这里高寒,大冬天的室内气温都是零下十多度。我们这样做的目的,是使燃烧的牛粪产生热量,好使案板上的面团受热后更好地发酵!当然热度要合适,温度太高会把案板上的面团烤干了,太低又起不了作用。"黄群德对大家讲解道。

"案板上面是正在发酵的面团,案板下面是燃烧的牛粪,真有点意思。如果哪个炊事员有情绪,在揉发酵好的面团时,抓一把牛粪灰放进去,就多了一种味道呢!"一个炊事员开起玩笑来。

大家哄堂大笑。

"问下黄班长,用牛粪烘烤大概要多长时间呢?"另一个炊事人员问。

"如果牛粪燃烧的火比较适度的话,大概两个小时就可以了,否则,时间太长了,和的面粉就成了干饼饼了……关于这些问题,你们回去后,自己慢慢摸索摸索吧。我也是慢慢摸索出来的,其实也不是什么经验……"黄群德对大家说。

"黄班长,你这一招,是大大的经验呢!我代表全连官兵向你致敬!"一个身材魁梧的炊事员向黄群德恭恭敬敬地鞠了一躬,然后站直身板行了个军礼。

大家又笑声不断。

又有人向黄群德请教:"黄班长,后面的程序与我们在内地做馒头一样吗?"

"一样的,只是面团在案板上揉的时间长一点,这样蒸出来的馒头就酥软些,也好吃一些!"黄群德态度温和地说。

"发酵后,我们揉面团时,碱面的比例不好把握,请黄班长给我们说说。"

"这个问题比较复杂,一句两句很难讲清楚的。简单说吧,如果面团发酵的酸性大,你们就要多放些碱面,否则,你们就少放些碱面。"

"黄班长,你能不能具体给我们操作操作呢?"

"那好吧,等我们把案板上面团发好后,让你们看看我们炊事班是怎么操作的吧!"

"哈哈哈……看来,我们今天中午还要在山下吃一顿饭呢!"

大家又是一阵哄笑。

"你们愿意在这里吃午饭吗?"黄群德问大家。

"愿意,愿意!""我是第一次下山来,既然下来了,就在山下多待一会儿!""山上与山下的海拔高度尽管只相差八九百米,但是山下氧气好像比山上要多一点。"大家七嘴八舌地说。

"如果你们要在这里吃午饭,我们就再和一袋面粉吧,今天中午蒸一袋,下午我们再蒸一袋!"黄群德说。

大家都说:"好!"

有一个小个子炊事员建议:"既然这样,黄班长,你就不要动手了,你休息休息,让我们来和面吧!我们哪个程序不对,你就指导指导我们吧!"

"要得!我来当个甩手掌柜!"黄群德很高兴。

在黄群德的指点下,来学习的其中三个炊事员系着围裙,三下五除二就和好了面团。

黄群德看了看案板一角放的闹钟:"你们出去玩一个小时吧!到10点40左右,大家就回来,看我们是怎样揉面和放碱面的,好吧!"

"好啊!"

待独立支队的炊事人员出了伙房,黄群德就安排机关的炊事人员准备今天中午的菜了。

……

晚上,黄群德与四个炊事员收拾好食堂的卫生,洗好锅碗,打扫完伙房朝宿舍走去时,一个炊事员说:"班长,来学习的炊事人员说,我们做的菜真好吃,尤其是我们用海带炖的猪肉坨坨,他们说很香!"

"那是我们在炖海带和猪肉时,放了不少的炼熟了的菜籽油。"黄群德对走在他跟前的几个炊事员解释道。

"今天我们的馒头也蒸得很好吃的,有个连队的炊事员说,这是他上高原以来,吃得最多也是最好吃的一顿馒头,他一口气吃了四个大馒头!"另一个炊事员笑道。

"其实,在高原上,不管你怎么想办法,都很难蒸出像内地口感好、香甜又酥软的馒头。"黄群德说。

"那是,那是,班长说得对!"一个胖胖的炊事员说。

"我们用高压锅蒸馒头,一定要掌握好火候和时间。我们把馒头放在高压锅内,盖好高压锅盖子,等高压锅冒气了,才能把压气阀放上,一般来说,蒸二十分钟左右,然后取掉压气阀,再蒸五六分钟就可以了。这是我摸索出来的一点所谓的经验吧!"黄群德说。

"我们一直没有注意班长的操作,尽管与你一起做饭这么久了,你今天不说,我们还不知道呢。"

"你们也要努力干好工作!我也是第五年的兵了,也算超期服役了,说不定,今年年底就让我退伍了……"黄群德说着,一声长叹,"唉,我们这些农村兵真的不易啊!"

看着班长唉声叹气的样子,大家也不知道怎么安慰。

黄群德回到炊事班的宿舍后,端起放在床边凳子上的茶杯,又提着开水瓶往茶杯里添了水,然后坐在床头,喝了一口暖暖的茶水后,想到今天得到独立支队来学习的十多个炊事人员的赞美,心里就有一股温暖的感觉,也有一种成就感。

他想,自己要好好干好炊事工作,服务好官兵们,努力争取转成一个能挣工资的志愿兵。

来自甘肃农村的黄群德,1985年11月入伍前,在家种了几年的责任田,用他开玩笑的话说:"我就是在老家种了几年的土豆疙瘩。"全家三口人,日子虽说过得一般,但还算可以。四年前,他来参军时,家中的父母已经五十一二岁了。当时,父亲不让他来当兵,但是他还是抱着想出来见见世面的想法,来到了驻扎在成都的武警水电独立支队。新兵军训期间,他的班长对他很友好,因为是来自甘肃的老乡,所以对他特别关照。为了感谢班长,他特地写信让母亲按照班长军用胶鞋的尺寸大小(他是偷偷用一本旧杂志的封面量了班长的军用胶鞋的鞋底,然后用剪刀剪了一个鞋底样子,寄给连自己姓名都写不来的母亲)做一双布鞋,母亲寄来一双花了半个月左右的时间做得结结实实的布鞋,同时还寄来一双绿色丝线绣的鞋垫,鞋垫上还用红色丝线绣了一个"忠"字,包裹里还有一封信。

信是他的初中女同学董仁琴写来的。要是黄群德不收到她的这封来信,他早已把这个叫董仁琴的同学忘记了。毕竟自己初中还没有毕业就辍学了(原因是家里没有钱交学费)。自己在家务农这几年,也没有见过她。他只知道董仁琴家比他家富裕些,日子好过些,她父亲在村上办的打米磨面加工坊负责打米磨面的工作,实行生产责任制之前,是在村里拿全额工分的。

从董仁琴的信上得知,他寄回去的那封信母亲收到时,正好碰到董仁琴,便请她帮着念信,信念完后,董仁琴对他母亲说:"婶子,今后群德哥从部队来信后,我都给您老人家念,我也帮你们写回信吧!"他的母亲笑眯眯地表示感激不尽。她还热情地说:"群德哥本来就是我的同学,没有关系的。"

一双结实的布鞋是黄群德的母亲做的,那双漂亮的绣有"忠"字的绿色鞋垫是董仁琴做的。信的最后说,希望他在部队好好干,今后多加强联系。

新兵训练三个月快结束了,在那个成都还是春寒料峭的晚上,在那个有点昏暗灯光的训练场上,班长找他谈了一次话。

"小黄,新兵军训就要结束了,你对今后的工作分配有什么打算呢?"班长先开了口。

"我服从分配!"

"作为你的新训班长和老乡,我今天向连长推荐你去炊事班做饭。"

"做饭?做饭有什么意思?"很显然,黄群德很不乐意。

班长叹口气:"我就是一个初中生,论军事训练,论电站施工,我都不差,但是我都当了三四年兵了,干到今年底就该退伍回老家种土豆疙瘩呀!"

"班长,你不能转志愿兵吗?"

"我倒是想,但我是一个普通的施工战士,虽然当了两年的班长了,有什么用?转志愿兵要有技术,要'八大员'。"

"八大员?"

"'八大员'就是驾驶员、话务员、打字员、放映员、卫生员、公务员、文书兼军械员、炊事员。"班长慢条斯理地说,"我一样技术都没有,我怎么能转志愿兵呢?再说,那么多农村入伍的高中生,谁不想转志愿兵?"

"做饭也能算一门技术?"

"我还能给你说假话吗?"

"那我就去当炊事员吧!"

"嗯,你想好了?"

"想好了!"

新兵训练结束后,黄群德果真分配到了连队炊事班,当了一名炊事员。由于黄群德勤奋,脏活累活抢着干,很快赢得人们的好评,当年年底还受到了嘉奖。一次,指导员的家属来队,指导员需要招待同年入伍的老乡吃顿饭,就让炊事班班长帮助做上五六个菜,但那天正好炊事班班长因为感冒发烧,到支队卫生队输液了。炊事班班长只好安排黄群德和另外一个炊事员给指导员做菜。由于烹调技术不错,做出来的菜色、香、味俱佳,他们给指导员留下了很好的印象。不久,黄群德被送到成都饭店,学习了三个月的烹调技术,烹调水平得以大大提高。

人怕出名猪怕壮。后来,黄群德就被调到水电羊湖工程指挥所机关炊事班任炊事班班长。

1988年底,黄群德服役期满,他休了一个月的探亲假,带着他一直舍不得穿的象征着爱情的"忠"字鞋垫回到了老家。当董仁琴第一眼见到穿着橄榄绿警服的黄群德时,激动得满脸通红。黄群德从军用挎包里取出那双崭新的"忠"字鞋垫要交给董仁琴看时,董仁琴双手迅速夺过鞋垫,放在胸口前,低下了头,害羞地问:"你不喜欢?"

"喜欢,我特别喜欢!"黄群德脸上露出掩饰不住的笑容。

"那为啥不穿?"

"我舍不得穿!它跟随我三年了,我走到哪里,它就跟着我到哪里。我一看到它,就想到了你!"

"你穿吧,穿坏了我再给你做新的。"说着,董仁琴将鞋垫递给了黄群德。

"嗯,我穿,我穿!"黄群德接过鞋垫放进了挎包。

"今天中午到我家去吃饭吧。"

"我什么礼物都没有买,哪好意思去呢。"

"我爸妈一直念叨你!"

黄群德拗不过董仁琴,就一同去了董仁琴的家。

董仁琴的父母见到穿着一身橄榄绿警服、精神抖擞的黄群德,别提有多高兴了。

董仁琴的母亲笑着招呼黄群德到屋里坐。

接着,董仁琴的母亲让董仁琴的父亲去乡供销社买酒,又让董仁琴从墙上取下来一块腊肉煮上。

中午这顿饭搞了七八个菜。董仁琴的父亲也热情地请来了黄群德的父母。两家六口人在一起,高高兴兴吃了这顿在当地农村堪称丰盛的饭菜。

吃饭间,董仁琴的父亲问黄群德:"你在部队有三年了,你喜欢我闺女吗?"

"喜欢!"黄群德低头吃着饭,不好意思地说。

"琴琴,你喜欢小黄吗?"董仁琴的父亲问。

"爸,我若不喜欢,为什么请他到我们家来吃饭?"

大家被董仁琴的话逗笑了。

"这闺女!这几年我们家亲戚给她介绍了好几个男孩子,她都不同意,原来她心里早打定了主意呢!"董仁琴的母亲说。

"妈!您瞎说什么呀!"吃着饭的董仁琴羞红了脸。

"我们村子里好几个像你这么大的闺女的娃娃都会走路了哩!可把你爸和我急疯了,就你不着急!"董仁琴的母亲说。

董仁琴向她妈做了一个鬼脸:"您能不能少说几句?"

"好,我不说了!"

董仁琴的父亲问黄群德的父母:"你们同意这门婚事吗?"

黄群德的母亲说:"同意,同意。仁琴这闺女能干,模样又周正。这些年,她经常帮我们给群德写信……我喜欢,我没有意见!"

"我是看着这闺女长大的,知根知底的。我能有啥不同意的呢。"老实憨厚的黄群德的父亲表了态。

"就害怕我们对不住董仁琴这闺女呢!"黄群德的母亲道。

"既然我们双方父母没有意见,两个娃娃也没有意见,这门婚事就定下了。

反正,两个孩子的年龄也不小了,我看,最近能不能把婚事办了?"董仁琴的父亲说。

"我们家群德都满二十三岁,上二十四岁了。"黄群德的母亲说。

"我们仁琴也二十三岁了,不小了。"董仁琴的妈说。

"能不能等明年我回来探亲结婚呢?"黄群德道。

"我同意群德的意见,明年他探亲回来再说……"董仁琴说。

四位老人也不好多说什么,点头同意了。

坐在床头的黄群德,想到这里,就笑了笑。接着,他从枕头下面拿出前几天收到的董仁琴的来信又看。

亲爱的群德:

你好!

你今年多久回来探亲?两家老人都盼你早些回来,我更是望眼欲穿地盼你回来,好把我们的喜事办了哩!上次你来信说,你们部队到高原修电站已经快三个月了。你说每年一到年底,高原就无法施工了,你们就能休假,你啥时能休假回老家呢?

嘻嘻,我告诉你吧,我们两家都把大肥猪杀了,准备办酒席用,新衣服、新棉被、新房子、新家具……都准备好了,就差你回来了呢!你能给我个确切的回来的时间吗?

想念你的仁琴

信虽短,但在黄群德心中激起了波澜。他想,现在"四通一平"工作繁忙而又艰巨。据部队老兵讲,到年底,高原天寒地冻时,就无法施工了,能正常休假的,就能按时休假了……但是,从眼前的情况看,他也无从知晓休假的确切时间。如果部队真要安排官兵休假的话,那为什么司令部领导今天还让他教独立支队的炊事人员学蒸馒头呢?明天是"一羊指",后天是"二羊指"的炊事人员来学习。他希望自己把炊事工作干得更好,因为"炊事工作"也算技术工种,再干一年,到后年就可以转志愿兵了。如果自己转上志愿兵,就可以使自己微薄的津贴费变成工资了,就可让仁琴和自己的父母生活得更好些。

想到这里,黄群德有些烦躁起来:"唉!"又喝了一口茶水后,倒在床铺上,考虑起明天官兵们的生活来。

过了几天,黄群德听机关干部说,因为"四通一平"的工作繁忙,部队年底不安排官兵休假了。他抓紧给董仁琴写了信,告诉她今年年底无法回家探亲了,免得她傻等。

第九章

　　摇曳的烛光下,技术员宁林读着厚厚的长篇小说《红与黑》。同住在一个帐篷的副连长苏明与卫生员小朱已经熟睡了。
　　宁林看着书,听到帐篷被狂风暴雨吹打得哗哗地响,他便想起自己从电力工业部刚分来时的情景。那是1986年6月初,他来到羊湖电站工地报到时,作为武警水电羊湖工程指挥所的主任、总工程师的石方竹把他送到了独立支队的工地。
　　宁林至今还记得,三年前,自己刚到羊湖电站工地去石方竹那里报到的那天,真正领悟到了高原的厉害,自己不仅头昏脑涨、身体发飘,还流了鼻血。
　　"刚到高原,有高原反应是正常的,慢慢会好起来的。"石方竹安慰道。
　　"请石主任放心,我会努力工作的!"宁林说。
　　"我们这里太需要你这种水电专业的大学生了。"
　　"嗯。"
　　"我们今后还要不断招收大学生来羊湖电站建设工地工作!"
　　宁林跟着石方竹朝着独立支队的机关走去。他没有力气说话,总觉得周身无力,随时都想躺下去。
　　"我们水电部队需要大学生,我们羊湖电站工地更需要大学生!对你的到来,我很欢迎!"
　　宁林只是望着石方竹笑笑。
　　然而,宁林参加羊湖电站建设不到十天时间,就就觉得自己吃不下这份苦,便偷偷跑到拉萨市邮电局给已安排在大城市工作的大学同学、未婚妻冯丽丽打了电话,催促她抓紧帮助他联系内地的工作。
　　冯丽丽接到他的电话后,自然是很高兴的。她恨不得自己的未婚夫早日回到自己身边,于是,第二天一上班她就找了公司的领导丁总,将宁林的情况汇报了,丁总兴奋地说:"我们太需要宁林同志这种人才了!你抓紧让他回来吧,与我们共同工作。"
　　心情无比激动的冯丽丽立即给宁林写信,由于激动,她写信时手都在颤抖。信写好后,她又骑上自行车,去邮局寄了航空挂号信。

宁林度日如年地盼来了回信,趁着官兵们上工地的机会,悄悄地坐上了长途汽车……

说实话,坐上长途班车的那一刻,身着橄榄绿警服的宁林后悔过,他觉得自己作为一名军人竟然离队,脸上有些发烫。但随着长途班车越走越远,他只有咬咬牙,目光平视着前方,眼前浮现出留给部队首长的那封信:"石主任:我考虑再三,还是离开你们。也许我的行为背叛了我们的誓言,给有着光荣传统的部队抹了黑。我不适合做岗巴拉山的一块石头,我需要的是另一种生存环境。我走了,请忘掉我,一个不值得你们记住的人!"

回到大城市,有冯丽丽的陪伴,刚开始那几天宁林是开心的,是幸福的。

公司的丁总见了宁林也很高兴,笑着说:"我们准备搞一个报告会,请你明天为我们公司职工做一场报告!"

"好!"宁林爽快地答应了。

第二天上午,公司的礼堂座无虚席。

主席台上方悬挂着醒目的红纸黑字横幅:西藏羊卓雍措电站建设者事迹报告会。

丁总手持话筒:"请远道而来的西藏羊卓雍措电站建设者宁林同志上台来为大家做报告,大家欢迎!"

台下,公司职工热烈鼓掌。

穿着白衬衫、打着领带的宁林,从观众席上站起来,忐忑不安地走上主席台。望着台下的公司职工,说:"谢谢大家的掌声,我想对大家说,我是从羊湖来的。羊湖是一个英雄辈出的地方,但是,我很惭愧,我不是英雄。我只是曾经在那里生活过的人。"

听众席上的职工觉得宁林很谦虚,又是热烈的掌声。

宁林继续讲道:"好吧,我先告诉大家,他们生活在海拔4000多米的高山上。那里空气稀薄,没有树木,煮一锅面条要用一两个小时,淡水要靠山下运送,一盆水早上洗完脸要留到晚上洗脚,而干的是超常于内地的活。就是在这种条件下,他们还要打通一条6000米长的隧道,很多战士刚刚进入青春期就已经掉头发、牙齿松动、指甲变形,但是他们没有怨言,没有被各方面的困难所吓倒,在工期紧、任务重的关键时刻依然往前冲。我们平时总爱说'理解万岁''奉献精神',只有身临其境,才能体会到这两句话的深刻含义。"讲到这里,他失声痛哭起来。

这时,坐在主席台的丁总拿过一张纸条,递给身旁的秘书。

秘书拿起纸条,走到宁林的身旁,递给他。

宁林接过纸条一看,上面写着:"希望你谈谈个人的事迹。"

宁林停住了哭声,用了片刻稳定情绪,说:"我个人确实没有什么可谈的。我不愿在这些崇高的人身上,加上我个人不光彩的东西,非要我谈,我只能说,我对不起他们,对不起西藏人民,也对不起大家的希望;同时对离开他们,我深深地后悔!"

台下,人们议论纷纷。

丁总从座位上站起来,高兴地宣布道:"告诉大家一个好消息,从今天起,宁林同志就是咱们公司的正式成员了,请大家鼓掌欢迎!"

礼堂里又响起了热烈的掌声。

公司搞宣传的摄影师,快步走到宁林跟前,举着照相机正准备给他拍照。

宁林举着双手遮盖着脸颊,羞愧难当地逃避照相,慌忙走下主席台。

人们议论起来:"他讲得不错呀!""他讲得好,很感人啊!"

冯丽丽站起来,冲到他跟前,想阻止他离开,但他还是决然地离开了礼堂。

当天,宁林到邮电局给石方竹打了通电话,他没有先说话。

话筒里传来石方竹的声音:"喂,喂?谁呀?请说话!"

宁林全身颤抖着,没有说话。

石方竹急促的声音又传来:"怎么不说话呢?"

宁林还是全身颤抖着,没有敢说话。

石方竹的声音:"是小宁同志吧!我料到你要来电话的。我相信羊湖电站有不可抗拒的魅力,只要跟它打过交道,就不会忘记这里,任何人都一样,包括我。咳,我不会因为你的离去而责备你。我替你高兴,这是一次转变,你会通过生活的对比,选择一种人生。我相信你的判断,因为你喝过雅鲁藏布江的水,爬过岗巴拉山。如果你想好了,愿意回来,通向羊湖的大道会永远向你敞开。喂,喂喂?"

宁林对着话筒说:"石主任,我对不起你!"

石方竹说:"不不不,你别这么说,是我们对你照顾不周到!"

……

当晚,在宁林家里的饭桌上,宁林与母亲、冯丽丽吃饭时,宁林对母亲和冯丽丽说:"我在这件事上也许对不起你们,不过,我还是想说出来,我决定回羊湖电站工地去。"

冯丽丽气呼呼地问宁林:"什么?你要回西藏去?"

宁林说:"那里需要我,我也需要那个地方。"

宁林的母亲一脸严肃地说:"儿子,这可不是儿戏。"

宁林说:"妈,正因为不是儿戏,所以我是想了很久才决定的。"

冯丽丽更加气愤:"好吧,你走吧!你永远不要再回来了,我告诉你,我再也不想见到你了!"她从凳子上站起来,迅速提着包要离开。

"丽丽,别走,别走!"宁林的母亲再三阻挡冯丽丽也无济于事。

宁林放下碗筷站起来,眼睁睁地看着冯丽丽气急败坏地离去……

宁林回到羊湖电站工地半个月后,收到冯丽丽寄来的包裹。他迫不及待地拆开包裹,发现是自己送给她的一条洁白的纱巾和写给她的几封信,另外,还有一封冯丽丽的来信。

这是在那段难忘岁月里,你寄给我的全部书信和送给我的一条纱巾,它们曾经是我后半生的寄托。今天,我把它们寄还给你,让它们随风而逝,就像我的心。你有你在这个世界上的远大抱负,我衷心祝愿你成功!

宁林读完信,痛苦地将信撕得粉碎,然后张开手,片片信笺,随风飘飞……

"唉!"宁林瘫坐在冷冰冰的地上抱头痛哭……

这时,闪电挟着雷鸣,狂风裹着暴雨更猛烈了。天,如同害了癫狂病,像要把羊湖电站工地抖个七零八落。

摇摇欲坠的帐篷被狂风暴雨吹打得哗哗响的声音越来越大,宁林预感今晚有什么事情要发生,便急忙放下手中的书,穿上衣服,披着雨衣,拿着手电筒,推醒苏明,说:"副连长,快起来,大风今晚可能会吹翻我们的帐篷。"

苏明睡得正香,睡眼蒙眬道:"有那么厉害吗?"

"我在高原待的时间比你长,我预感要出什么事情,你快起来啊,我去连部了。"

"嗯。"苏明便翻身起来,开始穿衣服。

宁林打着手电筒,急急忙忙地出了帐篷,冒着狂风暴雨去了连部的帐篷。宁林推门进去,手电光射到月玉成的床铺时,发现月玉成已穿好了衣服,跳下了床,正在摸索着穿大头鞋。

"谁呀?"当手电筒光柱照射在他身上时,月玉成吓了一跳,他大声问道。

"连长,是我,宁林。我感觉今天晚上的风太大了,雨也太大了,担心出什么事情。"宁林走近月玉成。

"这些天,大家太累了,都睡得太死了。我刚才被雷鸣声惊醒了,也感到不对头,所以就爬起来了。"月玉成说完,到桌旁点燃了蜡烛。

"怎么办?"宁林从包里掏出烟来,递给月玉成一支。

"我看,这样吧,全连起床,加固帐篷,否则,这么大的风雨,把帐篷吹翻了,大家晚上咋过?"月玉成吸了两口烟说。

"好的!我吹哨子了……"

"砰!砰砰!"宁林话没有说完,传来帐篷垮塌的震耳欲聋的巨响。

慌忙中,月玉成也没有顾得上穿雨衣,便蹿出了自己的帐篷。

营区内伸手不见五指,只有滂沱的大雨和肆虐的狂风。

宁林打着手电筒,紧跟着月玉成跑出来,才发现伙房帐篷已经垮塌了,有两块帐篷布被狂风吹跑了。

月玉成顾不上全身已被大雨淋透,急忙从衣兜里摸出哨子,含在嘴里使劲地吹起来。

"您回去穿件雨衣吧!"宁林推了推拿着哨子的月玉成,催促道。

由于狂风暴雨的声音太大了,哨子的声音被掩盖了,月玉成又鼓起腮帮子,使劲地吹响了哨子,并对身旁的宁林说:"你别管我!我俩分别去各个帐篷喊大家起来!"

"砰!砰砰——"这次被吹垮的是一班的帐篷。

月玉成、宁林奔过去,试图拉开帐篷,好让被压在帐篷下的官兵们出来。

"快,快快!"顿时,月玉成、宁林的喊叫声与风声、雨声混合在了一起。

帐篷内,排长萧山然、班长金晓灿、老兵吴忠海、城市兵严雪,还有战士们都被这突如其来的帐篷垮塌惊醒了,也被重重地压在帐篷下。人们发出的声音是惶恐不安的:"咋的了?""我们身上怎么压住了东西!""完了,完了,我们的帐篷垮了!"

副连长苏明、卫生员小朱、文书小魏穿着雨衣、打着手电筒跑来了。他们看到垮塌的帐篷,都有点惊慌失措。

月玉成、宁林正在用力拖拽着帐篷。

小魏看到月玉成因为没有穿雨衣,全身的雨水直往下淌,便转身跑到连部去取雨衣。

此时,一束灯光由远及近,照射进了连队营区。不一会儿,一辆小车停在了连部门口,车门打开,跳下来的是穿着雨衣、手持手电筒的石方竹、龙大佩、徐成强。

全身淋透的月玉成跑步上前，急促、惊讶地问道："这么大的风雨，你们怎么来了？"

"我们刚从独立支队的连队过来，他们的帐篷驻扎在坡下面的挡风处，我们去看了看，目前是没有问题的。石主任说顺便过来看看你们连队！"龙大佩解释说。

"石主任呢，您都年过半百了，又一直有病，您来干什么吗？"月玉成用手抹去满脸的雨水，有些心疼，也有些埋怨地说。

"今天晚上，她正在医院输液，听到雷鸣声和狂风暴雨的声音，当即拔下针头……我们劝不住她，她死活要来，还吃了几粒速效救心丸……"徐成强说。

"万一工地上出了事，我身为主任不到一线，心里不安啊！"石方竹脸色苍白。

这时，连队已有不少官兵被狂风暴雨声、激烈的哨子声和帐篷垮塌声惊醒了，他们迅速穿好衣服、雨衣向垮塌的帐篷跑过来。

"来，大家一起把帐篷拖开！"月玉成喊道。

宁林把手电筒交给卫生员小朱拿着。

"来，连长，快把雨衣穿上吧！"文书打着手电筒，拿着雨衣递给月玉成。

"不用，不用！你把手电筒打好！"月玉成松开拖拽帐篷的右手，用手抹了抹满脸的雨水。

梁春天等三个人打着手电筒奔跑过来。几束电筒光柱聚集在一班的帐篷上，人们看到垮塌的帐篷上，霎时就集聚起了雨水。

石方竹、龙大佩、徐成强也来到了垮塌的帐篷前。

"来，人多力量大，拖帐篷！"月玉成终于腾出手来，指挥着。

人们一起把沉重的帐篷拖开了。

拖开帐篷后，只见一班的战士，还有排长萧山然，脸色苍白。第一个站起来的是金晓灿，他双手捂着脸，因为脸上被支帐篷的钢架划破了，鲜血从手缝里流出来，流到洁白的背心上，胸前就成了淡红色的一片……

"大家不要穿衣服了，快抱起衣服和被子到连部去！"月玉成用撕心裂肺的声音喊道。

帮助拖开帐篷的官兵们才跳过去，帮助一班的战友抱起衣服和被子朝连部帐篷跑去……

卫生员小朱跑过去，抱起金晓灿的衣服和被子，扶着他朝他们住的帐篷跑去……

狂风暴雨还在猛烈地进攻着……

"让大家抓紧把干衣服换上吧,千万别感冒!"石方竹在连部看着只穿着背心、裤衩,冻得瑟瑟发抖的官兵,对月玉成说。

"嗯!"月玉成也冻得牙齿打战地回答道。他接着对苏明安排道,"苏副连长,你赶快组织各班排把所有帐篷再固定固定!"

"是!"苏明应声而去。

这时,石方竹打着手电筒朝苏明、宁林、小朱他们住的帐篷走去,她很关心刚刚受伤的金晓灿的伤情。待她进来时,宁林打着手电筒,正给金晓灿换上自己的干净衣服,小朱也在用酒精为金晓灿的伤口消毒。

"哎哟,哎哟!痛,痛,痛!"金晓灿疼得直叫唤。

石方竹借着电筒光,凑近朝金晓灿脸上看去,左脸上有一条两三厘米长的血口子,鲜血还在不停地顺着脸往下流……"这要送到山下医院做缝合手术。"她说着,抬头看见徐成强,就安排道,"徐部长,抓紧给医院孙院长打电话,让他做好准备,我们立马送病员下山。"

"是!"徐成强转身去了连部,给孙月刚打电话……

石方竹的车将金晓灿送到医院后,医院又接到月玉成的电话说,城市兵严雪又出事了,不省人事,需要医院派救护车。

救护车载着孙月刚派出的童心等两名医生,冒着狂风暴雨赶到连队,对躺在月玉成床上,呼吸困难、面色苍白、虚汗淋漓、口吐粉红色泡沫痰的严雪进行了检查。童心用听诊器检查后,迅速得出结论:严雪患了高原性肺水肿。

望着载着严雪的救护车远去,官兵们感到惶恐不安。

这一夜,一连官兵们都没有休息好。

严雪到达医院后,休克了。

医院没有除颤仪,孙月刚就含着泪,用拳头在严雪的胸口上猛击了几下,严雪奇迹般地苏醒了过来……

严雪出院的那天,跑到孙月刚的办公室咚的一声跪下了,泪水涟涟地向孙月刚咚咚咚地连磕了三个头:"谢谢孙院长的救命之恩!"

孙月刚连忙扶起严雪。

"小严啊,有这个必要吗?救死扶伤是我们的天职啊!"孙月刚的喉咙里好像被什么堵住了,说不出话来。他的眼睛红了,眼里盈满了泪水。

第十章

"这些显著成绩是在石方竹总队长带领下取得的!我们应该以热烈的掌声感谢她!"陆丰带头鼓掌。

礼堂里响起了热烈的掌声。

坐在主席台上的石方竹面带笑意,深情地说:"回想起羊湖复工以来的日日夜夜,我感慨万千。我不是圣人,但清楚地知道活是大伙儿干的。我想我一个老太婆跟官兵们一起流汗,是会给大伙儿添把劲的!官兵们都是很纯朴很重情的人啊!"

官兵们掌声雷动。

为了加强藏汉民族团结,加快羊湖电站工程建设,1991年5月22日,国务院、中央军委做出批复,将武警水电羊湖工程指挥所(副师级单位)改建为中国人民武装警察部队水电第三总队(正师级单位),下辖四个支队(正团级单位),属三总队建制,将武警水电独立支队、武警水电第一总队羊湖指挥所、武警水电第二总队羊湖指挥所的番号分别改为武警水电第十一支队、武警水电第十二支队、武警水电第十三支队、武警水电第十四支队(暂时缺编)。

与此同时,原武警水电羊湖工程指挥所所属的正营级科室分别改建为武警水电第三总队的副团级处室。

武警水电第三总队的成立是与其承担的历史使命分不开的。水电官兵注定了要与祖国的山川相伴,与江河相依。自基建工程兵组建始,这支从事水电能源建设的部队就与西藏结下了不解之缘,十一支队的前身为水电独立支队(又其前身为基建工程兵六○七团),曾参与了西藏昌都沙贡电站、波密县尼足电站、林芝地区八一水电站的建设。因此,在雪域高原成立武警水电第三总队,这并非历史的偶然。水电官兵的雪域情怀也因此有了新的续篇。

武警水电第三总队的成立,无疑是对羊湖电站工地全体官兵的极大鼓舞和鞭策。武警水电第三总队隶属于武警水电指挥部,接受国家公安部和电力工业部的双重领导,参与国家经济建设,尤其是国家重点水利水电工程建设和维护社会治安。

同时,武警水电指挥部党委任命:石方竹为武警水电第三总队总队长、党委书记、总工程师,大校警衔(正师职);龙大佩为武警水电第三总队司令部参谋长,大校警衔(副师职);徐成强为武警水电第三总队后勤部部长,大校警衔(副师职)。

与此同时,武警水电指挥部党委还任命武警水电指挥部司令部副参谋长陆丰为武警水电第三总队政治委员,大校警衔(正师职)。

其实,陆丰被任命为武警水电第三总队政委,属于平调。

说起来,陆丰来正在建设羊湖电站的武警水电第三总队任政委,确实费了一番周折。因为在水电指挥部的正师职中,想到武警水电第三总队来任政委的人至少有四五个,都想来当够三年主官,为今后提拔将军打下基础,但他在羊湖电站建设工程复工后,曾两次跟随水电指挥部副主任隋德望将军来羊湖施工工地视察过工作。当国务院、中央军委批复成立武警水电第三总队后,他为了能来武警水电第三总队当主官,曾两次找他的老乡、首长隋德望谈过自己的想法。隋德望说:"你也去过羊湖电站工地,那里的条件很艰苦啊!"他说:"我想在那里拼命干上几年,再回北京吧!"后来,隋德望找过水电指挥部的主任、政委,说了陆丰想到将成立的武警水电第三总队来任政委的想法,其理由有两个:一是在指挥部机关现有的正师职中,他最年轻;二是他曾两次去过羊湖电站工地,比较了解情况。

再后来,在指挥部党委会上讨论时,陆丰的两个优势,成了他任武警水电第三总队政委的最好条件。

陆丰从北京到达羊湖的武警水电第三总队任职时,是隋德望将军来宣布指挥部党委对他的任命的。

宣布任命那天,总队机关和支队机关的官兵都来了,礼堂里掌声不断。在隋德望宣布完陆丰的任命后,身高一米七五、身板挺拔的陆丰讲了一段激动人心的话:"同志们,战友们:我是被你们的精神所感动来到羊湖电站工地的,与其说来当官,不如说是来担负一种责任!"

礼堂里响起热烈的掌声。

"大家都知道,羊湖电站建设工程是国家的一项重点工程。它的建成将改善拉萨地区供电紧张的状况,对西藏的经济发展和政治上的安定团结,对维护国家统一、增进民族团结有着极为重要的意义。在世界屋脊搞施工、建电站,史无前例,举世瞩目。它的建成,将创造我国水电工程建设史上的新纪录,在国际上产生深远的影响。建设羊湖电站,被人们称为是一场政治上的硬仗,一个为中华民族争光的丰碑工程!"

陆丰侃侃而谈，又一次赢得大家的掌声。

陆丰接着说："随着国务院、中央军委对羊湖电站建设复工的指示发布后，在燕山深处的潘家口水库工地，在南盘江畔的天生桥水电站建设工地，在首都北京、井冈山麓、天府之国的水电部队各级首脑机关……在水电部队的每一座警营里，在水电官兵战斗的每一个建设工地上，都掀起了一股'羊湖热'。许多官兵纷纷主动向组织请愿，要求进藏参加羊湖电站建设任务，在世界屋脊上大显身手。我从各单位报送到武警水电指挥部来的材料上得知，原水电十支队的一位后勤处处长，接到上羊湖的命令时，他岳母病倒在床，妻子开刀在住院，儿子正准备入学考试，当总队领导到他家探望时，他的岳母跪倒在领导面前，恳求首长批准那位处长转业。但那位处长还是说服了老人，毅然按时赶到了羊湖。有位连长，结婚不到一个月，接到上羊湖的命令，与新婚的妻子依依惜别，踏上了西去的列车。一名正在休假的战士，一接到上羊湖的命令，便立即归队，不料，路遇车祸，摔伤了双腿。当他带着受伤的双腿赶到部队时，进藏的队伍已出发，他愣是一瘸一拐地追上了车队，直到进藏后腿伤都没有好。一总队一支队有二十四名老兵已被确定了年底退伍，但在部队即将开进羊湖时，他们坚决要求上高原参加羊湖电站建设……武警水电指挥部党委的一系列方针指示，使广大官兵精神振奋。短短几天时间，一批优秀的干部战士带着一批最好的机械设备，以最快的速度从广西天生桥、河北潘家口、江西万安等水电站迅速集结到成都，开赴西藏。我们三总队广大官兵以强烈的责任感，住着四壁透风的帐篷，睡地铺，在连一顿热饭菜都吃不上的情况下，在'生命禁区'迅速站住了脚跟，立即开始了各项施工准备和'四通一平'的施工。场内没有公路，没有设备，为了把施工用水引到山上，战士们冒着零下二三十摄氏度的严寒，十几个人扛一根引水管，赶着牦牛往山顶上爬……难怪西藏自治区领导在视察羊湖电站工地时感慨地说，没想到在设备不齐的情况下，部队采用钢钎、铁锤、十字镐等原始的方法创造了奇迹，也只有人民军队才能创造这样的奇迹！"

陆丰最后讲道："所以，我陆丰向大家表个态：我愿与总队党委、全体官兵一道，为早日保质保量建设好羊湖电站而努力拼搏，努力奋斗！"

就在总队成立的7月初，部队招收了二十个地方大学毕业生，他们所学的专业涉及临床医学、水利水电工程建筑、施工机械、工业电气化、民用建筑、财务会计等。这些大学生入伍后，在部队的成都保障基地进行了近两个月的集中军事训练。

正是天气最好的8月底,这些大学生怀着建设羊湖电站的美好心愿登上了高原。

按照总队政治部干部处的安排,裴婧、李婷这两个医学专业的大学毕业生被分配到总队医院当了医生。

裴婧与李婷去医院报到后,分配到了一个宿舍。当她俩手脚发软、喘气急促、头昏脑涨地刚刚把床铺收拾停当,坐在床铺边,张大嘴喘息时,孙月刚咚咚咚地敲了三下门,满面微笑地进来了。

已授为中尉警衔的裴婧、李婷不约而同地从床边站了起来,成立正姿势,向孙月刚敬了军礼。

孙月刚还了军礼后,有些愧疚地说:"我叫孙月刚,是医院的院长,今天到山上巡诊去了,没有欢迎你们,很是对不起两位大学生了。"

裴婧、李婷不约而同地说:"孙院长好!"

"今后咱们就在一起共事了。大家都别那么客气,你们就叫我老孙吧!你俩坐下吧!"孙月刚和蔼可亲地对两位亭亭玉立、细皮嫩肉的初上高原的女军人说。

她俩嗯了一声,坐在了各自的床边。

孙月刚也拉了一只木椅子坐了下来:"看你们的脸色我就知道,你俩高原反应还是比较厉害的,呼吸也不顺畅吧!"

"是的,呼吸困难,周身无力,头也晕乎乎的。"李婷轻轻地拍了拍脑袋。

"你们上来的这个时间,是高原最好的时节了。像这样好的时节,在高原没有几天。你们的高原反应,过几天就会慢慢适应的,不用恐慌。"孙月刚和颜悦色地说。

"嗯!"裴婧回答道。

"我们医院是1985年9月刚修羊湖电站时建的砖混平房,在这个地方,能住上这种平房已经很不错了。我简单地把医院的情况介绍一下:像你们住的这排平房,是我们医务人员的宿舍,我们医院有门诊部、住院部、抢救室、药房、注射室、库房等,我们只有二十二名医务人员(含卫生员),还有两名炊事人员、两名救护车驾驶员,共计二十六人。各支队没有设卫生队,各连只配了一名卫生员,所以我们的医疗任务重……"

"哎呀"一声,专心致志听着孙月刚介绍情况的李婷流出了殷红的鼻血,她惊慌失措地用双手捂着鼻子。

裴婧慌忙站起来,取来挂在墙壁上的洗脸毛巾,递给李婷。

"将鼻子捂一会儿就好了！这是高原反应的一种表现！"孙月刚安慰说。

李婷接过洗脸毛巾，轻轻捂在了鼻子上，鼻血过了一会儿止住了。她有些不好意思地说："我没有事了，让孙院长见笑了。请孙院长再给我们讲讲总队、支队的情况吧！"

"那好吧，我再给你们介绍介绍吧。山下那四层楼的房子是总队机关；在总队机关大门对面，中间只隔了一条马路的，是十一支队机关的三层楼房；十一支队旁边就是三层楼的总队招待所，大家口头上也叫'专家楼'，平时只有北京的领导和国内外专家来才能住这栋楼；十二支队机关就在我们医院的隔壁，相隔两三百米吧，也是三层楼房。与总队机关一墙之隔的是十三支队的机关和所属连队，是砖混平房，他们负责修建电站的厂房、调压井，还有沉沙池。十一支队、十二支队的所有队员都住在山上，分别负责进水口、引水隧洞的施工任务，他们都是住帐篷，条件很艰苦，海拔高度与我们相差800多米，也就是说他们住在海拔4400米的地方，我们住的海拔3600米……"孙月刚介绍道。

还没有等孙月刚介绍完，李婷就惊讶地问："他们还比我们的海拔高800米？"

"是啊，他们是为了节约时间。所以，我们比他们幸福多了！"孙月刚一脸的满足。

"我们还幸福多了？"裴婧睁大她那双杏眼问。

"是啊，等一段时间，你们去巡诊时就可以了解住在山上的官兵的情况了！"孙月刚说。

这时，营区内有人大声呼喊："孙院长，孙院长，接电话，是石总打来的！"

听到喊声，孙月刚站起来，对裴婧、李婷说："你们先休息两天吧，适应一下高原气候再上班吧。我去接电话了。"

裴婧、李婷站起来，一前一后地说道："孙院长慢走！""谢谢院长来看望我们！"

孙月刚慌慌忙忙地跑到自己办公室，拿过放在办公桌上的电话筒，放在耳边："石总，石总有什么指示？"

电话筒里传来石方竹的声音："你安排刚到你们医院报到的裴婧同志给我送一两瓶速效救心丸来！"

"是！请首长放心，我安排另外的王护士送来吧，裴婧和李婷高原反应比较厉害！我已让她俩休息了。"孙月刚笑哈哈地说。

"这是高原最好的气候了，有什么大的高原反应呢？"

"她们毕竟刚上高原,又是女孩子,肯定有高原反应。我刚才亲眼看见李婷还流了鼻血呢!"

"这点反应都战胜不了,今后还能干什么?"

"嗯,嗯!石总,我亲自把药给您送过来吧!"

"不行!我命令裴婧给我送过来!"

孙月刚还想说什么,但对方已经挂断了电话,话筒里传来"嘟嘟嘟"的声音。他放下话筒,摇了摇头,自言自语地说:"这个石总,平时那么关心下级,今天怎么怪怪的!非要一个刚刚上高原的女孩子给她送药,啥子意思吗!"

出了办公室,孙月刚又去了裴婧她们宿舍,对正在有气无力地洗脸的裴婧说:"裴医生,石总队长让你给她送一两瓶速效救心丸去她办公室。"

裴婧抬起还有水珠的脸,不高兴地说:"我不去!"

"我知道你们刚上高原有反应,但石总指名非要让你送去!"孙月刚一脸无奈。

"我不去!"裴婧态度强硬地说。

正在折叠衣服的李婷看着孙月刚左右为难的样子,就说:"裴婧,我陪你去!"

"我不去!"裴婧还是那么一句话。

"我们总队长是个女中豪杰,是个女汉子,我们官兵人人尊重她呢!我命令你去!"孙月刚的忍耐已经达到极限了。

"孙院长你处分我,我也不去!"裴婧更加恼怒了。

"我去,我去,孙院长!"李婷忙着给孙月刚解围。

"算了,小李,你也别去,再者你也不知道路!我去,我去!"孙月刚气乎乎地转身,边走边说,"今年怎么招这么个不知好歹的大学生?还名牌医科大学毕业的呢!"

孙月刚从医院药房取了两瓶速效救心丸,走了十分钟左右,就到了总队机关二楼。他推开石方竹办公室的门进去,把药放到石方竹的办公桌上:"石总,这是您要的两瓶速效救心丸!"

"你给我把药拿上,出去!等我允许后才能进来!"石方竹手里握着一支铅笔,正在审一张设计图纸,一脸严肃地说。

孙月刚涨红了脸,从宽大的办公桌上抓起药瓶,走出办公室,带上门,然后转过身来,用右手敲了三下门。然而,他没有听到石方竹喊"进来"的声音,他顿时觉得有些尴尬,又担心其他干部路过走廊看到他这副狼狈相,于是,他又抓紧敲了三下门。过了片刻,也没有传来石方竹的声音,他只好低着头,去了趟厕所,才又来到石方竹的门口,还整理了一下警服,敲门后,接着声音洪亮地喊道:"报告!"

"进来!"传来石方竹的声音。

孙月刚推门进去,向坐在办公桌旁的石方竹敬了军礼:"石总,药我给你拿来了。"

"放下吧!"石方竹把铅笔放在图纸上,望了一眼孙月刚。

孙月刚恭恭敬敬地把两瓶速效救心丸放在办公桌上。

"你坐吧!"石方竹指了指办公桌对面靠墙壁的沙发。

"我有事,我走了!"

"让你坐,你就坐!"

待孙月刚坐定后,石方竹一脸平静地说:"老孙呀,你兵都当老了,进首长的办公室也不知道喊一声报告。"

"是我忘记了,我不对,我今后一定注意!"孙月刚赶紧做检讨。

"部队有部队的规定,进首长办公室必须喊报告,这是条令上规定了的,你就要好好执行。"

"我今后一定改正。"

"嗯。是我让你送药来的吗?"

"不是。"孙月刚抬头望着石方竹。

"究竟咋回事?"

"我去叫了裴婧医生,她连续说了三个'我不去',我就不好强迫她来送药了。"

"是吗?"

"嗯!"

"你呀,是个院长,心肠怎么那么软?一个刚授中尉警衔的大学生都管不了?"

"我能理解她们,刚上高原,确实有高原反应,再者她们也不知道您的办公室在哪里……"

"她没有长嘴?她不能问吗?"

孙月刚无言以对,只好低下头来,一动不动地坐着。

"军人是以服从命令为天职,我的命令就不起作用了?简直胡扯!你回去告诉你们那个裴婧医生,小心我收拾她!"说着,石方竹就满脸的不悦。

"那样使不得,石总,她是名校华西医科大学毕业的,我们医院本身就差人手呢,您一批评她,她一脱掉军装,拍屁股走人,我们就不好办了。"孙月刚抬起头来,"培养像裴婧医生这种大学本科生,国家要花整整五年时间哩!我求求您了,石总,我相信她今后会好好工作的。"

"老孙啊,你就是一个菩萨心肠的人啊!"

"二十多岁的姑娘,能自愿申请来高原工作就让人感动了!像裴婧这种医科大学毕业的,华西医院、四川省人民医院、四川省中医院都抢着要呢,石总!"

"这个,我懂!你回去告诉她,我哪天亲自去医院找她谈话,让她有个心理准备。"

"嗯!"

"另外,你去找警务处把十三支队一连的那个志愿兵杨成钢调到你们炊事班当司务长,你的意见如何?"

"那个小杨饭菜做得好。我发现他是做饭的人才,他骨折后在医院住院能行走时,经常到伙房去指指点点,教我们的炊事员如何炒菜……后来腿脚治好,快回连队前,我问过他愿不愿意来医院做饭,他说愿意……所以,我就找了龙参谋长,谈了我的想法……再者,医院病号多,两个炊事员做出的饭菜味道又不好,病员对我们医院意见大,所以……"孙月刚见石方竹看着他,以为石方竹又要批评他,心里有些打鼓,也就只好打住了。

"这个事情,你老孙做得对!我知道十三支队一连饭菜做得好的炊事员多,不会影响连队的饭菜质量的。你把医院烹调技术好一点的那名炊事员留下,另一个炊事员与小杨对调。"

孙月刚脸上终于露出了笑容。

"伤筋动骨一百天,尽管已有一百天了,尽管那个叫杨成钢的志愿兵的腿脚好了,但现在还是少让他干太重的体力活儿。"

"好的,石总,我知道了。"

……

裴婧、李婷他们二十个刚刚授了中尉警衔的"学生官",今天早上5点多就起床了,喝了点稀饭,吃了点馒头,背着背包,提着行李,乘坐部队的面包车,在6点半前就赶到了成都双流国际机场,8点多到达了拉萨贡嘎机场,10点半到达羊湖电站建设工程部队驻地。

裴婧、李婷尽管很累,但是来到高原的第一天晚上,还是因为高原反应没有睡好觉。睡觉前,裴婧刷牙时,流了不少血。李婷洗脸时,鼻孔里流下的血染红了半盆洗脸水。

躺在床上,李婷望着屋顶上有些昏暗的灯光,有气无力地问:"婧婧,你在想什么呢?"

"我什么都没有想,今天很累,但睡不着,脑子里也好像什么都忘记了。"裴婧望着屋顶,回答道。

"那今天上午,你为什么不给石总送药去?"李婷问道。

"我不送,关你什么事情呢!"裴婧把目光转向李婷,很不高兴地说。

李婷也就不好再问下去了,赶紧转移话题,友好地问道:"想你那个的他吗?"

"想个鬼,来到这里,我自己的小命都难保呢!"裴婧说。

李婷唉了一声,什么话也不说了。

裴婧毕业于国家卫生部直属的华西医科大学。她读的是五年制的临床医学专业。

裴婧从小学到大学,一直都很勤奋努力,成绩也一直都很优秀。高中毕业时,在报考大学的填报志愿上,填的第一志愿是华西医科大学临床医学专业,第二志愿是北京医科大学临床医学专业。

结果,她如愿以偿地被华西医科大学录取了。

凭着她五年间在校的考试成绩和表现,大学毕业前,她十分渴望分配到医疗水平在全世界都响当当的华西医院,当一名救死扶伤的好医生。

但是,生活就是这么阴差阳错。就在华西医院同意她到本院工作的前一周,也就是1991年那个炎热的夏天,一个身穿短袖警服的大校女警官,汗水淋淋地来到了华西医科大学的校长办公室。

校长热情地接待了她,并给她沏了一杯茶,放在茶几上。

她在茶几旁的沙发上坐下后,喝了一口茶,作了自我介绍:"我叫石方竹,来自正在修建的西藏羊湖电站,我想在你们学校招几个大学生,去西藏工作。"

"我们的分配工作早在一周前就结束了,尽管我们动员同学们到艰苦地区工作,但在我的印象中,好像没有同学自愿要求到西藏去!这样吧,我立马给教务处处长打个电话,让他过来。你稍坐一下,你请先喝茶。"校长从与石方竹并排坐的沙发上站了起来,走到办公桌前坐下,拿起电话筒,拨了电话号码,电话通了:"请你们处长到校长办公室来一趟,并把分配的花名册拿来。"便放下了电话。

一会儿,一个秃了顶的中年男人,手里拿着花名册,还有一个笔记本和一支钢笔,进了校长的办公室,向坐在办公桌前的校长问道:"校长找我有事?"

校长指了指茶几旁边的沙发:"你坐!"

教务处处长坐下后,校长说:"这位女军官来自西藏羊湖电站,她想在我们学校要几个今年毕业的大学生去高原工作。"

"我可以清楚地告诉你们,今年毕业的大学生没有愿意去西藏的。"教务处处长把手里的花名册扬了扬。

"唉,这位领导啊,你要是早来十来天,我们还可以做做工作,现在可就没有办法了。"校长不无遗憾地对石方竹说。

石方竹无奈地说:"那请教务处处长看看,有一个叫裴婧的同学分配在哪里了呢?"

教务处处长翻了十多页的花名册,终于找到了裴婧的名字,说:"裴婧分配到华西医院了,她是成都人,今年二十三岁,还是特别优秀的学生。多少同学想去华西医院,但华西医院的人事处来人,好中选好,也只选了五个进入华西医院呢!"

"啊!这样吧,把她分配到我们西藏羊湖吧!"石方竹说。

"这需要她本人同意才行,我们不能擅自做主的。请你原谅!"校长说。

"校长说得对,要经裴婧同学本人同意才行。"教务处处长说。

石方竹咬了咬牙:"不需要她同意了,我做主就行了。我是她的母亲。所以,请校长和处长帮我调调吧!"

"万一她不同意呢?"教务处处长说。

"她的工作,我来做,就这样定了吧!"石方竹说,"我们羊湖电站建设工程是国家的重点工程,因为施工环境艰苦,气候恶劣,我们那里急需医务工作者。所以,我请求校长支持我!"

"那这样吧,请你给我们写个保证,免得这位同学跑来找我们的麻烦。"校长想了想说。

"那好吧,请你到我办公室去办理吧!"教务处处长说。

石方竹从教务处办公室出来,就去了女儿裴婧的宿舍。

裴婧见到母亲来看她,将书放在床头上,跳下床欢天喜地地扑上来,给石方竹一个长长的拥抱:"我在这里五年了,您这个大忙人是第二次来看我呢!我好高兴啊!"

"好了,好了,快坐下!"石方竹温和地拍拍拥抱在怀里的裴婧的背,然后推开她。

"你还好吗?"石方竹在一把椅子上坐了下来。

"当然好啊,我没有让您操心吧!"裴婧坐在了床边,满面笑容。

"你知道,妈妈确实工作忙,你要理解妈妈!"

"我奶奶说过,您就是个男子汉性格。"

石方竹哈哈大笑:"你奶奶就这样评价我?"

裴婧也笑了:"奶奶说,一年难得见上您一面!"

石方竹有苦难言地唉了一声,说:"这次妈妈从西藏回来,到成都勘测设计研究院开完会后,就抽时间来看你了!"

"哎呀,有点稀罕啊,不胜感激!"裴婧笑容可掬地说,"我告诉您一个好消息,我被分配到梦寐以求的华西医院工作了!"

"唉!"石方竹脸上的笑容消失了,心想,怎么向女儿解释呢?

"咋了?我分配到华西医院,您不高兴吗?"裴婧看到母亲有一种难言之隐的表情,她脸上的笑容也好像凝固了似的。

石方竹想迟一些告诉她,又觉得还不如早些告诉她好,于是说:"婧婧,你听妈妈说啊,我也没有办法啊,可能有伤害你的地方,你要理解妈妈哈。我是无奈之举……"

"什么无奈之举?"

"嗯,嗯!假如,妈妈做了违背你意愿的事,你要原谅妈妈……"

"什么事呀?"

"我……我刚才已经把你去华西医院工作的事,找校长改成了去羊湖电站工地工作了……"

裴婧难以置信地问:"让我去羊湖电站工地工作?"

石方竹只是微微地点了下头,便把头低下了,不好正视女儿的目光。

裴婧睁大眼睛,愣怔地看了半天满头白发的石方竹。

屋内的空气好像凝固了。

片刻,裴婧激动的声音响了起来:"您、您、您给我出去,出去!"

石方竹只好站了起来,默默地朝着门口走去。待她走出门,身后就是嘭的一声重重的关门声,然后就传来哇哇的哭泣声……

听到裴婧那令人心碎的哭泣声,刚走几步的石方竹站住了,转过头去,望了望被裴婧重重关上的宿舍门,两行清泪悄无声息地从眼眶里滚了下来。她差点瘫坐下去,但还是用手强撑着墙壁,缓缓地走着。

石方竹心里是难受的,但与她同样心里难受的裴婧,已经趴在床上哭成了泪人! 她知道,她到华西医院工作的事已经化为泡影了。

为了进入华西医院后能更好地开展工作,这个身上有着石方竹基因的裴婧,就连同宿舍的三个外省籍同学今天邀她出去游杜甫草堂都谢绝了,她要多看看医疗书籍,使自己强大起来。她庆幸能分到华西医院,这是她人生奋斗的一个起点……

但是,这个她过去一直认为很伟大的母亲,今天怎么能做出这样让她痛苦、失望的事来呢?

……

夜已深了,尽管服了一些防止高原反应的党参片、喝了一小管红景天,裴婧、李婷因为高原反应,还是难以入睡。

"这鬼地方,太让人难受了!"李婷说。

"我还以为你睡着了呢。"裴婧说。

"我又不是神仙,晚上在食堂吃饭时,听他们说,要一周左右才稍稍适应些呢!"

"我们去药房搞点安眠药来吃吗?"

"算了,算了。外面风兮兮的,懒得起床去取!"

"我关灯了。"

"嗯!"

裴婧一拉墙上的灯绳,灯光就消失了,屋内陷入了一片漆黑之中。

裴婧翻了一下身,拉了拉被子,将自己盖好,侧着身子想,他现在怎么样了呢? 他比自己住的地方海拔还要高 800 米。

"他"是分配到十二支队一连的"学生官"高祥。高祥的职务是十二支队一连副连职技术员。他一到连队报到,月玉成就安排高祥休息两三天再参与施工。他不仅对吃的饭菜不习惯,而且高原反应也很厉害。晚上睡觉时,他觉得自己的头疼得要爆裂了,便让住在同一帐篷的卫生员小朱,用一根绳子将他的头捆缠了几圈,又觉得鼻孔不通气,始终坐卧不宁,搞得住一个帐篷的苏明、宁林和小朱不得安宁。

苏明安慰高祥道:"坚持坚持,过几天就好些了!"

"刚上高原,就这样的,当年我在这里受不了这份罪,还逃跑过呢!"宁林说。

在灯光下,小朱让他服了不少党参片和高原安,也不管用。

高祥学的专业是五年制的建筑学,毕业于西南大学。他比裴婧的年龄大一些。

今年部队从全国各地招来他们这批大学生,男生十七人,女生三人。按总队规定,这十七名男"学生官"被分配到各基层施工连队进行两年以上的锻炼,不管你有多么优秀,也必须在基层施工连队工作两年以上,才能因工作的需要调进支队或总队机关。对于今年招收的"学生官",每人还配了一名"师傅"。高祥的师傅,就是宁林技术员。

三名女"学生官"中,除了裴婧、李婷被分配到了医院,另一名叫鞠燕,被分配进了总队工程技术处。她在大学学的水力发电工程专业,为四年制本科。她是从湖北的一个县城考进四川大学水利水电学院的。

裴婧、李婷、鞠燕这三个大学生,在两个月的军训期间住在一个宿舍,关系很好,成了无话不说的好姐妹、好战友。裴婧年龄比她俩都大一点。

李婷出生于云南农村,高挑的身材,乌黑的头发,弯弯的眉毛。她毕业于云南中医药大学第一临床医学院,学制为四年的大学本科。

说起裴婧与高祥的爱情,简直有点让人不敢相信。高祥真正认识裴婧,是在总队招收的大学生军训刚开始的头几天。

那天,高祥和几个军训学员在篮球场打球,在一次投篮中,高祥的球被对手挡了一下,球弹到了旁边的跑道上。当时裴婧、李婷和鞠燕正在球场的跑道上悠闲地边散步边聊天。高祥正打得兴起,朝裴婧她们大喊一声:"同学,把球踢过来!"因为刚来军训才几天,他还没有改过口来,所以还是把"战友"称为"同学"。

李婷、鞠燕被高祥的声音吓了一大跳,都很羞涩地绕过篮球走开了。

裴婧睁着大大的眼睛,停在了篮球前。

"裴婧,快把球给他们踢过去!"李婷朝她喊。

裴婧高兴地向李婷招了招手,然后在空中比画出 OK 的手势,后退几步,就使出全身力气,一脚踢向了篮球。可是这一脚下去,没有踢到篮球,却踢到了坚硬的水泥地面上。顿时,她痛苦地蹲在了地上,双手捂着穿着崭新军用胶鞋的脚尖,疼痛难忍。

李婷和鞠燕赶紧跑了过来。

"没事吧?"心地善良的李婷关切地问。

裴婧头也不抬地挥了挥手,忍着疼痛说了句:"这下是不是很丢脸啊?"

李婷和鞠燕笑笑,便搀扶裴婧站起来。

鞠燕对跑到跟前来的高祥说:"你先去打球吧,我们把她送回宿舍。"

高祥一下来了精神,很严肃地对李婷、鞠燕说:"那不行,你们女同学送她,我不放心。"

"你有病吧？我们三个是同一个宿舍的战友,再说了,这大白天的,我们能干什么呀?"

高祥在一旁嘿嘿直乐,裴婧、鞠燕也笑了,李婷这才意识到自己说错了话。

裴婧对高祥说:"不用送我了,应该没什么事儿,我自己能走回去,你快回去打球吧。"说完,她就一瘸一拐地转身离开。

高祥此时望着裴婧的背影,大声地问道:"哎,同学,你叫什么名字啊？"

"裴婧。"裴婧回过头来笑了笑。

高祥突然跑过来,背起裴婧就往她们的宿舍跑,弄得裴婧十分不好意思。

李婷和鞠燕张口大笑。

高祥背起裴婧刚走几步,裴婧就喊着:"放下我,放下我,我自己能走！"

"不行,我背你回宿舍!"高祥很固执。

裴婧很无奈,只好硬着头皮让他背。

李婷和鞠燕小跑着跟在后面。

高祥气喘吁吁、满头大汗地把裴婧背到宿舍门口,放下后,对李婷、鞠燕说:"我走了,你们陪陪她吧!"然后撩起背心擦擦脸上的汗水。

没过一刻钟,裴婧她们在屋内听到咚咚咚的敲门声。

李婷打开门,一看是高祥,就问:"你怎么又来了？"

高祥递给李婷一个小药袋子:"我到医务室取了一点消炎药,让裴婧服下吧！我对不起她!"

李婷手里拿着消炎药,客气地说:"进来坐坐吧!"

"不了。"高祥转身跑走了。

第二天,高祥在训练场上碰到李婷、鞠燕,问道:"裴同学怎么没有来？她好些没有？"

李婷、鞠燕就意味深长地笑笑说:"劳你关心,好些了！你挺操心的啊！"

又过了两天,高祥看见一瘸一拐的裴婧来教室里上《中国人民解放军纪律条令》课,急忙上前问:"裴婧战友,对不起哈！好些了吗？"

"好多了,再过两天就好了。你别过于自责了!"裴婧说。

站在裴婧身旁的李婷、鞠燕就抿嘴笑笑。接着,李婷学着裴婧的口气说:"你别过于自责了!"

于是,大家就笑了起来。

这一笑,裴婧和高祥反而不好意思起来。

又过了几天,裴婧的脚伤终于痊愈了。在一个星期天早餐时,高祥对裴婧、李婷、鞠燕说:"今天,我们都请假外出吧,一是出去玩玩,二是中午我请你们吃火锅!"

"好哦!说实在话,军训的伙食不错,比我在大学时好多了,但换一下口味也好,我还没有吃过成都的火锅呢!"李婷很高兴。

裴婧不想去:"算了,你们去吧!我想利用星期天大家都休息的时间,请假回家看看奶奶他们,还有可爱的小侄女呢。"

"走吧,婧婧,我们一起去春熙路玩玩吧。我读大学的时候,在一本杂志上看到'城市掘金哪里去,春熙路;品味时尚哪里去,春熙路;打望美女哪里去,春熙路……'说起商业区,成都人绕不过春熙路,正如上海人绕不过南京路,北京人绕不过西单、王府井一样。作为成都最繁华的商业街,春熙路不仅历来是成都人消费玩耍的重要去处,还传承着这座城市独特的文化气质呢。"鞠燕说,"我专门了解过,春熙路被誉为中西部第一商业街、中西部第一商家高地,仅次于香港铜锣湾、上海南京路、北京王府井、台北西门町、武汉江汉路、广州北京路、南京湖南路、郑州德化街、哈尔滨中央大街……"

裴婧调侃道:"燕子,你不愧是四川大学毕业的啊,把我们成都搞得那么清楚。我一个老成都都没有你弄得明白呢。"

"婧婧,你少挖苦我!我这个专业,就是对地理位置感兴趣呢。其实我在成都读了几年大学,也没去好好逛逛这个地方……婧婧,我求你了,我们今天就一起去玩玩吧!你下周回家看看也不迟吧!"鞠燕劝道。

裴婧不好再推辞了,也就点头答应了。

这就是情窦初开的裴婧。

那天,裴婧没怎么打扮,倒是高祥把自己用心收拾了一下,他穿了一件深蓝色的衬衫,整个人显得精神抖擞。李婷当时就想,这世道真的是变了,男人才会为悦己者容,女人是见谁都化妆。

……

一周时间很快过去了,这二十名"学生官"基本上适应了高原的艰苦环境。

星期五的下午快下班时,重机连副连长许林海,怀里抱着一条小黑狗,满头大汗地向医院跑来,后面紧跟着的是李晓明。

"医生,医生,医生在吗?"许林海一进到门诊室,就着急地大声喊了起来。

"我就是医生!"穿着白大褂的李婷从办公桌旁站了起来,对刚跨进门诊室的许林海不悦地说,"你大声嚷什么?有什么事吗?"

许林海见到眼前这个陌生面孔的女医生,问道:"我怎么不认识你?"

"你现在不是认识了吗？我是新兵。你们病了吗？"李婷毫不客气地说。

刚进门来的李晓明说："医生，不是人病了，是狗的腿受伤了。"

"狗？"李婷这时才惊讶地看到身材魁梧的中尉许林海怀里抱着一条黑色的小狗崽，"嘻！一个军人还养狗，说出去也不怕人笑掉大牙！"

许林海面红耳赤地说："不是我养的狗……"

"是我们从格尔木拉运物资回来的路上，快到我们羊湖电站工地的公路上捡的，它的腿受伤了，流了不少血！"李晓明解释道。

"我是治人的，怎么可能治狗呢？"李婷有些不耐烦地说。

"你这个人，怎么没有一点善心呢？"许林海很不友好地说。

"你有善心？一个大老爷们穿着军装抱着一条狗就有善心？"李婷来了情绪。

"你你你……"气得许林海不知说什么好了。

"好了，好了！我这就给你们开处方，你们去注射室吧，就让护士给它包扎一下吧！"李婷很不耐烦了。

许林海抱着小黑狗，从门诊室出来，就往注射室跑，然而一进门，里面却没有人，就对身后的李晓明说："护士可能上厕所去了，你快去喊刚才那女医生来帮帮忙嘛！"

"许副连长，您没有看到她刚才的态度，我去喊她能来吗？我不去！"李晓明不想去。

"你抱着狗，我去'请'那位姑奶奶吧！"许林海说着，将小黑狗交给了李晓明。

此时，小黑狗发出了两声惨叫，大概是李晓明碰着它的伤口了。

许林海又来到门诊室，一脸哀求地对坐在办公桌旁翻着一本烂兮兮的杂志的李婷说："医生，请你帮帮忙吧，护士不在呢！"

李婷便一边合上杂志，一边站了起来。

"哦！1985年第5期的《大众电视》，都是六年前的杂志了。"许林海看了看杂志的封面，封面上除了有杂志名字、出版的时间外，还有一张影视新秀陈肖依的彩色美人头相片。

李婷面无表情地说："在这里也没有电视看，医院订的报纸也就那么一两份《解放军报》《人民武警报》，大家都抢着看，还没轮到我，早已看得稀烂了……所以，现在能有几年前的破烂杂志翻翻，已经是不错了。唉，早知道这里条件这么艰苦，我就不该申请参军来这里工作了。走吧！"

"医生,你走前面吧!"

"我姓李,你叫我李医生!"

"好的,李医生,我们今后出车去拉萨、格尔木拉物资时,我一定给你买些好看的杂志回来哈!"

"现在的人,说得比唱得还好听!"李婷道。

"你别这样嘲笑我。请看我的行动吧,我不是那种说话的巨人,行动的矮子!"

李婷用碘酒给小黑狗已经露出骨头的大腿消毒时,小黑狗在许林海在怀里又是蹬脚又是发出凄凉的"汪汪汪"的惨叫声。

许林海十分心疼,像哄孩子一样地说:"不叫了,不叫了,一会儿就包扎好了!乖,我的小宝贝!"

李婷哈哈大笑起来:"这是你的孩子吗?"

站在一旁的李晓明也嘻嘻地笑了。

"我从小就喜欢狗,狗对人很忠诚、厚道的。我至今还很清楚地记得,1981年10月26日,我穿上新军装,从家里到公社武装部集中的那天早上,我们家那条大白狗把我送了五六公里远,一直把我送到公社。我蹲在地上,用手轻轻地拍打着与我玩耍了四五年的大白狗那肥肥的腰身,说:'大白,大白,我过三年就回来看你啊!你快回去吧!'它当时只是默默地望着我,流着泪,还伸出红红的舌头来,很友好地难舍难分地舔了舔我的脸,又舔了舔我的手。当时我就有一种生离死别的感觉,一时没有忍住,我也流了泪……三年后,我回去探亲时,大白狗在村口见着我的时候,欢天喜地跑到我跟前来,它两只后爪着地,站立起来,用两只前爪扑到我怀里,它那高兴劲儿,就像见到了久别重逢的亲人那样亲热啊!我休假一个月,它天天跟着我脚前脚后蹿,形影不离。晚上,它就睡在我的屋门口,早上我起床后,一开门,它就高兴地扑上来……"许林海说着,眼圈就红了,哽咽着说不下去了。

"后来呢?"李晓明问。

"后来,等我第二次回去探亲时,父亲告诉我,大白狗头年已经老死了。我一听,就伤心地流了泪……唉,不说了,不说了,说起心里难受!我一定要把这条小黑狗培养大!"

李婷一边包扎,一边笑道:"你用词不准,应该是把小黑狗喂养大,而不是培养大!"

"对,对!李医生纠正得对!"许林海勉强地笑笑。

"你的小黑狗包扎好了,你看要不要给它喂点消炎药?"李婷说。

"当然要,当然要!"许林海说。

"好吧!我去开处方,你们去取药吧!我小时候曾经被狗咬过,所以我很怕狗,也讨厌狗……"李婷说。

"是说,刚才看你那态度!"李晓明说。

"我啥态度了?"李婷反问道。

"一朝被蛇咬,十年怕井绳!"许林海说,"李医生,多久换一次药?"

"两三天换一次都是可以的。"

许林海抱着他喜欢的小黑狗和李晓明刚到重机连营区,一些战友看见许林海抱着一条腿包扎着白色纱布的小黑狗回来,都围了上来,嘻嘻哈哈地要抢着跟小狗玩。

"现在还不能让你们抱,小黑狗腿受伤了,今后伤好了,大家都可以玩玩!"许林海说,"今后,大家都要对它好些啊!"

"小黑狗又不是你的儿子,许副连长!"一个老兵开起玩笑来。

"你们要像爱护小弟弟一样爱护它!否则,小心我收拾人!"许林海也玩笑道。

重机连住的是一栋两层砖混结构的小楼:一楼是停放车辆、机械的车库,另有一间车库停着两台大马力的柴油发电机,停放不下的车辆与机械都整齐有序地停放在营区里;二楼是官兵的宿舍,还有会议室、连部、值班室。

羊湖至拉萨 110 千伏输电线路还没架设好之前,重机连楼下的那两台大马力的柴油发电机"功德无量"。每天晚上,它们不知疲倦发出"轰隆,轰隆"的声音。这两台大马力的柴油发电机发出来的电,只能向山下的总队机关、医院,还有与总队机关一墙之隔的十三支队,以及十一支队、十二支队机关和招待所供电。那时的夜晚,山上的所有连队只有用蜡烛照明。输电线路架好后,有时,因为羊湖至拉萨的线路断电,医院抢救病人要做手术,那两台大马力的柴油发电机又"轰隆,轰隆"地响起来……

"李晓明,快去找点烂篷布来,放在我床下,就当作是狗窝,再到炊事班去搞点吃的来喂它!"许林海对身旁的李晓明安排道。

"嗯!"李晓明便去寻找烂篷布去了。

第三天下午,司令部安排重机连一辆车到拉萨拉物资。原来许林海一直都是派一个志愿兵和一个战士去。这一次,他却安排李晓明与他一路去。他的想法很实在,也很真诚,他要实现他的诺言,要给李婷买杂志。

在拉萨办事处装上物资后,许林海叫上李晓明去了一趟新华书店,在新华书店买了《大众电影》《大众电视》《小说月刊》等五本杂志。他手捧着这些崭新的、还飘着油墨香的杂志,心潮澎湃,嘴里不停地哼着电影《甜蜜的事业》的主题歌:"幸福的花儿心中开放,爱情的歌儿随风飘荡,我们的心儿飞向远方,憧憬那美好的革命理想……"

"许副连长,你是不是喜欢上李医生了?"李晓明看了看许林海手里拿着的杂志,又看了看满面春风地哼着歌的许林海,不禁开起了玩笑。

"去,去去!"

"你也没有打听清楚,李医生有对象没有?"

许林海站住了,愣了一下,然后说:"就算她有对象了,我给她承诺的买杂志,还是要买的,大男人应该说话算数、一言九鼎的嘛!"

拉物资的车辆在重机连营区停稳后,许林海对坐在副驾驶位子上的李晓明说:"你到二楼去把小黑狗抱下来,我们去给它换药!"

"嗯。"李晓明下车后,咚咚地朝二楼跑去,待他把小黑狗抱到营区来,手里拿着杂志有些兴奋的许林海已经在营区内转了一圈了。

"走!"许林海对李晓明说。

从重机连到医院只有两三百米的距离,只需几分钟就到了。

许林海到了门诊室门口,看到屋内的李婷正在办公桌上埋头填病历,转头对李晓明说:"我进去,把杂志给了她就出来啊!"

李晓明怀里抱着小黑狗,点了点头。

许林海便轻手轻脚地进了门诊室,将五本杂志咚的一声扔到了李婷胸前的办公桌上。

李婷由于专注地填写病历,听到咚的一声,惊吓得身子颤抖了一下,右手握着笔,猛地抬起头来,一看是许林海,就大声骂道:"你这个死鬼,吓死人了!"

这时,站在墙角的病历柜前,正翻看着病历的裴婧转过头来,看到眼前的这一幕,只是笑了笑:"看不出李医生才来这几天就有人送东西了!"又看了看站在办公桌前,肩上佩戴中尉警衔、面红耳赤的许林海,又说,"还是一个中尉呢!"

许林海刚才从门口看见屋里只有李婷一个人,根本没有看见被右面墙壁挡住了的裴婧。他此时恨不得扇自己几耳光。

"你这人嘛,还算是一个说话算数的人,一下子就给我买了五本呢,让人感动啊!"李婷放下手里的钢笔,双手将杂志捧到眼前,笑嘻嘻地说。

"我、我随便买的,也不知道你喜欢不喜欢?"许林海支支吾吾道,显得很尴尬。

"我喜欢,我喜欢!"李婷爽朗地说。

"我喜欢,我喜欢!"裴婧学着李婷的腔调幽默道。

李婷羞羞答答起来:"裴医生,我喜欢你个头!"

裴婧做了一个鬼脸。

李婷不理裴婧了,就问站在桌旁面红耳赤的许林海:"你来给狗换药?"

"嗯!"

"好,我给开个处方!"李婷说着就趴在桌面上开处方,"你叫什么名字呢?"

"许林海!"

"许林海!"李婷重复了一遍名字,就说,"除了包扎,还给小黑狗开了一些消炎药。"

"好,谢谢李医生!"

"有什么谢的嘛!啊,我给你介绍一下,这位是从华西医科大学招来的高才生,叫裴婧!"李婷给许林海介绍说。

"裴医生好!"

"许中尉好!"

"快去吧!"李婷把开好的处方递给了许林海。

许林海拿着处方走到门外,已等得不耐烦的李晓明神秘地问:"情况如何了?"

"真奇怪,裴医生在屋子里头!"

"裴医生?哪个裴医生?"

"说是从华西医科大学招来的高才生!"

"长得漂亮吗?"

"肯定漂亮啊!"

第十一章

下午 3 点，成都保障基地一间能容纳五六十人的会议室里，座无虚席，一部反映官兵建设羊湖电站英雄事迹的电视专题片《战斗在岗巴拉山上》正在播放。

随着激昂的音乐响起，硕大的长虹牌电视屏幕上出现的画面是：

——犀利的穿山风，像脱缰的野马，在混沌无垠的岗巴拉山上嘶鸣咆哮，褐色的沙尘顷刻之间吞噬掉整个天空，天地之间只剩下一片蒙蒙的昏黄……

——帐篷里，官兵们用床板、桌子堵住门窗，戴上口罩和衣躺在铺上……

——官兵们在风雪中施工：焊接三角铁电杆，抬着沉重的水泥电杆……

——官兵们在工地上，啃着硬邦邦的馒头……

——上千名官兵聚集在岗巴拉山半山坡的工地上，在机械无法通行的地方，手持铁锹挖着土方，推着运渣车，抬着石头，打着炮眼，架着电线，铺着管道，气喘吁吁、生机勃勃地忙碌着……官兵们忙得热火朝天。

一张张生动的面孔，一幅幅震撼人心的画面，屏幕上出现字幕："这里是岗巴拉山，位于西藏山南地区浪卡子县和贡嘎县之间，它南临羊卓雍措，东接冈底斯山，西连喜马拉雅山，横亘在西藏中心，岗巴拉山山口海拔 4998 米，像西藏所有著名的山口一样，有着巨大的玛尼堆，扯着重重叠叠的风马旗（即彩色经幡），在风中呼啦啦地飘扬……部队官兵承担的西藏羊湖抽水蓄能电站是世界上海拔最高（4400 米）、中国水头最高（水位落差 840 米）、引水隧洞最长（5883 米）、施工难度最大的国家'八五'计划期间援藏重点工程的抽水蓄能电站，装机容量 11.25 万千瓦。"

随着画面，一个深情的富有磁性的女中音解说道："广大官兵在世界屋脊挑战生命极限，克服恶劣的自然环境，发扬'特别能吃苦、特别能战斗、特别能忍耐、特别能团结、特别能奉献'的老西藏精神，穿越岗巴拉山腹部建设羊湖电站……羊湖电站上马之初，国家有关部门曾在国内招标，但面对恶劣的自然环境和复杂的地质条件，许多地方施工单位都知难而退。一些西方专家甚至断言：中国人不可能在有'生命禁区'之称的世界屋脊建成这座电站。羊湖电站工程的修建，对于西藏的稳定和发展有着深远的经济意义和政治意义，我们武警水电部队欣然接受了这项光荣而又艰巨的政治任务。1989 年 9 月羊湖复工时，遵照武警水电指挥部'火速进藏,迅速打开羊湖电站施工局面'的指示,受命官兵便从四面八方的水电工地迅速奔赴羊湖电站建设工地。时隔不久,在被称为'天路'的青藏线上,一条挖掘机、推土机、自卸车等大型施工设备和武警水电官兵混编而成的钢铁长龙,碾碎唐古拉山的千年冰雪,迎着寒风,一路浩荡前进……羊湖电站施工作业区大部分在海拔4400多米的岗巴拉山上,据科学测定,这里的大气含氧量仅为海平面的一半,即使人躺着不动,其体力消耗也相当于在内地负重20公斤从事体力劳动的人的体力消耗。刚到羊湖电站工地的官兵都不同程度地出现了呼吸困难、胸闷、头痛、流鼻血、嘴唇干裂等高原反应。但恶劣的自然环境没有吓倒部队官兵,无论是富有经验的领导,还是年轻的战士,都咬紧牙关,没有退缩。1990年2月,对于西藏高原来说还是一个连牛羊都不愿出圈的时节,经过一个漫漫长冬,从印度洋吹来的飓风,掠过喜马拉雅山脉,变得更加严寒。冰天雪地的羊湖边上,朔风呼啸,雪雾弥漫,气温骤然降至零下二三十摄氏度,奇冷笼罩着千山万岭。冰雪令世界屋脊银光闪烁,也使整个大地成了一个'天然冷柜'。但官兵们为早日实现'四通一平',昼夜不停、挥汗如雨地拼命施工……"

电视屏幕上,记者在采访一名满脸稚气的新兵。新兵说:"我们一到羊湖,下了车的第一件事就是搭帐篷,这儿没有漂亮温暖的营房,我们要开垦的是一片处女地,雪原上的风跟狼吼一样,还夹着纷飞的雪沫子,刮在脸上像刀子割一样疼。支撑帐篷的铁杆子在这里也是弱不禁风,东倒西歪,本来就身子软得没一点力气的我也摔倒在地。天色昏暗时分,风似乎累了,停止了呼啸,一座四壁透风的'营房'终于修好了。抱几块山坡上的石头,铺几块木板,再打开背包把被褥一铺,就是一张床。干完了这一切,战友们都像是从战场上打了一场大仗归来,一个个脸色发青,穿着臃肿的棉袄拥进帐篷,嘴里直呼'冷!缺氧!',扑通地一溜倒在了通铺上。夜晚睡在呼呼作响的帐篷里,我就像在一艘永不靠岸的小船上摇荡着。"

记者采访的另一个瘦削的新兵,他面对话筒说:"风还在刮,不是和风;雪又下起来了,却也不是瑞雪。狂风卷着大雪,把刚才搭好的帐篷吹得东倒西歪,连长发给我们的武器是手推车、钢锹和铁锹。连长指着被冰雪覆盖的岗巴拉山,豪迈地对我们这些新兵蛋子说:这就是我们要战斗的地方,看看你们这些愁眉苦脸的熊样,没扛到枪心里不舒服是不是?这里很艰苦是不是?同志们,你们看看这里还点着酥油灯的人,想想中央的决心,你们就会明白,我们在打一场多么有意义的大仗!……顺着他的目光,我们看到了工地上'建设羊湖电站,造福西藏人民'的巨幅标语牌。既然穿上了这身橄榄绿,我们就不能当孬种……"

电视屏幕上的画面是:官兵们在打隧洞,手里的风钻"突突"地响起。打眼、装药、放炮、出渣,每天都是这样周而复始,寒冷和风沙弄得他们睁不开眼睛,手脚冻出了一个又一个血口子,皲裂了,殷红的血就一股一股地往外流,等到下班的时候,手脚已经和手套、袜子粘在一起了。

随着一桩桩感人肺腑的故事,深情的富有磁性的女中音的声音又响起来了:"官兵们回到驻地,已是满天星辰。好想有盆热水泡泡脚,可不小心用劲一扯袜子,连皮带肉撕下一片……也许真的很痛,但他们还没有感觉到就睡到了天亮。第二天又走向繁忙的施工现场……可以毫不夸张地说,在羊湖电站工地,没有哪位军人的嘴唇不是干裂而又呈现乌紫色的,没有哪位官兵的双手不是红肿而又开裂的,没有哪位官兵的呼吸不是急促而又吃力的……"

……

声情并茂、激动人心、感人肺腑的电视专题片《战斗在岗巴拉山上》看完了,人们沉浸在深深的感动之中,他们为官兵的无私奉献的革命精神所感动,不少人在观看电视片时流下了感动的热泪。

在这些观众中有些是部队家属,有的甚至带着小孩来看,更多的观众是昨天和前天部队机关专门派干部去请来部队驻地周围的幼儿园、小学、中学的副园长、园长、副校长和校长。

有个幼儿园园长泣不成声地说:"我没有想到官兵们在高原修电站那么艰苦啊……"

有一位小学校长哽咽地说:"这部电视片,我们要借回去放给学生看,教育他们向武警官兵学习。"

在大家对官兵的赞美之中,秘书徐航陪着石方竹、陆丰走进了会议室,因为刚才在电视上看见过这两位大校,于是大家都站了起来,现场响起了热烈的掌声。

石方竹一边走,一边感慨地对身旁的陆丰说:"人都是有情感的。我不相信我们官兵的事迹,感动不了这些园长、校长!"

"看来石总所要的效果能达到!"陆丰说。

两位大校坐了下来,徐航介绍道:"这位女首长,是我们三总队的总队长、建设羊湖电站的总工程师石方竹同志!"

石方竹站起来,向大家敬了军礼,然后坐下了。

热烈的掌声后,徐航又介绍了陆丰:"这是我们总队的政委陆丰同志。"

人们又一阵掌声后,是石方竹的开场白:"尊敬的各位园长、各位校长,还有军嫂们,大家好!今天请大家来参加这个会议,有两个内容:一是请大家了解我们羊湖电站建设工程的施工情况;二是拜托各位园长和校长一件事情……"

"拜托我们啥子事情呢?"一位校长问身旁的女校长。

"不知道呢?"女校长说。

"下面由我们总队的政委陆丰同志,向大家简单介绍一下羊湖电站建设工程的施工情况。"石方竹说。

陆丰喝了一口茶,清了清嗓子,然后用不到二十分钟的时间,就介绍完了羊湖电站建设工程的施工情况。

石方竹接着说:"刚才,我们陆政委向大家介绍了修建羊湖电站的重要意义,还有施工进展情况,我在这里就不啰唆了。为了羊湖电站的建设工程,党中央、国务院于1985年11月,批文同意我们武警水电羊湖工程指挥部迁入四川省成都市办公。今年(1991年)5月22日,国务院、中央军委批准成立中国人民武警水电三总队。今年7月1日,我们举行了仪式,武警水电三总队正式在羊湖电站工地成立,我们从武警水电一总队、二总队、独立支队等抽调3000多名官兵参加羊湖电站建设。这是一个浩大的工程,也是世界瞩目的工程。这个工程的重大意义,刚才我们的陆政委已经讲得很清楚了。我先说说我们的陆政委吧,为了这项国家'八五'计划的援藏工程,主动申请从北京来到高原参与建设羊湖电站,他的这种精神令我们每一个人都为之感动……"

这时,人们又响起了热烈的掌声。

"谢谢大家的掌声!其实,在我还没有到武警水电三总队来任职之前,已经两次陪着隋将军去了羊湖电站工地。我在羊湖电站工地上了解到,石总每天只睡四五个小时,睁开眼就是工程。她不顾强烈的高原反应,每周都攀上海拔4400米的隧洞工地三四次,常常头晕目眩,呼吸短促。有几次,石总甚至在办公室和厕所里突然晕厥,以至于总队有关部门特别给机关公务员一个交代:在石总办公时,要定时敲门'查房'……"

大家鼓起了长时间的掌声。

"哎呀,给大家的感觉,好像我和陆政委商量好了的,我俩在这里互相表扬,互相吹捧呢!"石方竹喝着茶水,调侃道。

大家哄堂大笑。

石方竹讲道:"我经常对官兵们讲,工地就是战场,施工就是战斗。面对如此高海拔的羊湖电站建设工程的施工,我们在一些施工技术上还得摸着石头过河呢。世界上还没有修建过海拔这么高的电站,我们在技术上遇到不少世界级难题。我是天天提心吊胆,担心工程出事故,担心不能按时完成工期。刚才,大家在片子中有没有看到,我们有个十八岁多的山东籍的新兵,上高原修羊湖电站才七天,就因为患了脑水肿而牺牲了……"说到这里,她心情沉重起来了。

人们满脸凝重地看着眼前这位衣着整洁的女大校,会议室里静悄悄的。

"但是,我们部队战斗在羊湖电站建设工程的不少干部的孩子,入幼儿园、读小学、读初中、读高中的问题都还没有解决,我和陆政委心急如焚。请大家想想,如果我们干部的子女入园、入学的问题都得不到很好的解决的话,我们的干部在高原修建电站能不分心吗?我知道,我们成都是个副省级的单列城市,对进入成都的户口管理要求得非常严格,按有关文件要求,没有户口,孩子们就无法入园、入学,我们部队派人也与当地的派出所联系过多次,但职务没有达到副营职以上的干部,其家属就无法随军。不能随军,就无法办理从农村转入城市户籍。目前,就算随了军,他们也没有住房,现在这些带着孩子来到成都的军嫂,由我们部队出面,在一家工厂租用了一间废旧的大仓库,几十家人住在一起,大家想想她们难不难?我和陆政委已经去看过了。我的回答是难,很难!我们部队成都保障基地的机关大楼、医院、招待所、家属院等正在抓紧施工,用不了几个月时间,这些建筑就该竣工了,然后就有一大批达到随军条件的干部家属陆续进入成都工作、生活……"石方竹喝了一口茶,又道,"今天,我们请各位园长、校长来,就是恳请你们帮我们解决解决这个实际困难,眼看9月份就要到来了,就要开学了……"

一位年龄颇大且秃顶的校长站起来,说:"我已当了十多年的校长了,还有两三年就该退休了,尽管按照相关政策,我们没有义务解决不符合条件的部队干部子女的入学问题,但我不怕上级部门处理我。人心都是肉长的。我刚才看了你们的事迹,很感动,在羊湖打隧洞的几个连队喝水要靠山下送,吃菜半月运一次,煮饭经常煮不熟,条件真的是艰苦啊!石总队长、陆政委请放心吧,我会尽力向政府申请免除你们部队孩子们的建校费。"

石方竹带头鼓了掌,于是大家的掌声又响了起来。

"我代表部队的官兵感谢您了!"石方竹站起来向那位已坐下去的校长深深地鞠了躬。

一位军嫂牵着一个脸蛋红扑扑的十多岁的女孩来到那位校长跟前,眼含热泪地说:"感谢校长的大恩大德啊!"

这突如其来的感人一幕,让在座的人无不动容,潸然泪下。

接着,所有参加会议的园长、校长纷纷表态,愿意热情地接收部队的孩子们入园、入学。

石方竹说:"我首先感谢今天来参加这个会议的各幼儿园的园长、各中小学的校长,感谢你们理解我们部队的难处,为我们部队的干部排忧解难!如果你们有什么困难,趁着今天这个座谈会提出来,我们能解决的,立马安排人解决!"

有两个学校的校长举了手。

石方竹笑道:"女士优先。请那位女校长先讲!"

那位女校长说:"我们学校的电线老化了,能不能请部队的同志帮助我们修一下?"

"这个事情,我们部队能办好。这样吧,我们明天就派几个战士过去,帮助你们检修好!"石方竹说。

"石总办事果然风风火火、雷厉风行,我佩服!"那位女校长夸赞道。

另一个校长反映的也是同一个问题:"我们学校也是电线老化了,需要部队帮忙检修一下。"

"好吧!等那位女校长他们学校的线路检修完,接着就检修你们学校的!所有更换线路的材料费,由我们部队解决!"石方竹表态道。

那位校长很高兴,站了起来,连声说:"谢谢了,谢谢了!"

石方竹向那位校长挥了挥手:"不用客气嘛!咱们军民一家亲嘛!"接着,又对来参加座谈会的军嫂们说,"要不是这次我和陆政委来参加成都勘测设计研究院举办的羊湖电站工程建设的讨论会,平时从西藏回成都的机会真不多。另外,为了解决干部和家属们的后顾之忧,今后我们部队的孩子们的中午饭由部队负责,不收大家一分钱,我们会安排烹调技术好的炊事人员为孩子们做饭。"

军嫂们都开心地笑了,不约而同地鼓起了掌。

石方竹问道:"军嫂们还有什么需要解决的,也抓紧讲出来。"

一个家属说:"石总啊,我想提个意见,你可别和我那口子说是我说的呀。我刚到成都来随军的时候是在市里租的房子,上班也在附近,现在咱们那个正在建设的家属区在郊区,今后离上班的单位远,每天上班路上的时间就要花两三个钟头,特别辛苦,不知道大家跟我的感觉是不是一样?我们想把工作调得离家近一点,这样可以照顾孩子,照顾家里。您知道我们都是从外地来随军的,成都也没有什么熟人,没有亲戚朋友……特别困难,我想是不是可以由总队领导出面帮帮我们的忙,解决解决!唉,行吗?"

石方竹说:"这样吧,我下来安排人统计一下,看看有多少这样的家属需要调动工作的,都报上来,我们核实一下之后,由组织出面解决这个问题,你看怎么样?还有什么意见?"

"没有了。差不多了,该提的都提了,可以了!"另外一个家属说。

石方竹笑道:"有一首歌叫《说句心里话》嘛!嗯,说句那实在话,我也有爱,常思念那个梦中的她……"

大家又笑了起来。

第十二章

从成都回到高原的第二天上午,石方竹正在办公室埋头签阅一大堆文件,办公室的门"咚咚咚"响了三下,并传来了一声:"报告!"

"请进!"石方竹从签阅的文件上,抬起头来。

推门进来的是一个相貌英俊、皮肤有些黝黑、年龄在二十四五岁的中尉。中尉走到石方竹办公桌前,向石方竹敬了一个军礼。

"你是哪个单位的?"

"我是山上十二支队一连的技术员高祥。"

"哦,我记起来了,是今年我们部队招收的'学生官',我看过你们的花名册。请坐吧!"

高祥在靠墙壁的沙发上坐了下来,看着脸像枯树皮般的石方竹。

"小高,找我有什么事吗?"

"石总,我想转业!"高祥望着石方竹。

石方竹笑道:"你才当了几天兵呢?"

高祥沉默不语。

"再说,这个事情,你应该先给你们支队领导报告吧?怎么跑到我这里来了呢?"

"我去找了支队领导,他们说这么大的事情,他们做不了主,只有找石总才行,因为石总是总队的总队长,所以我就只好来找您了!"

"你为什么要转业呢?"

"唉,在高原施工太艰苦了,我受不了。"高祥除了怕高原施工环境的艰苦外,还有一个原因就是两天前,收到大学同学的来信,信上告诉他,分配到城市工作的同学,不仅工作环境优美,而且工资待遇也高……所以他除了怕吃苦外,现代快乐生活的诱惑,动摇了他在部队工作的信心。

"小高呀,这么多官兵都吃得了苦,你就不行?"

"我流鼻血,半夜时常被缺氧逼醒,四肢无力,胸闷、气短……所以,我想转业。"

"歌德曾经说过,没有在长夜里痛哭过的人,不足以谈人生。你作为一个堂堂正正的男人,一个党和国家培养出来的大学生,一个来高原才几天的'学生官',现在就想转业?你如何报答党和国家的培育之恩呢?"石方竹脸上没有了笑意。

"我与石总您不一样,我吃不了这个苦!"高祥说。

"这就是你要想离开部队、离开高原的理由?'不积跬步,无以至千里;不积细流,无以成江海。'《荀子》中的这句话颇具现实意义。而今,每一项伟大的事业都是创业者脚踏实地,一步一个脚印走出来的。"

高祥没有吭气,只是把头低下了。

"我们有一位副总队长是第一批踏上雪域高原的水电兵。这位60年代的优秀大学生,当年眯着眼睛欣赏这块古老的土地时,就发誓:一定要让文明之光洒遍高原,洒遍藏地千家万户。刚来的时候,他和战士们住帐篷,餐风饮雪,硬是将一吨吨建材背上了岗巴拉山的工地上。几年的风霜使他患上了高原性心脏病,每天靠大把的药片维持生命。但这位水电老兵指着面前雄伟的羊湖水电站的图纸,微笑着对大家说:'我们一定会修好电站的。'这里还有一群与男人们并肩战斗的女干部。十三支队装备股股长李秀,这位被战士们唤为'李姐'的女干部,其实只有三十岁。她大学一毕业就走上高原,开过搅拌机,管过机械设备。一天深夜,一台大型挖掘机的油箱被石头砸坏。为不影响施工,她和战友们顶着寒风进行抢修,汗水把迷彩服浸湿了,接着又冻成一副'盔甲',脱都脱不下来。她告诉我们,只要一想到藏族群众纯朴的面容和渴望的眼神,就会感到身上有无穷的力量。"

高祥慢慢地把头抬了起来。

石方竹继续苦口婆心地说道:"很多事情是你坚持之后才能得到的,苦尽甘来才会让你更懂得珍惜。但是你也要明白有些事情是无结果的,努力过就够了,人要拿得起,放得下。没有一帆风顺的人生路,也没有布满荆棘的人生路,有逆境就会有顺境。只有咬咬牙坚持了,才能知道:山重水复疑无路,柳暗花明又一村。你说是不是?小高!"

高祥只是看着石方竹,还是没有说话。

石方竹又说:"'千里之行,始于足下。'小高呀,不管做任何事情,都得从'一'肇始,从'一'起步,进而才能'一而再,再而三',在不断前进中,一步步攀登,迎来'峰高千仞,终可登临'……因为你我都是大学生,我才这么文绉绉地跟你说话!"

高祥终于开口了,脸上毫无表情:"你们总队、十一支队、十二支队机关,还有十三支队官兵为什么就可以住在比我们海拔低800米的山下呢？而且待遇还是一样的？"

"哦，你是为待遇不公而要离开部队？我告诉你吧，假如我记得不错的话，大概在1990年2月23日，我们就在成都召开了羊湖工程施工任务承发包和设计交底会议。这是我们武警水电部队全面贯彻落实国家能源部羊湖工程协调小组第二次会议纪要精神和武警水电指挥部党委文件精神的会议。"

高祥只是看着石方竹。

石方竹说的是实际情况。当时，武警水电羊湖工程指挥所与武警水电的一总队、二总队羊湖工程指挥所、独立支队签订了1990年度羊湖电站施工任务的甲乙方承包合同，通过了羊湖工程承发包和设计交底会议纪要，会议取得了圆满成功，为完成全年预定的六千万元工程和投资奠定了基础。这个会议纪要是建设羊湖电站完成去年任务的基本方针，三个合同是完成任务的保证。通过这次会议，武警水电部队内部真正建立了承包经营管理机制。同时，进一步明确武警水电部队是一支执行政治任务的武装集团，要充分发挥部队军事行动的优势，就必须按部队的组织管理体制进行组织和管理。武警水电羊湖工程指挥所既是电站建设的甲方，要遵守合同，履行甲方职责，全心全意为乙方服务，也是羊湖电站工程各施工部队的组织领导机关。他们希望在实践中走出一条路子，创造出羊湖电站工程甲方管理的经验来。去年，也就是1990年，是羊湖电站建设关键性的一年，部队要确保施工前期准备工作的就绪，基本达到"四通一平"，引水隧洞的各施工支洞必须成型，为主洞施工创造条件……部队任务艰巨，面临的困难很多。

"因为我们有了国家能源部和西藏自治区的亲切关怀和大力支持，有了武警水电指挥部的正确领导，有了成都勘测设计研究院的支持和帮助，我们水电部队发扬了我军光荣的革命传统和无私的奉献精神，才能战胜各种困难，在世界屋脊打好了羊湖电站建设的关键一仗，超额完成了工程任务。"石方竹喝了一口茶，笑道，"小伙子呀，我在给你讲羊湖电站建设的历史呢。"

高祥笑了笑。

"今年7月1日成立了总队，总队照样与各支队签订了羊湖工程施工的承包经营管理的承包责任制。我们部队从1989年9月至1991年5月，不到两年时间就完成了水、电、路、通信'四通'和施工场地平整工程，仅在山上山下及厂区施工道路就建成大约90公里啊！我们还完成了羊湖到拉萨110千伏高压输电线路施工，完成了雅鲁藏布江、羊湖两个供水导流系统建设任务，为羊湖电站的主体工程开工铺平了道路。"石方竹喝了一口茶水,继续说道,"所以呀,你们来高原后,晚上不用再点蜡烛了嘛,各方面的条件都比过去好多了……关于山上与山下的工资待遇,我给你讲一下,我们山下海拔低了 800 米,工资待遇肯定比山上的少,我们是按照高原施工补贴系数发的,我们山下的高原施工补贴系数比山上低得多。你听清楚了吗?"

"听清楚了!"

"我今天上午对你讲了这么多了,你还要离开部队?"

"离开!"高祥态度坚决地说。

"'要是你无法避免,那你的职责就是忍耐。如果你命运里注定需要忍耐,那么说自己不能忍耐就是犯傻。'这是一句至理名言,它告诉我们忍耐的必要性。我给你讲一个小故事吧。一家著名企业招聘推销员时,公司人事经理只粗略地看了一下应聘人员的自荐材料,便说电梯坏了,带着几十个应聘者从一楼往位于三十二楼的办公室爬去。结果,大多数人不是待在一楼等电梯修好,就是走了一半就放弃了。看着坚持到最后的几位应聘者,人事经理宣布:'你们被聘用了。'其他人则全部被淘汰。以爬楼梯来考核一个员工是否有坚持不懈的精神再合适不过了。一个连楼梯都不愿意爬的人,成不了优秀员工,更成不了优秀的推销员。"

高祥好像有所触动。

石方竹又喝了一口茶水后,接着说道:"我们选择了水电建设这一行,就意味着选择了艰苦,选择了奉献,选择了牺牲。活着,要常年与群山与江河做伴;死了也要用热血喂养山魂、河魂……你们连的老技术员宁林,是电力工业部安排来的大学生,刚来高原时,也是因为怕艰苦离队了……后来,他自觉自愿地回到了部队,当时是我们没有照顾好他……唉,雁过留声,人过留名。你比他稍微强一点,在走之前,还来打个招呼!从这一点上看,你通过一两个月的军训,知道部队是纪律严明的。仅凭这一点,就让我很欣慰。"

高祥淡淡地笑了一下。

"当年宁林,一是怕环境艰苦;二是没有军训过,不知道部队的纪律;三是想父母,想对象……你有对象了吗?"

"有。"

"在什么地方工作?"

"就在羊湖电站工地。"

"那你跟她商量了吗?"

"没有。"

"那今天你抓紧去与她商量吧,如果她同意你走,你俩就来找我吧,我们再谈,但到那时,我的态度就没有这么好了!我签完文件,还要准备每周一次在自治区政府召开的羊湖工程协调小组办公室的会议的事。唉,事情千头万绪……好了,小高,今天就谈到这里,你回吧!"

高祥觉得很无趣,只好站了起来。

石方竹一说完,就离开了办公室,去了隔壁徐航的办公室,对徐航说:"徐秘书,你通知各支队:要求支队的司政后领导,以及这些年来到羊湖电站工作的所有大中专毕业的'学生官',还有总队机关、医院的干部,今天下午两点到羊湖边的进水口工地开会。"

高祥从石方竹办公室垂头丧气地走了出来……他从总队机关大门出来,望了望大门左右两边墙上"提高警惕,保卫祖国"斗大的遒劲的红漆标语,而后又站着望了望湛蓝湛蓝的高远天空。今天的天气真好,但他心里是烦躁的,甚至可以说是痛苦的。他想立即去看看分配到十三支队的几个同时参加军训的"学生官"战友,所以,从总队大门出来后,就往左手边的方向走去,但刚走几步,又觉得不妥,万一他们问起,也不好说自己"不想干了",犹豫了一下,他就向后转,经过总队大门口的马路,走了一段路,然后右转,直接向医院方向走去,他要去找裴婧商量。

昨晚值了夜班的李婷,今天休息,她要到距离医院门口还有两三百米的军人服务社去买洗衣粉来洗衣服,刚走出医院的大门几十步路,就远远看到高祥从总队机关围墙边的马路走来,她就笑嘻嘻地站在原地等他。

等高祥低头快要走近她时,她突然嘿的一声,把高祥吓了一大跳,并立即抬起头来。

"你在山上才几天,脸怎么晒得这么黑?"

"哪有你们在山下坐办公室享福呢?你们又没有日晒雨淋的,刮风下雨也都不怕!"

"看你愁眉苦脸的样子,你是去医院看病,还是去看裴婧?"

"我去找婧婧,商量一点事情。"

"商量啥子事情?是商量你们要结婚了?"李婷嘻嘻哈哈地跟他开玩笑。

"去,去去!我心情不好,你别给我开玩笑!"

"好了,好了。我不开玩笑了,你等我一下,我去服务社买包洗衣粉,我陪你去!"李婷说着就朝服务社跑去,迅速地买了一袋洗衣粉,就往回跑,向埋头朝医院走的高祥追去。

　　李婷陪着高祥来到门诊室时,裴婧正在值班。李婷说:"今天太阳好,我要洗衣服,你们聊吧!"便笑嘻嘻地拿着洗衣粉走了。

　　裴婧见到高祥很高兴,又是给他倒茶,又是搬凳子,让他坐:"坐,坐!这阵应该没有人来看病了。"

　　高祥坐下后,说:"好长时间没有见到你了,很想念你!"

　　"我也是一样的,也很想念你呢。你今天是专门来看我的?"裴婧面带羞涩地说。

　　"我到总队机关来办点事,顺便来看看你!"

　　"办什么事?看样子事情没有办成?脸上一点笑容也没有。"

　　"唉!"高祥唉声叹气起来。

　　"有什么事,你就说吧!"看着高祥情绪低落、萎靡不振的样子,裴婧着急地说。

　　高祥咬咬牙,说:"我事先没有跟你商量,是我不对!我想离开部队,这儿太苦了,我不想干了,咱们一块离开这高原吧?"

　　"我才不想离开这里呢。你才到部队几天呀,就想临阵脱逃?嘻嘻……"裴婧不但没有生气,反而还笑了起来。

　　高祥的脸红了,有点痛苦地说:"唉,你的口气怎么有些像石总呢?"

　　裴婧一下子停止了笑容,盯住他说:"她是她,我是我。你去找她了?"

　　"嗯!"

　　"那石总咋说?"

　　"她苦口婆心地跟我讲了半天大道理,但我还是想走,你与我一起走吧!"

　　"刚才给你说过了,我不想离开这里!"

　　高祥一时语塞。

　　"石总没有对你发火?"

　　"没有!"

　　"看来,她对你这个读了五年城市建筑专业的'学生官'还算客气的。"

　　"是吧?"

　　"是啊!我听说她收拾人可厉害了!"

　　"我是实在没有办法,才硬着头皮去找她的,支队领导说,我走的事情只有找石总和陆政委,但陆政委到北京开会去了……石总让我来与你商量。"

　　裴婧说:"她知道我俩的关系了?"

"石总那么大的官,哪能问得那么细哦!她说,如果你也同意我走,让我俩一起去找她谈。"

"那你走什么呢?今年来的二十个'学生官',谁走了?谁没有吃过苦?谁没有受过累?我、李婷,还有鞠燕,我们三个女生还不是经受过强烈的高原反应?我们克服了,我们战胜了!我们还不是充满信心地在努力工作?你一个大男人,这点苦都吃不下,让我怎么瞧得起你呢?"裴婧瞪着杏眼,由于气愤,嗓门也越来越大,医院的走廊里都充满了她的声音。

孙月刚刚接完电话,以为裴婧与病人吵起来了,便到门诊室来看看,当他看到裴婧正对着坐在凳子上的高祥横眉怒目,就问:"裴医生,怎么回事?"

"没有啥,孙院长!"

"没有啥就好!哦,我刚才接到总队徐秘书来的电话通知,今天下午所有干部,尤其是'学生官'一律到羊湖边上的进水口施工工地开会。我顺便通知你一下。"

"孙院长,我今天要值班呢。"裴婧说。

"你还是去开会吧,我会安排其他医生值班的!"孙月刚说。

"好的,我去!谢谢院长了!"裴婧说。

"不用谢!"孙月刚便出了门。

接着,裴婧对耷拉着脑袋,坐在凳子上的高祥吼道:"你走吧!别在这里给我丢人现眼了!"

高祥看也没有看裴婧一眼,耷拉着头走了。

"唉!"裴婧坐在凳子上,双眼愣怔地望着天花板叹息一声。

……

羊湖边的进水口施工工地,是一块官兵平整出来的宽敞工地,工地上堆放着修筑进水隧洞的钢筋、水泥、木材、炸药,还停放着混凝土搅拌机、混凝土运输车、奔驰自卸车、挖掘机、推土机等施工设备。不少战士在远处简易的钢筋棚下,扎着面积硕大的钢筋网格。

载着总队机关干部、支队领导、医院干部以及"学生官"的大小车辆陆陆续续停在宽敞的施工工地上。穿戴整齐的干部们扎着腰带,陆陆续续地下了车。

早已到达进水口施工工地的石方竹,看了看手表,对身旁的参谋长龙大佩说:"还有几分钟就到两点了,你开始整队集合吧!"

龙大佩右手举着手提式扩音器喇叭,洪亮的声音从扩音器喇叭里传了出来:"大家注意了,大家注意了,按总队机关、医院、十一支队、十二支队、十三支队为顺序集合！"

人们议论纷纷："今天是开什么会？""为什么把我们整到羊湖边来？""会议规格不低呀,总队参谋长亲自整队！"

"大家不要闹哄哄的！"龙大佩下达了口令,"立正！向右看齐！向前看！稍息！立正！"

两百多号校官、尉官按照龙大佩下达的口令,排好了整齐有序的队列,个个昂首挺胸,目光平视着前方。

龙大佩弓腰将手提式扩音器喇叭放在地上,站直身体,转身跑步到石方竹跟前,向石方竹行完军礼,声音洪亮地报告道："报告石总队长,部队集合完毕,请您指示！报告人:参谋长龙大佩！"

石方竹向龙大佩还完军礼,指示道："请部队稍息！"

"是！"龙大佩转身跑步到队列前,向部队下达口令,"稍息！"

石方竹跑步到队列前,向队列下达口令道："立正！"接着,向大家行了军礼,然后又下达了口令,"稍息！"

干部们目不转睛地看着眼前的石方竹。

石方竹弯腰从身边拿起扩音器喇叭,讲道："同志们,今天,我把开会的场地安排在这里的主要目的是,请大家来看看羊湖边这些五色经幡飘舞、哈达缠绕着的玛尼堆,还有周围窄窄的公路上的藏族同胞。不少藏族同胞为了心中的信念,他们磕着等身长头,一步步艰难地磕向自己心中的圣地——拉萨的大昭寺……有的藏族同胞衣服都磨烂了,有的藏族同胞忍饥挨饿,不到心中的圣地,誓不罢休……现在,大家可以认真看看！"

这时,干部们纷纷抬起头来,看到羊湖边窄窄的公路上:信徒们一边念六字真言,一边双手合十,高举过头,然后行一步;双手继续合十,移至面前,再行一步;双手合十移至胸前,迈第三步时,双手自胸前移开,上半身与地面平行,掌心朝下俯地,膝盖先着地,然后全身俯地,额头轻叩地面。再站起,重新开始。在此过程中,口与手并用,六字真言诵念之声连续不断。

干部们看了两三分钟眼前的玛尼堆和远方的朝圣者,就把头转向了石方竹。

石方竹的声音又响了起来："刚才你们看到了,藏族同胞磕的等身长头,虔诚之至,令人感叹。他们有着坚定的信仰,目标就是拉萨！我们每个人的生命里都有一个圣地,都有一个榜样或者是偶像。那些无畏的身躯,每时每刻都在告诉我们:心中有信仰,脚下有力量！"

队列里的人们神情肃穆地听着,眼前这个身材不高,并且还很瘦削的女大校、女总队长石方竹洪亮的声音回荡在高高的岗巴拉山上,也回荡在美丽的羊卓雍措上空,震撼着干部们的心!

石方竹洪亮的声音通过扩音器喇叭传出来,是那么撼人心魄,是那么振聋发聩:"我们的信仰,就是心中有一团火,要保质保量完成世界上海拔最高的羊湖电站的建设工程!我石方竹知道,在我们羊湖电站建设工地,如果用一个字来概括:苦!如果用两个字来概括:太苦!那我们就要有一种四不怕的精神。有人说,在高原当兵,垮了身子,误了孩子,苦了妻子,亏了身子。不错,事实就是这样,谁不承认谁就是瞎子!可是,承认了也好,不承认也罢,你们都得给我好好地干。干好了那就是四不怕干部、四不怕战士:不怕垮了身子,不怕误了孩子,不怕苦了妻子,不怕亏了身子!有这种精神的人才称得上英雄好汉,这样的英雄好汉在我们部队大有人在!我石方竹敢拍着胸口说,我就是一个,在场的干部中也有不少,别说四不怕,就是十不怕,我们的肩膀也扛得起。当兵就要当个像样的兵,当个有出息的兵!军人意味着什么?军人意味着奉献!当祖国需要你的时候,作为军人的我们就要毫不犹豫地把自己的一切奉献出来,包括生命!"

龙大佩带头鼓起了掌。

待掌声毕,石方竹又道:"在平凡的工作岗位上履行自己的职责和使命,在人民需要的时候,用血肉之躯去保护人民群众生命财产安全,这就是军人!时刻准备捍卫国家的主权、安全和统一,时刻准备为祖国献出生命和鲜血,去履行神圣的职责,这就是军人!以事业为先,以作为为乐,以成就为荣,忠诚与奉献永远是军人的本色!我们这里虽然没有'车错毂兮短兵接'的惨烈,甚至没有弥漫的硝烟,没有流淌的鲜血,但抗缺氧、耐严寒,眼睁睁地看着自己的青春年华因缺氧而加速'折旧',看着自己的身体健康每况愈下而不改执着的坚守,这些,只有真正的战士才能做到……我没有自吹自擂,我讲一个发生在我自己身上的一个小故事。1990年7月,挪威一驻华参赞来到这里告诫我石方竹:'这里不是逞能的地方,你会死在这里的!'我脱口答道:'我随时准备死在这里,我早想通了,修不好电站我可能因悲愤死在这里,电站修好了我也可能因大喜过望而告别人世。'参赞满怀钦佩:'NO,NO,你不会死在这里的,你的精神本身就说明你是强大的,你不会死在这里!'"

龙大佩又带头鼓起了掌。

石方竹挥了下左手,制止大家鼓掌。待掌声停下后,她又讲道:"军人的光荣是什么?不同的人有不同的理解。对于我们官兵来说,何为光荣?在平凡中坚守,不松懈、不迷失、不抱怨,就是'光荣'。何为伟大?不断地这样重复下去,即使很多时候会觉得枯燥,也要不骄不躁、扎扎实实、脚踏实地,做好这样的事即为'伟大'……有个刚入伍才几天的'学生官'今天上午跑到我办公室来要求转业,说什么怕苦怕死,说什么怕艰苦怕艰巨!我跟他大道理讲完,小道理讲尽,还是不听。还做我的工作,让我放他一马,我的心肠就那么软?别把我看得太好了,我不是一个慈祥的老妈妈,我是世界上海拔最高电站建设工程的总指挥、总工程师,一个承担着修建环境最艰苦、任务最艰巨的电站任务的指挥员。我早向上面立下军令状,要高质量、高速度地完成羊湖电站的建设任务。我对全总队官兵的要求是:我们要时不我待,只争朝夕,不惜代价,拿下工程;我们要不忘记自己铮铮的、庄严的承诺:不完成任务,决不走下岗巴拉山!"

队列里的高祥吓得一身冷汗,差点瘫坐下去了。他特别害怕这时石总队长点他名字。他从小生活在一个富裕的家庭,一路成长起来,没有经过风雨,没有经过痛苦。他大学毕业后,来部队的目的,就是想入个党。他早就听说,部队入党容易些,但是没有想到这羊湖电站的施工工地的海拔这么高,缺氧这么严重,再加上城市现代快乐生活的诱惑……他实在无法忍受了,才去找支队领导,然后去找石方竹……但是,换来眼前这样的结果,不但离开不了这鬼地方,还要承受着这般折磨……他此时想的是自己深爱的裴婧,是否还看得起他呢?他痛苦不已,两行泪水悄悄地从面颊上流了下来。

此时,裴婧虔诚地祈求上帝保佑,不要在这时候点高祥的名字。她现在心里已是五味杂陈了……她想自己今后有时间的话,应该去母亲的办公室看看她了。裴婧现在才知道母亲肩负着党和国家的重任是那么的不易!自己作为她心爱的女儿,不但不给她以支持,而且还像小孩子一样生她的气,憎恨她……唉!自己是多么的渺小,母亲是多么的伟大啊!

石方竹讲得很有激情:"我说一个值得大家学习的人,就是张顺,只有十八岁多的新战士,写了血书主动请缨,来到高原只有七天,就倒在了工地上。他如果不牺牲,也许将来就是一个伟大的诗人……我把我最喜欢的一句话告诉大家,那就是:既然你来到这个世上走一回,就要走得辉煌灿烂!"

大家不约而同地鼓起雷鸣般的掌声。

"刚才队列里有人议论我说:'她石总经常口口声声地跟我们讲要无私奉献,为什么不把自己的子女整到高原上来试试?'这话问得好啊!我的女儿今天就站在你们队列里……"

石方竹话还没有讲完,大家就议论开了:"是谁呀?""我们怎么不知道呢?""石总的女儿长什么样子?"

"长什么样子?就是普通人的样子!"石方竹喊道,"裴婧同志出列,让大家看看你长得像不像我。"

"啊!裴婧怎么是石总的女儿呢?"孙月刚这才想起裴婧和李婷报到后,他去看望她们时的情景来。他也想起,石方竹打电话来让裴婧给她送一两瓶速效救心丸去,裴婧连说三声"我不去"的事来……

"啊!怎么是这样的呢?"更吃惊的是站在队列里的高祥,他万万没有想到,裴婧竟然是石方竹的女儿。他还清楚地记得,在军训期间的那个星期天,他热情地邀请裴婧、李婷、鞠燕去春熙路玩,在去吃火锅的路上,四人聊到自己的家人在干什么职业,只听裴婧说:"我的父母亲就是普通的工人。"

"哎呀!这个裴婧隐藏得这么深,原来还说自己的父母是普通的工人呢?"李婷惊愕地喃喃,"今天才知道她是石总的女儿!"

"哇!这个裴婧,真让我佩服啊!这么低调呢!"鞠燕心中对裴婧充满了深深的敬意。

"连我这个参谋长都蒙在鼓里哩!"龙大佩在心里想。

……

楚楚动人、光彩照人、身高一米六六的裴婧红着脸,微微地低着头走出队列,走到了石方竹跟前。

"裴婧同志,抬起头来,昂首挺胸,要有军人的样子,要有军人的姿态!"石方竹满脸严肃地说。

裴婧抬起头来,立正,向大家行了一个标准的军礼。

徐航在队列里,望着敬军礼的裴婧,惊讶地小声说:"石总的掌上明珠长得好清纯,好甜美迷人哟!"

在人们热烈的掌声中,不少人又议论起来了:"长得有些像石总,没有想到石总的女儿长得真漂亮!""呀,大美女一个,比石总还高出一个头呢!""石总真的伟大,我们不佩服都不行啊!把这么一个如花似玉的姑娘弄到高原来,与我们一起吃苦受罪!"

这时,听到一片赞美之声的裴婧,脸上更加绯红了。她低下了头,想走回队列。

"不忙回队列,裴婧同志抬头挺胸,让大家看看,你的模样像不像我!"石方竹拉了一下裴婧说。

裴婧果真又昂首挺胸,与石方竹并排地站在了一起。

"哦,哦!真像!""嘿,嘿!真有些像!"队列里的气氛又一次活跃起来。

"你回队列吧!"石方竹心疼地轻轻拍拍裴婧的肩,小声地说。

裴婧回到了队列里。她知道母亲轻轻地拍拍她的肩的真正含义,是有一种对不起她的意味,因为是母亲强逼着她上了高原。

"如果谁干得好,只要我女儿同意,就嫁给谁!"石方竹说。

"我要干好!""我要干好!""我要干好!"队列里的气氛更加活跃,大家都争先恐后地说道。

此时的高祥一脸的痛苦状,他恨不得扇自己几耳光。

人们又开始议论纷纷:"石总真是献了终身献子孙啊!""真的让我们佩服得五体投地哩!"

石方竹说道:"在我们水电部队献了终身献子孙的领导很多很多!不值得大家这么夸奖我!别人的孩子能在西藏干,我的孩子为何不能?好了,好了!现在大家听我讲!"

干部们认真地聆听着石方竹的讲话,不时地鼓掌。

"最后,我在这里还要讲讲管理的事情。部队管理出战斗力,企业管理出效益。我作为指挥者始终相信,科学管理出战斗力。企业管理一百多年的发展,产生了无数时尚主题和'秘籍',但基础是'科学管理'。什么是科学管理?我认为,科学管理就是把复杂的事情简单化,把简单的事情可操作化,把可操作的事情可度量化、数字化,把可度量化的事情可考评化——执行需要简单。我们现在搞的是承包制,各支队领导要从细节抓起,要从养成抓起!从目前来看,我们的施工不仅速度快,而且质量也高,希望大家再接再厉!只要我们心中有硬气、攻坚有硬功、成事有硬手,我们就一定能啃下羊湖电站建设工程的硬骨头!"

在人们一阵热烈的掌声后,石方竹征求站在队列前的龙大佩的意见:"龙参谋长,你有没有要讲的?"

"没有了。"

"那你起首歌,让大家唱起来。"

于是,高亢的《基建工程兵之歌》便响了起来:

> 我们是光荣的基建工程兵,
> 毛主席的教导牢牢记心上,
> 阶级斗争我们做先锋,基本建设当闯将。
> 从南方到北方,从内地到边疆,
> 艰苦奋斗,四海为家,

祖国处处摆战场，艰难万险无阻挡。
我们是光荣的基建工程兵，
毛主席的教导牢牢记心上，
劳武结合，能工能战，
以工为主是方向，开矿山，建工厂，
筑公路，架桥梁，开发资源，拦江筑坝，
祖国处处披新装，建设祖国贡献力量……

石方竹在带领官兵们开山修路、平整场地时，无论夜风是多么沁凉，一唱起这首歌，她就会感到整个胸腔都灌满了热风。此时，她神情肃穆，双手叉腰，昂首屹立，两眼久久凝视着羊湖对面那高高的山野。

第二天傍晚，吃过晚饭，正是黄昏时，徐航到军人服务社买了四瓶水果罐头、两瓶麦乳精，用网兜提着朝医院走来。他在医院营区里碰到了孙月刚，问道："孙院长，裴婧住在哪个宿舍？"

孙月刚看到徐航提着一网兜礼品，就笑着打趣道："徐秘书，你是从来都不来我们医院的，今天太阳打西边出来了？"

徐航有点不好意思起来："我来看看裴医生！"

孙月刚说："买这么多东西，我还以为你来看病号呢！"

徐航不能自圆其说，便撒谎道："是石总让我送来的！"

"石总可从来没有这样关心过她的宝贝女儿呀！今天真是太阳打西边出来了！"

"石总忙，所以让我替她来看看嘛！"

"我们的裴医生昨天真是出名了，从进水口施工工地开会回来后，我接到不少官兵打电话来，问裴医生哪天值班，他们要来看看石总的漂亮女儿。昨天都快五点了，陆陆续续来了二十多个官兵都打着来看病的旗号，跑来找裴医生看病，一问都是头痛。裴医生也不发怒，微笑着都给他们每人开了几片索米痛片。我知道昨天下午开会的干部回到连队一说，石总的姑娘有多么多么漂亮……所以这些官兵哪里是来看病的，他们是来看石总的女儿裴医生的！哎，这个裴医生也真是的，我昨天下午才知道她是石总的女儿呢！"

"孙院长，你昨天才知道裴医生是石总的女儿？"

"是啊！裴医生刚来医院报到的那天上午，石总就给我打电话来，叫我让裴医生给她送一两瓶速效救心丸去，裴医生就是不去。我当时觉得很奇怪的。一般人肯定是积极地送去，希望在石总心中留下一个好印象。我今天下午问了裴医生才知道，裴医生在毕业前，被分配到她心仪已久的华西医院当医生，但是，石总硬是把她弄到了高原，所以，她生石总的气了……"

"啊，是这样的！"

"就是啊！今天来找她看病的官兵太多了，她就在我那里找了我几年前刚上羊湖时穿过的一件旧得不能再旧的白大褂穿上，她说把自己变得难看一些，变得丑一些。这个裴医生真有意思！哈哈哈……"孙月刚笑着说，"徐秘书，要不，把你要送裴医生的东西交给我吧，我帮你送给裴医生。"

"算了，我自己送吧！"

"那你可能要等一会儿呢。刚才重机连一位战士在保养车辆时，不小心把手臂砸破了，伤口有十多厘米长，我刚安排裴医生和李婷医生，还有王护士在抢救室给那个战士做缝合手术呢！"

"不麻烦孙院长了，我自己送，我在这里等等吧！"

"好吧！"孙月刚走了。

徐航见孙月刚离开后，就提着东西到医院走廊上，在长木条椅子上坐下来，将东西放在身旁，焦急地等着……

一个小时后，许林海、裴婧、李婷推着已做完手术、躺在平推车上的李晓明从抢救室出来，朝病房走去。

平推车上的李晓明身上盖着被子，由于注射了麻醉药的原因，已经打起了呼噜。李晓明手腕上正输着液，平推车旁紧跟提着输液瓶的王护士。

"裴医生，裴医生！"徐航提着东西从椅子上站起来，边追边喊道。

平推车停了下来，人们转头来看。裴婧仍旧穿着从孙月刚那里找来的那件旧得有些发黑的白大褂，问推着平推车的许林海："我不认识，那位少校是谁？"

"是总队党委的徐秘书徐航。"许林海说。

徐航提着东西追上来。

裴婧问徐航："找我有事？"

许林海瞬间从徐航的举动中看出了他的心思，故意说："徐秘书肯定是关心我们连的受伤战士，才买这么好的慰问品来看望呢！"

徐航的脸刹那间红了起来："不，不。我是来看望裴医生的！"

李婷说："要不，裴婧你留下吧，我与许副连长把病员推进病房就行了。"

"不，走，抓紧送病员回病房！王护士跟紧我们，别把病员手上的输液管扯掉了。"裴婧说。

三人把李晓明推进病房安顿好后,裴婧、李婷就走出了病房,刚走到病房门口,却被徐航拦住了。

"这些东西是送你的,请裴医生收下!"徐航将一网兜东西送到裴婧跟前。

裴婧想了想,不收吧,可能让徐航下不了台,于是便说:"那就谢谢徐秘书了!"她接过了徐航手里的东西。

徐航笑笑:"不用谢,不用谢!"

"李婷,李医生,你不是喜欢喝麦乳精吗?来送你一瓶吧,记住这是徐秘书送你的哈!"说着,裴婧从网兜里拿出一瓶麦乳精递给李婷。

李婷接过一瓶麦乳精,看了看瓶子上的牌子,说:"这麦乳精是质量最好的呢,谢谢徐秘书了!"

"不谢,不谢!"徐航有点尴尬地回答道。

裴婧转身回到病房,将一网兜东西放到李晓明病床旁的床头柜上,对正在给李晓明掖被子的许林海说:"许副连长,这是徐秘书送给病员的,让病员补补身子!"

许林海便跑到病房门口来,笑嘻嘻的,调侃地说:"徐秘书,我代表重机连官兵,还有伤病员李晓明同志,特别感谢总队首长的关心!李晓明醒来后,我第一件事情就是告诉他,徐秘书买这么好的慰问品来看你了,你今后要安心部队工作啊,要用实际行动来报答徐秘书的关怀哩!"

"那是应该的,小事,小事!"徐航更加尴尬了,接着对裴婧说,"裴医生,我陪你散散步吧!"

"谢谢徐秘书了。我今天值班,都忙了一整天了,今天来看病的官兵也特别多,大家都要让我给他们看病,我也搞不懂他们是啥意思,看病时,他们都往我脸上看,好像我脸没有洗干净似的……这两天我值白班挺累的。今晚刚要交班时,重机连的小李又砸伤了,忙到现在,我想回宿舍洗洗,就该休息了。再次谢谢徐秘书了!"说完,便挽着李婷的手臂要走。

徐航只好说:"好的,好的。今后再约!"然后,他悻悻而去。

裴婧、李婷在更衣间换下白大褂,穿上警服出来时,天色已暗了下来。

在回宿舍的路上,李婷开玩笑地对裴婧说:"婧婧,是不是那个徐秘书对你有点意思?"

"唉!也许是吧!但也许他是看重我妈妈手中的权力!如果我没有妈妈那层关系,他能舍得花那么多钱买那么好的东西来看我?婷婷你说呢?"

"那是,那是!现在的不少人都很势利的。我今天倒是沾了你的光了,得到一瓶高级麦乳精呢。"

"哎呀,生活太复杂了,没有大学里那么单纯。"

"我也觉得是你说的那么回事。我有个事情一直没有搞明白,本来昨天晚上就想问你,又看你好像情绪不好,话到嘴边又咽回去了,然后看你趴在桌子上写什么东西,又不好打搅……"

"那你问吧,啥事呢?"

"你为什么在我们军训的时候,说你父母是个普通的工人呢?"

"我妈是我妈,我是我,她就是当了更大的官,也与我无关。我有什么好炫耀,好骄傲的呢?"

"如果不是昨天开那个杀一儆百的会议,我们还蒙在鼓里!今天上午,鞠燕打电话来问我,你们俩现在住一个寝室,为啥都没有听你说一句关于你妈的事?我说,婧婧没有告诉我。她好吃惊啊!她还说,婧婧这鬼丫头,怪怪的,让她请受到蒙蔽的十九个'学生官'吃饭。"

"好,好,今后休假回成都,我请你们吧!"裴婧大笑起来,然后说,"你的那个许林海最近对你如何了?"

"就那样子。你也知道,他给我又买了一些杂志回来……"李婷不好意思再说下去了。

"我知道,他还给你买过两瓶擦脸油和一块手表呢!"

"你怎么知道的?"李婷不好意思地说。

"我有一天晚上值班时,站起来面对窗户伸个懒腰,看许林海来找过你嘛!接着第二天,你就把手表戴上了,是吗?"

"是。当时我不要,觉得一块上海牌手表太贵了,相当于他一个月的工资哩!"李婷不好意思地说。

"这是他送给你的爱情信物。我觉得许林海这个人不错,你看他对他的战士多好啊!像今天晚上,他和一个排长把受了伤的小李送到医院后,他硬是让那个排长回去休息,他自己留下来照顾一个志愿兵。从这一点来说,他是个有责任心的男人……"

"哈哈……你比我观察得还仔细!"

两人笑嘻嘻地回到宿舍,打开灯,然后开始洗脸。

然而,脸还没有洗完,就听到两声咚咚的敲门声。

裴婧对正要去开门的李婷说:"这个徐秘书,脸皮还真厚!如果是他,不要让他进来啊!"

李婷做了一个鬼脸:"遵命!"然后,她便蹑手蹑脚地走到门背后,大声向门外问道:"你是谁?"

"我是高祥!快,快开门嘛!"传来高祥胆怯的声音。

"等一会儿开!"裴婧小声地对李婷说。

裴婧从枕头下面,拿出一个胀鼓鼓的大信封来,交给李婷:"就说我们已经睡觉了,把门开条缝把信递给他,不能让他进来!"

"遵命!"李婷拿上大信封,就要开门,裴婧立马跑到李婷的背后去了。

门开了一条小缝,李婷将信递给了高祥。

"我想进去看看裴婧!"高祥说。

"不行,我们都睡了!"李婷回答道。

站在李婷背后的裴婧伸出手来,使劲把门关上了。

高祥无奈地在门上又敲了两下,屋内没有人回声。他只好拿着信,悻悻地走了。

李婷问裴婧:"你俩这是咋了?"

"没啥。我写封信,你先睡觉吧!"裴婧不想把高祥闹转业的事告诉李婷。

李婷看着裴婧一下子脸上没有了笑容,也就不好多问了。

裴婧坐在桌子旁,打开台灯,铺开信笺,用左手托着脸庞,想了想,便开始写了起来。

尊敬的爸爸:

您好!

我来到高原的时间也不短了,我知道奶奶、您、哥哥和嫂子,还有可爱的小侄女都很想我,但是前段时间我对妈妈把我弄到高原来工作的事情心里有疙瘩,再加上刚到时的高原反应,所以就没有心劲给你们写信了。

昨天下午,我们这些来到高原的"学生官",还有总队机关全体干部、支队领导,在开建不久的羊湖电站进水口施工工地开了一个现场观摩会,妈妈让我们看羊湖边的玛尼堆和公路上磕着等身长头的藏族同胞,因为他们心中有信仰,所以把等身长头磕到了拉萨,妈妈想通过这个会教育我们要安心在高原努力工作……

昨天,看着瘦弱身躯的妈妈,手持电喇叭,向我们大讲着修建羊湖电站的决心……我顿时深深地感受到妈妈作为一个建设羊湖电站的领头羊,率领我们三千多名官兵在这严重缺氧、气候恶劣的世界屋脊修建电站实属不易。听我们医院的孙院长讲,妈妈患有高原性心脏病、风湿病,早在几年前修建羊湖电站时,胃也切除了三分之二,血压也高。但是她一个身高不到一米六,体重不到四十公斤的弱不禁风的女人,为了高质量地按时把羊湖电站建设好,克服了重重困难。我来高原后,听一些来医院看病的干部说(当时他们并不知道我就是石方竹的女儿):"在岗巴拉山,随便搬一块石头都要比石总沉。岗巴拉山的每一块石头最清楚,这里,'最负重量'的就是石总。没有她,羊湖电站能不能复工还要画个问号。"还有一个来看病的干部跟我说,"在羊湖多待一天,生命就短少一天。"妈妈却说:"在羊湖少待一天生命就短少一天。"

岗巴拉山,这里空气含氧量仅为内地的一半,一壶开水烧至70℃便蒸气腾腾。军事医学科学院的一位教授经过实地考察后指出:在羊湖一个人静卧不动,其心肺负担就相当于上海的搬运工在劳作。一位将军对驻藏官兵说:"你们就是躺在这里,也是共和国的功臣。"这些年来,妈妈是在这样的环境里干着事业,她付出的不仅仅是智慧和激情,还有健康和生命。

爸爸,别看妈妈肩上扛着大校的警衔,其实,那警衔是一种职责与责任,这种职责和责任有如泰山之重。我昨天终于明白了,妈妈此生的夙愿就是早日建设好羊湖电站……昨天,我被她的'既然你来到这个世上走一回,就要走得辉煌灿烂'这句话震撼了。正因为如此,我终于理解她了,也从心里敬佩她了,我也为自己来高原后与她赌气而深深地悔恨……

爸爸,在临上高原来的前一个星期天,我从军训队请假回家,大家热热闹闹地吃了一顿午饭,只可惜就差妈妈了。饭后,爸爸对我说:"这些年,你妈自从去了羊湖,就把这个家忘记了,就是到了家门口的成都,也不回家一趟,她总说,工作上忙,忙得脱不开身,连你奶奶也不回来看一眼……想来想去,我准备与你妈离婚!"说实在话,当时我没有吱声,但我的感情是偏向您的……但是现在,我感情的天秤已移向妈妈这一方了。但愿爸爸能理解我!

代我向从小把我带大的奶奶,还有哥哥、嫂子问好,代我亲亲我的小侄女吧!

您的女儿:裴婧

夜色如黛,天空上星星发出微光。高祥打着手电,经过一个多小时,终于沮丧地回到连队。连队的官兵早已入睡了。他便到了食堂,拉亮电灯,坐在一张饭桌旁,从胀鼓鼓的大信封里取出只有两页的信笺,还有一条粉红色的纱巾。这条纱巾是高祥在军训快结束时悄悄送给裴婧的。当时裴婧含情脉脉地收下了。

高祥：

你好！

今天，从现场会回来后，我的思想斗争很激烈。原因是多方面的，我不想在这里多说。

"如果你不能改变自己，你就改变世界；如果你不能改变世界，你就改变自己。"这是英国摇滚乐队"披头士"成员、摇滚音乐家、诗人、社会活动家约翰·温斯顿·列侬说的话，我抄录于你，与你共勉。

我能理解你想离开高原的想法。正如世上没有两片完全相同的树叶，在这个世界上，也没有两个人是完全相同的。遗传学告诉我们，人的基因组是由父亲和母亲各自的二十三条染色体组合而成，这四十六条染色体决定了这个人的遗传基因，每一条染色体中都有许许多多的基因，任何单一基因都足以改变一个人的一生。

我们每一个人都是崭新的、独一无二的。如果我们要独立自主，想发挥自己的特点，只有靠自己。

威廉·詹姆士曾经说过："在失败了之后，我们不仅要重整旗鼓，而且要做三次、四次甚至更多的努力。每个人体内都有巨大的储备力量，除非你懂得并坚持下去，否则它毫无意义。"

不管是在部队，还是在生活中，坚持不懈都是打开成功之门的钥匙。忍耐是思想的提高、能量的积蓄，是无声的奋斗，我们要学会忍耐，在忍耐中锲而不舍地去追求，从而实现自己的理想和人生志向。

《做最好的自己》是美国诗人道格拉斯·马洛奇创作的诗，我很喜欢，一并送你吧，但愿对你有所启示——

如果你不能成为山巅上一棵挺拔的松树，

那么就做一棵山谷中的灌木吧！

但要做一棵溪边最好的灌木。

如果你不能成为一棵参天大树，

那就做一片灌木丛林吧！

如果你不能成为一丛灌木，

何妨就做一棵小草，给道路带来一点生气？

如果你做不了麋鹿，

就做一条小鱼也不错,
但要做湖中最活泼的那一条!
我们不能都做船长,总得有人当船员,
不过每人都得各司其职。
不管是大事还是小事,
我们总得完成分内的工作。
做不了大路,何不做一条羊肠小道?
不能成为太阳,又何妨当颗星星!
成败不在于大小,
只在于你是否已竭尽所能。

战友:裴婧

看完信,高祥既高兴又悲哀。高兴的是,裴婧还没有完全抛弃对他的爱;悲哀的是,他做了傻事,因为吃不了苦,因为经不住城市美好生活的诱惑,就跑去找石总闹什么转业,而且石总还是裴婧的母亲,想想自己真是一个傻瓜。

现在,高祥在食堂里坐立不安,手里攥着粉红色的纱巾暗自垂泪。

宁林起床披着皮大衣出去查哨,看见灯光从被风吹得有些晃动的帐篷窗户射出来。他以为是谁晚饭后没有关灯,便急忙走过去关灯,可是一走进去,却看到高祥坐在一张饭桌旁的凳子上独自流泪,便说:"嘿,高技术员,你怎么在这里呢?我以为你睡了呢!"

高祥听到声音,赶紧把纱巾和信抓起来,放在屁股下面藏了起来,又用手擦了擦脸上的泪水。

宁林走过去,坐在他身旁的凳子上:"晚上天气寒冷,你也不披件大衣。今天晚上,我睡觉时,看见你的被子和大衣已经铺好了,我还以为你去班排玩一会儿,就回来睡了,没想到你在这儿……"

高祥只是默默地看着宁林,没有吭声。

"你哭了,家里出什么事了?"

"没有。"高祥还是没有沉住气,问,"宁技术,我俩都是从大学出来的,你为什么能坚持下来?在现场会议上,总队长还表扬你呢。"

"哈哈哈……石总对我既有表扬,也有批评啊!石总说我痛改前非。'痛改前非'这个词,我的理解是,既褒又贬,悔过自新、改过自新,彻底改正以前所犯的错误。我认为,是人都有犯错误的时候……唉,只要改了就好了。你猜我为什么这把年纪了,还不谈恋爱吗?"

"不知道!"高祥有些好奇地问,"为什么?"

"从某一方面讲,当年就是因为我没有处理好爱情与工作的关系,当然也怕吃苦,所以就离队了……我重回部队后,所谓的山盟海誓的恋爱也吹了……唉!"说着,宁林从衣兜里掏出烟来,吸上,也给高祥发了一支。

高祥不接:"我不会抽烟!"

宁林还是硬塞给他:"来一支吧,看在我给你当师傅的面子上。"

高祥用宁林递过来的防风打火机,把烟点燃后,猛吸了一口,接着就是一阵猛烈地咳嗽。

"你吸慢点吧!"

高祥才慢慢地吸了一口烟。

"你真想听我今后的打算吗?"

"听!"

"我想这些年在羊湖电站施工中,就不找对象了。去年我休假回去,母亲很着急,托人给我介绍了一个女孩,我连面都没有去见!"

"为啥?"

"我想等羊湖电站修好后,如果能活着再找吧!到那时,我的生命已经'折旧'得差不多了。"

"你那么悲观?"

"我不知道是谁说过一句话,'用你的笑容改变世界,别用世界改变你的笑容'。所以,你看我成天乐呵呵的,我有什么值得悲观的?"

"你过去的对象真不爱你了?"

"是啊!她与她单位的人结婚了,小孩子都有了。我与她是大学同学!"

"啊!原来是这样的。宁技术员,你说我在施工中,为什么打不起精神呢?"

"我能理解你的,我也是走过弯路的人。连长也能理解你,知道你来自城市,从小没有吃过苦。现在打隧洞,天天满身土……战士们都咬着牙在干,你才来没有多长时间,心里不要急,慢慢来吧,反正,月连长、苏副连长,还有我,都相信你会干好的。我们干部对你都很爱护,战士们也都很尊重你,都知道你是读了五年专业的大学生呢!"

"反正,我也想干好。今后我有什么问题,你就给我当面指出来吧,我要向你学习,痛改前非!"

两人都笑了。

第十三章

"丁零零……"石方竹办公室的电话响个不停。今天下午,石方竹、陆丰和龙大佩陪着武警水电指挥部的副主任隋德望将军一行四人前往正在建设中的进水口施工工地,还有打隧洞的第十二支队的施工工地视察工程质量了。

石方竹办公室的电话顽强地响了很长时间,正在办公室修改向隋副主任一行汇报材料的徐航,听到隔壁响个不停的电话铃声后,立马跑到石方竹的办公室,接了电话,当他把电话筒放到耳朵旁,传来的是一阵恸哭声,接着是位青年男子的声音:"妈妈,妈妈,奶奶去世了,您抓紧回来吧!"

"喂,喂……我不是石总,我是秘书徐航。"

对方在电话里,停止了哭泣,说:"徐秘书,你好!我是你们总队长的儿子,请转告我妈,让她和妹妹回来一下,奶奶去世了……"

"好的,好的,我一定通知到!"徐航立即放下话筒,回到自己办公室,抓起电话就拨了总机:"喂,总机吗?请你给我转一下十一支队二连。"

总机接话员甜甜的声音传来:"是要山上进水口的施工二连的电话吗?"

"是的。"

电话很快通了,徐航问:"是十一支队二连吗?"

"是的,我是连队的文书,你是哪一位?"

"我是总队徐秘书,问一下,石总陪着北京的将军来视察,还在你们施工的那几个连队吗?"

"报告徐秘书,不在呢,他们坐着一辆面包车刚走。我也不知道他们去哪个施工点视察了。"

"好的,我知道了。"徐航放下电话,焦急地在办公室转了两圈,然后,他抓起电话分别给十一支队、十二支队、十三支队的机关值班室打了电话,要求各支队迅速通知各连队,并告知:"如各单位见了石总,请赶紧告诉石总,我有要事向她报告!"

电话打完后,他端起办公桌上的茶杯,猛喝了两口茶后,想了想,又抓起电话,要了医院孙月刚办公室的电话:"孙院长,我是徐秘书,能不能找裴婧同志接电话?"

"哦,徐秘书好!裴婧昨天晚上值夜班,今天补休!"

"请你抓紧去喊她一下吧!我有要紧事情告诉她……"

"哦,好的。我立马喊她来接电话哈,你别放电话!"孙月刚把电话筒放在办公桌上,对坐在他办公室的沙发上吸烟的后勤部部长徐成强说,"部长,您先坐坐,我去喊裴婧接电话,然后再接着向您汇报工作!"

徐成强夹着烟的右手一挥:"你快去吧,肯定有重要的事情,否则徐秘书怎么可能把电话打到你这里来嘛!"

"裴医生,裴医生!"孙月刚站在营区内向着裴婧的宿舍大声呼喊。

"院长,啥事?"裴婧正在营区边上的铁丝上晾晒衣服。

孙月刚循声望去,看见了裴婧,说:"徐秘书让你接电话!"

裴婧晾着衣服,想起徐航给她送礼物的情景来,心里很不舒服,就说:"我不去接,就说我不在……"

"听徐秘书的声音,好像有什么急事,你接了电话再晾衣服吧!"孙月刚急得眉毛都皱起来了。

"能有什么急事呢!"裴婧把湿乎乎的手在衣服上擦了擦,满脸不高兴的样子,朝孙月刚的办公室慢慢腾腾地走去。她一进门就看见徐成强坐在沙发上吸着烟,立即笑笑,说道:"徐部长好!"

"快点接电话吧,可能有急事找你呢!"

裴婧慢慢地从桌上拿起话筒:"喂!"

电话里传来徐航的声音:"裴医生,石总陪武警水电指挥部来的将军去工地了,我已经分别给支队去了电话,让石总给我来电话,但现在还没有来……"

"有事就说吧!别绕圈子了!"裴婧不耐烦了。

"刚才接到你哥的长途电话,说你奶奶去世了!"徐航说。

"啊!"听到这个消息,对裴婧来说犹如晴天霹雳,愣住了,过了一会儿,才愣怔地放下话筒,接着悲痛欲绝的泪水从细嫩的脸蛋上滚落下来。1986年5月,刚满十八岁的裴婧,高中毕业时报考医学院,这是奶奶的意愿,因为当年爷爷死于无医生的救治……奶奶还告诉裴婧,当医生都在室内工作,雨水淋不着,太阳晒不着……

徐成强看着泪流满面,用牙齿紧紧咬着嘴唇,努力控制着自己情绪的裴婧,问道:"怎么了?裴医生?"

裴婧任凭悲痛的泪水从脸庞流下来,也没有用手擦一下。

"快说吧,出了什么事?"孙月刚也问道。

"我、我奶奶,去世了!"裴婧说着便哭出了声音来,接着就用手擦拭了一下脸上的泪水。

孙月刚看了看裴婧,又看了看徐成强,说:"徐部长,石总曾在会议上反复讲,现在天气好,是施工的黄金季节,任何人不能请假、休假,您说咋办?"

徐成强思考了一下,看了看手腕上的表,站了起来,对裴婧和孙月刚说:"这事我做主了,裴医生,你快点回宿舍收拾一下东西,现在赶到机场还来得及,还能赶上飞成都的最后一班飞机!裴医生就坐我的车去机场。"

"那这样好!"孙月刚说。

"你从老家回来后,就说我当时考虑问题有些急,就让你回去了……免得石总又来收拾我。你也知道你妈的脾气,因为工作压力大,动不动就吼人……"徐成强说。

裴婧十分感激地点了点头:"嗯,我知道了。谢谢徐部长!"

孙月刚说:"裴医生,其他的事你就别管了,你晾晒的衣服,我叫李婷医生帮你收!"

"好的。院长费心了!"

徐成强说:"裴医生,你这会儿就走吧,我给你派车,免得夜长梦多!"

"嗯,我拿上两件换洗衣服就走!"

"你身上有钱没有?我身上还有一些钱,你先拿上吧!"

"徐部长,我自己也有些钱……"

"多带些,回去多替你妈尽尽孝心。她是一个女汉子、女强人,也是一个干起工作来不要命的人!你回去后,在料理奶奶的后事时,多向你们家亲戚解释解释!"徐成强又道。

"嗯,知道了,徐部长!"裴婧向徐成强敬了军礼后,从他手里接过一沓钱,转身回宿舍收拾东西去了。

裴婧收拾完东西,提着行李包,跑步来到徐成强跟前。两人疾步走到机关司机住的宿舍。徐成强安排道:"小张,你抓紧送裴医生到贡嘎机场。"

"是!"小张戴好帽子,正正警服,从宿舍里跑出来,去开车了。

……

快开饭时,石方竹、陆丰、龙大佩等总队领导陪着隋将军一行回到了机关,徐航便匆匆跑到石方竹跟前,说:"石总,您今天为啥不给我回电话呢?"

石方竹说:"连队的干部告诉我了,我当时也忙,就没有顾上给你回电话……你处理得很好,没有告诉大家我家的事情……"

"您怎么知道是您家里的事?"

"昨天晚上,我家人给我来了电话,说可能这一两天老人就要走了,让我回去看上最后一眼,但是隋将军他们来视察工作,我能脱得开身吗?再说,我口口声声地讲,在施工的黄金季节,任何人不能请假、休假……唉,自古忠孝难两全!"石方竹有点哽咽地说。

"原来是这样啊!"

"你也别对大家提起我家的事情了。"

"嗯!"

"你去吧,我洗一下脸,还要和陆政委去招待所接隋将军他们到食堂吃饭!"

石方竹草草地洗了脸,便在办公椅上坐下来,她想把奶奶去世的事情告诉女儿裴婧。裴婧是奶奶一手带大的,感情很深。她拿起电话要了医院值班室。医院的电话通了,对方说:"喂,你找谁?"

"我是石方竹,请帮我找一下你们的裴医生接电话。"

"啊,石总好。我听说裴医生的奶奶去世了,她好像回成都了!"

"啊!"

石方竹放下电话,心情复杂起来,自言自语地说:"这个鬼丫头,等你回来,看我怎么收拾你!"

石方竹深思了一下,又把电话打到了孙月刚那里。她声音很大,带着愤怒:"是你把裴婧放走的?"

"是,是……"孙月刚也不好直说,心里还是有点虚。

石方竹左手拍了两下办公桌面:"你老孙胆子也太大了!"话音一落,便放下电话,看了看手腕上的表,站了起来,走出办公室,与陆丰去招待所接隋将军他们来食堂吃饭。

石方竹、陆丰、龙大佩、徐成强与隋将军一行在同一桌吃饭时,石方竹看到徐成强的目光有些躲避她,她就对挨着她坐着的陆丰说:"陆政委,饭后你陪着隋将军他们到雅鲁藏布江边转转,我找徐部长谈点事!"

陆丰爽朗地说:"好的,你忙你的事吧!"

官兵们吃完饭,早就离开了。待首长们吃完饭,陆丰、龙大佩陪同隋将军他们走出了食堂。

徐成强见石方竹没有离开桌子的意思,他自然也不好走。

"是你放裴婧回成都了?"石方竹开门见山地问。

"是的。我给了她五六天假,让她快去快回……唉,人之常情嘛!"

"什么人之常情？如果是其他官兵,家里遇到这种事,你放他走,我一句话都不会说,但她是我的孩子,我教育其他官兵苦干实干,自己的孩子就可以放松管理？"

"人已经走了,你说咋办吗？你要处理,就处理我吧！"

"我无权处理你,像你这级干部也只有水电指挥部党委才能处理你。我只是说,你好心做了坏事情……"

"我只是做了人之常情的事情,没有做什么坏事情。"

这时,炊事班班长黄群德拿着擦桌布带着炊事人员从伙房出来收拾饭桌,石方竹和徐成强怕他们听到,影响不好,站起来离开了。

裴婧在成都与父亲、哥哥、嫂子办完奶奶的丧事后,买不上成都回拉萨的飞机票,只好着急地等了两天,但依然没有买上机票,她就更加焦急起来,只好坐火车到西宁,然后在西宁转火车到了格尔木。本来,格尔木有个总队羊湖电站工地的办事处,她完全可以在那里住一晚上的,但一下火车,出了火车站,就看见火车站广场上停了一辆长途班车,班车驾驶室上方明亮的玻璃上,粘贴着醒目的红色黑体字"格尔木—拉萨"。

裴婧提着行李包,快要走到车旁时,她发现右手边一个身上穿着花衣服、下身穿着一条肥大的军裤、挺着大肚子的孕妇,有点吃力地提着一个装得胀鼓鼓的行李包,朝着开往拉萨的班车走着。

裴婧便上前问:"你也到拉萨？"

"嗯,我也到拉萨！"孕妇回答道。

"我也到拉萨,来,我帮你提行李包。"裴婧上前从她手里提过行李包。

"这多么不好意思呢。"孕妇感激地说。

"没有啥,举手之劳！你先上车吧,慢点！"裴婧扶着那位孕妇上了车,接着她提着那个行李包上了车。

司机对刚上车的裴婧说:"这么大的行李包,只能放在车下面的行李舱里。"

"好吧。"裴婧又将那个行李包提下车。

司机打开驾驶室,跳下来,就去打开行李舱。

然后,裴婧把那个沉甸甸的行李包和自己的行李包放进去,驾驶员才关好行李舱的门,上到驾驶室。

裴婧一上车,那位孕妇感激不尽,笑嘻嘻地招呼裴婧坐到自己身边。

等长途班车坐满乘客后,车门便关了,售票员开始售票了……

长途班车从火车站广场开出后,又到一个叫河东的加油站加满了油,然后便直接上了青藏公路。

通过交谈,裴婧才得知,这位怀孕的大嫂名叫董仁琴,是从甘肃农村去羊湖电站工地看望她老公的。她的老公叫黄群德,是总队机关的炊事班班长。

"真是太巧了,我就是修建羊湖电站那个部队的,我们可以一路同行啊!"裴婧很惊讶,也很惊喜地说。

董仁琴脸上露出了喜悦的笑容:"哎呀呀,我这就不愁了。我还不知道到了拉萨,怎么到羊湖呢,这下好了,有你这么个好心人同路,我的心就踏实了,你是我的恩人呀!"

"啥子恩人嘛,这是巧遇,也叫缘分。"裴婧也很高兴,说着就从背上的军用挎包里取了一瓶药,拧开瓶盖,倒五片,递给她,说,"嫂子,这是预防高原反应的药,你把它服下吧!"

董仁琴接过药片,喝了口自带的水,把药服下了,说:"你这个妹子真好!"

裴婧也服了点药片,说:"嫂子,你怀孕多长时间了?"

"还差一二十天就该生了。"

"你应该在老家生孩子,不应该跑到高原来生。这里缺氧,可能对生产不利……"

"咳,没有办法,我那死鬼的父母说,家里穷,在部队生活好。所以,狠狠心,咬咬牙,我就跑来了,我都没有让那个死鬼知道。"

"你说的那个死鬼,就是黄班长吗?"

"嗯,他是我男人。"

"我见过黄班长,人很不错,实在、憨厚,听官兵说,饭也做得好!嫂子找了一个好男人呢!"

听着裴婧夸自己的男人,董仁琴笑得满脸的灿烂:"你见过他?"

"我是部队医院的医生,我给他看过两次病。"

"啊,他得了什么病呢?"董仁琴的心提起来了,脸上的笑容也消失了。

"董嫂子,你别紧张,是他在工作中积极肯干,就一点小病,吃了药,休息休息,就好了。"

"哦,哦……"董仁琴这才放下心来。

裴婧从与董仁琴的交谈中得知,黄群德去年底回去休假,今年初才与董仁琴结婚。本来在前年底就该回去结婚的,但部队正忙着"四通一平"的施工,所以为了抢工期,部队就没有让官兵休假。

班车由两个司机轮换着开,加上宽阔平坦的青藏公路,道路好走,所以车速也快。但是,距离唐古拉山还有三四十千米的时候,董仁琴脸色突然惨白起来,呼吸困难,有气无力地呼喊着:"我肚子痛得厉害,我……"

对于这突如其来的情况,裴婧也吓着了,忙呼喊着司机:"师傅,师傅,请开慢点!有人病了!"

司机减了速,靠公路边停了下来。

这时,董仁琴已经说不出来话了,豆大的虚汗从额头冒了出来。

不少乘客都围了过来看热闹。

裴婧着急起来,对司机说:"能不能把车门打开通通风,透透气?"

司机立马把车门打开了。

裴婧把董仁琴扶着横放在座位上,让她平躺着。裴婧又将自己的挎包从肩上取下来当枕头,将董仁琴的头垫了起来。然后,她从衣兜里掏出手绢来,把董仁琴额头上的虚汗擦了擦,接着问司机:"师傅,你们车上有氧气袋吗?"

"没有呀!"

裴婧又问:"你们经常跑青藏线,遇到这种情况,怎么处理的?"

司机吸了一口烟,一筹莫展地说:"我们刚跑青藏线不久,也是第一次遇到这种情况。"

"这里到最近的医院有多远?"裴婧着急地问。

"那只有沱沱河兵站有了。我上一趟跑车时听一个藏族同胞说过,他们那里好像有一两人的医疗点。但我们现在离那里还有几十公里哩!"

"还有多长时间能到?"

司机想了想说:"可能还要三五十分钟吧!"

"那这样吧,我们就到沱沱河兵站吧!你把我俩送到兵站,你们就走吧,我留下来照顾她!"裴婧说。

"好吧!"司机关了车门,发动车,就出发了。

这时,董仁琴也微微地睁开了眼睛,望着站在身旁焦急的裴婧,声音微弱地说:"我好一些了……"

"董嫂子,你吓死我了,这里前不着村后不着店的,你要有个三长两短,咋得了?"说着,裴婧流出了热泪。

"只要没有生命危险就好啊!"一个乘客说。

"妹子莫哭,嫂子没有事哈!"董仁琴对裴婧说。

"你要有事,还得了?"裴婧用手擦拭了一下脸上的泪水,勉强笑了一下。

长途班车从长江源头第一桥的沱沱河大桥驶过,经过500多米的距离,就到达了左手边的沱沱河兵站。兵站是军队沿交通运输线设置的以供应、转运、招待为主的后勤综合保障机构。班车司机在空旷的兵站营区内停下车后,打开了车门。看来兵站今天没有接待来往部队车队的任务。

裴婧把董仁琴扶正坐好,说:"董嫂子,你坐好!我去兵站找找领导,看能不能让你在兵站留下来,输输氧,吃点药,缓解一下你的痛苦!"

董仁琴只是有气无力地点了点头。

裴婧很快地下了车,跑步找到站长办公室,向一位脸色黝黑、皮肤粗糙的中校敬了一个军礼。

那位正在办公桌前翻阅报纸的中校抬起头来,看了看眼前这个长相清纯、甜美迷人、气质不凡,穿着一身时髦衣服的姑娘,笑了笑,操着一口四川话说:"一个老百姓,还能敬这么标准的军礼?我还是第一次看到呢!哈哈……"

"报告首长,我不是老百姓,我是一名中尉军人!"裴婧敬完军礼,从胸口的衣兜里掏出一个黑皮军官证递过去。

那位中校不接,又哈哈地笑了:"就凭你那个标准的军礼,我就相信你是一个合格的军人,不用看证件了。"

"我找兵站站长。"裴婧一边将警官证装进衣兜,一边说。

"找站长?我就是站长。有什么事?"

"我们长途班车上有位军嫂怀着身孕,快临产了,她去西藏羊湖电站建设工地看望丈夫,但是她不知道高原的恶劣情况……"

"羊湖电站?她是不要命了,羊湖的海拔那么高。"站长惊愕地说着,拍了拍办公桌上的《西藏日报》,"我刚才正在看修建羊湖水电站官兵的动人事迹呢,他们发扬'五个特别'的'老西藏精神',还有'羊湖精神',在那么恶劣的高原环境中拼命苦干,令我这个已有二十多年军龄的高原军人感动不已啊!最让我佩服的是那个带领三千多名官兵修建羊湖电站的女总队长,体重还没有我的一半,她一身毛病,我也不知道她为什么有那么大的劲头,也不怕死在高原上。还有个姓月的外号叫'土匪连长'的,因为高寒缺氧,头发与我一样都掉光了,成了'光明顶',还带领官兵在岗巴拉山打隧洞……官兵手脚都生了冻疮,还要施工。他们真的好可怜!这些天,报纸上天天整版整版地刊登修建羊湖电站的军人的事迹,我看得都掉泪啦!"

"不瞒站长说,我就是修羊湖电站的!"

"你一个漂漂亮亮的女孩子,跑到那么高的地方,去修什么羊湖电站?"

"没有办法,是我的老军人母亲把我弄去的……开始我想不开,后来就想开了,也就安心在羊湖电站的工作了。"

"简直浪费人才嘛,凭你这长相、气质,应该是个当演员的材料嘛!"站长开起玩笑来。

裴婧赶紧进入正题:"站长,别那么说,我有几斤几两,我清楚得很。站长,我是今天早上在格尔木火车站巧遇那位怀孕的军嫂的……她现在高原反应厉害,如不及时抢救,可能有生命危险……"

"你就直说,让我帮你做什么? 就叫我老胡吧! 你贵姓?"站长是个直性子。

"哦,我姓裴。胡站长,我听班车上的司机说,你们兵站有个医务室?"

"是呀!"

"我想让这位怀孕的军嫂在你们医务室治疗一下,然后再上羊湖电站,行吗?"

胡站长抓了抓他那光秃秃的"光明顶",一脸的无奈。

"所有医疗费用由我来付!"裴婧以为是兵站要收费。

胡站长说:"我怎么可能收你的费用嘛! 我们兵站今天没有车队来,好不容易空闲下来一天,所以,我们唯一的一个医生,昨天请了一天假,随一个团的车队到格尔木去了,从格尔木到沱沱河400多公里,明天随车队上来,现在家里只有一个今年才学习了点医疗知识,刚刚派上来的卫生员,他只知道拿点感冒药……"

"报告胡站长,我就是一名医生呢!"

胡站长笑了笑:"那就解决问题了啊,漂亮的女中尉同志! 走,我带你到我们简陋的医务室去看看吧!"

裴婧也笑了笑,说:"请胡站长走前面!"

穿过只停了一辆长途班车的空荡荡的宽大营区,胡站长就走到一排营房的一扇门前,敲了敲门。

片刻,一个满脸稚气的新兵模样的战士开了门,看到站长后,问:"站长,您要拿药?"

胡站长挪了挪壮实的身躯,望了望营区内停放的班车,接着指了指身后的裴婧,说:"这位是修羊湖电站部队的女医生,车上有一位怀孕军嫂因为高原反应,需要抢救,你配合一下!"

"是!"新兵向胡站长敬了一个军礼。

"你快去炊事班叫上两个人来,把那位军嫂扶下来,并叫炊事班班长快点做点病号饭送来!"

新兵慌慌忙忙朝炊事班跑去叫人了。

胡站长带着裴婧进了医务室。这是一间只有15平方米左右的房间,靠一面墙壁是一排药柜,药柜里有一些普通的药,靠另外一面墙壁是一张病床,还有一张办公桌、两把椅子、一个天蓝色的氧气钢瓶,屋中间还摆放着一个煤炭燃得正旺的铁皮炉子,屋内温暖如春……

裴婧走到圆柱形的天蓝色氧气钢瓶跟前,问:"胡站长,这氧气瓶里有氧气吗?"

"没有氧气,那不是聋子的耳朵,成了摆设哦!"

两人都笑了起来。

"胡站长挺幽默的啊!"

"前两天才从格尔木拉上来的,怎么没有氧气呢? 在这天高皇帝远的地方,要活出精神头来,就要多笑嘛!"站长说。

裴婧拍了拍直径大约0.22米、高1.5米的氧气钢瓶:"有了这家伙,病人就有救了。"

"在海拔4700米的沱沱河这种地方,氧气对病人来说,就是生命嘛!"胡站长又开起玩笑来。

裴静笑道:"胡站长说得对!"

胡站长又说,沱沱河兵站是青藏线格尔木至拉萨段的第三站,1985年大裁军之前是第五个兵站,是汽车部队上下西藏往返必须经停的食宿接待站。兵站所在的唐古拉山镇,被人们称为"长江源头第一镇",沱沱河大桥被称为"天下长江第一桥"。

军嫂董仁琴很快由两个战士扶了进来,走在后面的卫生员提着董仁琴、裴婧的行李包和军用挎包进来。

长途班车鸣了两声喇叭,转了一个大弯,就开走了。

裴婧追了出去,想向司机道一声"谢谢",但班车车尾的排气管已冒着一股浓浓的黑烟,远去了。待她进到治疗室,董仁琴已被扶到病床上了。

董仁琴脸色苍白、呼吸困难,额头上又冒出来豆大的虚汗,嘴里发出微弱的声音:"裴医生,我好难受啊,头痛得要命,胸口也堵得慌,我可能快不行了……"

"董嫂子,别瞎说。只要有我,你就不会有事,你放心吧!"接着,裴婧对站长说,"谢谢你们了! 这里留下卫生员给我打下手就行了,你们休息吧!"

"好的,有什么需要帮忙的,就叫我老胡一声啊!"胡站长又对炊事班的两名炊事员说,"搞快点,弄点病号饭来!"

胡站长和两个炊事员离开后,裴婧让卫生员关了门,开了灯,自己把氧气给董仁琴输上后,用军用被子给她盖好。

"我好难受啊,我要死了,裴医生……"董仁琴痛苦地叫喊起来。

"一会儿你就会好起来的,别紧张嘛!"裴婧安慰完董仁琴,又对卫生员说,"你们的听诊器呢?快点给我找出来!"

卫生员拉开办公桌的抽屉,取出听诊器,递给裴婧。

裴婧接过听诊器,迅速佩戴上,接着用双手将接胸端摩擦了几下,使其冰冷的接胸端变热乎。然后,她掀开被子,撩起董仁琴的衣服,弯腰用听诊器在董仁琴挺起的大肚子上认真听了听……她帮董仁琴抚平衣服,盖上被子,对流着泪水的董仁琴说:"董嫂子,没有事,吸些氧气,再吃些药就会好起来的。"

只听到董仁琴喘息着嗯了一声。

"卫生员,你快倒点开水晾凉。我们再给她服些抗高原反应的药。"

"好的!"

裴婧取下听诊器,走到药柜前,取出奥默牌蓝养片、复方党参片、高原安、高原康等药片,交到卫生员手里,说:"快让她服下。我再给她输些高渗糖液体。"

但当卫生员端着温开水,让董仁琴服下时,她不愿意服。

裴婧以为她不好意思,便放下输液瓶,跑到病床前,说:"董嫂子,你服了药,会好得快些!"

由于输了氧气,董仁琴已经感到身体好些了,脸色也没有那么苍白了,说:"不吃。吃这么多药,对肚子里的娃娃不好!"

"你服了这些药,你肚子里的孩子健康不会受影响的。这些药主要预防高原反应的。来服下,我来帮你啊!"裴婧说着,让卫生员把药交给她。裴婧将董仁琴的头扶了起来,让她把药服下去,并让她喝了两口温开水。

"谢谢你,妹子!"

"有什么好谢的?"裴婧将董仁琴的头放平后,又给她掖了掖被子,问道,"输上氧,心里好受些了吗?"

"好多了,我要知道到这鬼地方这么难受,我就不来了!"董仁琴淡淡地微笑了一下。

"我再给你输点液,就会好得快些。"

液体刚刚输上,两个炊事员,一人端着一碗热气腾腾的面条进来,连同两双筷子,放在了办公桌上,然后出去了。

"嫂子,我把你扶起来坐着,吃点面条,这样你身体恢复得快些!"

"不想吃!"

"吃点面条,对你肚子里的孩子也有好处的……"

一听说吃了面条对孩子有好处,董仁琴就说:"那吃点吧!"

裴婧扶董仁琴坐了起来,让卫生员把面条端过来。

"你要多吃些,这样对孩子的健康有利啊!"裴婧"骗"她多吃点,董仁琴果真端起碗大口地吃了起来。看得出来,董仁琴对自己肚子里的孩子有多爱啊!这就是人世间的伟大母爱!母爱是人世间最真挚的善良,善良是人世间最美好的东西。

"妹子,你也吃!"看着在自己跟前忙碌的裴婧,董仁琴很是感动。

"你要把两碗面条都吃了,才对得起肚子里的孩子呢!"裴婧又劝她。

董仁琴吃着面条,说:"好吧!"

看着董仁琴认真吃面条的样子,裴婧脑海里突然想起人世间一些有关母爱的故事来。

天渐渐黑了,沱沱河开始刮风,也开始起雾了。

裴婧来到站长室,愁眉苦脸地对刚接完电话的胡站长说:"胡站长好!我有事情向你请教一下!"

胡站长微笑道:"裴医生,看你这么一脸苦恼的样子,有什么事就请讲,不用那么客气嘛!"

"我看那位军嫂可能这一两天要生产了,你能不能帮我联系一辆路过这里的地方车辆?我想早些把那位军嫂送到拉萨的医院……"

"你怎么知道她快生了呢?"

"凭医生的检查和感觉。如果在你们这里生产,因为医疗条件太差,我担心出人命。"

"有那么严重?"

"是的。"

胡站长想了想,又看了看办公桌子上的一个闹钟,说:"这样吧,我们兵站快开饭了,吃了饭,我带你去兵站对面的唐古拉山镇,看看有没有路过的车到拉萨!"

裴婧脸上浮出了笑容。

"走吧,到我们食堂去吃点饭,你也忙碌一阵子了,都还没有吃午饭吧?"

"是的,肚子早就饿得咕咕叫了。我打点饭到医务室去,一边吃饭,一边照顾病人!"

"你安心吃点饭吧,我让卫生员去照顾病人嘛!"

"好吧!谢谢胡站长!"

"你看你看,你又那么客气了!"

吃了晚饭,裴婧又去医务室看了看董仁琴。董仁琴说:"妹子,我的头也不那么胀痛了,气也喘得顺些了,就是肚子有点痛……"

裴婧给她掖了掖被子,说:"嫂子,我知道了。有我,你就不要怕,我会安全地把你送到羊湖,见到你那心爱的黄班长的!"

"一路上你辛苦了,我刚才还在想,这一路上要没有你,我可能就见不到他了!"董仁琴说着,就羞涩地笑笑。

"我和胡站长这时去镇上看看有没有顺路的车,如有,我们立即起身去拉萨。好吗?"

"嗯,谢谢妹子!"

胡站长带着裴婧,从兵站一出来,就直直地穿过公路,向灯光点点的唐古拉山镇走去。胡站长有靓丽美女相伴而行,特别兴奋,一边走一边讲起这个镇的情况:唐古拉镇,是青海省海西蒙古族藏族自治州格尔木市下辖的一个镇,地处格尔木市西南部,是格尔木市的一块飞地。"唐古拉"是藏语,标准读音为"当拉",意为雄鹰不能飞越的山,因唐古拉山高耸入云而得名。唐古拉山镇也是长江源区域的唯一一个行政区划建制镇,号称"万里长江第一镇",为青海省通往西藏的交通要道,青藏公路一〇九国道是青藏高原的重要交通枢纽。通常,过往的地方司机,还有不属于兵站接待的过往部队车辆路过此地,都要在小镇上的饭馆吃饭。

但是,今天晚上,胡站长带着裴婧走完镇上的几个小饭馆,均没有过往车辆前往拉萨,他俩很失望。

因为寒冷和寒风,裴婧将胡站长给她借来的军用皮大衣裹了裹,问道:"这里的海拔高度是多少?今天下午你说了一下,我没有记清楚。"

"这里海拔高度为4700米,年平均气温-4.2℃,常年多西北风和偏北风。有这样两首民谣流传在青藏公路上:'六月雪,七月冰,八月封山九月冬,一年四季刮大风。''到了西大滩,气短腿发软;来到昆仑山,如到鬼门关;过了五道梁,难见爹和娘;爬上唐古拉,伸手把天抓。'"胡站长像说顺口溜一样地说。

"哦,是说这么冷呢!"

"距这里不远处就是长江源头第一桥——沱沱河大桥,你去不去看一下?"

"算了吧,太冷了。"

"走吧,我陪你去看看吧,也许你一辈子就来这一次呢!"

"那好吧!"

"你在这里等着,我去取手电筒来。"说完,胡站长便小跑去兵站宿舍拿来了手电筒。

俩人来到沱沱河大桥的人行道上,就听到了桥下流淌的河水声,胡站长又用电筒光柱照了照水流湍急的河面。

这时,传来"嘀嘀"两声汽车的喇叭声,接着就是一个车队由远及近地驶来。

"胡站长,快把电筒照过来!"裴婧兴奋地大声喊道。

胡站长很快地把电筒的光柱转移到大桥上,裴婧模模糊糊地看到好像是部队车辆的车牌号……她急忙从人行道上跳下来,来到大桥中央,挥舞着双臂,高声喊道:"停车,停车,快停车!"

挂有"后面有车队"的红漆木牌子的第一辆军车急速地停了下来,由于刹车太过迅速,轮胎与桥面发出刺耳的摩擦声。

驾驶员李晓明摇下车窗玻璃,伸出头来,怒气冲冲地吼道:"你找死,你不要命啦?"

在汽车灯光的照耀下,裴婧看到熟悉的车牌号,她不但不生气,反而喜出望外地奔跑到车辆跟前。

"你不要命了? 快让开,后面有车队!"李晓明又怒吼道。

胡站长也跑了到车辆跟前。

后面的车队停下来了,有的驾驶员从车窗伸出头来,对着前面的开道车呼喊:"前面出什么事了吗?""咋回事? 怎么停下来了呢?"

裴婧望着李晓明,由于有雾,再加上心里着急,也没有认出他来,就急忙解释道:"我们有病人,急需送拉萨……"

高原刺骨夜风的呼呼声和沱沱河湍急的流水声,还有汽车引擎的轰鸣声,使车上的李晓明根本听不到裴婧的说话声,也看不清穿着皮大衣的裴婧。

裴婧哀求道:"我们都是军人,我求求你们救救人吧!"

李晓明这才模糊地看到有些像裴婧,然后转头对身旁的许林海说:"好像是裴医生!"

"不可能,裴医生跑到这里来干什么?"坐在副驾驶座位上的许林海打开驾驶室的门,从车上跳了下来,走到裴婧旁边,拍了一下站在车辆跟前的裴婧的肩膀。

裴婧转过身来,面对许林海,又哀求道:"我们都是军人,我求求你们救救人吧!"

许林海借着车灯光柱,终于看清楚裴婧的脸,喜不自禁地大声问道:"你是裴婧,裴医生吗?"

裴婧愣了片刻,简直不相信自己的耳朵,使劲摇了摇头,终于看清了自己跟前这位双肩上佩戴着中尉军衔的警官的面容,急忙双手把皮大衣的领口放下,脸上露出惊喜万分的表情:"许副连长,许副连长,怎么是你们?怎么是你们?"

"我们从格尔木办事处拉钢筋、木材和水泥回羊湖嘛!"许林海说,"今天晚上雾大,尽管有车灯,但刚才在车上真没有看清楚是你裴医生呢!"

李晓明从驾驶室跳下来,赶紧走上前来向裴婧道歉:"裴医生,对不起,我刚才没有看清楚,更没有想到是你呢!"

"没有关系,没有关系的!"裴婧说。

"我听李婷说,你奶奶去世了,你不是回老家去了吗?"许林海问裴婧。

"是的,是的!我从成都回来了。"裴婧激动地说。

"你怎么到这里来了呢?"

"我买了几天飞机票,没有买到,因为急着赶回部队,所以就坐火车到格尔木……"

"啊,是这样的。你要坐我们的车回羊湖?"

站在裴婧不远的胡站长走到裴婧身旁,对许林海说:"一个去羊湖电站工地看望丈夫的军嫂,怀有身孕,高原反应厉害,病了,也快要生产了……"

许林海也是一个急性子,还没有等胡站长把话说完,就迫不及待地问:"谁的老婆?"

"是你们机关灶炊事班黄班长的老婆,你应该认识黄班长吧?"

"咋不认识呢?我们不出车时,天天吃他给我们做的饭呢!"许林海笑笑。

裴婧指着身旁的胡站长介绍道:"这是沱沱河兵站的胡站长,是他帮了我的大忙……"

"谢谢胡站长!"许林海上前,向胡站长行了军礼后,又握了握胡站长的手。

"有啥谢谢的嘛!你们也从来没有到我们兵站住过呢。"胡站长说。

"一是我们想来住,没资格呀;二是石总队长要求我们不能给你们添麻烦嘛!"许林海笑道,"我们这些经常跑青藏线拉施工物资的官兵,今后也许免不了麻烦胡站长你们呢!"

"我们不怕麻烦的哟!"胡站长开起了玩笑,"我在兵站工作了四五年,像今天能见到这么有气质、这么漂亮的裴军医,简直是我的福气,简直是一种享受啊!"

我现在恨不得跟你们去羊湖电站工作呢,我好天天看到可亲可爱的裴军医啊!"

裴婧只是含羞地笑笑。

"裴医生是我们石总的千金呢。"许林海说。

胡站长眼睛睁圆了,愕然地问:"裴军医就是那个《西藏日报》上刊登的石总队长的女儿?"

"是呀!"许林海说,"裴医生没有告诉胡站长?"

"没有呀! 这个裴军医好低调哦!"胡站长又笑嘻嘻地说,"这么漂亮的姑娘跑到那氧气都吃不饱的地方干啥子吗?"

"我们的裴医生可是名牌大学毕业的,是我们石总把她弄到高原的。"许林海说。

"你们的石总也太不近人情了,把这么漂亮的裴医生弄到高原去修电站,简直是浪费人才嘛!凭裴军医这长相也应该是个当明星的材料啊!"胡站长说。

四人哈哈大笑后,许林海说:"裴医生,我看这样吧,我们车队的人到前面的镇子上的小饭馆去吃点饭,今天中午大家在路上只啃了点自带的硬馒头,弟兄们早就饿坏了,日久天长,不少人都得了胃病……你呢,回到兵站帮助黄班长的老婆收拾收拾,多带点她吃的药! 然后,我们吃了饭,就开车过来接你们!"

"好啊,这样好!"裴婧很高兴。

"你们也不休息?"胡站长问。

"哈哈哈……"许林海笑道,"我们是'夜猫子',经常'连轴转'。我们每台车配了两名司机,轮流着开车。从羊湖开工到现在,我们没有在格尔木到拉萨一千二三百公里的路上睡过一晚上觉,工地上需要大量的施工物资,急需用,像今天我们就有二十辆五十铃大货车从我们部队的格尔木办事处拉着水泥,还有木材和钢筋,往羊湖电站工地赶! 就这样我们还忙不过来,西藏交通厅运输公司进口的五十铃,还有西藏工业电力厅运输车队的东风车,也在帮羊湖电站工地拉运物资材料。"

"你们比我们还辛苦哩!"胡站长很感动。

"哎呀,我们都是全心全意为人民服务! 都辛苦,都辛苦!"许林海幽默地笑说着,与裴婧和胡站长分别握了握手,"裴医生,快回去准备吧!"

"好的!"裴婧和胡站长打着手电走了。

许林海上了车,长龙般的车队马达轰鸣的朝着唐古拉山小镇驶去。

……

按照原来跑长途车的老规矩,车队晚上9点从沱沱河出发到拉萨,全程约

750 千米,第二天上午 10 点左右就可到达部队的拉萨办事处,然后官兵们检修车辆,稍作休息,12 点吃过午饭后,2 点出发,再拉着物资到羊湖电站工地,这样就能赶上部队晚上的开饭时间了。

现在,大家刚在小饭馆吃了饭,因为跑长途太累,也没有人说话,只是坐在桌旁吸着烟。许林海看看手腕上的表,此时 8 点多钟,就算大家现在不休息,如果一路顺畅,到达拉萨也要到第二天 9 点左右。于是,他问大家:"我们现在就出发吧,因为黄班长快要生孩子的老婆,也要与我们同行,大家有没有意见?"

大家说:"黄班长平时给我们做饭,比我们还辛苦,我没有意见!""现在出发是对的,时间往前赶吧!""走吧,出发!"

"好!我开车立马去兵站接黄班长的老婆和裴医生,然后立马出发。还是我和李老兵走前面,她们俩就坐我们的车!"许林海说,"你们先休息一下,看到我们的车一出兵站,就跟上来!"

"好!"

许林海的车开进兵站时,裴婧听到载着满车钢筋的五十铃卡车的轰鸣声,便从医务室跑出来,站在门口,向许林海的车招手:"在这里,我们在这里!"

车开到医务室门口停了下来,许林海和李晓明分别跳下了车。

许林海问裴婧:"准备好了吗?"

"好了!"

这时,卫生员把董仁琴和裴婧的行李包,提出来交给了李晓明。

李晓明接过行李包后,就对跟前的许林海说:"许副连长,我去把这些行李放到其他车上,否则我们驾驶室坐不下。"

"你去吧!你放好行李,就在兵站门口等我们吧。"

"好的。"李晓明提着行李包,朝小镇上的车队跑去。

这时,胡站长走过来了,问许林海:"中尉同志,你们还需要我帮忙吗?"

"胡站长,已经给你们添了不少麻烦了……"

"我也算给你们羊湖电站建设做一点贡献了!报纸上报道你们的事迹,让我很是感动啊。"胡站长喜不自禁地开起了玩笑。

"胡站长,如果说我们还需要啥,那就是借给我们两床被子吧,下次我们跑运输过来,还给你们!"

"那还不好说?我让卫生员给你们拿来,还不还都无所谓!"胡站长很爽快。

"还肯定是要还的,请放心吧!我想在我车上驾驶室的后排座上给孕妇把被子铺一床,盖一床,这样孕妇躺着就舒服些。进口五十铃最大的好处是驾驶室大,有个后排座,我想设计者是想司机跑长途时,有一个司机可以在后排座睡觉吧!否则,我们也拉不了孕妇的。"许林海说。

这时,裴婧搀扶着董仁琴走了出来。董仁琴经过治疗,身体已经基本上恢复了,由于医务室有烧着煤炭的铁皮炉子,屋内温度在二十度左右,所以她脸上红扑扑的。

"卫生员,你抓紧抱两床被子来!"胡站长喊道。

片刻,卫生员把两床被子抱来了。许林海上前接过被子,扔进驾驶室,自己就爬进驾驶室的后排座,将一床被子铺好后,跳下车,对胡站长说:"能不能再借一个枕头?"

"卫生员,快去拿个枕头来。"

卫生员反身回去,又拿来一个枕头,递给许林海。

许林海手里拿着枕头,对裴婧说:"来吧,我俩把黄班长的老婆扶上车吧!"

董仁琴在裴婧和许林海的搀扶下,艰难地上了车。

裴婧上车后,让董仁琴躺在后排座上,并给她枕上枕头,盖好被子,说:"嫂子,这一路你要坚持住,明天上午就到拉萨了,我还给你带了不少药呢!有我,你什么都不要怕!"

"嗯。妹子,嫂子听你的。真不好意思,麻烦这么多好心人!"

"别这么说,我不是说过了吗?我碰到你,也是一种缘分。啊,我给你介绍一下,我身边这位是重机连的许副连长,他认识黄班长,他在部队顿顿吃的饭都是黄班长做的。"

"黄班长夫人放心吧,我会安全把你送到羊湖,交给黄班长的。"从年龄看,自己都比黄群德、董仁琴大几岁,既不能称嫂子,也不好意思喊妹子,许林海只好称董仁琴"黄班长夫人"了。

董仁琴笑得很甜蜜,说:"谢谢许副连长!"

"不谢!我们出发了!"

说完,许林海和裴婧便向站在车旁的胡站长和卫生员挥了挥手说:"再见!再见!"

胡站长也挥了挥手:"祝你们平安!"

由许林海带领的拉运施工物资的长龙般的五十铃卡车车队射出的一束束明亮的灯光,映亮了高原寂静的夜空,在青藏公路上,朝着拉萨,朝着羊湖方向奔驰着……

刚开始的六七个小时,董仁琴在车上好好地睡了一觉,当她醒了后,裴婧又给她服了一次药,让她好好休息,她只是答应道:"嗯。"

"你好了,我们就放心了。"坐在驾驶室前排中间位子的裴婧对后排座位上躺着的董仁琴说。

这时,由许林海带队的车队靠公路边停了下来。他跳下车,等待其他车辆在路边停好后,他面对车队吹了两声口哨,然后大声下达了口令:"大家下来休息一下,该解手的解手,该抽烟的抽烟,大家休息十分钟,咱们再出发!"

坐在裴婧右手边的李晓明问裴婧:"裴医生解手吗?"

"不解。"裴婧有些不好意思起来。她是第一次感受到重机连官兵的辛苦。她想,在羊湖建设电站,无论是打隧洞,还是建厂房、修进水口的官兵们,人人都是英雄好汉。

"我们跑长途运输的都是这样,晚上在公路边就把小手解了,谁也看不见。"李晓明嘿嘿地笑了,自己开门下了车,然后又关上了车门。

凌晨三四点钟的高原,天气寒冷,晨雾朦胧,车辆的马达声清脆而又悠远。

"裴医生,你还是下车来呼吸一下新鲜空气,顺便也解解手吧,我们才跑了一半的路程,到拉萨还要六七个小时呢。"许林海扶着驾驶室的门对裴婧说。

"好的!"裴婧跳下了驾驶室,然后关上了车门,"空气是新鲜,就是太冷了。"

"高原嘛,就是这样的。我们长年累月都是这样过来的。"许林海说。

"我不跟你们走这一趟,还不清楚你们这样辛苦哩!"裴婧说。

"是啊。我今后去找你妈,向石总申请一个随队医生啊!你今后就天天跟我们跑吧!"许林海玩笑道。

"她肯定不可能批准的。说实在话,你们重机连,人人都是人才,人人都是多面手,人人都能驾驶各种机械和车辆!我倒是很佩服的!"

"你要佩服,就佩服咱们在山上打隧洞的官兵吧,他们是我们部队最最最辛苦的人!他们每天在见不到阳光的隧洞里,如遇上塌方,随时都有生命危险……唉,我们跑车的,还能见见外面的世界……重机连人人都很珍惜在这个连队的荣誉……所以,连长和我就好当多了……裴医生,我们重机连有七十多人,有载重60吨、40吨、20吨的吊车各一辆,有40吨、20吨的平板拖车各一辆。载重15吨的奔驰工程车有二十辆,载重8吨进口五十铃运输车有二十多辆,同时我们还有装载机、推土机和挖掘机。从格尔木到羊湖电站工地的运输,一般说来,我们只负责大件和重要物资的运输,一般物资由地方运输。像这次运输的是施工急需的物资,地方的车辆运不过来,所以我们才来跑几趟……这些施工物资都是从内地购买的,通过火车运到格尔木……"许林海滔滔不绝地说,"我们连就是一块砖,在总队司令部的指引下,哪里需要就往哪里搬嘛!"

一提起打隧洞的官兵,裴婧就情不自禁地想到了在打隧洞中搞技术工作的高祥来,说实在话,她还是有些想他。在她的心里,除非他能改变,能变成顶天立地的硬汉……否则,她的母亲是不会同意他俩的婚恋的,好在上帝保佑,她的母亲还不知道高祥是她的对象呢。如果真正按照爱情的标准来衡量的话,裴婧这个情窦初开的姑娘真还说不清楚什么是爱情。在大学期间,她只是一门心思地学习医学知识,今后好去与大学只隔了一条公路的华西医院工作。她不仅学业有成,而且气质不凡……当年除了好好读书,她没有正眼看过其他男生。在她来到人世间的二十多年中,除了与父亲和哥哥近距离接触的异性外,就只有高祥。尤其那次军训时,在篮球场边,她因为踢球脚受了伤,高祥把她往宿舍背的那一刻,她的心怦怦直跳,心中就升腾起了对爱情的渴望……后来,经过接触,她觉得高祥不仅人长得英俊,而且开朗、大方、正派……

"裴医生,你发什么呆?"在车灯的照射下,许林海问两眼盯着远方的裴婧。

裴婧回过神来,因为一路顺利,又成功地将黄班长的妻子安排好了,心情很畅快,思维也敏捷,便把话题转向对方,笑道:"我在想李婷和你的事呢!"

"我和她八字还没有一撇呢。"许林海有些不好意思起来。

"男大当婚,女大当嫁!许副连长有什么害羞的?那你为什么送婷婷这么贵重的上海牌手表呢!"裴婧笑笑。

"这个死丫头,怎么什么都给你说呢?"许林海笑眯眯地说。

"你喂养的那条小黑狗长得好快呀?"

"有一二十公斤重了,我们连都叫它'大黑'。我一出车,文书就帮我养着,全连官兵都喜欢它。狗通人性,对人忠诚,我喜欢它!"

"哈哈哈……不止全连官兵喜欢它,还有一个人也喜欢它的。"

"谁?"

"还用我说吗?婷婷嘛!"

"你,裴医生怎么知道的?"

"我暗中观察过,只要我一值夜班,你们好像有暗号似的,你准保带着大黑去宿舍看婷婷,你敢不承认?"

"我只去过两次。"

"啊!婷婷小时候被狗咬过,很害怕狗的,现在只因为喜欢你,她也喜欢你的狗了!嘿嘿嘿……"裴婧笑容可掬地说。

许林海脸上发热。

裴婧却笑个不停。

"好了,时间到了,快上车吧!"许林海吹了两声哨子,面向车队喊道,"上车了,上车了! 早上雾气大,路面滑,大家保持车距,注意安全! 出发!"

许林海借着车的灯光,看着人们纷纷上了车后,他才上车,这时,他才发现李晓明坐在主驾驶位子上了。

"我在车上眯瞪过了,也不困了,你都开了几个小时了,我来开吧。"李晓明双手握着方向盘,左脚踩着离合踏板说。

"你一定要安心开,要是出一点点闪失,石总肯定要收拾你,不仅开除你小子的军籍,而且连我一个小小的副连长也是要遭收拾的啊!"许林海幽默地说。

大家笑了。

"我知道了!"李晓明大笑起来,"帮我把车门关上。"

许林海关上车门后,绕过车头,准备从副驾驶旁边上车时,发现站在车门边的裴婧笑弯了腰。他上前拉开车门,说:"裴医生,有什么好笑的嘛,抓紧上车吧,还是你坐中间,中间位子暖和些!"

"我知道暖和,你先上嘛! 你坐中间。"裴婧不上车。

"我命令你坐中间!"许海林玩笑后,又严肃起来,"别耽误时间,我们好早点到拉萨!"

裴婧没有再固执了,便上了车,坐在了中间位子。

许林海上车后,对李晓明说:"走!"

车队疾驶在青藏公路上……

裴婧问董仁琴:"嫂子,你现在感觉如何?"

"谢谢妹子,我感觉还行!"

裴婧觉得这个身体结实的董仁琴,真算是很坚强的了。为了生孩子时有丈夫的陪伴,对高原没有一点概念的农村妇女,竟然不远千里,从甘肃一口气跑到羊湖电站来,她也是万般无奈啊! 一般挺着大肚子的女人是经受不了这么大的折腾的……裴婧知道,董仁琴表面说"还行",其实她经受了很大的痛苦,只是她不想给别人添麻烦而已。

夜深人静,公路上没有来往的车辆,这对深夜跑长途的车队来说是件好事,但是对夜以继日、昼夜兼程的官兵来说,却不是一件容易的事情。几个月前,他们在风火山遇到大雪封山,既不能前进,更不能掉头回去,前不着村,后不着店。零下二十多摄氏度,大家在路上堵了两天一夜,都饿得不行。后来,李晓明在驾驶室的工具箱里找出来五个冻得硬邦邦的馒头,二十个人都舍不得吃,你传我,我传你,最后,许林海命令四个人吃一个,大家拿着馒头,到发动机上烤软,每人就着雪,吃了下去……他们中不少人患了胃病、痔疮,还有各种高原疾病,但是他们靠着顽强拼搏的精神,靠着"建不好羊湖,决不走下岗巴拉山"的坚强不屈的信念硬撑着……

车队以每小时60多千米的速度前进着。但是,车队快到羊八井时,董仁琴却突然叫喊起来:"裴医生,我肚子有些疼了。"

"董嫂子,我知道了!我坐到你身旁来!"

李晓明认真地开着,听到裴婧这么一说,觉得事情有点严重,便说:"裴医生,你推醒一下许副连长吧。"

裴婧便用右手推了推睡得正香的许林海,说:"许副连长,你醒醒!"

许林海眯着眼睛,嘴里有些含糊地问:"啥子事吗?"

"孕妇出现情况了!"

"情况?"许林海一惊,完全醒了,睁大眼睛问,"那怎么办?"

"把车停一下,我去后排座,看看情况再说!"

"李晓明慢慢把车靠路边停下来。"

车停了下来。许林海跳下车,掀开座椅,让裴婧到了后排座。

许林海哈欠连天,一上车,关了车门,就对李晓明说:"走!"

车又启动了。

坐在后排的裴婧,给董仁琴仔细地检查了身体状况。

"裴医生,我肚子好疼哦!"

"好了,我知道了。"裴婧一说完,转过头对又开始睡觉的许林海说,"许副连长,我原想到达羊湖后,就安排董嫂子住我们医院,但现在看来不行了,应该直接去自治区医院……"

许林海没有了睡意,一下子紧张起来,问李晓明:"现在我们到什么地方了?"

"快到羊八井了!"李晓明一边认真驾驶着车,一边回答说。

许林海想了想说:"裴医生,从羊八井到拉萨,全程90多公里,照现在这个速度,也要一个半小时左右才能到我们拉萨的办事处。"

"能不能快点?"裴婧握着董仁琴的一只手说。

许林海看了看表:"现在7点多钟。裴医生,看能不能这样,李晓明下车,去通知后面车队按我们正常的速度行驶,我来开车,加快速度,能在一个小时左右到达办事处,然后在办事处换一辆小车,送黄班长夫人到自治区医院!"

"只要能提前到达拉萨,赶紧把董嫂子送进医院就好!"裴婧说。

"好吧,这就定了。李晓明停车,然后你坐后面的车。"许林海果断地说。

李晓明缓缓地将车停放在公路边,打开车门跳下车,然后关了车门,说:"你们赶紧走!"

许林海从自己坐的位子,挪动到了驾驶员的位子后,对后排座的裴婧说:"你们要坐好啊。现在速度就要比刚才要快一倍了。"

"好,我们坐好了。"

许林海驾驶着五十铃卡车,风驰电掣地行驶在已有少量车辆来往的公路上……

可是,刚刚走了一段路程,董仁琴又大喊大叫起来:"裴医生,妹子呀,我肚子疼得要命!"

裴婧的右手握着董仁琴的左手,也很着急地安慰道:"嫂子,你要坚持住!你要坚持住!"

董仁琴只是嗯了一声。

许林海一边聚精会神地开着车,一边打开驾驶室的顶灯。

这时,裴婧借着灯光,才看见董仁琴的额头上已经有不少虚汗,面色苍白。裴婧知道,董仁琴已经很难受了,只是她觉得怕给别人添麻烦,才死死地咬紧牙关,不吭声的。

裴婧有些着急,想了片刻,以征求的口吻说:"许副连长,我想了想,你的车能不能直接去医院呢?这样可使病人早些住上医院。"

"车在拉萨街上,可能要被交警挡下来,也要受处罚的!"

"这样吧,如果被交警拦下,我去向交警说说,救人要紧!"

"好吧!我试试!"

载着钢筋的车行驶在拉萨市市中心的道路上,果真被交警挡了下来。交警打了停车手势,许林海缓缓地将车停了下来。

交警向驾驶室里的许林海敬了礼。

许林海打开车门,跳下驾驶室,从胸前的警服衣兜里,掏出驾驶证和行驶证,恭恭敬敬地递到交警手中,说:"我们车上有个快生孩子的女同志,要抓紧送医院……"

这时,裴婧已经站到了许林海的身旁,向交警行了军礼,并递上警官证:"交警同志,我们是修羊湖电站的,我是一名军医,车上的病人快要分娩了,我们为了救人,才通过市中心的!求求你高抬贵手吧,让我们通行一下!"

交警看了一下证件,又抬头看了看两人焦急的表情,将证件分别交给许林海、裴婧后,立马取下腰间别着的对讲机,声音洪亮地说道:"前方各路口的交警注意了:修羊湖电站的一辆拉载钢筋五十铃的卡车上,有一位危重病人急需要到自治区人民医院抢救,请一路放行!"

"知道了!""明白!"对讲机里立即传来了回复。

许林海、裴婧很感动,双双举起右手,向眼前这位给他们解除燃眉之急的交警致敬!

一路畅通无阻,车很快到达了自治区人民医院。已经快要支撑不下去的董仁琴,很快住进了重症抢救室。

在医院的走廊上,裴婧让许林海开车回办事处。许林海说:"我等黄班长的夫人有了检查结果后再说。"

"你回办事处休息一下吧,我看你特别累!"

"不用,不用,我们都习惯了,跑长途都是这样的。一路上,你裴医生比我们还操心,应该比我们累。你就坐在这走道上的椅子上眯一下吧!"

"我哪睡得着呢!幸亏碰着你们了,否则,后果不堪设想。"

"世上的事情就是这么巧嘛!"

于是,两人都疲惫地坐下来,等医生的检查结果。

"谁是董仁琴的家属,谁是董仁琴的家属?"从重症抢救室出来一个身着白大褂的护士,站在门外,手持一张缴费通知单,喊道。

"我是!"裴婧站了起来走过去。

护士将手中的缴费通知单交给裴婧,说:"快去缴费吧!"

"嗯。董仁琴病情如何了?"裴婧接过缴费通知单,问道。

"可能这一两天就要生产了!幸亏病人送得及时,否则……现在,已经给她输上液,输上氧了。快去交费吧!"说完,便开门进了重症抢救室。

这时,许林海快步走到裴婧跟前,从她手中夺过缴费通知单,说:"我去交费,你坐在椅子上等我吧!"

"我身上有钱,我去交……"

还没有等裴婧说完,许林海已经转身跑步朝着缴费窗口方向去了。然而,还没一会儿,裴婧看到许林海拿着缴费通知单又跑回来了,她立即从椅子上站了起来问:"咋的了?"

"我身上的钱不够,你借给我两百元吧!"

"算了,我去交!"

187

"我去！你快借给我两百嘛！"

裴婧从衣兜里掏出来两百元钱，交给许林海。

许林海拿着钱，又朝着缴费窗口跑去。

缴完住院费用，许林海和裴婧去敲开了重症抢救室的门，刚才那位护士打开门，接过缴费单后，说："今天你们没有事了，可以回去休息一下，晚上再来吧！"然后，关了重症抢救室的门。

"这样吧，裴医生，你在这里等我，我这会儿把车开回办事处停下后，立即赶回来，然后咱们去吃饭。你第一次来拉萨，我顺便带你去拉萨转转！"

"好吧！我在这里眯会儿！"

许林海走了。

裴婧坐在医院走廊上的椅子上，头靠在墙上，不一会儿就睡着了……

办事处离医院有2000米左右。许林海将车开去停在办事处大院时，还没有见车队回来。他下车关好车门后，很想去找办事处的驾驶员，送他去医院，但见只有炊事人员在做饭，其他人还在睡觉，也不想去找主任叫驾驶员了，自己便朝拉萨市内跑去……

刚跑了两分多钟，一辆小车从背后开来，许林海转过身来，招了招手，小车停了下来，司机摇下玻璃，问道："啥事？"

"能不能捎我一程？我到自治区人民医院。"

司机很爽快地说："上车吧！"

许林海坐上车，关了门。

司机开车前进了，说："我看你穿一身橄榄绿，就很亲切。我也当过武警，是志愿兵，去年转业，被安排到自治区政府给领导开车。我这会儿开车去接领导上班。"

许林海笑笑："战友好！我是修羊湖电站的水电兵！我们一个军嫂住院……"

"修羊湖的水电部队不得了，很苦的，我从报纸上看了你们的事迹，前一段时间，我们的领导还去羊湖电站建设工地慰问过呢，也是我开车去的，你们真的很辛苦啊！我们的领导说，在这样艰苦的地方修电站，只有你们这些军人才拿得下来！"

只有几分钟，小车便到了医院外的公路边，许林海从车上下来，连声说："谢谢，谢谢战友了！"

那司机从驾驶室的窗口伸出手来，挥了挥手："不客气，你快去吧！"然后，车子启动,加速开走了。

许林海感激地向司机挥舞了手,便朝医院的重症抢救室跑去。他跑到走廊上,看到坐在椅子上的裴婧睡得正香。他不想把裴婧叫醒,希望她多睡一会儿。他就在椅子上坐了下来,也打了几声哈欠,伸了伸懒腰。

这时,有两个护士用平推车从门诊推着一个奄奄一息的藏族大爷朝重症抢救室走来,后面跟着几个愁眉苦脸的穿着藏族服装的人……

前行的平推车辘轳与地面摩擦发出的声音惊醒了裴婧。

裴婧一醒,就看到身旁的许林海,便惊讶地问:"你怎么这么快就回来了?"

"我到了一会儿了,想让你多休息一会儿,所以没有喊醒你。"

"睡了一觉,好多了。走吧,我们去问问医生,看还有事情没有?"

"好的。"

他们敲开重症抢救室的门,问了问董仁琴的病情,医生告诉他们说:"病情稳定了,你们晚上再来吧!"

他俩放心地出了医院,在医院附近的一个小巷子各吃了一碗羊杂碎和一个饼子。裴婧第一次吃羊杂碎,觉得很有特色,味道也很鲜美,连连称道:"味道不错,很好吃!"

吃了早饭,许林海带着裴婧去了布达拉宫。

许林海边走边向裴婧介绍说,布达拉宫位于拉萨市区西北的玛布日山上,是一座宫堡式建筑群,最初是吐蕃王朝赞普松赞干布为迎娶尺尊公主和文成公主而兴建的。于17世纪重建后,成为历代达赖喇嘛的冬宫居所,为西藏政教合一的统治中心。1961年,布达拉宫成为中华人民共和国国务院第一批全国重点文物保护单位之一。

从布达拉宫出来,许林海看了看手表,觉得时间还来得及,便建议裴婧去大昭寺看看。

大昭寺是全国重点文物保护单位之一,千年古寺宏伟壮丽,融合藏汉建筑艺术,是拉萨第二大寺庙。每天都有很多佛教徒在大昭寺门前行五体投地的大礼。

大昭寺周围就是有名的八廓街。八廓街如同内地的自由市场。商店里有百货、农具、食品,更多的是西藏的土特产品、工艺品以及和佛教有关的经文、转经筒等。市场上熙熙攘攘,很是热闹。

裴婧在一个摊位上随意拿起一个小小的转经筒,一下子被上面的精美花纹吸引住了,就自己掏钱买了下来。

许林海问:"你买转经筒干吗?"

裴婧右手摇了摇转经筒,微笑道:"作为礼物送给董嫂子即将出生的孩子。"

许林海说:"你们女孩子就是心细!"

裴婧看着八廓街两旁的白色平顶小楼,说:"这些窗户上用鲜艳的色彩画上的具有藏族特色的花纹,很有民族风情哩!"

"裴医生,你看,由于近几年旅游业的蓬勃发展,街道两旁建起了许多发廊、台球厅和饭馆。"许林海指了指街道两旁的建筑。

裴婧很惊喜地说:"这些店铺的名称都很时髦,'海飞丝发廊''菲律宾发廊'……哎,街上很多青年身着西装,打台球,进舞厅,做买卖,骑摩托车……年纪大的人大多还保留藏族的特色,身穿民族服装,手拿转经筒,虔诚地边走路边念经,脸上流露出心满意足的神情。"

许林海陪着裴婧游览完布达拉宫、大昭寺后,在返回医院的路上,许林海看了一下手表,说:"现在都中午了,我请你吃蒸牛肉吧!陪你吃了午饭,我就要回办事处,下午要拉着物资回羊湖。"

"中午我请你啊。"

"哎呀,我是男同志,哪能让你请我呢?"

"如果你不让我请你,那你现在就回办事处吧!"裴婧很固执。

"那好吧,听你的!"

"另外,我也在考虑,你回去后,怎么向黄班长说董嫂子的事情,董嫂子是瞒着黄班长跑到高原来的。"

许林海想了想,说:"就直接给黄班长说吧!"

"也行!另外,你回去后,给我们孙院长讲一下我的情况……假如董嫂子明天能顺利生产,后天就请孙院长派辆救护车来接董嫂子吧,我也就跟着回去了。这里毕竟是自治区人民医院,医药费贵,回到我们医院就不用花钱了。"

"是的,黄班长毕竟是一个超期服役的老兵,看今后能不能转上志愿兵。他现在加上高原的所谓'生命折旧费',津贴也没有多少。"

"是啊,所以,我借给你的两百元,就算我送给他了吧!"

"好吧,我今天的三百多元也送给黄班长吧!像黄班长这样从农村来的已经超期服役的老兵很多,家里都很困难,转志愿兵又有比例限制……"

许林海和裴婧在小饭馆吃蒸牛肉时,裴婧说:"我这次回到医院,不知会不会遭处理?"

"为啥?"

"因为现在是施工的黄金时间,部队规定,任何人不得请假……我只向徐部长、孙院长请了假,跑回家办奶奶的丧事,而且因为买不到飞机票,还超了两三天假。"

"既然部长和院长都同意了的,我认为不应该遭处分的。再者,你是石总的女儿,哪个敢处分你呢?"

"我就是怕她处分我。她把我弄到高原来,我一开始不理解她,并且还埋怨过她,我心中有气……唉,那次她组织在进水口施工现场开会时,我才理解了她,也从心里佩服她!她站在干部们面前讲话时,我看到她那么瘦弱,那么矮小,满脸皱纹,还竭尽全力地指挥几千人在高原修电站,我才知道她是多么的不容易,肩上有多大的压力……"裴婧哽咽着说不下去了,眼眶里盈满了泪水。

"你能理解石总,这就对了。1985年9月羊湖电站一开工,我就来到羊湖了,那时石总是水电羊湖工程指挥所的主任,领导'一羊指''二羊指'和一个独立支队……"

"什么是'一羊指'?什么是'二羊指'?我今天才听说。"

"所谓的'一羊指'就是一总队羊湖电站指挥所,'二羊指'就是二总队羊湖电站指挥所。"

"啊!我知道了!"

"别看你妈肩上扛着大校的警衔,其实她的压力很大,正因为压力大,所以施工中她就经常批评工作上有失误的干部,但大家都能理解她的……她睡不着觉,经常吃安眠药,心脏也不好,也经常吃速效救心丸……别看她身体差,但她这个倔老太太身上有一股修不好羊湖电站誓不罢休的劲头……反正,我对她佩服得五体投地!"

裴婧吃着蒸牛肉,认真听着许林海讲述母亲的事情。

"不知你听到人们赞美石总的话没有?"

"没有。"其实,裴婧知道有许多人赞美过自己的母亲,但此时,她佯装不知道。

"官兵们说,没有石总就没有我们武警水电三总队,没有武警水电三总队就没有羊湖电站……"

许林海和裴婧回到医院时,董仁琴已经转到妇产科病房了。

病房里,输着液的董仁琴正用被子捂着脸,发出撕心裂肺的痛哭声,同病房里的另一名妇女,怀里抱着一个婴儿正喂着奶水,眼眶里噙着同情的热泪……

裴婧和许林海从医生那里得知,由于董仁琴经过长途跋涉,以及强烈的高原反应,早产了,而且生下来的是个死婴。听到这个消息,裴婧和许林海惊得目瞪口呆,半天说不出话来。

过了好一会儿,裴婧才反应过来,一下子瘫坐在医生办公室的凳子上,嘴里不停地说:"怎么会是这样?怎么会是这样?"

一个藏族女医生安慰裴婧,说:"在我们医院,像董仁琴这种情况,由于长途跋涉加上高原反应,生产出来死婴的情况还是比较多的!"

"我也是医生,我怎么向我的战友交代?"裴婧有些痛苦,声音很大地说。她拍了一下医生的办公桌,接着,流下了泪水。

那个藏族女医生向站在裴婧身后的许林海说:"把她扶出去吧!"

"走吧,裴医生,事情已经是这样了……唉!"许林海便搀扶着裴婧走出了医生办公室。

走到走廊上,裴婧一屁股坐在椅子上,号啕大哭起来。

许林海坐在她身旁,也不好劝阻,只是两眼愣愣地望着对面洁白的墙壁。

终于,裴婧停止了哭泣,用手绢擦了擦脸庞上的泪水,从衣兜里掏出那个小小的转经筒,说:"我还说,把这个精美的转经筒送给黄班长的儿子,可是,可是……"

"唉!谁能想到会出这样的事呢?"许林海叹息地说。

裴婧把转经筒装进衣兜,说:"许副连长,你看能不能这样:你回办事处找主任派个小车,到医院来接董嫂子出院吧,在车上输着液,安排到我们医院住吧,这样既减少了治疗费用,又有人照顾,你看行不行?"

许林海看着裴婧:"我觉得这个想法很好。"说完,便从衣兜里掏出董仁琴的入院手续单,交给裴婧,"你去办出院手续吧,我立即回办事处要车。"

裴婧接过入院手续单,站了起来,就去办出院手续了。

……

小车是许林海从办事处开来的。裴婧一手搀扶着脸色蜡黄、正输着液的董仁琴,一手高高地举着输液瓶,到小车后排座坐好后,问坐在驾驶员位子的许林海:"怎么是你开车来了?"

"办事处只有车,没有驾驶员,驾驶员到市里帮助炊事班买菜了。主任让我自己开,我就开来了。你放心,车队的事情,我已经安排一个排长带队,出不了问题的。"许林海说,"坐好,我们出发吧!"

小车开了近两个小时,到达了部队医院。车一停稳,许林海就从车上下来,打开后车门,裴婧举着输液瓶先下车,然后再搀扶着董仁琴下了车。

许林海边关上车门,边问裴婧:"裴医生,没我的事了吗?"

"没有了,你忙你的事情。现在算到家了,我心里就放心了。"

"好的,我还要去还车。"许林海又坐进驾驶室,开车走了。

裴婧搀扶着元气大伤的董仁琴住进了病房,将她安顿好后,就换上白大褂,去了门诊。今天门诊室的值班医生是李婷。

李婷一见裴婧进来,就从办公桌旁的椅子上,跳了起来,满脸写着笑意:"哎,你什么时候回来的?"

"刚到。今天就你一个人值班?"裴婧坐在另外一个位子上,抓起桌上的处方笺,就开起药来。

"其他医生上山巡诊去了。你的脸色怎么这么难看?"

"没有休息好!"裴婧开好处方,递给李婷,"你快安排护士或卫生员取药,然后去女病房把董仁琴的液体里加些药……我的情况抽空慢慢跟你说吧!太累了,让我眯一下吧!"

"好的!"李婷拿着处方就出去了。

裴婧靠着椅子背,头仰望着天花板,一会儿就入睡了,并打起轻微的鼾声。

李婷把一切事情处理完,回到门诊室,看见裴婧睡得很香,不忍心叫醒她,就倒了一杯开水放到她跟前的桌上,就轻轻地坐在了自己的位子上。

就在裴婧睡得正香的时候,许林海开着车,直接进了机关大院,在炊事班对面的篮球场上停了车,然后径直地去了机关伙房,看到黄群德正带着三个炊事员在宽大的案板上揉着面团。

当着伙房里的几个炊事员的面,许林海也不好向黄群德说董仁琴的事,只好对黄群德说:"黄班长,我们到食堂说件事。"

黄群德拍了拍手上的面粉,又在胸前的围裙上擦了擦手,便跟着许林海到了食堂。

"有什么事吗,许副连长?"

"我来告诉你,你妻子来部队了。"

"我怎么不知道呢?这不可能!她也没有写信告诉我,她怎么可能来部队?"黄群德很吃惊,眼睛睁得很大。

许林海便将董仁琴的情况,较为详细地说了一遍。

黄群德啊的一声,瘫坐在饭桌旁的椅子上,愣怔着,过了好一会儿,才傻乎乎地从嘴里冒出一句话来:"怎么在这个节骨眼上,背着我来部队……"

"你也不要生气了,她在家里生孩子,没有人照顾,如果写信告诉你,她要来部队生孩子,你肯定不会同意,所以她才背着你来了部队!你还傻坐在这里干啥?还不快去医院看看她!"

"好,谢谢许副连长,我把今天晚上的伙食安排一下就去!"黄群德站起来,边解围裙,边朝伙房走去。

"快点去,我去安排人还办事处的车!"许林海又叮嘱了一遍。

黄群德疾步地出了机关大门,一口气跑到了医院的女病房。

"你要好好休息,多睡觉,恢复起来就快些!"女病房里,王护士给输着液的董仁琴服完了药,就端着药盘走了。

"嗯。"董仁琴头刚要躺在枕头上,就看见黄群德进来了,便哇的一声大哭起来。

黄群德走到病床前,将董仁琴的头往上扶了扶,用枕头垫了垫她的头。

看着头发凌乱、满脸疲惫、泪流满面、红肿着双眼的董仁琴,黄群德心里五味杂陈,甜、酸、苦、辣、咸一起涌上心头,心里十分难受。他还没有说出来一个字,两行热泪便悄无声息地流淌下来。他知道,妻子一路上受了不少的苦啊!但是他万万没有想到的是妻子这个样子出现在他面前,他的心都要碎裂了。

黄群德记得自己曾在新婚之夜幸福地告诉妻子,自己要好好在部队里干,干满五年后,力争转上志愿兵,那时就可以挣工资了,然后把现在的土坯房修成两层的小楼房,让她过上好日子……

董仁琴甜甜蜜蜜地告诉黄群德说:"我要给你生个大胖儿子,今后在农村就不受人的气了,今后他长大了,也能帮助家里干活。你在外面挣钱,我们把日子过得红红火火的!"

黄群德搂着妻子,只是一个劲地幸福地点着头……

这时,黄群德心疼地为董仁琴捋了捋头发,妻子从病员服里伸出双手,搂住了黄群德的腰,撕心裂肺地痛哭着。

黄群德也呜呜地痛哭起来。

"我们的孩子没有了,我们的孩子没有了!我对不起你,我对不起你呀!"董仁琴悲伤的恸哭着,呼喊着。

这恸哭声,惊醒了正在梦中的裴婧,她双手使劲地摩擦了两下脸,站了起来,拿着桌子上的听诊器,就往外走。

"你去哪里?"李婷追了上来,问道。

"还能去哪里?我听到董嫂子哭得很厉害,我去看看!"

"我也跟你去!"

裴婧、李婷来到病房,看着黄群德、董仁琴泪如雨下。

裴婧安慰道:"董嫂子,你身体虚弱,要注意休息,别哭了!再说,你哭这么大的声音,也影响其他病人的休息。"

这时,黄群德、董仁琴的哭声才慢慢地小了下来。

谁也没有想到,黄群德突然转身咚的一声跪在裴婧面前,吓得裴婧、李婷向后退了两步。

黄群德接连向裴婧磕了三个头,泣不成声地说:"谢、谢、谢谢裴医生救了我老婆的命!"

"黄班长,你这是干什么?救死扶伤是我们的职责!"裴婧说。

"谢谢裴医生救了我老婆的命!"黄群德跪在地上,没有起来的意思。

裴婧、李婷便上前去,把黄群德扶了起来。

"黄班长,今天董嫂子输了液,液体里有营养,她也就吃不下饭了,明天我会让医院伙房给她熬点稀饭……你晚上可以来陪陪她。"裴婧说。

黄群德只是一个劲地点头。

这天晚上,裴婧踏踏实实的睡了一个好觉。天快要亮了,她却做了一个梦,梦见高祥牺牲在了正在施工的隧洞里……她再也睡不着了,还没有等部队的起床号响起,她就起床了……看了看昨天晚上深夜交班睡得正香的李婷,便轻手轻脚地穿好衣服,取了洗漱用具,去开了门。然而,当她走到门口时,却发现了她的行李。她知道,行李是许林海送来的。她把行李放进屋内,出来又轻轻地把门拉上,洗漱完后,精神焕发地往宿舍走。

这时,机关的起床号响了。

她推门进屋,看见李婷已经醒了,但没有起床的意思,只是两眼望着天花板。

裴婧问道:"你今天休息,又不出操,不多睡一会儿?"

李婷说:"这样躺着也挺好的,想和你聊聊天!你桌子上的转经筒真漂亮。"

裴婧放下洗脸盆,搭好洗脸毛巾,就从桌子上拿起转经筒,握着转经筒的小木手柄,将转经筒旋转着圆圈,说:"原本打算送黄班长的孩子……唉!"

"董嫂子也不容易,这么远跑来,孩子也夭折了……让人同情啊!"

"我把这个转经筒送给你吧!"裴婧说着,把旋转的转经筒扔到了李婷的床铺上。

李婷高兴地拿着转经筒,说:"谢谢你!"

"我还要去出操!"裴婧从枕头旁拿起腰带,朝身上系好后,又抓起帽子戴上,然后朝外走去,并关上了门。

出完操,裴婧被孙月刚喊住了:"裴医生,我有事找你。"

裴婧从腰上解下腰带,攥在手里,走到孙月刚面前。

"你这次回去,石总对我和徐部长都发了火,质问为什么放你走。我说,人之常情吧。石总不高兴。你吃了早饭,去她办公室解释一下吧!"

"嗯,我去!"

"我知道你的个性……你母女俩都倔得很!你千万别跟她顶嘴,你一定要理解她!"

孙月刚找裴婧谈完话后,裴婧回到了宿舍,李婷说:"你有一封信,是高祥送来的,在你抽屉里。"

裴婧打开抽屉,取出一封信,打开一看,只有一行字,写着:"裴婧,请相信我会改好的!"信封里还有那条粉红色的纱巾。她没有从信封里取出来那条纱巾,她不想让李婷知道,所以又放进了抽屉。

吃了早饭,裴婧去了总队机关二楼,经打听,才找到了石方竹的办公室。她敲了敲门,声音洪亮地喊了一声:"报告!"

屋里传来石方竹的声音:"进来!"

石方竹坐在办公桌前,正在思考着怎样解决羊湖电站引水隧洞开挖中出现大量塌方的问题。她深知,这个问题如果解决不好,不仅会给施工带来很大困难,而且会影响工程的工期和投资,塌方是引水隧洞的地质问题引起的……

裴婧推门进去,石方竹一见是裴婧,就拉下了脸。坐在办公桌旁的石方竹,指了指办公桌对面靠墙的沙发,说:"你这是第一次到我办公室来,坐吧!"

裴婧坐下后,抬头就想把奶奶去世后的安葬情况,向眼前的母亲说说,于是就喊了一声:"妈!"

"这是部队,不是家里,你应该称'石总队长'!"石方竹严肃地说,"你回家怎么这么久?为什么要超假两三天?"

"前后共八天,因为没有买到回拉萨的飞机票,所以就坐火车到了格尔木,然后坐长途班车……"裴婧知道,又要挨石方竹的批评,也就不想多说了。

"在施工这么繁忙的关键时候,你竟然跑回家奔丧,要是其他人,我是不会管的,但他们谁也不敢回去的……为这事,我还批评过徐部长……"石方竹说着说着,就生气地站了起来,双手抱胸,"是谁给你这么大的胆子敢超假两三天?"

裴婧看了石方竹一眼,就低下了头,她不想解释,也不想辩解。她知道,在部队,石方竹就是她的首长,下属挨上级领导的批评是正常的事情。

石方竹放缓了口气,说:"尽管你是我的女儿,但你来到这个世上后,根本不了解你妈妈,今天我就给你好好说说我的奋斗历程吧!"

裴婧望着已经态度温和的石方竹。

石方竹说:"1966年8月1日,为满足国家经济建设需要,根据周恩来签发、毛泽东批示的国防部命令,组建基建工程兵水电部队。从四川映秀湾到湖北葛洲坝,从河北潘家口到广西天生桥,水电官兵转战大江南北,挥师长城内外,在祖国江河上建起了一座座造福人民的大坝电站,在万里疆域上筑起了一座座彪炳史册的不朽丰碑。"

裴婧只好听着。

"1966年基建工程兵第六十一支队成立。从那时起,我就成为水电部队的一员。我还记得,好像是那年9月底,我从四川省水电局技术员的岗位应征入伍,抱着保卫祖国的夙愿,踏入军营,参加由成都勘测设计研究院设计的映秀湾水电站建设。"石方竹回忆说,在四川灌县新兵团经受了两个多月严格的军政训练,使自己成为了一个具有基本素质的军人。

这一年12月中旬,她与三千多名新战友背上背包长途行军,沿岷江而上,走了30多千米的高山峡谷,到达了目的地豆芽坪。这里一面是临江的岩石,一面是矗立的高山,仅在公路旁有两栋办公房,就是基建工程兵第六十一支队(正师级)的机关。老战友热情地将石方竹领进了帐篷。

这时,石方竹才知道她被分配到支队司令部工程技术处了,从此成为一名技术员。

第六十一支队是遵照党中央的决定、中央军委的命令,新建立的基建工程兵部队。在那个备战备荒为人民的年代,万余名指战员头顶红五星,心里装着为人民服务的宗旨,面对任何艰辛,都不怕苦与累,在这山沟里担负着映秀湾水电站的建设任务。这座正在修建的电站不是一般的电站,是一个战备电站,发电厂建在山体内,打不垮,炸不烂。

映秀湾水电站因汶川映秀湾镇而得名。映秀湾镇在历史上是一个在岷江旁仅有三五户人家,偶有马帮盐贩喂马歇脚之地。其实,映秀湾水电站建筑在映秀湾往西北岷江上游五六千米东界脑一线的岷江旁。不仅要在首部枢纽截断奔腾的岷江水筑起高耸的混凝土大坝,建成拦河闸、漂木道、右岸黏土心墙土坝和左岸取水口等建筑,而且要打通3800米的岩石引水隧洞,洞的圆形断面内径达8米,还要把发电厂房建在岷山地下。工程量大,任务艰巨,地质复杂。

部队施工是三班倒、四班倒。担负拦河大坝修建的第六〇一团工地昼夜灯火通明,挖掘土石方、混凝土搅拌、浇筑、养护,正是用指战员的汗水心血打好扎实基坑,夯实每寸混凝土,将大坝一米一米加高,成为雄伟的拦河大坝。

担负引水隧洞掘进的第六〇二团指战员,四班倒施工,头顶岩土,脚踏石渣,冒着塌方的危险,使用的常规爆破法,打眼、放炮、排运渣土,浇筑成隧洞,不断创造掘进新纪录。

浇筑大坝、隧洞和厂房需用大量的沙石,第六〇四团的指战员开山碎石,河滩捞沙,源源不断送往工地。

第六〇三团的大型施工机械、运输车辆,昼夜奔忙在岷江山岭和两岸,保证各处施工需要。后勤战线人员在全国各地订购钢筋、水泥、木材等物资,保障工程建设需求。

正是指战员的无私付出,使引水隧洞一尺一尺掘进、贯通,使高大的电厂在大山内部拓展、建成,总装机容量达14万千瓦;指战员还翻山越岭架设起高压输电线路。

电站建设的七年时间,正值"文革"动乱时期,地方不少工厂停工、工程停建。可第六十一支队的官兵和职工却发扬人民解放军一不怕苦、二不怕死的革命精神,为国家经济发展而努力奋斗,为党和人民的利益艰苦奋战。广大指战员凭着特别能吃苦、特别能战斗的精神,在七年建设期间掀起一个又一个的施工高潮。该工程1965年9月开工,1966年11月1日,右岸导流明渠提前过水;5日河槽顺利截流;13日围堰闭气,基坑积水排干,取得河道快速截流的胜利。从导流放水到截流闭气,排干积水,仅用十三天,就创造了岷江河上截流的新纪录。

1967年底至1968年上半年,部队多次组织施工会战,开展革命竞赛,大力加快施工进度。1970年8月引水隧洞全部打通,创造了单口进尺77.5米的纪录,一号机组安装完毕。

1971年部队在部分人员开赴湖北葛洲坝、四川江油施工的情况下,胜利实现了9月30日第一台机组发电,10月31日第二台机组投产。七年时间,第六十一支队指战员为国家电力发展和战备工作做出了突出贡献。可官兵和职工的生活条件非常艰苦,映秀镇至东界脑岷江一线,高山峡谷,不说"地无三尺平",却也是找不到一块能建一栋像样住房的地段。万余名指战员的住房,全是依山择地而建的简易住房,竖木为柱,以竹编墙,抹起泥巴石灰,顶部盖上油毛毡,室内垫木块成大铺。深山峡谷,冬天常常细雨浓雾,不时下起大雪,寒风刺骨,四面透风,特别清冷。指战员们昼夜施工,三班倒地吃着二类灶,每天伙食费五角二分钱;隧洞掘进四班倒的优待三类灶,每天伙食费五角八分钱,可想而知有多少营养。日常用的是岷江的雪山水,冰冷刺骨。

石方竹刚到部队时正值隆冬,洗脸的冷水刺得手痛,异常艰苦。可是,苦累何所惧。各建设工地红旗招展,豪言壮语的标语满布军营;早晨和施工间歇,在山间、在江边,不时可以看见军人生龙活虎的军训场景,军号声、军歌声响彻深山峡谷之中。石方竹深深感到,帐篷、泥巴墙、简易工棚住房,彰显着军营里简朴的火热生活。

军人流血牺牲何止在战场。在修建映秀湾电站施工中,第六十一支队四十多名干部战士献出了宝贵的生命,其中最年轻的仅十九岁。同石方竹一起入伍的一位老乡在双隧洞施工上夜班,下班后刚躺在床上休息,后面高山上一块大石头坠落下来,砸破屋顶的油毛毡,直落到他的脑袋上,他当即牺牲了。

石方竹闻此噩耗,泪流满面,站在营房外的悬崖边,面向奔流的岷江,背朝高矗的岷山,为牺牲的战友默哀。

1971年9月第一台机组发电,1972年全部建成,这是战友们用血汗和生命筑起在岷山峡谷中的丰碑——映秀湾电站。老百姓说:"好个映秀湾,成都亮半边。"

1972年,石方竹与战友们怀着沉重的心情,与安眠在水电站周围的战友们告别,踏上了新的征程。

1968月5月,裴婧在映秀湾电站工地的炮声中出生。那时正值十年浩劫,工程技术处除了七人留守外全部下放。石方竹常常把乖巧可爱的裴婧背在背上,头发盘在安全帽里,左手拿着手电筒,右手拄着一根木棍,走好几千米夜路去处理事故。

石方竹意味深长地说:"我在映秀湾这艰苦的地方踏入军营,正是映秀湾峡谷中的岷江清水净化了我的灵魂,岷山的雨雾坚定了我的意志,使我踏着坚实的步子稳步向前……二十五年来,我南征北战,先后担任过技术员、工程师、高级工程师等职务,参加过回龙湾、映秀湾、龚嘴、鱼嘴、天生桥、狮子滩、潘家口、引滦入津等大、中型水利水电工程的设计、经营管理与施工组织指挥。"

裴婧默默地、认真地听着石方竹讲述着她自己的亲身经历。

"今年我出差北京,经过成都时,正赶上我的母校校庆,校领导热情邀请我参加,我去了。让众多校友们震惊的是,当年全班年龄最小的'小妹妹'的我,如今却是一脸沧桑!女同志打隧洞,也许就是从我开始的。"

听得入神的裴婧看到眼前的母亲,身材瘦小,嘴唇青紫,满脸刀刻斧凿般的皱纹,的确显得过于衰老……

石方竹说:"那天,我在学校座谈时,环视了一圈那些既熟悉又感觉到陌生的面容,自然观察得出来同学们心里想说的话。我平静地说,同学们,我知道你们想问我对自己当初的选择后悔不。我坦率地回答:一点儿也不!我大学毕业后的第一个月,实在不好意思去领工资。那时国家培养一个大学生要花六千多元,这些钱都是工人、农民一分一分干出来的,我很羞愧。像我们这样的女同志,没有共产党就读不了大学,更不可能指挥一支三千多人的部队在一线战斗。是党和人民给了我极好的平台。这些年来,我得到的远比失去的多。我选择军人这个职业,就深知牺牲和奉献将永远与我相伴,但我热爱这个职业。如果羊湖电站能早一天发电,我宁愿少活十年!"

听完石方竹所讲的亲身经历,裴婧很是感动,便站了起来,向石方竹敬了军礼,然后说:"请石总队长处理我吧,我不会有情绪有怨气的,我会努力工作的!"

"这才像我的女儿,这才像我的下属!"石方竹走到裴婧跟前,亲切地拍了拍她的肩,"这次回去,你爸没有说起还要与我离婚的事情吗?"

"没有。"裴婧回答道。

石方竹问:"你奶奶的后事办得如何?"

裴婧说:"办得挺好的!"接着,裴婧把奶奶后事的操办情况仔细地说了。

第三天上午,黄群德陪着身体虚弱的董仁琴战战兢兢地来到石方竹办公室,一进门,董仁琴便跪倒在石方竹跟前,泪流如注地说:"石总啊,你千千万万别处理裴医生,她是个好妹子,要不是她,我的命早就没有了……她和许副连长还给我垫了药费,我们昨天去付给他们,他们死活不收……"

石方竹把董仁琴扶了起来,说:"她跑回家处理私事超了假,不处理她,我怎么向官兵交代?"

"她是因为救我,求求石总高抬贵手!"董仁琴说着,更是泪水涟涟。

"我女儿和我一样,都是普通一兵,她凭什么沾我的光?黄班长,你把你家属扶回医院,让她好好休息吧!她难得来一次部队,病好后,让她在部队多住些时间。"石方竹说。

"谢谢石总关心!"黄群德感激不尽地说。

又过了一天,总队政治部"关于给裴婧同志严重警告的处分决定"就下发到总队、支队机关各处室,还有各连队了。

对于给予裴婧的严重警告处分,在全总队官兵中引起强烈的反响。有人说:"这个石总不近人情……"也有人说:"石总对自己的女儿都这么严格要求,可见她是个多么了不起的人物啊!"

第十四章

　　现在,尽管2号隧洞距离洞口已经打了300米左右,但是施工仍然困难重重。

　　早在一年半前,羊湖电站引水隧洞2号隧洞一开工就遇到了一个难题。岩体松碎的岗巴拉山,并非是打隧洞的理想山体。官兵们形容在这里开凿隧洞,仿佛是在沙土里打隧洞,随时都有塌方、冒顶的危险。由于岩石松碎不堪,加上高原严重缺氧与施工机械作业面有限,有人预言2号洞不能挂口进尺。

　　连队官兵都把目光集中到月玉成身上。月玉成敦实的身躯和威严的气势,让人们联想到两个词:"虎背熊腰"与"威风凛凛"。

　　月玉成、苏明、宁林,还有萧山然,查阅了大量的施工资料后,月玉成说:"根据2号支洞的地质情况与高原施工的特点,我们应该向总队领导提出人工浇筑、自行成洞、强行掘进的设想。"

　　"这个要经过成都勘测设计研究院与总队工程技术处论证才行。"宁林说。

　　"这样吧,明天我和宁技术员就去找潘副处长。"副连长苏明说。

　　"你俩要请工程技术处抓紧点时间,我们任务重,时间不等人!"月玉成强调说。

　　只用了短短的两天时间,成都勘测设计研究院与工程技术处经过论证,采用了月玉成提出的方案。

　　结果,支洞挂口一举成功。

　　然而,就在官兵们乘胜前进,开始洞内施工的时候,由于山体岩石过于松碎,边坡不牢,加上长时间的阴雨,洞口坍塌,砸塌了洞口上方密密麻麻的工字钢支撑,将整个洞口埋得严严实实。

　　此时,月玉成正带领官兵在洞里施工,突然发现情况,赶紧与大伙儿朝外跑。刚刚跑出洞口,只听背后轰的一声巨响,石头将洞口埋了个瓷实。当大家庆幸捡回来了一条命的时候,月玉成的心情却异常沉重,怎么也轻松不起来,他久久地蹲在隧洞口,痛苦、伤心的泪水流了下来。

　　苏明、宁林、萧山然、金晓灿、严雪、吴忠海他们吓得脸色惨白,坐在地上,望着埋得严严实实的洞口,喘息着……

过了好一会儿,苏明才说:"好险啊!"

宁林大大地舒了口气,说:"真是防不胜防!"

金晓灿惊魂未定地说:"要是大家跑慢点,可能就砸死在里面了。"

吴忠海紧皱着眉头:"万幸,万幸!"

严雪走到月玉成面前,说:"连长,别难受了!"

月玉成抹了抹脸上的泪水,说:"这隧洞,我们拼死拼活地干了三个多月,才稍稍成形呀。现在,一下子变成了这么一大堆砂石!"

"这一塌方,成堆的乱石何时才能清理完?"宁林说。

"我们怎样向总队交代?"苏明说。

月玉成从地上站起来,说:"要想改变现状,还是要靠我们苦干!"

月玉成想方设法鼓起大家的干劲儿,没日没夜地清理滑坡塌方。改变这个现状无疑是十分艰难的。下面刚刚掏空一点,堵在上面的石头、泥浆便跟着往下落。当边坡上几千立方米的碎石全部被清理完,洞口上原先的山坡竟然变成了一条山沟。

骨子里自有一种坚韧强悍的力量,官兵们不轻易认输,即使遇到再大的挫折,也会默默地扛下。根据成都勘测设计研究院和总队工程技术部门要求,羊湖电站隧洞的施工设计了4个支洞,每个支洞的最大洞长不超过2000米,但2号支洞例外。2号支洞与1号支洞南北相距2400多米,是最长的一个洞段,也是制约发电工期的关键。官兵们深知自己肩上的重量。大家苦战了三个月,2号支洞终于再次响起"突突突"的风钻声。

在施工过程中,由于钻孔、爆破、装渣等会产生许多烟雾和岩尘。这些烟雾、粉尘和有害气体,使坑道内的空气变坏,氧气减少,对施工官兵身体有极大的危害,会导致一氧化碳中毒,呼吸困难。就是在这样艰苦的条件下,官兵们架着风钻,推着运渣车,进行着繁忙而艰苦的施工建设。

在世界屋脊,生存已属不易,进行体力劳动,甚至从事大规模的山体腹部隧洞工程施工,就更是不可思议了。

随着隧洞的不断开挖加深,通风排烟日益困难。放完一次炮,通风排烟四五个小时,炮烟才能基本排完。进行长距离的隧洞施工,通风是一件比较困难的事。即便在内地也会因通风不良而缺氧。高原氧气本来就不足,烟尘又使洞内有限的氧气进一步减少,以致缺氧更加严重。

这天下午5点钟,在2号洞距离进口300米左右处放完炮,排长萧山然等不及了,就带金晓灿、吴忠海他们进去出渣。当萧山然、吴忠海出完第一趟渣,推着运渣车再次进洞时,看到剩下的五个人全倒在洞里睡着了。萧山然、吴忠海想叫醒他们,可怎么也叫不醒,却发现一个个鼻孔出血,口中流涎,才知他们昏迷晕倒了。

萧山然对吴忠海说:"你在这里守着,我出洞去连里叫人,并通知总队医院的救护车来。"

"好,你快去吧!"

萧山然把月玉成、高祥叫来了,急忙将昏迷倒地的人背出洞外。

可刚背到洞口,除月玉成外,高祥这些救人的也一个个晕倒了。总队医院的救护车迅速赶来了,经过医务人员的抢救,一直到第二天清晨,他们才苏醒过来。

凡是在隧洞施工的官兵,大都有类似经历。大部分人不只晕倒一次,有的一天就晕倒几次。晕倒了,抬到洞外透透气,吸吸氧,醒过来又接着干。

严雪在洞内施工,因过度疲劳,缺氧晕倒了,班长金晓灿、老兵吴忠海把他抬出洞外吸氧,醒了后,他又回到洞里干活。这一天,他干了十多个小时。下工后,他坐在地上痛痛快快地哭了一场。

排长萧山然问:"严雪,你哭啥?"

严雪说:"今天是我二十岁生日。"

月玉成一听,鼻子酸了,半夜三更把炊事班班长梁春天叫醒,开了两个罐头,炒了两个菜,以水代酒,为严雪过生日。

严雪感动地说:"我一定好好干!我前天收到父亲的信,信上说,我爸爸妈妈也下岗了,他们要我把工作干好!……其实,自从打隧洞以来,我们连人人都晕倒过,请连长放心吧,我也不怕再次晕倒……在我的印象中,连长也晕倒过好几次。"

萧山然说:"连长晕倒,不是四次,就是五次!"

这时,高祥额头上沁着血水,满脸泥土、气喘吁吁地跑来:"报告连长,洞里塌方了,苏副连长砸在里面了……"

大家愣住了。

月玉成半天才反应过来:"啊,我出洞时都好好的,怎么就塌方了呢?"

"刚开始垮塌时,苏副连长组织大家撤退,大家就往洞口跑,我和他跑在最后,两块石头从洞子上方砸了下来,把他击倒了,我去拉起他时,他大喊:'你快跑!'我没有松手,还是硬拉他,但他一脚把我蹬开了……刹那间,洞子就塌方了……"高祥说着就痛哭起来。

"大家都快去洞子救援!"月玉成看了看手腕上的表,快凌晨一点了。

在西藏打隧洞,找不到一块完整的岩石,几乎都是砂石片、泥土混合成的山体,频繁塌方。

大家一口气跑到出事的地方,人们在灯光的照射下,才惊愕地发现,塌方现场比大家想象得更严重,整个塌方现场,从地面一直到洞顶,被砂石片和泥土堵得严严实实的。在总队号召的"一百天大会战"中,官兵们三班倒施工。

在宁林的带领下,官兵们惊魂未定地流着泪水,都在用手挖、用铁锹铲着塌方下来的砂石片和泥土,也有战士呼喊着:"苏副连长,你要挺住!"

月玉成慌慌忙忙来到塌方现场,站在大家面前,声音洪亮地安排道:"所有人员,听我指挥,大家把石土铲进手推运渣车,往外运。宁技术员一直在施工现场,比较了解情况,抓紧回连部,打电话向总队值班室报告这里的情况。另外,安排梁班长组织炊事人员把饭送到工地……"

抢救工作紧张而有序地进行着……

石方竹得到塌方的消息后,翻身起床,带着参谋长龙大佩、工程技术处副处长潘登,坐着她的车,从山下赶到了塌方的隧洞。

面对如此大面积的塌方,石方竹对身旁的龙大佩指示道:"抓紧再安排一个连队的人力来,轮换着清理塌方,轮换着救援。"

"是!"龙大佩在打着手电筒的萧山然的引领下,走出隧洞,朝着连队走去。龙大佩已经想好了,只有调动3号隧洞的官兵过来,因为他们离2号隧洞最近,2号隧洞和3号隧洞也都是十二支队管辖的连队。当然,1号隧洞离2号隧洞也不很远,但1号隧洞那是修建进水口的十一支队管辖的连队,再者1号隧洞的官兵们要翻过岗巴拉山山口,走很长的一段路才能到达2号隧洞……一路上,两人默默地走着,谁也没有说话,只有高原的风从耳边吹过。

石方竹又指示跟前的潘登:"你和月连长商量一下如何提高清除塌方现场的速度。"

"是!"潘登向石方竹行了军礼。

这时,医院的救护车鸣着喇叭,开到2号支洞口。从救护车上下来的是孙月刚、童心、裴婧、李婷,还有一个卫生员。

裴婧跑到运石土的月玉成跟前,问道:"有受伤的人吗?"

"有,只有一个,但还有一个人在里面。"

"那搞那么兴师动众干什么?"孙月刚说。

"刚才石总表扬了他,石总命令他回去休息了。他是我们的高技术员。"月玉成说。

"啊？怎么是他？"裴婧的心怦怦直跳,她一下子担心起高祥来,对跑到跟前的李婷说:"这里有孙院长、童医生。你快让救护车驾驶员开车去连队,那里有伤员!"

救护车在连队营区停下后,由一位战士带路,裴婧与李婷背着十字药箱进到了高祥他们帐篷内,看到连队卫生员小朱正在给高祥清理伤口……

"我来!"裴婧从小朱手中夺过剪刀。

小朱看了看进屋来的裴婧和李婷,只好把在灯光照射下闪着光亮的剪刀交给裴婧。

大概是听到了裴婧她们进来的脚步声和裴婧说话的声音,坐在凳子上低垂着头的高祥将头抬起来看了看,甚觉惊讶地说:"是你们?"

"难道你还诧异吗?"李婷说。

"把头低下点!"裴婧的声音很严肃。

高祥就老实地把头低下了,裴婧拿着剪刀很快地把他头上伤口周围的头发剪完了。剪完发后,裴婧、李婷吓了一跳,这是一条五六厘米的血肉模糊的伤口,伤口上还有一些被血染红的泥土,血还在往外冒……

李婷对低着头的高祥说:"你要挺住,我们先用酒精给你清洗和消毒,再简单包扎后,立即送医院缝合……"

"我不去医院包扎,我还要去抢救苏副连长,他是为救我才遇险的……"高祥哽咽着,流下了热泪。

"那么多的官兵在救援,难道还不够吗?你去凑什么热闹?现在不是你充英雄好汉的时候!"裴婧说着,从李婷手中取过一小瓶刚打开的酒精,将酒精朝伤口倒去。

"哎哟,哎哟!"高祥忍不住叫了起来。

"假如你在战场受了伤,给你清洗伤口,能这么喊叫吗?胆小鬼!"其实,裴婧也心疼他,但也是想故意气气他。

高祥果然咬紧牙关,身子颤抖着,不吭声了。

经过对伤口的清洗与包扎,裴婧和李婷把高祥搀扶到连队营区的救护车上,她俩也上了车。裴婧对驾驶员说:"快送医院,然后你再开车上来吧!"

救护车到了医院,裴婧、李婷搀扶着高祥下了车。

"你快开车上山!"裴婧对驾驶员说。

救护车转了弯,便又风驰电掣地朝着2号支洞口驶去。

在医院抢救室,裴婧、李婷先给高祥注射了麻醉药,接着缝合了十多针。

把高祥安置到病房，嘱咐王护士照顾好高祥，裴婧和李婷又坐了另一辆救护车朝着2号支洞口驶去。

……

3号隧洞的官兵打着手电，扛着救援工具来了，带队的是连长郭世明。郭世明与月玉成是同年入伍的老乡，两人关系不错。看到脸上脱皮的月玉成推着运渣车，一副疲惫不堪的样子，郭世明就说："现在你去休息吧，我们按照龙参谋长的指示，轮换着清理塌方，轮换着救援！"

"谢谢你郭老乡！"月玉成伸出那双满是硬茧和血口子的右手与郭世明握了握手。他从头上取下安全帽，用手擦拭了脸上沁出的汗珠，露出了光秃秃的脑袋。

"你真正成了'土匪连长'了。"郭世明开玩笑道。

月玉成淡淡地笑笑，没有说话，心里想着的是抓紧救人。

由于两个连队的官兵轮换清理塌方现场，效率大大提高了。人们用了三十多个小时的时间，终于清理完泥石，上午10点多，找到了副连长苏明的遗体。得知苏明被垮塌的隧洞埋住了，政治部保卫处干事刘颖从山下一口气跑到了2号隧洞。她脸上挂着泪痕，与官兵们一起救援。她在心里暗暗地祈祷上天保佑苏明能出现奇迹，能活着出来，但是天不遂人愿……

当看到苏明的遗体，刘颖一下子扑了上去，恸哭起来，一颗颗泪水滚滚而下，撕心裂肺的哭声回荡在长长的隧洞里，嘴里不停地呼喊着："苏明，苏明！苏明呀……"

不少官兵也流下了眼泪。

由于隧洞内缺氧和悲伤过度，刘颖很快就昏迷了。宁林、萧山然、严雪他们用担架把刘颖抬到洞口旁边的救护车上，童心、裴婧、李婷立即对刘颖进行了抢救。

医务人员把苏明的遗体放在警服里包裹起来。已经苏醒了的刘颖要去病房看看清洗后的苏明的遗体，却被裴婧、李婷拦腰抱住了，不能再让她受刺激了。

陆丰在石方竹办公室说："当时为什么不通知我一同去塌方现场？"

石方竹说："三更半夜的，再加上你最近这段时间到基层部队搞党的基本路线、'十八字'方针和艰苦奋斗的教育也累，所以我就没有让值班干部通知你……"

这时，石方竹办公桌上的电话响了起来。石方竹抓起电话："喂，喂，谁？"

话筒里传来月玉成的声音："石总，我是月玉成，我刚才给陆政委打电话，他不在。"

石方竹说:"陆政委在我这儿,有什么事吗?"

"我们在清理苏副连长的遗物时,发现一个笔记本,上面有苏副连长的几句话……"

"你念来,让我们听听!"石方竹按了一下电话机的免提键。

电话里月玉成的声音传来:"好,我念,'我们在高高的雪山上,与死神为伴,以苦为乐,用鲜血与汗水创造人间奇迹。我们连的每一位官兵都做好了牺牲的心理准备……假如,假如我牺牲了,请我的爸爸和妹妹带来家里的录音机,为我再放一次《相逢在攀枝花下》的歌吧!'"

听完后,石方竹说:"我与陆政委商量一下,立即把电话打过来。"挂了电话,对陆丰说,"陆政委,我的意见请苏明的父亲来部队参加苏明的追悼会。你的意思呢?"

"好的,就按你的意见办!同时,我们要大力宣传苏明同志的英雄事迹。"

"好,我立即给连队去电话。"石方竹立即让总机转了十二支队一连的电话,对方接了电话,"是月连长吗?"

"是,请石总指示!"

"请你们连抓紧派人去拉萨发电报,恳请苏明的父亲和妹妹带着家里的录音机,还有《相逢在攀枝花下》的磁带,来部队参加苏明的追悼会!另外,请保存好苏明的笔记本。"

"是!请石总放心,我们马上按您的指示办!"

石方竹放下了电话。

第四天傍晚,苏明的父亲带着苏明的妹妹苏妍一路风尘仆仆地来到部队,被安排在了招待所。

支队领导、月玉成,还有头上绑着纱布的高祥、刘颖陪着石方竹、陆丰、龙大佩、徐成强一起到招待所看望苏明的父亲苏德前和妹妹苏妍。

待人们坐下后,石方竹就对陆丰说:"政委,你先说吧!"

陆丰觉得不好开口,就推让:"石总,你说吧!"

可是,还没有等石方竹说话,苏德前就说:"首长们,我在部队也服役过十六七年,当连长时也参加过对越自卫反击战……转业回地方后在市上的民政局工作。说实在话,接到你们的电报,我就知道儿子出事了。因为我父亲年龄大了,尽管他也是老军人,但对于儿子的事,我没有告诉他,只说我带着苏妍来当兵。"

苏妍这时才知道哥哥苏明牺牲的事,于是便悲痛欲绝地大哭起来。

"要哭出去哭!"苏德前很严厉地对女儿苏妍吼道。

苏妍右手捂着嘴跑到屋外,刘颖便追了出来,拉着泪流满面的苏妍,劝道:"妹妹,别哭了,人死不能复生……我是你哥哥的未婚妻,这些天,我也很伤心!……"说着,就哽咽起来。

屋内,石方竹把苏明牺牲的前后经过说了一遍,然后又说:"苏明牺牲了,是部队的损失……我们只有化悲痛为力量!你们要保重!"

苏德前说:"我是军人出身,我懂!军人在战争年代会有人牺牲,在和平年代也会有人牺牲……"

石方竹说:"苏明同志生前告诉我,你在对越自卫反击战中任连长时,荣立过二等功。苏明的爷爷也是抗美援朝的战斗英雄……你们这个军人世家真是不简单啊!"

苏德前挥了挥手:"唉,好汉不提当年勇!至于电报上说的,让我带上录音机和磁带,我也拿来了!"

"谢谢!我与陆政委商量好了,就在追悼会上放一放苏明同志生前喜欢听的那首歌吧!请问你还有什么要求吗?"

"我只有一个简单的要求,看首长们是否同意,我想让苏明的接力棒由他妹妹苏妍接过来……"

石方竹说:"我没有意见,陆政委、龙参谋长、徐部长,你们的意见呢?"

"我也没有意见!"陆丰、龙大佩、徐成强依次说道。

石方竹对龙大佩说:"参谋长,你抓紧向水电指挥部请示汇报,并办理相关手续!"

"是。"龙大佩回答道。

第二天上午,苏明的棺材已经放到墓地的坑里。离张顺的坟墓两三米远,就是苏明的坟坑。亭亭玉立,脑后扎着一束马尾的苏妍,悲伤地将手中一台已经陈旧的录音机,缓缓地放在了坑边的一块石头上,又缓缓地打开磁带仓盖,将一盘磁带缓缓地放进录音机,然后关上磁带仓盖,又缓缓地按下放音键,顿时,歌唱家朱逢博那深情的《相会在攀枝花下》像一股股涓涓细流流进了参加追悼会的总队、支队机关干部和一连官兵的心田:

年轻的战友,再见吧,再见吧!
为保卫祖国离开了家。
你看那山岭上一片红霞,

那不是红霞,是火红的攀枝花,
　　攀枝花,青春的花,
　　美丽的生命,灿烂的年华,
　　当你浴血奋战的时候,
　　莫忘家乡的攀枝花……

官兵们听着歌声,低垂着头,泪如雨下……
后来,总队党委根据苏明生前的表现,给他追记了二等功。

第十五章

这年11月初,岗巴拉山降了一场罕见的冰雹,鸡蛋大的冰雹倾泻而来,地上铺了厚厚一层,幸好十一、十二支队官兵在岗巴拉山腹部打隧洞,没有人员受伤。但是在羊湖电站厂房工地上的十三支队,几个连队加起来,就有三十多人被冰雹打伤,其中有六人得了严重脑震荡。

而在岗巴拉山上建设调压井的十三支队的一、二、四、五连的官兵,由于所在的地方地势高、云层低,有五个战士被雷电击伤,其中一个的右手臂被击断了。

几乎在同一时间,岗巴拉山荒原上突然出现了一道金黄色的地光,正在建设调压井的十三支队的四个连队八名官兵处在地光弧线内,他们的耳朵里出现了一阵如同狼嗥的鸣叫,几分钟后,他们什么也听不见了。

调压井也称压力井,是用于水电站起到调节水压作用的机械设备,以便让水头有一个释放的通道,以减小水头对过流部件的压力,保证发电设备安全。按照成都勘测设计研究院的设计,羊湖电站的调压井的内径12米、高56米。

石方竹得知消息,打电话给孙月刚:"你抓紧派医生去治疗!"

孙月刚带着童心、裴婧、李婷等四名医生赶到了岗巴拉山顶,但是医治是无效的。官兵们吃了半个多月的药,又输了半个多月的液,病情仍然没有好转。后来,这八个官兵成了名副其实的聋子。

在接下来的一天早晨,高原开始下雪。初下时,雪片并不大,也不太密,如柳絮随风轻飘。随着风越吹越猛,雪越下越密,雪花也越来越大,像织成了一面白网。

刺骨的寒风,时时裹挟着雪花而来,将整个山野涂抹得一片银白。正在厂房施工的工地上,焊机铺雪,电缆结冰……

傍晚,大片大片的雪花,从昏暗的天空中纷纷扬扬地飘落下来,霎时间,大地笼罩在白茫茫的大雪之中,五六米远的距离就什么也看不见了。

漫天风雪下了两天三夜,大地上积雪达70多厘米厚,但雪还没有停下来的迹象。由于天气寒冷,积雪也不消融,人一踩上去,大腿就被积雪掩埋了,根本迈不开步,每走一步都要付出很大的体力。

石方竹、徐成强、龙大佩,还有总队值班室纷纷接到在山上施工部队的电话:

"粮食告急！""我们快断粮了！""请总队支援,我们还有一顿粮食,就断炊了！"

更可怕的是,十一支队、十二支队还有四个连队,由于大雪压断了电话线,根本联系不上。

正在石方竹着急之时,徐成强风风火火地跑到她的办公室。

石方竹说:"你来得正好,我们粮食仓库里还有多少大米、面粉,以及罐头等副食品？"

"我也是为这事来找您的,我刚才已到粮食库房去看了,还能供全总队官兵吃一周吧！"徐成强站着说。

"那就好,那就好啊！刚才我也为山上施工连队没有粮食吃发愁哪！"石方竹大大地松了口气,眉头也舒展了一些。

"这么厚的雪,人去送脚都迈不开步,车也无法开上山,关键是怎么把粮食和副食品送到山上的施工部队？"

"送上去的事情,我已经考虑好,你快去把参谋长叫来。"

"好。"徐成强转身就往屋外走,刚到门口,就碰上龙大佩进门,差点撞上对方,说,"石总正让我去找你呢。"

龙大佩进门就问石方竹:"石总,是不是为山上施工部队断粮的事情？"

"就是呢。"石方竹安排道,"龙参谋长,抓紧快给重机连打电话,让他们选两名驾驶技术过硬的机械操作手,开一辆推土机推雪,然后让他们派车装粮给山上部队送去。"

"好,我立即安排！"

"这样吧,龙参谋长,让你的驾驶员开你那辆车,跟在推土机后面,一旦道路推通了,抓紧给我来个电话……坡陡路滑,雪又厚,一定一定要注意安全。"

"好的。"龙大佩说着,便匆忙地朝屋外走。

石方竹又对徐成强说:"徐部长抓紧安排警通连组织人员到仓库装粮食和副食品,一旦道路通了,就把粮食送上去！"

许林海接到龙大佩的电话后,立即安排驾驶技术好的李晓明去连队营区里开一辆推土机推路。大黑狗也摇头摆尾地跟在许林海的屁股后面出来了……但是,覆盖着白雪的推土机,由于天气寒冷,发动机始终发动不燃。站在推土机旁的许林海不耐烦了:"怎么搞的嘛,发动这么久,还搞不燃？"

"不行啊,冻着了！"

"你下来,我来试试！"

李晓明从驾驶室里跳了下来。

许林海便爬上了驾驶室,大黑狗也要跟着爬上驾驶室。许林海像对亲兄弟似的抚摸了一下大黑狗的脑袋:"大黑,下去,我要去执行任务。"

大黑狗很通人性地摇头摆尾,没有上驾驶室,只是站在雪地上望着驾驶室的许林海"汪汪"地叫两声。

许林海试了几次,还是发动不着。

"这么冷的天气,有零下二三十摄氏度,肯定打不着火。"李晓明笑了笑。

"你光笑有屁用?快去弄些汽油和木柴来烤发动机!"许林海从驾驶室跳了下来。

大黑狗就跟着许林海一前一后地跑着。

李晓明提来汽油桶,并把文书等三人找来的一些旧帐篷布、木材浇上汽油,因为高寒缺氧,高海拔导致燃点降低,也因为手冻得发抖,所以用打火机打了四五次才将火点燃,然后放在发动机下面烘烤着……

"文书,你快给龙参谋长去电话报告,就说推土机因为天寒地冻发动不了,我们正在想办法,请首长别着急!"许林海对正在埋头为火堆添木柴的文书说。

文书说了一声"是",便站了起来,朝连部跑去,给龙大佩打电话,报告情况。

经过十多分钟的烘烤,推土机终于发动了,排气管里冒着滚滚浓烟。

李晓明望着已经关好驾驶门的许林海问:"许副连长,我还去吗?"

"废话,全连除了我,就你驾驶推土机的技术最好,你能不去吗?我先开,然后你开,我俩轮换开!"

"好吧!我去!"

尽管许林海驾驶的这台推土机性能优良,但在岗巴拉山上行驶,总是老放"屁"——喷黑烟。

由于这些天下了大雪,每天早上大家出不了操,官兵们便抡着铁锹将营区内道路上的雪铲除了,所以,许林海驾驶的推土机到达总队机关外面的公路上,速度很快。李晓明就跟在推土机的后面小跑着,他的后面跟着大黑狗。

龙大佩早就坐在发动着的小车里,等着许林海他们驾驶的推土机到来。

许林海停下推土机,从驾驶室跳下来,走到龙大佩的车跟前,行了军礼。

龙大佩坐在副驾驶的位子上,从降下来的车窗玻璃探出头来,说:"这么大的雪,一定注意安全!"

"好的,请参谋长放心!"一表完态,许林海就对站在身边的李晓明说,"你坐到参谋长的车上去吧!我先开,然后你来换我!"

"嗯!"李晓明答应着,就往小车走去。

这时,大黑狗前脚沾着雪粉站立起来,扑向许林海胸前。许林海就蹲下去抚摸了大黑狗的头:"大黑,你回去,我去执行任务,任务一完,我就回来……"

石方竹带着潘登走来,他们要去与住在部队招待所的成都勘测设计研究院的专家讨论工程方面的问题。潘登胸前抱着几大卷施工设计图纸,走在石方竹后面。

看着石方竹走过来了,许林海便把大黑狗放到一边,站了起来,跨步上前,向石方竹敬了军礼,然后报告道:"石总,我们正准备上山铲雪开路,请您指示!"

"千万千万注意安全!"

"是!"

石方竹看到了许林海身旁的大黑狗后,对许林海说:"上一周,我看到李婷穿着军装跟这条狗玩耍,我就批评过李婷,一个军人要有军人的样子,成天与狗在一起成何体统?我让她抓紧处理掉,她说是你喂养的,她没有权利处理你的狗……"

"李婷给我说过了,我把大黑狗送给了十多公里远的一家藏族同胞,但当天晚上它就跑回来了。我也没有办法……"许林海解释道。

龙大佩从小车上下来,对一脸严肃的石方竹说:"石总,其实这条狗很可爱的,听驻守在我们电站施工工地的派出所民警说,两次有人偷我们的施工材料,都是它跑到我们公路前面两三百米远的派出所报的警,都抓住了小偷。与我们一个食堂吃饭的一个民警对我说,只要每次吃饭时有骨头,他都要给大黑狗带回去啃,大黑狗知恩图报,为感谢他们,每天晚上都要在堆有建设材料的地方巡逻几遍……所以,我觉得大黑狗对我们部队是有贡献的!"

"参谋长讲的这些实情,我都晓得,但我们是部队,我还是希望把大黑狗送远点。下次许林海带队到拉萨拉东西时,就把大黑狗送给拉萨的藏族同胞喂养!"石方竹说。

"是!我一定按照总队长的指示办!"许林海向石方竹做了保证,然后对站在脚旁膘肥体壮的大黑狗喊道,"大黑听话,给我滚回去!"

大黑便恋恋不舍地看了看许林海,像受了委屈的人一样转头乖乖地朝重机连跑去了。

说实在话,尽管许林海在石方竹面前立下"军令状"送走大黑狗的表态是那么慷慨激昂,但他心里还是不好受的。这条现在被连队官兵称为"大黑"的大黑狗,从公路边捡回来,给它治伤,到长这么大,无不凝聚着他对它的深深情感。只要他跑车回来,刚一停下车,从驾驶室一下来,大黑狗就情不自禁、兴高采烈地从远处奔跑过来,站立起来,欢天喜地地扑向他那宽阔的胸膛。他就蹲过去,抚摸它的头,抚摸它结实的脊背……最后,他抱起大黑狗走向自己的宿舍。有的官兵戏称:"许副连长与大黑狗就像父子那么亲!"他坐在办公桌旁看书看报或思考问题时,大黑狗就坐在地上,将身子倚在他脚上,给他以温暖。他有时去医院看望李婷,大黑狗总是摇头晃脑地跟着他去……后来,大概是大黑狗知道许林海跟李婷的关系,大黑狗对李婷也很亲热,李婷也就慢慢地喜欢上了大黑狗。每一次,许林海一出差跑运输,大黑狗都要朝李婷的医院跑一趟,似乎是告诉李婷,许林海出差了……每每李婷都会心生感动……

由于心情不畅,待石方竹和潘登朝招待所走去后,许林海就让李晓明从小车上下来,开推土机铲雪。

从总队营区到驻羊湖电站工地的地方派出所,其实只有两三百米远的距离。说是地方的一个派出所,其实也就只有三五个人,他们负责羊湖施工部队与地方的一些治安问题。这两三百米公路的积雪,这几天都是警通连的官兵用铁锹铲除了的,所以,这段公路是不用推土机铲雪的。

但是,当李晓明驾驶的推土机驶出派出所前面的公路后,几十厘米厚的积雪,就不是那么容易铲除的了。天上飞舞的雪花,加上满眼白皑皑的积雪,让人无法辨别道路,也就是说,每当推土机的大铲下去,推土机打着"屁",都要付出很大的马力才能清理一两米长的公路。

龙大佩的小车就缓缓跟着推土机一点一点前行着。

大概是觉得推土机铲雪速度太慢,也大概心情舒畅些了,许林海就从小车上跳下来,呼喊着李晓明停了推土机,让手脚冻得冰凉的李晓明坐进了小车。他自己就爬上了打着"屁"、发动机轰隆作响的推土机,并嘭的一声关上了车门,然后握着操作杆操作起来……

许林海小心翼翼地操作着推土机,极其缓慢地将公路上厚实的积雪推到公路的两旁……

但一转弯到了坡度缓慢上升的三〇七省道,推土机就像蜗牛一般很艰难地往上铲行了。三〇七省道傍山而建,左边是较陡的山坡,右边是悬崖,且道路狭窄,积雪只能铲到右手边的崖下。许林海已经工作了两个多小时了,李晓明觉得该换下许林海休息了,自己便跳下小车,让许林海停下了推土机。许林海从打开的驾驶室跳了下来,拍了拍李晓明的肩说:"你推一会儿我再上,你一定要注意安全!"

"你放心吧!"李晓明一边爬进驾驶室,一边回答道。

"这路实在太窄了,这么多雪,只能往崖下推,稍微不注意,就车毁人亡……"坐进小车的后排座,许林海对龙大佩说。

龙大佩说:"这雪也没有停下来的迹象,真让人着急!我修了二三十年的电站了,还是第一次遇到这种恶劣天气。好在石总前一段时间考虑得周到,多囤了一些粮食,否则,这山上施工的官兵断了粮,其后果就不堪设想。"

"唉,这鬼天气!"许林海长叹道。

"我们部队的电话线被大雪压断了,与拉萨、成都等地也联系不上,如果总队库房没有了粮食,大家是怎样的心情,施工任务又这么艰巨,就算请求飞机投运粮食,都没有办法与外界联系得上……唉,想想都后怕呀!"

"是的,参谋长说得对!"

"不说了,你迷糊一下吧!"

"好的,我确实很累。我迷糊半小时,到时请参谋长叫醒我吧!"

"嗯。"

说是迷糊半小时,可是许林海眯着眼睛,背靠座背,心里想着睡一下,却睡不着,于是便睁开眼睛,望着小车前轰隆作响的推土机打着"屁",将厚厚的积雪缓慢地推向公路边的山坡下。许林海已经推过了右手边是悬崖的那段路了,此时,李晓明推雪的公路右手边是一段山坡,危险性也不是那么大,所以,许林海很放心李晓明推这段路上的厚厚积雪。许林海很了解李晓明对各种机械的驾驶技术,也可以这样说,如果在重机连许林海驾驶各种机械排在第一名的话,那么排在第二名的必然是李晓明了。

许林海与李晓明虽说是上下级关系,但二人军龄只相差一年,许林海比李晓明早一年入伍,李晓明1982年12月入伍,初中文化程度。许林海当第二年兵时,在部队学了驾驶员,然后考上学,在部队读了教导队,1985年6月毕业后,在武警水电二总队汽车连任排长期间,参加万安水电站建设工程,1985年9月调到羊湖电站的武警水电羊湖工程指挥所重机连当了副连长。他当副连长后,当时因为急需像李晓明这样"多面手"的驾驶人员,经石方竹努力,把李晓明从武警交通部队调来。那一次,共从武警交通部队调来十名驾驶员,调来的战士很高兴,因为大家知道在羊湖修电站的部队转志愿兵容易些,比交通部队转志愿兵的比例高一些。因为能驾驶好几种机械,技术又好,加上服役年限也够了,所以,李晓明1988年1月转了志愿兵。

因为许林海与李晓明个人感情好,有时李晓明也向许林海简单说点个人的"隐私",但都说得不透,许林海只知道李晓明找了一个"二婚嫂",而且还有一个前夫的儿子……许林海也没有向任何人说起,包括李婷。许林海想过,一旦说出去,其他官兵也许会取笑他,给他心理上带来不必要的痛苦……

龙大佩、许林海坐在小车上,突然看到推土机的右前轮在被大雪浸透、浸酥软的公路边陷了下去,而且陷下去的速度还很快。于是,他俩迅速打开车门,急忙跳了下来,朝推土机奔了过去,但是,霎时被大雪浸泡的公路边的土石朝着山坡垮掉下去,推土机还来不及挂挡后退,就滚雪球似的滚到了有20多米深的山坡上……

顿时,龙大佩、许林海傻眼了,被眼前的事态吓得大惊失色,原本紫色的面颊都发白了。

过了一会儿,龙大佩才跑到小车跟前,声音颤抖地对驾驶员说:"你赶快回医院,通知救护车来。"

驾驶员嗯了一声,便掉转车头,沿着推土机推出来的道路开去了。

等龙大佩看着小车开走,跑到垮塌的公路边时,只见许林海已从厚厚积雪的公路边朝山坡下的推土机旁滚去,大头帽也滚掉在斜坡上,他自己满身的雪粉。

"李晓明,李晓明!"许林海边滚边急切地呼喊着。

龙大佩也慌不择路地朝着山坡滚了下去,也是滚得满身的雪粉。

推土机仰面朝天,好在没有变形。许林海使劲打开了驾驶室的门,他和龙大佩看到:李晓明头着地,双脚朝天,卡在驾驶室里的操作杆上,已不省人事,鲜血已从棉裤裤腰上渗透出来,经过裸露的洁白的身体流了下来,流到被衣服遮挡的头上……

"参谋长,我进驾驶室把他弄出来!"许林海流着泪,爬着将头伸进去,双手轻轻地将李晓明已被鲜血染红的衣服弄开,这才发现,李晓明的脸上也冒着鲜血,伤痕累累……

在龙大佩的协助下,许林海双手沾满鲜血,把处于昏迷状态、紧闭双眼的李晓明拖出了驾驶室,平躺着放在雪地上。

龙大佩、许林海坐在雪地上喘着粗气,嘴里喷出白色雾气,望了望20米高的还不算陡的山坡,又望了望覆盖着茫茫白雪的大地。

"只能把小李从山坡上弄上去。"龙大佩嘴里喷出白色雾气,说。

"参谋长说得对,也没有别的办法。"许林海抹了一下脸上的泪水,"这样吧,我来背着李晓明朝公路边爬,参谋长你帮我扶着他。"

"行!"

许林海一下子趴在雪地上。

龙大佩站起来,走过去把不省人事的李晓明抱起来,让他趴在许林海背上,自己弓着腰双手扶着李晓明。

许林海双手撑着厚厚的积雪,可是他的双手立刻被积雪掩埋了。他使劲朝前挪动了一步,然后又把双手从雪里拔出来,朝着前面的积雪攀插下去……就这样反复地重复着这样的动作,每前进一点都要付出艰难的努力!爬了七八米,许林海几乎筋疲力尽了,但是,他还是咬紧牙关坚持着,一点一点向坡上挪动着……

"许副连长,我俩换一下,我来!"

"没事,参谋长,我再背着爬一会儿吧!"许林海大张着嘴,嘴里呼着雾气,吃力地说。

又向山坡上挪动了一米多,许林海觉得身上实在没有力气了,实在爬不动了,低下了头,嘴唇便磕在雪地上,只有粗粗的喘息声。

龙大佩便把李晓明从许林海背上抱下来,放在雪地上。

许林海缓缓地翻身后,躺在了雪地上,望着飘飞着雪花的天空看了一下,觉得眼睛被刺得生疼,又赶紧把眼睛闭上。

龙大佩这时才发现许林海的双手被积雪摩擦得血肉模糊了,自己便俯向雪地,说:"把小李放在我背上!"

许林海这才一只手撑着积雪,缓慢地站了起来,将奄奄一息的李晓明抱起来,放在龙大佩的背上。

龙大佩毕竟年龄比许林海大了许多,向山坡上爬了几米,就已经精疲力竭了,额头上的汗水都流下来了。

许林海立即把李晓明从龙大佩背上抱下来,说:"参谋长,还是我来吧!"

就这样,许林海背着衣裤被鲜血浸透的李晓明,又用双手向山坡攀爬了两三米,就听到公路边传来了救护车的声音。

不一会儿,也听到了石方竹的声音:"快把氧气袋送下去。"

龙大佩抬头望了望公路边上的几个人,只见穿着白大褂的裴婧抱着一个浅黄色的氧气袋从刚才被许林海和他已经滚出雪痕的"道路"上摸索着,急忙滑到龙大佩他们身边,站稳后,把氧气管的管口插进了许林海背上的李晓明那淌着鼻血的鼻孔里。

石方竹要到山坡上来救人,却被孙月刚叫救护车司机和龙大佩的司机拉住了。

接着,潘登与童心扛着担架和孙月刚、李婷滑了下来。

人们把李晓明从许林海背上抱过来,放到担架上。

李婷看到许林海累得筋疲力尽的样子,心里十分心疼,只是问:"你没有事吧?"

许林海稍稍直起了腰,摇摇晃晃地摇了摇头,大张着嘴喘息着,过了好一会儿才说:"没……没有事!"

孙月刚、潘登、裴婧和童心分别抬着担架的一个把手,缓缓地往公路边攀爬……

见许林海双手流着血,李婷两眼泛红,双手捧着许林海的右手,心疼地用自己的脸贴着许林海的手说:"疼吗?"

"不疼!快去抢救李晓明吧!"许林海说着,将李婷推开。

李婷这时才弓着腰,跟在担架后面朝上爬。

人们将李晓明抬上公路后,石方竹跟了过去,急促地安排道:"抓紧送医院!抓紧送医院!"

于是,人们赶紧把李晓明送上了救护车。

李婷从救护车上取出药箱,跑到许林海跟前,要给他的双手进行包扎。

许林海不让,说:"你赶紧上救护车吧,抢救李晓明要紧!"

"听话,许副连长和李医生赶快上龙参谋的车,在车上包扎!"石方竹一脸着急的样子,"潘副处长坐救护车去。"

孙月刚坐进了救护车副驾驶的位子,潘登、裴婧和童心就很快上了救护车。然后,救护车鸣了一声喇叭,向总队医院驶去……

返回机关时,石方竹坐在龙大佩的车的副驾驶位子,龙大佩、许林海、李婷坐在车的后排座位上。

车的引擎声响了起来,然后朝总队机关驶去。

在车上,当李婷用碘酒给许林海清洗血肉模糊的双手时,许林海还是疼痛得叫出了声:"哎,哎呀!"

石方竹转过头来:"忍着点吧!"

许林海果真不敢吱声了。

"还有一会儿就好了!"李婷看了看死死咬着牙关的许林海,安慰道。

"今天,多亏许副连长来了……"龙大佩说。

"推土机怎么会滚下去呢?"石方竹问。

"石总,我也开过推土机,小李操作推土机的技术是没有问题的,主要是公路窄,公路边沿的路基被几天来的大雪浸泡透了,路基变软了,所以推土机的前车轮就掉下去了,然后整个推土机就下去了……"龙大佩向石方竹汇报道。

"那个小李也许还有生的希望!"石方竹说。

"唉,出这种事情,任何人都想不到呀!石总,天气这么寒冷,您和潘副处长怎么来了?"龙大佩口气里透着沉重。

"我和潘登抱着图纸刚从招待所出来,就碰见从医院开来的救护车了,听说出了这么大的事情,我和潘登就来了……"石方竹说完,就问许林海,"许副连长,你们连还有没有开推土机技术好的?"

"我们的一排长,还有二排长技术都不错……"双手已包扎着白纱布的许林海回答道。

石方竹问龙大佩:"我想了想,参谋长,你看这样行不行?我们回去后,抓紧安排重机连再派一台推土机来铲雪,你也跟着那两位排长来。"

"好的。我来!"龙大佩说。

"我也来,我在路面指挥,这样会安全些!"许林海说。

"许副连长,你到医院输输液,消消炎吧!"石方竹说。

"石总,您不是说过轻伤不下火线吗?我这点伤算得了什么呢?"许林海的话把大家逗笑了。

"许副连长,你知道受伤的小李结婚了吗?"石方竹问。

"我知道一点点,好像结婚了。"许林海回答。

"哦,许副连长,等雪停后,路上能行车了,你让人去拉萨给小李的家属发电报,让她来部队吧!唉……"石方竹后面的话没有说出来,她很担心李晓明的生命能否抢救过来,所以让家属来部队是不得已的事,就算生命没有了危险,家属来也可以照顾照顾他!

李晓明被大家从救护车上抬下来,就直接进了抢救室。按照孙月刚的安排,除了他、裴婧、李婷和童心医生参加抢救外,还安排了王护士。

裴婧开了处方,让王护士抓紧把液给李晓明输上。

李婷和童心开始用碘酒清洗李晓明脸上、手掌上的伤口。

孙月刚在自己的办公室打电话给石方竹,说:"向石总报告,李晓明由于失血过多,急需输入血液。但我们医院没有……"

"我知道了,我立即打电话给十三支队,让他们立马组织两个连队的人来献血,够吗?"石方竹问道。

"够了。"

十三支队的厂房施工点距离医院只有1000米左右。虽然下着雪,但几个连队的官兵还在热火朝天地建设地下厂房。地下厂房的施工是很艰苦的，一般的人让他在里面休息，给他开工资都不会干。为啥？平日里，里面电钻打炮眼、放炮、装渣、转运、混凝土浇筑等，噪声吵得人心烦，那烟雾灰土足以让你每天少吃二两米的干饭。尽管有送风管道送风抽烟，那只能是增氧、稀释浓度而已，在里面所见到的只能用一个词语"乌烟瘴气"来形容。

两个连队的官兵接到献血的通知后，连工装都没有来得及换，几乎是跑步到了医院，排着长队献血。

鲜血输进了李晓明的体内……

裴婧、李婷与两名护士已经把李晓明被鲜血染红的裤子、棉裤脱了下来，但是衬裤与双腿上的血粘连在一起了。他们只好用温水将毛巾浸透，拧干，然后热敷在衬裤上，等凝固的血化开后，再用剪刀一点点剪开……如此反复数遍后，才把李晓明的衬裤彻底脱下来。脱下衬裤后，人们发现李晓明的双脚青一块紫一块的，并没有明显的外伤。

孙月刚对裴婧说："那就只有把他的裤衩剪了！"

王护士又将毛巾浸透，拧干，然后热敷在裤衩上……待裴婧解开裤衩，人们惊讶得瞪大了眼睛：李晓明的阴囊破裂了，而且从破裂的阴囊里流出来一个破裂的睾丸……简直是不忍再看，太惨了。

童心说："可能是推土机在滚下山坡过程中，被操作杆挤压破裂的……"

孙月刚指示道："立即手术，我主刀，裴医生、李医生和童医生做我的助手！"

抢救李晓明的手术做了五个多小时，累得孙月刚和裴婧、李婷、童心，还有王护士满头大汗，腰酸腿痛。

"手术相当成功！"手术一结束，孙月刚很是激动。

石方竹在办公室接到孙月刚打来的电话，得知李晓明的手术相当成功的消息，很高兴，问："今后他还能过正常的夫妻生活吗？"

"石总哎，他能保住性命已经是奇迹了，我们几个医务人员已竭尽全力了，至于过正常的夫妻生活，对李晓明来说，那只能是一种奢望了……"孙月刚如实回答。

"这么年轻的战士呀！唉——！"话筒里传来了石方竹的一声长叹。

"石总啊……"孙月刚本想安慰几句石方竹，却听到石方竹已放下了话筒。

孙月刚刚一放下电话，就望见双手缠裹着纱布的许林海进来了，便对他说："你抓紧去输点消炎的液……"

"李晓明情况如何了？我要去看看！"许林海迫不及待地问。

"我刚给石总汇报了,李晓明手术很成功,生命没有危险了。只是伤得太惨了,睾丸切除了一个……"

"他还想要一个自己的孩子呀!"许林海眼睛瞪得很大,看着身上穿着浸有血渍的白大褂的孙月刚说。

"他能保住性命,就已经是奇迹了!你们把雪路推通了?"

"通了。现在徐部长正组织往山上运粮食了!李晓明住在哪个病房?我要去看看。"

"我带你去!就是上次他把手臂砸破时住的那个病房。"孙月刚从办公桌旁站起来,就带着许林海去了李晓明的病房。

"怎么那么巧,又是那个病房?"

"是的,就是那个病房!"

一到病房,出现在许林海眼前的是:躺在病床上昏睡的李晓明,头上缠裹着厚厚的纱布,只露出了一双紧闭的眼睛、输着氧气的鼻孔,以及紧闭的嘴唇,两只手分别输着药液和鲜血……床头柜上的心电监护仪的屏幕上闪着起伏的绿色线条……

许林海跨进病房,泪水盈满了眼眶,嘴里哽咽着说:"晓明战友呀,晓明兄弟呀,你要保重啊,你要保重啊!……"说着,便跪到病床边,将头重重埋到被子上,泪水止不住地涌了出来……

孙月刚把许林海拉起来,说:"你别把他的伤口碰到了!"

许林海站起来,用缠满纱布的右手擦了擦满脸的泪水。

"走,你快去输点液,消消炎,让小李好好休息吧!"孙月刚说完,又对坐在床边守护着李晓明的王护士指示道,"你精心点,出现啥问题,抓紧找值班医生!"

王护士站了起来:"请院长放心吧!"

孙月刚和许林海走到走廊上。许林海说:"我没有时间输液,你再帮我开点消炎药吧,几小时前,李婷医生给我包扎时,让我服了点消炎药……"

"为啥不输液?"

"没有时间,还有一摊子事情等着我,我要抓紧组织大型吊车把滚到山坡下的推土机吊上来,然后用大型平板车把推土机拉回来,再派人检修,施工要用……"

"唉,你们也真不容易!"

"在羊湖电站工地,没有哪个官兵是轻松的!"

"好吧,我让药房给你拿些消炎药,按时吃,感染不得!"

待许林海拿着消炎药走后,孙月刚刚进办公室,桌子上的电话就响了起来。他接了电话,电话是龙大佩打来的。龙大佩在电话里说:"老孙呀,我的眼睛很痛,怕光、流泪,也睁不开,就算使劲睁开了,看东西也很模糊。"

"您在办公室别动,我马上派医生过来!"

"好的!"

放下电话,孙月刚便急忙通知童心、裴婧、李婷:"你们赶快把担架扛上,去龙参谋长办公室,把他抬到医院来治疗,他眼睛看不见了,我估计他患了雪盲症。这些天,光十三支队就有七八个官兵得了雪盲症,还有三个在医院接受治疗呢。"

童心赶快到库房,扛起担架,急急忙忙地出了医院,朝总队机关奔去,孙月刚、裴婧和李婷紧随其后。

一到龙大佩办公室,人们看到龙大佩坐在办公桌旁的椅子上,头趴在办公桌面上。

孙月刚急忙问道:"参谋长,我们来把您抬到医院去检查检查。"

龙大佩把头从桌面上抬起,泪水止不住地从眼睛里淌出来,痛苦地说:"我眼睛疼得很,眼泪也止不住!"

孙月刚立即走到龙大佩跟前,搓了搓冰冷的双手,使手暖和起来,然后翻开龙大佩红肿的眼皮看了看,说:"眼结膜充血水肿,肯定是得了雪盲症。童医生,你们快抬参谋长去医院!"

童心抬了担架的一头,另一头分别由裴婧、李婷一人抬了一个把手。

孙月刚扶着身材魁梧的龙大佩躺上了担架,并从墙壁上扯下一根平时擦手的白色毛巾,盖在龙大佩的脸上,以防止室外的光线照射。

从机关大楼抬出来,抬着担架走在后面的裴婧、李婷明显感到体力不支,气喘吁吁。好在潘登和机电处处长刘富盛从十三支队厂房检查施工质量回来,看到了这一幕后,急忙跑上去,分别从童心、裴婧、李婷的手上接过担架,便匆匆地小跑着朝医院抬去。

所谓雪盲症,就是雪地反射的紫外线对眼角膜和结膜上皮造成损害引起的炎症。

孙月刚他们及时用药水给龙大佩清洗了眼睛后,就输上液,又用眼罩蒙住了眼睛。

龙大佩在医院只住了两天。

后来,总队给每位官兵配发了一副黑色的太阳镜,大大地避免了雪地反射的紫外线对官兵眼睛的伤害。

深夜 12 点多,风雪小了些,但还没有停下来的迹象。大黑狗用两只前爪去扒了几下许林海的宿舍门,许林海因为劳累了一天,便睡得很沉,没有听见……

大黑狗又用前爪狠狠地抓了几下门,这才把许林海惊醒,他意识到可能发生了什么事情。他还记得,当年母亲病倒在井台上,是家里的大白狗拼命跑回家,衔着他的裤管往外拽着,他就跟着狗跑去,才使母亲获救。于是,他一骨碌翻身起来,由于心里着急,他穿棉衣时用力过重,碰到手上包扎的伤口,立刻觉得疼痛钻心……待他打开灯,边扣衣服,边打开宿舍门时,大黑狗喘着粗气,伸出红红的舌头,向他"汪汪"了两声,便转头跑了。他打着手电,紧随大黑狗跑去……

大黑狗跑到了裴婧和李婷住的宿舍前,停下了,就急迫地用两只前爪重重地抓了宿舍的门……

宿舍的灯亮了,过了一会儿,裴婧和李婷穿戴整齐地出现在门口,问:"大黑,出什么事了?"

大黑狗也是"汪汪"两声。站在不远处的许林海说:"可能出什么事了,大黑先来叫的我!"

"深更半夜的,能出什么事呢!"李婷的语言里有点埋怨的意思。

"我家养过狗,狗很忠诚,也很通人性。肯定出了什么事,大黑才来叫我们的。"许林海说。

这时,大黑狗已经朝医院外的公路跑去,许林海打着手电,让李婷和裴婧快步地走在前面,他自己走在后面。

大黑狗跑到三百多米远的公路上站住了,向许林海他们三人望了望,又"汪汪"地叫了两声后,接着围着一个躺在地上的人转了一圈,然后望着许林海他们的到来。

他们到达后,许林海用手电光一照,吃惊不小,只见石方竹躺在冷冰冰的雪地上不省人事,面无血色,大头帽也滚到了一边,警服上有些还没有融化的雪粉。

裴婧咚的一声跪下去,将身着棉服的石方竹的头搂抱在怀里,嘴里呼喊着:"妈,妈妈,您怎么了?您怎么了?"呜呜地哭出声音来。

"来,你们把石总扶到我肩上,快送医院!"许林海已经蹲了下去。

裴婧抹了抹泪,与李婷将休克的石方竹从地上抱起来,扶到了许林海的背上。

"小心你手上的伤!"李婷关切地对许林海说。

"没事,没事!"许林海说。

裴婧把石方竹衣服上的雪粉拍了拍,然后从雪地上拾起石方竹的大头帽。

许林海背起石方竹就朝医院跑去,大黑狗也摇头摆尾地跟在人们的后面。

一到医院的抢救室,许林海把石方竹放到了床上,裴婧便抱来一床被子给石方竹盖上,并迅速地给她输上了氧气。

李婷跑去从值班医生那里开了处方,取来了药,用生理盐水兑起后,将药液给石方竹输上了。

值夜班的那位男医生,也拿来了一瓶速效救心丸,打开后,倒出六粒,让裴婧放进了石方竹嘴里。

等一切抢救工作完成后,裴婧对许林海说:"许副连长,你回去休息吧,你累了一天了。"

"彼此彼此,大家都累了一天了……我等石总醒了后再说吧!"许林海拍了拍蹲在他脚旁的大黑狗的头,说,"大黑,感谢你救了我们总队长的命!"

大黑狗听到表扬后,似乎是很高兴地站了起来,扑到许林海怀里。

"你们就像兄弟俩那么亲热!"李婷开了一句玩笑。

"你吃醋了?今后许副连长保证对你比对这条狗还要好哩!"裴婧也笑笑说。

"她也不可能像大黑这样对我这么好!"许林海笑意满脸地说。

"讨厌!"李婷娇羞起来。

"李晓明那里有人看护吗?"许林海岔开话题。

"有,孙院长专门安排了一个护士守在病房里。也给值班的医生交代了的。"裴婧说。

这时,石方竹睁开了眼睛,有气无力地问:"我这是在哪里呀?"

"妈,这是医院。"裴婧脸上露出了笑容。

"我怎么到这里来了?"石方竹又问。

"石总,您积劳成疾,要多注意休息呀!您怎么倒在总队机关外面的公路上了?"许林海问。

"我想想看……"石方竹说。

"是大黑狗救了您,石总!"李婷说。

"大黑狗救了我?"石方竹很怀疑地问。

"妈,大黑狗发现您躺在雪地上后,就跑来通知许副连长、李婷和我的!"裴婧说。

"没有想到狗这么通人性呢!"石方竹说,"前一段时间,我还让李婷把狗处理了,没有想到还救了我的命。算了,你们养着吧。前几天,派出所的民警也在我跟前表扬过大黑狗呢!"

"妈,您这会儿脸色好多了,刚才您躺在雪地上好吓人,脸色跟雪一样白。"裴婧说。

"啊,我想起来了,晚上快吹熄灯号的时候,我来医院看了一下龙参谋长和小李,回去时,孙院长要陪我,我没有让……走着走着,觉得一阵眩晕,周身没有力气,就倒下去了。"

"那您为什么不让人陪着您来医院看望参谋长他们?"裴婧心疼地问。

"大家都忙嘛。本想让徐秘书陪着我来,但他在弄一个材料;潘副处长和你们一起新训的鞠燕,又在加班修改施工图纸;徐部长,你们也知道,他也忙了一天了,我不忍心让他跟着我跑一趟!所以……"石方竹慢慢地说。

"那给孙院长打个电话问一下参谋长和小李的情况就行了,非得您亲自跑一趟?"裴婧埋怨起来。

"像小李这些战士都是些孩子,父母放心地把孩子交给部队,我们必须对他们负责。他们今后要结婚,要生儿育女,供养父母,伤了,残了,我们对得起谁?这里的每个战士都是我的孩子,自己的孩子做了那么大的手术,当妈的不亲自来看一眼,心里过得去吗?人心都是肉长的,将心比心嘛!"

……

第十一天的一个下午,李晓明的妻子王夏花满脸疲惫地带着五岁多的儿子来到了医院,见到躺在病床上瘦了一圈的李晓明,泪水一下子就掉了下来……

这是一对苦难的夫妻。生于1965年2月的李晓明与王夏花不仅是一个生产队的,并且还是邻居。李晓明比王夏花大二十多天,两人从小一起下田捉过鱼、一起下河捉过螃蟹、一起玩过泥巴、一起玩过跳绳……后来他俩一同上小学、上初中……可以用两个词来概括他俩的关系:"两小无猜"与"青梅竹马"。

但是,命运这玩意,有时是让人捉摸不透的。当时,两家人也走得很近,双方父母都同意他俩的婚事。可是,1985年底,李晓明当兵第三年,从改建青藏公路的交通部队回去探亲时,却发现快满二十一岁的王夏花已经嫁了人。为此,他十分痛苦,不吃不喝,还发起了高烧,躺了三天才下了床。后来,他母亲告诉他,当时王夏花也是出于无奈才嫁了人。当年夏天,也就是1985年的6月,王夏花的父亲得了肺癌,家里急需用钱住院,她母亲到处借也凑不够进医院的费用。同村一个家庭条件好、经济富裕、开手扶拖拉机、名叫罗冠亚的小伙子也喜欢身材匀称、容貌秀美的王夏花……罗冠亚的母亲就托人找到王夏花的母亲说媒,罗冠亚家愿意出王夏花父亲的所有住院费用,但有一个条件:王夏花必须要嫁给罗冠亚。王夏花的母亲开始是犹豫的,知道自己的女儿喜欢邻居家当兵的李晓明,但是面对家庭的实际困难,在毫无办法的情况下就同意了这门婚事。可是王夏花哭死哭活不同意,她喜欢的人是在部队当兵的李晓明……后来,她真是叫天不应,叫地不灵……看着父亲的病情越来越重,命悬一线了,她才咬咬牙,狠狠心,痛苦地答应下来了。罗冠亚的家人怕夜长梦多,说必须要去乡上把结婚证办了,才把钱送到她家……后来,王夏花在半个月的时间内就嫁给了罗冠亚……再后来,父亲的癌症也没有治好,不久去世了。

婚后的第一年,王夏花为罗冠亚家生下了一个白白胖胖的儿子,可把全家人高兴坏了。但是,好景不长,1989年10月的一天,罗冠亚帮一家修房屋的人家拉石料时,因中午喝酒过多,将手扶拖拉机开翻到了悬崖下,当场车毁人亡……后来,王夏花成天被罗冠亚的母亲和姐姐谩骂,骂她是"丧夫命",她也成天以泪洗面。她觉得自己在罗冠亚家实在待不下去了,就带着可怜的三岁多的儿子住回了娘家。王夏花的母亲因为丈夫的早逝,还有女儿的不幸遭遇,成天闷闷不乐,不久患了一场大病,因医治无效,离开了人世。

可怜的王夏花带着孩子,度日如年。李晓明的父母看在眼里,疼在心里,看在她与儿子李晓明相爱过的情分上,就一直帮助这对可怜的母子。王夏花心中一直充满着感激。

那些年,国家为了解决农村缺柴烧的实际问题,提倡修建沼气池。沼气是有机物质在厌氧环境中,在一定的温度、湿度、酸碱度的条件下,通过微生物发酵作用,产生的一种可燃气体。由于这种气体最初是在沼泽、湖泊、池塘中发现的,所以人们叫它沼气。李晓明的父亲凭着硬朗的身板,起早贪黑,不辞辛劳地打了一口沼气池。沼气池给李晓明的父母带来了欢乐,不仅能煮饭,而且能照明。

有一天,李晓明的父亲发现沼气池的气量不足,便打开沼气池的盖子,搭着楼梯,下到只有半池粪水的池中,他想看看是不是池壁破裂了而造成了漏气。可是,当这位朴实憨厚的农民划燃火柴时,谁知沼气燃烧了起来,李晓明的父亲活活地被烧死在沼气池里。这突然发生的变故,使李晓明的母亲悲痛欲绝。

1990年5月上旬,王夏花身上背着四岁的儿子,一边照顾李晓明的母亲,一边请人安葬了李晓明的父亲……为了照顾好李晓明的母亲,王夏花不顾人们的闲言碎语,毅然决然地将自己的生活用品搬到李晓明的家里,与李晓明的母亲住在了一起,并让李晓明的母亲帮助自己照看着孩子,不让李晓明的母亲到地里干活,她独自一人在承包的责任田里劳作,然后回家操持家务,照顾一老一小……

1990年底,已在1988年初转了志愿兵的李晓明从部队回家探家,才知道家里发生的巨大变故。

"你为什么不写信告诉我?"李晓明大声地问王夏花。

"我和阿姨害怕你在部队分心……"王夏花也大声地回答。

"每一次收到你的信,都说家里这好那好,报喜不报忧!"

"你说我能写什么?写你爸爸在沼气池里被烧死?写你妈妈生病?写我如何含辛茹苦?写你抓紧寄钱回来?"

李母听着李晓明和王夏花吵闹起来,她手里牵着王夏花的儿子,从里屋走出来,指了指李晓明的头,说:"我们婆孙三人过得好好的,你这个不知好歹的东西要干什么呢?要不是夏花这闺女帮衬,你妈早就变成一堆土了……家里的大事小事,里里外外,都是夏花在苦心苦力地操持着……你寄回来的钱,我让夏花给你存在了乡上的储蓄所了,我们没有花你一分钱……我身上穿的衣服,是夏花喂养了鸡,用卖蛋的钱给我买的……你现在要是不给夏花认个错,别怪我不认你这个儿子!"

李晓明难堪起来,迟疑着。

"谁让他认错?反正他都有理!"王夏花心里不悦地说,然后系着围裙就要去做饭。

李晓明的母亲一手抓着王夏花的袖口,说:"夏花别走,他不给你认错,你就别去做饭!"

"夏花,我对不起你,冤枉你了……这些年,为了多积攒点钱,我也没有探家,当时我想爸爸妈妈身体都是好好的,回来也没有多大意思……要早知道家里这些年发生的变故,我就会年年休探亲假的……"李晓明红着脸,低着头说。

王夏花说:"谁让你认错了?"

……

下午,李晓明到街上去买了些香蜡纸钱回来。李晓明由王夏花带路,上了半山坡,在一个长满了草丛的坟堆前停了下来。

"这就是李叔叔的坟堆。"王夏花将盛在小碗里一块煮熟了的方方正正的猪肉,恭恭敬敬地放在坟堆前。

李晓明蹲在坟堆前,插好三炷点燃的香烛,跪了下去,泪水长流。

王夏花也跪了下去,同李晓明一起将一沓纸钱烧起来。

燃烧的纸钱,冒着一股股烟雾,弥漫在空中。

王夏花虔诚地磕了三个头,然后哽咽地说:"李叔叔,感谢你和阿姨在我最困难的时候,收留了我们母子俩,你每年的祭日,我都会来看你的!"

李晓明恭恭敬敬地磕了三个头,然后抬起头来,泪流满面地说:"爸爸,我对不起您,假如我当年听您的话,不去当兵的话,您不会活活地烧死在沼气池里了……"接着,便哭起来。

王夏花说:"李晓明,你哭有什么意思呢?你要在部队好好干,才对得起你的爸爸!"

"嗯!我会好好干的。请爸爸放心吧!另外,有一件事情,我要告诉爸爸:爸爸是看着夏花从小长大的,夏花不仅人长得好看,而且心肠也好……我要与她结婚成家,我想您会同意的!"

"李晓明你疯了?"

"我没有疯,我从小就喜欢你王夏花……"

"疯了,疯了!"王夏花气愤地端起坟头前装有猪肉的碗,站起来,转身走了。

李晓明追了上来,说:"夏花,我妈中午也问我喜不喜欢你,我说喜欢,她说,那过两天,她去把我们亲戚给我介绍的那个姑娘推掉……我妈也是同意我俩成家结婚……"

王夏花越走越快,说:"你不知道,我是一个带了孩子的女人。"

"这些我都知道。我不介意你有孩子,我一直喜欢你……"

"我在给你的信上已经写了,你这次回来把亲相了,如中意就把婚结了。我就认你当一个哥哥,我就给你当个妹妹!"

"不,我就喜欢你夏花!"

"不,我坚决不同意,我们曾经相爱过,这不假,但是已时过境迁。凭你现在的情况,可以找一个比我更年轻、更漂亮、更能干的姑娘,何必找我……"

"我就找你!"

"你同情我?可怜我?"

"都不是,都不是!"

"好了,不说了。我明天就去找你们家的亲戚,把那个姑娘给你带来……"王夏花迈着大步走了。

回到李晓明的家,王夏花开始收拾自己和孩子的东西,要搬回自己的家里去住,被李晓明的妈拦住了,问:"夏花,咋的了?"

王夏花便把上坟时发生的事情,向李晓明的母亲说了,然后说:"阿姨,您老人家别拦我了,我和孩子回我老宅住……"

"夏花呢,你没有看出来吗?我们家晓明是真心实意地想跟你好,想跟你过日子呢!"

"阿姨,是我对不起晓明,当年是我……"

"我和你李叔叔都清楚,当年那是你没有办法,才答应罗家那门婚事的,你也是为了能治好你爸的病。"

王夏花不吭声了。

"晓明当年因为你嫁到了罗家,他也痛苦过一阵子。现在你就别提当年的事了……我看,过几天,你们就把婚结了吧!"

结婚那天,李晓明家里很热闹,鞭炮阵阵,唢呐声声。李晓明请来了村上的支部书记当了证婚人,体面地搞了十六桌酒席。为什么要请那么多客人来参加婚礼呢?李晓明的想法很简单,他不能让有所谓"丧夫命"的王夏花受委屈,他要让王夏花活得像个幸福的女人。这一切,王夏花看在眼里,喜在心里。尽管生过孩子,但身材仍然匀称,穿着一身红色婚服的王夏花,容光焕发,红润的脸庞笑容可掬。

当天晚上,当客人们离去后,已经当过母亲的王夏花坐在婚床上,幸福地依偎在李晓明胸前说:"晓明,今天是我一生最幸福的一天,像吃了糖一样,心里好甜哟!"

"我要一辈子让妈、你和孩子过上幸福的日子!我会在高原好好干的,除了工资,我争取多挣点奖金回来……"

"嗯。晓明,今晚我给你怀个咱们的孩子吧!"

"现在计划生育管得这么严,我怕生第二胎影响我的前途。你和罗大哥生的孩子,就是我们的亲儿子了。"

"我今天厚着脸皮悄悄问了一下支书,他说像我们这种情况,按国家规定,是可以生第二胎的。"

"你真不害羞,还去问村上的支书!"李晓明抚摸了一下王夏花绯红的脸蛋,开玩笑地说。

"有什么害羞的嘛?都认识。"王夏花勾着李晓明的脖子,笑吟吟地说。

探亲假满后,李晓明回到部队不久,他收到王夏花的来信,告诉他:"自己有了……"

看罢信后,李晓明很高兴。但是,过了不到一个月,李晓明又收到王夏花的来信,沮丧地告诉他:"因为在地里劳动时,重重地摔了一跤,肚子里的孩子摔流产了……"看完信,李晓明没有伤心,夫妇俩还年轻,今后生个孩子还不是简单的事情,但他担心王夏花有心理负担,当晚便写信安慰王夏花:孩子摔掉了就算了,照顾好母亲,照管好孩子,保重好自己……

"请速来部队。李晓明。"八天前,王夏花出乎意料地收到了李晓明的电报。收到电报时,她喜不自禁把那封几个字的电报看了又看,满怀热望地笑了又笑,嘴里不停地说:"李晓明呀李晓明,你终于知道想我了!嘻嘻……"

王夏花欢天喜地的把电报拿回家,掩饰不住满脸的喜色对李晓明的母亲说:"妈,晓明来电报让我去一趟部队!"

"那你准备一下,明天就动身吧。去了多耍些日子才回来,我带着孙子啊。"

"孩子五岁半了,又调皮,你带不住,我把他带去看看他的军人爸爸。"

接下来两天,王夏花将李晓明的母亲的米面、盐巴等生活用品准备了一个多月的,她和孩子才穿得漂漂亮亮地起程了……

按照信封上的地址,王夏花带着孩子辗转数千千米来到重机连。第一个见到她母子俩的是连队文书。文书得知是李晓明的妻子时,帮助王夏花提着装有生活用品的塑料大包,将她母子俩引到了许林海的办公室。

许林海热情地招呼她在办公桌旁的凳子上坐下后,立即叫文书倒茶,还让文书泡了两桶方便面。

此时,王夏花的心咯噔一下,她突然预感到自己望眼欲穿的丈夫李晓明出了事情,心情也沉重起来。

许林海轻描淡写地将李晓明救灾的事情说了一下,然后又说:"晓明受的伤已经好多了,等你们吃过方便面,我就带你们去医院看他,医院离我们连队也很近。"他站起来,把办公桌上两桶泡好的方便面的盖子揭开,双手推到嘴唇干裂的王夏花跟前,"快吃吧,你们母子俩一路很辛苦。我们这里条件很艰苦,煮一顿饭,需要一两个小时。现在都3点多了,只有泡方便面快些。吃了饭,我带你们去!"

王夏花泪水已盈满了眼眶,尽管已饥肠辘辘,但心里堵得慌,哪吃得下去,只是摇了一下头。依偎在王夏花怀里的孩子,可怜巴巴地看着方便面就想吃,但看着妈妈的泪水从脸上流下来,就伸着细嫩的小手给妈妈脸上擦了擦,细声细气地说:"妈妈别哭!"

性格豪爽的许林海看到眼前的这一切,心情也不好受,只是为李晓明找了一个对他感情这么深的好妻子而感动。

两桶泡好的方便面在办公桌上静静的冒着热气。

许林海也不好多说什么了,只是说:"夏花,你们吃点吧!"

王夏花只是抹泪,没有吃方便面的意思。

许林海端着一纸桶方便面,喂了孩子,然后让孩子喝了几口汤。

孩子说:"吃饱了。"

许林海放下方便面纸桶,对王夏花说:"那现在我就带你们去医院吧!"

王夏花抱着孩子站了起来,弯腰去提脚旁那个塑料大包,许林海急忙过去,说:"我来提,我来提。你牵着孩子就行了。"

许林海提着塑料大包从办公室出来,后面跟着牵着孩子的王夏花。当他们走到连队停放车辆、机械的营区时,不少保养车辆、机械的官兵都给他们打招呼。

王夏花抹了抹泪水,强装笑脸地回应着官兵的问候。

出了重机连的营区,往前走了几步,便走上公路,右转后又走了几分钟,就到了医院。

许林海把王夏花带到了李晓明的病房。

李晓明背倚靠着床头,眯着眼迷糊着,好像在睡觉,已拆除了纱布的脸上,布满了青一块、紫一块的伤痕,鼻孔里插着输氧管,右手背上正输着液。

许林海将塑料大包放在病房的一角后,端出凳子让王夏花坐,然后,他又帮李晓明掖了掖被子,就小声呼唤着:"晓明,晓明,你看谁来了!"

李晓明惊了一下,睁开眼睛,说:"许副连长,你怎么来了?"

"我把夏花他们给你带来了。"

"夏花?"李晓明睁大眼睛,看了看屋内,果真看到王夏花抱着孩子坐在病床旁的凳子上,像不认识他似的,凝视着他。

王夏花又悄悄地流泪了。

"夏花,你真的来了?"李晓明把身子直了直。

王夏花流着泪,嗯了一声。

"我没有事,就受了点小伤,过些天就好了。你别哭嘛!"李晓明笑了笑。

"晓明身体恢复得很快,你们保重吧!我有时间,就过来看你们。这样吧,你们俩好久没有见面了,夏花陪着晓明多聊聊啊。夏花带着孩子,吃住就在医院吧,我一会儿去给孙院长说一下。连队还有一摊子事,大家都在给车辆和机械做保养,我要回去看着点。"许林海说。

"谢谢许副连长的关心!"李晓明说。

许林海一出门,顺手便把门关上了,他知道王夏花定会痛哭一场。

果真,待门一关上,王夏花将怀里的孩子放到地上,自己站起来,走到床头,就扑到李晓明的床边,号啕大哭起来,哭得整个身子都颤动不已。

李晓明疼爱地用手轻轻抚摸着王夏花抖动的后背,眼圈红了,接着就流下了豆大的泪来,嘴里喃喃地说:"夏花,你坐下休息,带着孩子走了这么远的路……"

听到妈妈大哭起来,孩子也不知发生了什么事,就跑过来抱着妈妈的大腿,大张着嘴也哭了出来。

王夏花抬起身,抹了一把脸上的泪,弯腰抱起地上的孩子,说:"柱柱,别哭,别哭!妈妈不哭了。"说着从裤兜里掏出手绢擦了擦柱柱脸上的泪水,然后又擦了擦自己脸上的眼泪。

"夏花,你坐,坐下说!"李晓明挪了挪身子。

王夏花掀开了被子才发现李晓明的下身,缠裹着厚厚的纱布,一根导尿管延伸到床下吊起的一个塑料袋里……她睁大着一双眼,愣愣地惊讶地看了半天,然后说:"怎么伤得这么重?"

李晓明淡淡地说:"没有事,就一点轻伤。"

王夏花左手抱着孩子,又弯腰疼爱地用右手轻轻地抚摸了李晓明下身裹着的纱布,泪水又滴落下来,滴到了纱布上。

"夏花快把被子给我盖上,快把柱柱抱过来,我看看这小子还认识我吗?"李晓明说。

王夏花温柔地把被子给李晓明盖好,就甩了甩头,想把满脸的泪水甩掉,然后抱着柱柱到李晓明跟前,说:"柱柱,快叫爸爸,快叫爸爸!"

柱柱不但不叫,反而被李晓明伤痕累累的脸吓哭了。

李晓明就用手轻轻拍了拍柱柱的脸蛋,说:"不叫算了,不叫算了!"

"没有出息,爸爸受伤了,怕什么嘛!"王夏花鼻子酸酸的,把柱柱抱在怀里,说,"等爸爸病好了,我们就要个弟弟或妹妹,好跟你做伴!妈妈上次怀的不知是弟弟还是妹妹,因为妈妈不小心,摔了一跤就没有了……"

"夏花,你坐下休息!"李晓明知道自己不可能再要孩子了,便岔开话题,把床头柜上自己的一个装有白开水的玻璃杯递给王夏花,说,"喝点凉开水,看你和孩子的嘴唇都裂开口子了。"

王夏花接过杯子,抱着孩子坐下了:"柱柱喝点水。"

"我床头柜里还有战友们来看我时送来的饼干,夏花你来拿吧,我的伤口正在愈合,医生让我少动……"

王夏花喂了柱柱两三口水后,柱柱不喝了,自己才喝了几口,然后起身将杯子放到了床头柜上,拉开抽屉取来几块饼干,给了柱柱两块,自己才吃了起来。一吃完,她说:"都怪你,你非要娶我……如果你找到你们亲戚给你介绍的那个姑娘,你也不至于出现这种情况……"

232

"我受这点伤算得了什么!"李晓明眼里盈满了泪水,他犹豫了一下,狠狠心,说,"夏花,你我同年同月生,我只比你大一二十天,都很年轻,都快二十六岁了,你听我一句话好吗?"

王夏花点了点头:"说吧!"

"你改嫁吧!"这句话,是李晓明咬了咬干裂的嘴唇,下了很大的决心才说出来的。

"你说什么疯话?什么意思?"王夏花的眼睛睁圆了,直愣愣地盯着李晓明问。

"我、我听医生说,我那方面不行了……"

"什么那方面不行了?你说清楚!"

"就是夫妻生活那方面……"后面的话,李晓明不想再说下去了。

半晌,王夏花才说:"不行算了,我认命了,你不娶我,我可能也守活寡一辈子,有你这么好个男人陪我一辈子,我也心满意足了!"

李晓明说:"当我苏醒后,医生告诉我这方面不行了后,我思来想去打算写信告诉你。你来了当面说,更好些。如果不告诉你,我就太自私了,对你也不公平……"

王夏花打断李晓明的话,说:"没有什么不公平,我绝不改嫁……你也别自卑了。我掏心掏肺地说,在这天底下,我这辈子最喜欢的就是你李晓明……我回去也不对你妈说,也不会对任何人说……我们今后把你妈妈照顾好,把李柱柱培养好,再把自己的日子过好!"

李晓明被心地善良的王夏花感动得哭了起来。

王夏花疑惑地问:"你又哭啥?"

"你太好了,夏花!"

"我好啥?是你好,我才好!"

11月底,总队领导组织召开"独立核算、自负盈亏"的会议后,却有十一支队、十三支队各一个连队的施工工程出现亏损,连队官兵的工资、津贴都发不出来。那个建设调压井的十三支队一连连长赵明便拿着借款条找到支队长借钱,但支队长说,支队的财务也很紧张,需要他去总队财务处借。赵明又慌慌忙忙地拿着借款条找到财务处处长,处长说:"总队的钱,不是随便说借就能借的,必须由总队长签字批准,否则借不到一分钱。"

赵明很无奈,他想到如果到总队长石方竹那里,肯定是要遭批评的,但想到全连队官兵为了拿到工资和津贴那种期盼的眼神,他还是咬着牙去了石方竹办公室。

石方竹望望赵明那张被紫外线破坏了毛孔,往外渗血的面孔,又望望那个跟着他一同来到办公室的神情淡漠的志愿兵司务长,挥手道:"你们有事吗?"

"报告石总,我是建设调压井的十三支队一连的连长赵明。"赵明指了一下身旁的志愿兵,"他是我们连的司务长。我们想在总队借点钱,借来发工资、津贴,还有要付给今年年底退伍兵的退伍费。"

"我认识你,赵明。借钱? 你们为何不在支队借?"

"支队长说在经济上实行独立核算、自负盈亏后,支队的资金也周转不开,所以让我们到总队来借。"

"嘿,今年全总队就只有两个连队没有完成工程承包的任务,你作为连长是咋搞的呢?"

"石总,我们有客观原因,那就是因为有三个战士被雷电击伤,其中一个右手臂被击断了,还有三个官兵处在地光弧线内,把耳朵搞聋了……所以,所以我们就没有完成今年的工程任务,所以,我们的工程是亏损的……我们不能给退伍兵的退伍费打白条……"赵明已经吓得语无伦次了,说起话来也结结巴巴的。

石方竹说:"赵明,你作为连长要发挥主观能动性,要克服困难,要带领大家超额完成任务。你看其他超额完成施工定额任务的连队,官兵拿上了丰厚的奖金,高兴得合不拢嘴,都表示明年更要加油干好工作。"

赵明说:"石总,我与在西藏修建公路的交通总队的一位老乡交谈过这方面的事情,我完全赞同他的看法。他说,按上级确定的方针政策,我们水电、交通、黄金三支特殊的部队,用军事化组织、企业化管理,完成国家重大工程项目建设,有优势,有劣势。优势是,服从命令,听从指挥,吃苦精神强,能打硬仗,能啃硬骨头,有条件上,没有条件创造条件也要上。有条件艰苦、难度极大,地方施工队伍不愿意干,久拖攻不下的重大工程,派部队上去后,官兵们的拼命三郎精神和部队顽强坚韧、永不言败的战斗作风起了很大作用。劣势是,专业技能不强,缺乏经营管理经验,有些蛮干,容易发生质量事故。同时粗放式管理致使浪费严重,经济效益差。常常有精神可嘉,效果欠佳的问题。在经济上独立核算,自负盈亏的体制下常常干了活、吃了苦,核算下来是亏损,无钱给干部战士发工资、津贴,干部转业、战士退伍也给不了转业费、复员费,只好认账不赖账,打白条先走人,今后有新工程款后再补发的情况。"

石方竹想了想,说:"你那位战友说得对。我们怎么办? 只好向地方施工队伍学习企业管理的先进经验和办法。机制和办法各异,有项目承包责任制,有百元工资含量包干,有三全一多全面质量管理标准,等等。事实上,学得好,管得好,军事化组织和企业化管理结合得好的,效益上来了,质量提高了,官兵生活条件改善了,收入增加了。反之,经营不善,问题一大堆,部队建设也搞不好。"

"是。请石总放心吧!我们今后一定努力!"赵明把手里的借款条,递给了石方竹。

石方竹在借款条上签完字,抬起头来:"考虑到你们的特殊情况,我就批了你们连队的借款吧。切记,你们一定要把今年的退伍兵的退伍费结清楚,他们干了活、吃了苦,千万不能给他们打白条子!否则,会让退伍兵们心寒!"

赵明恭恭敬敬地从石方竹手里拿过借条:"石总说得对!"

石方竹长长地叹了一口气:"今后你们好好干吧!"

第十六章

在海拔这么高的羊湖电站建设工程工地,由于高寒缺氧的恶劣原因,到了每年的12月初至第二年2月底,就无法施工了。当然1989年底,部队是没有安排官兵休假的,原因有二:一是官兵开赴高原才两三个月时间,二是"四通一平"工作确实繁重。在这两三个月无法施工的时间里,除了留少数官兵在工地上看守营区和施工物资外,其他官兵基本上都安排到成都保障基地休整,也可以叫养精蓄锐。一般说来,该休假的就休假了,不够休假年限或休假完毕的官兵,将参加分别由司令部、政治部、后勤部组织的军事训练、技术培训、政治理论学习和生活保障培训……待到第二年的2月底或3月初,官兵们才又奔赴羊湖施工工地,投入紧张而又繁忙的施工"战斗"。

成都保障基地的总队机关六层办公大楼在茶店子已建好投入使用了,人们也称为"总队机关"。这座气势宏伟的大楼墙壁上镶嵌有"政治合格,军事过硬,作风优良,纪律严明,保障有力"的金色大字,在大门上方中央悬挂着一个巨大的武警警徽,大门左侧白色的圆柱上挂着一块白底黑字的"中国人民武装警察部队水电第三总队"的单位门牌,左右两侧分别站立着挺拔的哨兵。

与总队机关对面相隔一条公路的是几栋崭新的家属楼,够随军条件的副营职以上干部的家属,带着老人、孩子高高兴兴地从四面八方赶来,住进了有水、有电、有煤气的楼房。再加上干部们从高原回到成都休整,军嫂们能与老公团聚,简直是一件幸福的事情了。她们脸上洋溢着幸福的笑容……

1991年12月初,潘登回到成都休假的第一天下午5点多,就到办公室加班,傍晚接到一个战友打来的电话:"哥们,你知道你的老婆现在在干吗?"

"我不知道。"

"我告诉你吧,你那漂亮的老婆正在与一个男人约会。那男的好像是个老板。"

"在什么地方?"

"在咱们部队的安蓉宾馆。"

"好的,我知道了。谢谢你!"

放下电话,潘登已无法再静下心来,于是拿着桌上的半盒烟,抽出一支,点燃后,猛吸起来,然后两眼愣怔地望着天花板。

潘登的妻子叫余诗,在区政府财政部门工作,中专文化程度。容貌俏丽,皮肤白皙,腰肢纤细,头发飘逸地披洒在肩上,是个典型的成都姑娘。

他俩相爱是在部队刚修建羊湖电站的那个冬天,也就是1985年底,部队官兵回到成都休整时。当时石方竹考虑部队干部在高原建设电站很辛苦,超龄的青年干部有二十多个,于是她安排干部部门的干事去金牛区妇联联系,看能不能搞一个超龄男女青年联谊会,由妇联组织区级机关的二三十个女青年参加。过了几天,这个联谊会如期举行了。

作为部队方的首长,石方竹讲了话。她说:"同志们,感谢妇联组织了这次联谊会。我们部队在高原修电站,这些超龄干部工作干得很优秀,因为忙于工作,都没有时间成家,我作为他们的领导,有责任通过不同的形式为他们的婚姻牵线搭桥。我希望通过今天的活动,能使大家相识、相知、相爱,建立好自己的美好家庭,过上美好的生活。最后,我补充一句,只要你们恋爱成功,我保证等你们结婚时就有一套属于你们的房子!"

人们响起了掌声。姑娘们都眉开眼笑。

这次联谊活动搞得比较成功,共成功了六对,潘登和余诗是其中的一对。潘登和余诗属于那种一见钟情,都满意对方的情况。

经过接触,他俩都为找到了心满意足的另一半而高兴。一周后,经过余诗的精心安排,潘登买了礼品到余诗的家里,见了余诗的父母。余诗的父母得知潘登毕业于名牌大学,也是部队的副营职技术干部,再加上小伙子长得一表人才,余诗的父母很满意,他们夸自己的女儿有眼光。

1987年春节,潘登和余诗喜结良缘。结婚那天,潘登身着藏青色西服,打着红色的领带,精神焕发,英俊帅气,令来参加婚礼的余诗家的亲朋好友连连称赞:"还是余诗有眼力,找了一个好标致的小伙子哦!"余诗身着洁白的婚纱,脸上画了淡淡的妆,本来就漂亮的余诗更加楚楚动人。参加婚礼的战友们都觉得潘登找了一个美丽如花的仙女呢。

石方竹、龙大佩等领导参加了热闹的婚礼。石方竹做了证婚人。

结婚后,潘登向余诗建议说:"我老家的姐姐已结婚了,县城只有母亲了,我想把她接到城里来与我们一起过。反正房子也住得下。"

"你的建议我同意。"余诗很幽默地说。

"诗诗是个好儿媳妇!"潘登夸赞了余诗。

余诗甜蜜地拥着潘登亲吻了一下。

1988年10月份,余诗生下了一个可爱的小宝宝。潘登的母亲细心地照顾余诗坐月子,余诗的父母也偶尔过来看看自己的女儿,同时抱着襁褓中白白胖胖、小名叫"旺旺"的小外孙亲个不停。

旺旺从小一直由慈祥的潘母带着。

时光如梭。几年时光很快就过去了,1991年3月中旬,潘登满怀喜悦地从高原羊湖电站工地回到成都出差。出差前,龙大佩想到他平时风里来雨里去的,很辛苦,就让他在成都多待几天。当天晚上,潘登才发现自己那方面不行了,搞得余诗的激情顿消,还不停地埋怨道:"刚结婚时,你一天晚上要我一两次,去年底你回成都开会,每天晚上也要与我做一次,怎么现在一下子就不行了呢?"

"我也不知道是怎么回事,我明天抽时间去医院看看吧!"潘登唉声叹气起来。

这一晚上,两口子都没有睡好。

第二天上午,潘登去医院做了检查,医生告诉他:"你可能是心理原因造成的。"

潘登不懂,就问:"什么心理原因造成的呢?"

医生问:"你在什么地方工作?"

"我在西藏修羊湖电站。"

"那里海拔是多少?"

"3600至4400米。"

"哦,我知道了,你的病,很有可能是与高原的气候有关吧。你从事什么工作?"

"我从事的是工程技术工作,压力很大,有时还经常失眠……"

"简单地说,你的工作环境和工作压力导致性功能障碍。"

"啊?"潘登吃惊地把眼睛睁得很大,疑惑地看着医生。

"你这种病不太好治,我只能给你开些药,慢慢试吧,反正我也没有把握能把你治好。"开完处方,医生把处房笺递给他说,"你还可以去省中医院看看,吃些中药慢慢调理调理!"

潘登心情很沉重,心理负担更大了。他取了药之后,又坐出租车去了省中医院,然后把一大袋子中草药提回家。

他回家后就成天用沙罐熬中药,搞得家里到处都能闻到中药的味道。他就像完成施工图纸设计的任务一样认真,每天几大碗中药汤汤灌进肚子,还服大把大把的西药,他迫切希望找回过去的美好时光。

母亲带着旺旺,看着他每天沉着张脸,没有笑容,就问:"儿子,看你心事重重的样子,你喝的什么中药?"

"没有啥,我得了一点高原病……你带好孩子就行了,别管我了。"

潘登天天吃药吃得直反胃,人也一天天瘦下去。

说实在话,余诗同情他,也鼓励他:"你心莫急,慢慢来吧!"

可是,余诗越是鼓励他,他越觉得对不起余诗。他知道,他俩都渴望着男欢女爱的美好时光。

潘登还有几天就要回高原了,余诗鼓励他说:"今晚咱们再试试!"然而,他心有余而力不足。尽管余诗安慰他:"你不要有心理负担,要保持良好的心态。"但是,试了几次,还是失败了。

潘登觉得心里很难受,觉得对不起余诗,便下了床,大口大口地吸烟,茫然地望着窗外……

到高原前两天,潘登冒着瓢泼大雨到省中医院开了半麻袋中药。他要带到高原,一边工作,一边吃药,力争早些把自己那难言之隐的病治好。

余诗坚信潘登的病能治好,找回过去的幸福。

潘登怕战友笑话他,所以在家中用塑料袋子把半麻袋中药,包扎得四四方方的,然后外面又用一层厚厚的白纸包裹好。这样既好看,又闻不到中草药味道。

一上飞机,潘登碰到五位从成都保障基地调往高原的战友。

一个战友手里拿着一张报纸看,上面有一则《等待落叶》的故事吸引着他:夫妻俩一起去观看美术展览。当他们面对一张仅以几张树叶遮掩私处的裸体女人画像时,丈夫立刻目瞪口呆地盯着那幅画,痴呆地看了半晌不想走开。妻子狠狠地揪住丈夫吼道:"喂!你是想站到秋天,等待树叶落下来才甘心吗?!"一看完,那位战友独自大笑起来。

这时,那位战友看着潘登把一包包扎得四四方方的东西往飞机行李箱放,就问他:"你这是些啥玩意?"

"是我在成都勘测设计研究院取的羊湖电站的施工图纸,我们是一边建设,一边设计,你是知道的!"潘登笑着对那位战友说。

潘登默不作声地坐在座位上,突然想到自己当知青时,在农村相恋的教书老师文静……在结婚前夕,他和余诗专门去了一趟他当知青时的农村,看望了文静的父母,真诚邀请两位老人到成都来参加他和余诗的婚礼,但两位老人觉得麻烦,再加上路途也远,就谢绝了他俩的好意,高兴地祝福他俩幸福。

到了高原,潘登不想让人知道他在吃药,便去找了龙大佩,说:"参谋长,我的图纸设计任务重,晚上有时在宿舍要搞到通天亮,我的宿舍原来是住两个人的,去年底与我同住在一个宿舍的胡参谋转业了,请不要再安排人进来住了,主要方便我的工作,您看行吗?"

龙大佩吸着烟想了想,说:"尽管机关宿舍比较紧张,但考虑到你的工作的特殊性,我同意你单独住一间宿舍。你去跟直政处刘处长说一下吧,让他不安排人住进你的宿舍了,就说这是我的意思!"

潘登高兴地从龙大佩办公室出来,就去了直政处找到刘处长,把来意说了一下,刘处长说:"参谋长都表态让你一个人住一间宿舍,我能反对吗?"

"谢谢刘处长了!"

潘登笑嘻嘻地来到重机连,掏出两百元钱交给许林海,说:"许副连长,你去拉萨拉施工物资时,麻烦你帮我买一个带盖子的不锈钢保温水杯回来。"

"潘副处长,你这个搞科研的高才生,用这种水杯是不是太奢侈了?我们石总都没有用过这么高级的开水杯。"

"我们搞工程技术的,成天拿着图纸跑工地,用玻璃杯水凉得快,不锈钢保温水杯保温……"

"哈哈哈……不说了,我明天就要带大伙去拉萨拉施工物资,我一定给你买回来,你放心吧!"

"如钱不够,你回来,我再给你补上啊。"

"好的,好的。"

从此,潘登每天晚上,都在宿舍里关门闭户地将药罐放在电炉上熬那气味难闻的中药,熬好后,留下一碗晚上喝,第二早上出完操,他又喝上一碗后,就将中药倒满不锈钢保温杯,拧紧盖子,提到办公室或提到工地上,悄悄地坚持服药。

半年时间过去了,没有一点效果,潘登心情很沉重,每天晚上,在宿舍里看着工程技术资料或描着图纸,他就不由得唉声叹气起来。

余诗也关心着他的病情,有时写信来问问他的病情如何了?他只是轻描淡写地回信说:"病情有所好转。"

接到潘登的回信,余诗心里燃烧起了希望,她希望潘登的病赶紧好起来……尽管有了孩子,但这是她作为一个身体健康的女人的最低要求。

有一天,潘登带着处里四名技术人员到正在建设的调压井工地检查施工质量,潘登要爬上脚手架去看看官兵们的施工情况,顺手就将装有中药的不锈钢保温杯交给鞠燕帮他提着,由于盖子没有拧紧,中药淌了出来,鞠燕索性拧开盖子闻了闻,才知道那保温杯里装的是中药。她不想让其他的技术人员知道,便赶紧把杯盖拧紧。

鞠燕仰头看到潘登已经登上了脚手架的最高处,心中升起了对潘登的敬意。她知道,潘登是从县城走出来的,当过知青,然后考上了名牌大学,之后来到部队,从一名普通的技术员干起,现在不仅是副处长,还是一名有着副高职称的工程技术干部。潘登干工作任劳任怨,只要是交给他的工程技术任务,哪怕通宵达旦,他也会一丝不苟地完成。论工程技术方面的知识,工程技术处的同行战友,无法与他比拟……她清楚,在全总队,在工程技术方面,除石总队长和龙参谋长外,潘登就是最优秀的了。她打心眼里佩服这个男人!鞠燕记得自己刚到工程技术处报到的那天上午,潘登立即从办公室走出来,笑着和她打招呼,还让其他几个技术员帮她把办公桌打扫干净,并让其中一个技术员去司令部办公室帮她领来了所有的办公用品。潘登说:"我们十分欢迎名牌大学毕业的鞠技术员与我们共同战斗,共同建设羊湖电站!鞠技术员刚上高原,先休息休息,多喝水,少运动。等你适应了这里的气候后,我们一起到山上的工地上走走,了解了解施工部队的施工情况。"他还让其他技术员去医院给她拿了预防高原反应的药,并把她的背包、行李送到早已安排好的宿舍……她知道有一个技术员的家里遭了火灾,他们每人只捐了一百元,而潘登却大方地捐了四百元,在羊湖,他每月的工资加上"生命折旧费",也没有四百元……当时感动得那位技术人员说不出话来。所以,全处的干部都佩服潘登,不仅仅是他的工作能力强,还有他的为人处世好。鞠燕还记得,自己刚上羊湖时,到十三支队检查施工质量,由于还不适应高原的恶劣环境,当时就休克在了工地上,不省人事。是潘登慌慌忙忙地背着她跑了1000米左右的路,去医院输了液……裴婧、李婷取笑鞠燕说:"潘副处长对你那么好,是不是爱上你了?"羞得鞠燕满脸通红,说:"去去,潘副处长都有孩子了!"李婷就开玩笑说:"你是不是很遗憾?"鞠燕说:"去你的!你就欺负我这个老实人……"接着,三人就拥抱在一起大笑起来。

从医院回来,鞠燕为了感谢潘登这个"救命恩人",暗地里观察潘登平时抽的什么牌子的香烟后,就去军人服务社买了一条烟,趁潘登一个人在办公室的时候,送给了他,潘登不要,说:"我有烟抽,再说我们是一个处室的,平时大家就是应该互相帮助、互相照顾!"但鞠燕还是硬把那条烟塞给潘登,转身就跑了。第二天一上班,潘登当着处里人的面,照价把香烟的钱付给了鞠燕,说:"昨天,我在办公室忙,谢谢鞠技术员帮我去服务社买了条烟。"鞠燕的脸红了,也不好把她给潘登买烟的原委说出来,只好当着大家的面把钱收了起来。

现在,潘登已从脚手架下到地面了,对赵明说:"赵连长,从目前情况看,质量、进度都不错,希望你们再接再厉。尽管调压井的修建是以你们一连为主,二、四、五连为辅,但要注意安全,毕竟这是五六十米高的调压井,施工难度大!"

赵明向潘登保证道:"请潘副处长放心,我们时刻把质量、进度、安全都记在心中的!中午开饭时间快要到了,你们就在我们这里吃点'战地饭'吧!"

"战地饭?"

"就是炊事班把饭送到工地上来吃,大家开玩笑就叫'战地饭'。"

"好啊,大家以苦为乐,把这里与战场上吃饭等同起来了。是啊,谁说修羊湖电站的工地不是战场呢?"潘登笑道,"好啊,只要大家齐心协力,就能把事情办好。人们常说,人心齐泰山移嘛。至于你们的'战地饭',我们就不吃了,我们还要去其他连队看看施工情况。谢谢了!"潘登说。

又过了一个多月,半麻袋的中草药服完了,但病情仍不见起色。潘登想来想去,还是应该实事求是地告诉余诗,于是,写信把真实情况告诉了余诗。

余诗收到信后,一筹莫展。说实在话,她自从那次联谊会与潘登一见钟情后,确实觉得潘登是一个不可多得的好男人:孝敬双方的老人,和她更是恩爱有加。她还记得,她和潘登结婚不久的一个晚上,他们关于事业和理想,畅谈了一个通宵,真有说不完的话……但天不遂人愿,由于高原的恶劣气候,他患了阳痿病。她多么渴望潘登的病能早些治好啊!

于是,她请了假,专门跑到医院开了三四百元专门治疗阳痿的中成药,然后到邮局给潘登寄去。

潘登收到一大箱子中成药,感动得差点掉泪,嘴里不停地自言自语地说:"余诗,我的余诗,我对不起你啊,我一定一定把病治好,不负你的希望……"

接着,潘登每天按时服用三次。就是去山上的工地检查工作,也随身携带着中成药,按时服用。

但是,这一切没有感动上天。潘登的病还是没有好转,也难以向战友倾诉,再加上心理负担过重,人就日渐瘦削,精神状态也没有以前好了,烟越吸越厉害。

有天中午,鞠燕同他一路去食堂吃饭,关切地问:"潘副处长,你最近是不是犯了什么病?我看你脸色没有过去好了。"

潘登哈哈大笑起来:"我能吃能喝能睡,能有什么病呢?"

"反正,我觉得你没有过去那么有精神了。"

"是吗?可能是我烟比平时抽多了吧!"

"我爷爷是资深的老中医,经常教育我爸爸少抽烟,烟确实对人的身体有害!"

"好的,我今后少吸点烟!"

余诗邮来的中成药也吃完了,潘登的病还是没有好转的迹象。

潘登思考了几天,就痛苦地给余诗写了一封信,告诉余诗:"我的病可能治不好,你正是风华正茂之时,应该找到你自己的幸福,希望你考虑与我离婚。现在我们住的房子是部队的,无法分割,家里有几千块钱的存款全部归你,儿子旺旺你也可以带走……虽说我们有过幸福的时光,但毕竟才那么四五年……这几年来,你对我母亲很尊敬,母亲经常对我说,我找了一个好老婆……你对儿子也是尽心尽责,我在高原也没有帮上你什么忙,你每天骑着自行车上班也很辛苦……"

余诗收到信后,心情也很沉重,她看得出来潘登写这封信时的痛苦心情,信纸上还有潘登写信时留下的泪痕……看完信,她痛苦地流了一晚上的泪,泪水浸透了枕头。第二天,她没有起床,潘母把熬好的粥端到床头柜上,她说病了,吃不下饭。

潘母摸了摸余诗的额头,有些发烫,就说:"孩子,你发高烧了,妈妈去给你拿条湿毛巾来敷敷!"

已经上幼儿园有三岁的旺旺,听奶奶说:"你妈妈病了!"他便从奶奶的床上跳下来,也没有穿衣穿鞋,就咚咚地跑到妈妈的卧室,用胖嘟嘟的小手拉着妈妈的手,哇哇地大哭起来,泪水涟涟地问:"妈妈,你怎么了?"

"旺旺乖,妈妈病了,没有事的,妈妈躺躺就好了,快跟奶奶上幼儿园去哦!"余诗强忍着,没有让泪水掉出来。

潘母把用凉水浸透的洗脸毛巾拧干,细心地敷在了余诗的额头上。

余诗有气无力地对潘母说:"妈,您把旺旺的衣服穿好,让他吃了饭,快送他去幼儿园吧,我躺躺就好了!"

待潘母牵着旺旺的小手一出卧室,余诗再也控制不住自己的感情,泪水又从面颊上滚落下来了。

……

潘登这次休假回到成都,没有写信告诉余诗自己回来的时间。他回来就去了办公室,想把有关施工图纸再细细斟酌、分析,再认真修改一下。如果在家里工作,担心旺旺调皮,把图纸搞坏了。

潘登是下午5点到的家(是部队租借的空军部队的飞机回到成都的),当时只有母亲一人在家,就顺便告诉了母亲,自己去把图纸弄完就回来,不要等他回家吃饭了。母亲知道儿子是一个事业心很强的人,也就没有说什么。

潘登在办公室加班时,接到战友打来的"我告诉你吧,你那漂亮的老婆正在与一个男人约会。那男的好像是个老板"的电话后,他吸着烟,两眼愣怔地望着天花板,他不但不埋怨余诗,还觉得余诗做得对,他终于可以放下自己的心理负担了。

由于心理负担放下了,潘登吸完烟后,就泡了一包方便面吃。方便面是他来办公室前,在附近的小卖部买的。吃完了方便面,他就又开始对施工图纸进行了认真检查,对好几处不合理的地方进行了逐一修改,然后才回家。

回家后,旺旺已经睡觉了,潘登看到只有母亲还饿着肚子坐在饭桌前,望着她给自己做的用碗盖着的三个他最喜欢吃的菜发呆。

母亲抬起头,看到潘登回来了,满脸笑意:"旺旺盼你回来,等不及了就睡了。晚上,余诗回来说,她晚上不在家吃饭,有朋友聚会,打了招呼,就走了。"

潘登有些埋怨道:"妈,我说了,不要等我吃饭嘛!我在办公室都吃了一包方便面了。"

"你忙工作,妈妈不怪你的,但一年半载难得见上你一面,妈妈给你做了三个你从小就喜欢的菜,妈妈心疼你!"

"我知道妈妈的好意。我先去看看儿子,然后再陪妈妈吃饭吧!"说完,潘登便进了妈妈的卧室,看到床上熟睡的儿子,就用手轻轻地抚摸了儿子那粉红色、胖乎乎还带着甜甜微笑的脸蛋,对一同跟进来,站在自己身旁的母亲说:"妈妈带旺旺辛苦了,儿子长胖了。"

"辛苦啥子嘛!奶奶带孙子天经地义的事。这旺旺就是调皮,但人很聪明呢!"

"旺旺长得很可爱,越来越像他妈了。"潘登给旺旺披了披被子,说,"走,妈,我陪你吃饭!"

炒鸡蛋、腊肉炒豆腐皮、炒土豆丝,外加米饭,还有一个菜汤在锅里。因为菜已经凉了,潘登放在微波炉里热了一下。菜汤,潘母也热了一下,端上了饭桌。

潘登坐下后,先吃了一口炒鸡蛋,说:"妈妈做的菜,就是好吃!"他往母亲碗里夹了一块腊肉,又夹了一筷子鸡蛋,说:"妈,你也快吃吧!"

"好吃就多吃点。"潘母坐下后,拿着筷子把碗里的腊肉夹给潘登,"儿子,在高原修电站辛苦,你快吃,多吃点!"她自己夹了一筷子土豆丝吃。

母子俩吃了一会儿饭,就听到开锁的声音,门开后,余诗肩上挎着一个漂亮的女式坤包进来了。

"诗诗,快来吃点腊肉,妈做得很香的!"潘登高兴地招呼道。

"你回来前也不来信告诉我一声。否则,我才不会去参加我们家属院李嫂子的生日聚会呢。李嫂子的老公是十一支队的杨副支队长。杨副支队长也参加了李嫂子的生日聚会,还有一个地方老板参加,李嫂子可高兴了,你应该认识杨副支队长吧?"

"认识,认识!你快来尝尝妈做的腊肉炒豆腐皮吧,挺好吃的。"

"不吃了,我饱了,你们快吃吧,吃完了我来洗碗!今天晚上,李嫂子他们还没有到,我和一位不认识的老板就先到了,好尴尬啊!"

母子俩吃完饭,余诗就主动来收拾碗筷要去洗,但被潘母挡住了,说:"你上班辛苦,妈来洗!你们早点休息!"

"妈,您操持了家务事,还接送旺旺上幼儿园,您辛苦些,我来洗。"余诗拿着碗筷进了厨房。

晚上,当潘登和余诗坐到床上,潘登先说了话:"诗诗,我给你写了信,你为什么不回信呢?你对离婚考虑得如何了?"

"我没有给你回信,就说明我不想与你离婚!"

"为什么呢?"

"我觉得你还是应该再去医院看看,后天,我请假陪你去看病,没有什么不好意思的。上次我去给你开药,有不少男人都去看这种病。听医生说,他们大都是工作压力和生活压力太大造成的,治愈率达百分之八九十呢,你比他们特殊些,你是因为高原的恶劣环境造成的。上次给你开药的医生对我说,最好你自己亲自去看一下……"

"我自己在省中医院开的中药吃了不少,还有你寄来的中成药,我也都吃完了,药把人吃得痨肠刮肚的,但就是不见好转,我也实在没有办法。"

"我知道你很痛苦,但我有信心,等你把病治好!"

"可能是竹篮打水一场空,我们还是离了吧,你趁着年轻再找一个吧,这样我的心理负担就减轻了……"

"不说了,我等你治好!"余诗泪水出来了,嘴唇迎上去堵住了潘登的嘴。

两人就这样拥抱着睡了一个晚上。

余诗请了假,陪着潘登去了四川省生殖健康研究中心附属生殖专科医院,医生给他进行了一系列的诊断后,说:"像你这种症状,是气候环境造成的,不一定能治好,因为你的情况与其他男性的情况不一样……"

夫妻俩又开了几百元钱的中药回来。当晚,潘登因为自己的病很沮丧,苦闷地想了半天,还是对余诗说:"咱们还是离婚吧!"

余诗不吭声,倒头便睡,其实她也没有睡着,只是唉声叹气地抹泪,觉得自己命运太苦。

早晨起床时,潘登对眼睛布满血丝的余诗说:"晚上,我要参加一个战友聚会,要晚些回来,你昨天晚上没有睡好,你早些睡!"

其实,当天晚上,潘登没有什么战友聚会,而是独自去了余诗的父母家。女婿的到来,自然使余诗的父母很高兴,余母就问潘登:"你怎么没有和诗诗一起来。"

潘登善意地撒谎,说:"她要陪旺旺。"接着,潘登坦诚地把自己患病的前后经过说了一遍。

对于潘登所患的"病",惊得余诗的父母张着嘴巴半天说不出来话。

潘登真心诚意地说:"我希望你们给诗诗做做工作,把婚离了,趁她还年轻,可以再成个新家。"

余诗的父亲唉声叹气起来:"潘登啊,你怎么得了这种病?"

潘登无奈地说:"听医生讲,是高原恶劣的气候造成的!"

余诗的母亲犹豫后,说:"小潘,你也是为了诗诗着想,真让我们感动啊!好吧,我们做做诗诗的工作!"

"谢谢!"

后来,余诗的父母给余诗做了不少工作,余诗也只好咬着牙答应下来了。

余诗哭哭啼啼地对潘登说:"我离婚后,在没有成家前,还是住你部队的房子吧,你妈和你都喜欢旺旺,我今后就不把他带走了……我们离婚的事,你妈那里还是你对她说吧,老人家一直对我很好,我也开不了这个口……"

潘登流着泪说:"嗯!我说吧!"

当天早晨,余诗上班走后,潘母把旺旺送到幼儿园回来后,潘登对母亲说:"妈,您坐下吧,我给您说个事情。"

"你今天怎么这么怪怪的呢。"潘母看到潘登不苟言笑的样子,坐了下来,"说吧!"

潘登便把自己要与余诗离婚的来龙去脉说了。

"你疯了,余诗这么好!"母亲认真听着潘登说完后,犹如晴天霹雳,过了好一会儿,才吼出了这么一句。

"妈,正是余诗不错,所以我才有这样想法,人不能太自私了。我也是没有办法,是我对不起她,她这么年轻,她应该有她的幸福,所以……"

潘母顿时泪水就溢了出来。

"经过我做工作,余诗,还有她父母也同意了……妈,您要理解我的心情嘛!这样我就能活得快乐一些……"

潘母用手背擦了擦滚在面颊上的泪水,点了点头,然后说:"潘登啊,你说你的婚姻咋的了,当知青时,你喜欢的那个小文去世了……余诗这么好个姑娘,你又身体出了毛病……唉!"

潘登也只是"唉"了一声,不好解释什么。

潘登和余诗心情沉重地去民政部门办理了离婚手续。

第十七章

晚上,月玉成来查铺,看见萧山然还坐在床铺上,神情黯然,正打着电筒在那儿写信。

月玉成问:"萧排长,你给谁写信?"

萧山然长叹道:"唉,对象,她催我结婚,结了婚后,她可以名正言顺的去照顾我长期患病的母亲了。"

"唉!"月玉成也长叹了一声,掖了掖萧山然的被子,坐在了床边上,关切地说,"当军人的老婆不容易,当军人的对象也不容易,写信好好安慰安慰。隧洞施工这么紧,我也不能让你回一趟。现在已3月底了,晚上天气还是这么寒冷,写完早些睡,别感冒,明天还要施工,我走了,还要去查铺。"

萧山然点点头,"嗯"了一声,说:"连长,你也早些休息。"

月玉成边往外走边说:"我知道。"

萧山然的对象叫孙莉,已相爱快三年了。萧山然1964年6月生,十九岁高中毕业时报考了大学,只因考分差了二十一分而名落孙山。他不甘心,复读了一年,但最终还是以八分之差,再次落榜。

中共中央、国务院联合发出《关于实行政社分开建立乡政府的通知》,要求各地在1984年底完成建立乡政府工作,人民公社制度彻底取消的那年底,萧山然从安徽省怀宁县农村应征入伍,1987年考上武警水电指挥学校,学了水电专业。1989年6月毕业后,他分配到了一总队正在建设的广西天生桥水电站工地,成了月玉成的手下,当了排长。7月他回家探亲没有几天,到镇上去同学家玩,路过街道时,他看见一群人,围了一圈又一圈,闹闹嚷嚷的。他当时穿着短袖警服,挤进人群,才发现一个五十开外的农民躺在地上,脸色发白,紧闭双眼,已昏迷了。有人说:"是天气热,可能是中暑了。"

萧山然就让人帮他扶起病人,他背起病人就往镇卫生院跑。由于自己身上带的一百元钱不够缴住院费,他就把警官证押到了收费处,病人才住进了院。

住院后,医生检查了病人,开了处方。护士就给病人输上液,服了西药。医生告诉萧山然:"你父亲是因为天气热中了暑,再加上拉痢疾,脱水了。你放心,他没有生命危险。"

萧山然穿着已湿透了的短袖警服,左手拿着警帽,坐在病床旁的板凳上,吹着老掉牙的电风扇,盼着病人早些苏醒。

半个小时过去了,病人终于苏醒了,睁开眼睛,问:"我在哪里?"

萧山然忙站起来,走到病床前,弓着腰对病人说:"大叔,你在镇上的卫生院。"

病人有气无力地望了望半空中悬挂的输液瓶,说:"我怎么到卫生院了呢?"

"大叔,你在街头晕倒了,是我把你背到卫生院的。"

病人伸出满是老茧的左手,拉着萧山然的右手:"谢谢你,解放军同志!"

"不谢,大叔!你的家住在什么地方?我好去通知你家里的人来。"

"我家离这里有些远。"病人想了想说,"我女儿在镇上邮电分局工作,麻烦你帮我叫她来一下吧!"

"她叫什么名字?"

"孙莉。我叫孙德国。"

"嗯,我这就去!"萧山然抬头看了看病床旁吊瓶里还有百分之七八十的液体,"我去给护士交代一下后就去叫你女儿来。"

孙德国连连说:"谢谢你了,谢谢你了!"

萧山然出了病房,到医务人员办公室交代了一下,右手攥着警帽,便朝有500米左右路程的镇邮电分局跑去。待他气喘吁吁、汗流浃背地跑到邮电分局,找到正在柜台里办公的孙莉,孙莉抬起头来,露出细嫩的脸庞,看了看眼前这位身着短袖警服、五官端正、一脸憨厚的萧山然,放下手中的钢笔,站起来说:"我不认识你啊!"

萧山然用手擦着脸上的汗珠,上气不接下气地说:"你爸是不是叫孙德国?你是不是叫孙莉?"

"是啊。我爸咋了?"

萧山然看着身材秀美的孙莉,说:"你爸晕倒在街边,我已经把他背到了镇卫生院了,现在正在输液。"

孙莉惊讶地叫道:"啊!我这就去卫生院。谢谢你!"

萧山然和孙莉就朝卫生院跑去。

一进病房,走到病床边,孙莉看着躺在床上、盖着一床薄薄的白被子的父亲,心疼地问:"爸,您怎么了?"

孙德国气色已经好多了,望着满头大汗的孙莉说:"我来镇上去找你,因为拉了一两天肚子,走到街上,周身没有力气了,头一昏,就倒下去了……"他望了望床边的萧山然说,"幸亏这位解放军救了我……"

"你来镇上干什么嘛?"

"你妈托人在镇上的中学给你找了一个吃国家商品粮的老师,你妈看了相片,她很喜欢,就叫我把那老师的相片给你送来,叫你在星期天回趟家,你和那位老师在我们家吃顿饭,见个面……"

"谁让你们为我操心?"

孙德国用没有输液的左手从皱皱巴巴的白衬衣的衣袋里摸出一张黑白相片,颤抖着递给孙莉。

孙莉不接:"我不看,今后你们少管我的事情!"

"你都满二十四岁了,与你同年生的女子都当妈了,你还是单身,我和你妈着急啊……"

萧山然看着孙德国手里举着相片,不肯放下,长着老茧的手颤抖得厉害,就接过相片,瞟了一眼,相片上是一个戴着眼镜的年轻小伙子的半身像,看上去温文尔雅。他递过去说:"孙莉,你看一眼吧,免得惹你爸生气!"

孙莉拿过相片,看也没有看,就倔强地递给孙德国说:"您叫妈把相片退回去哈。我不看,也不同意!"

孙德国很无奈地接过相片,又装进了胸前的衣兜里。

这时,一个穿着白大褂的护士,提着装有药液的输液瓶进来,对病床前的孙莉说:"孙美女,这个病人是你什么人?"

孙莉说:"他是我爸!谢谢你肖群!"

肖群笑了起来:"我俩是老熟人了,有什么谢的。我们还以为你爸是这位军人的父亲呢。"

"别瞎说,我也不认识他。是他助人为乐,把我爸送到你们这里的。"孙莉羞红着脸,看了一眼萧山然,就对肖群说。

肖群将输液瓶挂在了输液架上,对孙莉说:"你还不感谢这位军人,要不是他……住院费也是他付的,钱不够,还在收费处押了一个黑壳壳的本本。"

"那是我的警官证!"萧山然说。

孙莉很真诚地说:"谢谢你,警官同志!我连你的姓名都不知道呢。"

"哎呀,区区小事,何足挂齿。我叫萧山然。"

肖群说:"孙美女,你还不赶快去把住院费交了?"

"好吧,你陪我去啊!"孙莉说着,就与肖群走出了病房。

"那个警官长得好精神,好帅啊!"肖群心想自己要是找上这么一个警官该多好啊。

"是长得很标致。"

"那你不抓紧追?"肖群嘻嘻哈哈地开玩笑。

"我才不敢,万一别人有对象哩,我不丢死人了!哈哈……"

孙莉从收费处缴纳了住院费,取回了警官证,手里攥着两张五十元面额的钱,在走廊上,停止脚步,打开警官证,认认真真看了看,上面除粘贴着一张两寸免冠相片外,还有这样的字样:"姓名:萧山然;性别:男;民族:汉族;籍贯:安徽省怀宁县;出生年月:1964年6月;文化程度:中专;政治面貌:党员;工作单位:武警水电第一总队第一支队一连;职务:排长。"

一看完警官证的内容,孙莉满脸露出了笑容:"哈哈……这个萧山然比我大一岁多呢!"暗自窃喜后,她又犯了愁:他有对象吗?他结婚没有?

一到病房,孙莉落落大方地把警官证和钱交给萧山然,说:"谢谢你了萧警官!"

萧山然接过钱和警官证便装进了短袖警服的衣兜里,说:"有什么好谢的,只要孙叔叔没有问题就好。我走了。"

孙莉看了看病床上已经睡着的孙德国,又看了看手腕上的表,说:"还差十几分钟就中午了,我请你在街上吃点便饭,表示感谢!"

"真的,不用客气,你守着你爸爸吧!"

"不行,我是真心请你的!我让刚才那位肖护士帮我盯着点。你在这里等我一下啊,我去给她打个招呼啊。"

"哎呀,这多不好意思。"

孙莉出去了,一会儿就同肖群进来了。

肖群看了看吊瓶里还有一点液体就输完了,她就把另一瓶液体输上了,说:"你们去吧,这一大瓶药要输两个小时左右,我在院里吃两口饭就来守着孙叔叔。"

孙莉走在前面,萧山然跟在后面。不一会儿,就到了一家在镇上味道算最好的小餐馆。看来,餐馆的小老板认识孙莉,一见孙莉,就打招呼:"孙美女,你来了,好久没有见你来吃饭了。"

"是啊,最近太忙了。我今天招待救我父亲的救命恩人,帮我搞几个你们的拿手菜吧!"

萧山然说:"老板,就弄两个菜、一个汤就够了,我也是从农村出来的,吃饱就行了,浪费了可惜。"

"那这样吧,搞四菜一汤!"

"好的。"老板便进了伙房,炒菜去了。

待孙莉和萧山然在一张小餐桌旁坐下来,不到一刻钟,一盘木耳炒腰花、一盘黄瓜炒肉片、一盘素炒豆腐丝、一盘肉沫烧茄子、一盆蛋花菜汤就陆续端上了桌。

孙莉又叫老板打了几两红枣泡的酒,孙莉双手将玻璃杯送到对面的萧山然跟前。

"你能喝酒?"

"我今天是舍命陪君子。我也只能喝这么一杯。如果你不够的话,喝了再打!"

萧山然挥了挥手:"够了,够了!"

孙莉面带微笑,端起酒杯伸向萧山然,与萧山然端起的酒杯碰了碰,说:"谢谢你萧山然同志,我代表我爸感谢你!"

"我已经说过了就是区区小事嘛!"萧山然便喝了一小口。

孙莉喝了一大口酒,然后她双手把筷子恭恭敬敬地递到萧山然手上,说:"快吃木耳爆腰花,凉了不好吃。"

萧山然很感动地说:"谢谢了,你太客气了。"

两人谈笑风生地吃着菜。从聊天中萧山然得知,孙莉读完高中,就直接考上了中专,学的邮电专业,毕业后,她自己要求分到镇邮电分局工作,主要是好照顾她在农村种地的父母。她刚参加工作时,每天晚上下班后,就骑着自行车回家住,早上再骑二十来分钟的车,到单位上班。但是,这两年,父母看着她年龄大了,尤其是本村与她同龄的女同学都陆续结婚了,有了家庭,有了孩子……父母看着如花似玉的女儿,想着女儿的婚姻大事没有解决,总是对她唠唠叨叨着催她快找对象,早些成家。她又是个心高气傲的姑娘,在自己能主宰的婚姻大事上,绝不马虎,绝不凑合,一定要找一个真正的男子汉,彼此陪伴一生……为此,她这两年很少回家了,吃住就在镇政府……今天,对她来说,这个从来不生病、身体健健康康的父亲,冒着炎热的天气,给她送来别人介绍的一个对象的相片时,却意外地昏倒在街上,救他父亲的又是眼前这个自己一见就喜欢的军人,这是否是上帝的安排呢?但是,她自己心里也有顾虑:这个萧山然究竟有没有对象,成了家没有。

这时,她端起半杯酒,与萧山然碰了碰杯,猛地一口灌进了嘴里。

萧山然只喝了一小口酒,看着孙莉一口喝完一两酒,惊讶得睁大了眼睛,盯着满脸红通通的孙莉说:"你喝得太猛了!"

酒能壮人胆,尽管孙莉猛地喝下半杯酒,心里火辣辣的不舒服,但她还是借着酒劲,下定决心,鼓足勇气,双眼盯着萧山然问:"萧警官,我冒昧地问一下,你结婚了吗?"

萧山然大笑起来:"哈哈哈……我连对象都还没有找呢!"

"那好啊,我给你介绍一个,还是吃国家商品粮的!好吗?"

"那谢谢孙美女了!"

"你把通讯地址留给我吧!"

"好的。"萧山然向餐馆老板要来纸笔,就趴在餐桌上写了自己部队的通信地址,交给了孙莉。

孙莉如获至宝地拿着通讯地址,笑得无比灿烂。

萧山然趁孙莉吃菜之时,借故上洗手间,把账结了。

……

萧山然回到武警水电一总队正在修建的天生桥水电站没几天,就收到了孙莉的一封航空挂号信。

萧山然打开信一看,就让他的心顿时怦怦加速地跳动。信上是孙莉热情似火的求爱的文字,这是一个少女对他情真意切的内心表白,最让萧山然感动的一句话是:"一见到你我就知道,我等了很久很久的人来了!"

信,萧山然看得热血沸腾,激动得拿着信笺纸的手都在发抖,心都快跳出来了,没有想到幸福来得这么快,嘴里自言自语地说:"真是天上掉下个林妹妹呀!"

这封热情似火的求爱信,萧山然看了两遍,觉得还不过瘾,趁着吃了晚饭,手里又攥着信,一口气跑到连队驻地的山坡上,独自一个人又读了几遍,尽管孙莉的钢笔字写得不那么好看,但在他的心中,孙莉的每个字都那么赏心悦目,让他难以忘怀。当晚,他把信压在了枕头下面,半夜醒来,还在枕头底下小心翼翼地摸摸,担心他那封宝贝一样的信不翼而飞……天快要亮了,他好不容易睡着了,还做了一个美好的梦,他在梦中梦到了美丽大方、活泼开朗的孙莉和他已经甜甜蜜蜜的结婚了……

早上部队的起床军号响起来的时候,把他的美梦打破了,他不无遗憾地急忙翻身爬起来,赶紧穿好衣服,扎好腰带,穿戴整齐地去出操。

第二天,由于施工任务重,萧山然没有时间写信,中午也没有休息,吃了午饭就又开始了繁重的施工,他多么盼望天快些黑下来……晚上,等到大家睡觉后,他才打着手电给孙莉写信,写好信后,他失眠了,想到与孙莉短暂接触的美好时光,越想越兴奋……

又过了一天,是个星期天,他向月玉成请了半天假,背着装有给孙莉的回信的军用挎包,去了当地邮局,花了两元钱寄了挂号。

从此,两人便是鸿雁传书,每周都要收到对方的来信。

1989年9月底,萧山然跟随大部队来到了高原的羊湖电站工地,被分配到十二支队一连,当了一排的排长。因为部队搞"四通一平"的施工任务繁重,年底他与其他官兵一样也就没有休成假。从内心讲,他想探假回去看望他那朝思暮想的孙莉,自从孙莉给他来了第一封求爱信后,他就开始牵挂着孙莉了,尽管经常能收到孙莉的信,但还是想能亲眼看到她。

就在这年冬天,他写信告诉孙莉高原十分寒冷。孙莉就在不到一个月时间里,精心给他织了一件红色毛衣寄来。收到毛衣的当天晚上,他喜不自禁地穿了又脱,脱了又穿……弄得全帐篷的战友羡慕不已。

班长金晓灿跑过去摸了摸萧山然放在床铺上的毛衣,说:"排长,你这件毛衣的样子真好看哦!"

"小心点,别给我摸脏了。"萧山然玩笑地说。

"摸一下哪能摸脏呢?"金晓灿说。

城市兵严雪跑过来,从床上拿起毛衣来,在自己胸前比画了几下,觉得自己穿着很合适,就说:"萧排长,你能不能学学雷锋,把它送给我呢?"

"去,去去,你想得挺美!"萧山然伸手过去从严雪手里夺过毛衣,"别给我弄烂了!"

"又不是豆腐渣做的,能弄烂吗?"严雪说。

"萧排长,你平时都大大方方的,今天怎么成了小气鬼了?"金晓灿说。

"能不能借给我穿两天呢?"严雪说。

"不行,坚决不行!"萧山然说。

"你这毛衣,就这么金贵?"金晓灿说。

"是啊!我都舍不得穿,还能借给你穿?在石总心中羊湖电站的建设就是高于一切,在我心中这件毛衣就是宝贝疙瘩!"萧山然说。

帐篷里的十多个人都笑了起来。

"是谁给你织的?"

"那还用问吗,肯定是对象嘛!"

"从来没有听说过你找对象了?"

"谁说我没有找?"萧山然拍了拍手中的毛衣,"这就是物证!"

大家又笑了起来。

萧山然确实对这件红色毛衣喜爱有加,他真的没有舍得穿,因为这件毛衣凝聚他喜欢的姑娘的情与爱。当晚,他把毛衣放在枕头下陪他睡了一晚上香甜的觉。第二天早上,一出完操,他便把它放在了装有换季衣服的提包里珍藏起来了。

晚上,萧山然给孙莉写好信后,就困得不行了,倒下去就想尽快入睡。

但是,此时的帐篷内,太劳累太疲乏的战友们响亮的呼噜声,倒使他无法入睡了……

……

龙大佩带着潘登来隧洞检查工作,在走进距洞口100米左右的地方,掏出烟来,递给潘登一支,从衣兜里掏出来的打火机,始终打不着火,就笑笑对潘登说:"这鬼地方,怎么打不着火?"

潘登也嘿嘿地笑了:"打火机常因缺氧而打不着火,这很正常!这里的平均海拔4400米,氧气这种看不见、摸不着,但人又离不开的东西,在这里却金贵得要命,洞内缺氧更厉害……我带了火柴,咱们试试。"

龙大佩摇了摇头:"这鬼地方想抽支烟都这么难哦!"

潘登连划了三根火柴都没有燃,终于划了第四根火柴才让龙大佩点燃了烟。

羊湖电站引水隧洞是我国电站施工难度最大、施工条件最恶劣的工程。长达6000米的引水隧洞要穿越海拔5374米的岗巴拉山胸腹,岗巴拉山地处喜马拉雅山造山运动的挤压带,岩层破碎,透水性强,又极易塌方,频繁的塌方随时都可能剥夺年轻官兵们的生命,同时,又给施工技术和质量安全提出了世界级的挑战。

在洞内施工(打钻、放炮等)会产生大量粉尘、烟雾、一氧化碳、二氧化硫等有害物质,使有害气体的浓度变高,烟尘使洞内有限的氧气更加稀薄,以致官兵因缺氧而晕倒昏迷的事在引水隧洞施工中频频发生……每次进洞,官兵们总是风趣地说:出来时不知是走着出来还是抬着出来的。

无论打眼、装炮,还是放炮、出渣,月玉成样样都干在前头。有时,他拖着疲惫的身子从洞中出来,坐在洞口的乱石上就不知不觉地睡着了。现在不是担心官兵不愿干,而是担心大家干得太猛。一连两个月都超额完成了任务,到了7月份,又创造出羊湖电站工地隧洞月进尺的最高纪录。

当盛夏来临,随着2号隧洞的不断延伸,掌子面已经深入羊湖水平面的10

米以下了,上游大量渗漏水从打好的炮眼中喷射而出。

月玉成、萧山然、金晓灿、严雪和吴忠海他们已经连续苦战了整整十个小时,却顾不得浑身的疲惫,抱起风钻就与渗漏水较上了劲……

洞内因为喷射着、流淌着大量的渗漏水,尽管大家穿着棉衣和防水服,还是寒冷无比。

萧山然终于穿上了压在箱底,一直舍不得穿,未婚妻孙莉给他精心织的那件红色毛衣。

石方竹听说隧洞渗漏水的事情,便进洞来察看具体情况,以便应机处理,也好顺便看望看望穿着防水服拼命施工的官兵,同时给他们鼓鼓劲,但是因为她体弱多病,再加上寒冷和严重缺氧,晕倒在了泥水里。

"哎呀,哎呀!石总,石总,您怎么了?"吓得陪同石方竹前来隧洞内的龙大佩惊恐万状地惊呼起来,接着便躬身去扶石方竹。

正在查看渗漏水、已提拔为工程技术处处长的潘登和技术员鞠燕听到龙大佩的惊呼声,一转身就看到已经躺在了泥水中的石方竹。

鞠燕见状,被突然发生的事情吓得瑟瑟发抖,从头上取下安全帽的手也在发抖。

潘登奔跑过来,一下子跪下来,用双手抱起石方竹的头。

这时,月玉成和官兵们也拥了过来。

人们一起努力将石方竹抬离了地面。

在灯光的照射下,人们看到,此时的石方竹身上的衣服已经快湿透了,她脸色惨白,紧闭着双眼,嘴唇也乌紫了。

"石总,石总,石总……"人们呼喊着,将石方竹抬着往洞口走。

"石总,石总!"鞠燕跑过来,握着石方竹冰冷的一只手,泪水便夺眶而出。

月玉成吓得说话时嘴唇都哆嗦起来,对身边的宁林说:"技术员,技术员,你快跑回连部去给总队医院打电话,通知他们赶紧来救护车,还有医生……"

宁林嗯了一声,就挤出人群,朝洞口方向跑去了。

"石总,石总,石总……"官兵们一边呼喊着,一边将石方竹抬着,缓慢地朝洞口方向走着。

月玉成从惊吓中回过神来,就跟满身泥水的龙大佩建议说:"龙参谋长,官兵这样抬着石总往洞口走,速度太慢了,可能要走不少时间,能不能用手推运渣车推石总出去?"

"手推运渣车?手推运渣车怎么推?让石总躺在手推运渣车车斗里?"龙大

佩眼睛睁得很大,疑惑地问月玉成。

月玉成着急慌忙地说:"我想是不是用木板铺在手推运渣车车斗上,让石总躺在木板上……这样速度快些,而且石总平躺着,人也会舒服些!龙参谋长,您看行吗?"

"这个方法好,这个方法好!"龙大佩说。

月玉成对他右手旁的萧山然安排道:"萧排长,你赶快把手推运渣车弄来,上面铺上木板。"

萧山然就朝着洞口方向跑去,金晓灿、吴忠海也跟去了。

手推运渣车铺上木板后,人们抬着石方竹走过来。

"轻轻把石总放在木板上,轻点,轻点!"月玉成指挥着抬放石方竹的战士。

石方竹被大家轻轻地放到了木板上。她湿漉漉的斑白的头发,沾在了木板上。

然而,不管官兵们怎么慢慢地推着手推运渣车,但是由于隧洞地面坑坑洼洼,石方竹的头在木板上总是碰得咚咚直响。

载着石方竹的手推运渣车的后面,跟着表情凝重的官兵们。

萧山然这时才想起他今天早上穿上的孙莉送他的那件毛衣,他迅速脱下厚重的防水服让严雪帮他抱着,接着脱掉棉衣。

严雪看着萧山然的举动,并不理解,惊呼道:"排长,你干什么?这么冷的隧洞,你要是感冒了,犯了肺水肿,会死人的,你不知道?"

"闭上你的臭嘴!你把我的防水服和棉衣抱好!"

这时,严雪抱着萧山然脱下来的防水服和棉衣,睁大眼睛,好像明白了点萧山然的举动,嘴里只是嗯嗯地答应着。

萧山然快速把贴身的那件崭新的红色毛衣脱了下来,攥在手上,奔跑了十多步,跑到推着车的人群后面,呼喊着:"快让开,快让开,快用毛衣把石总的头垫起来!"

人们闪开让出道来。跟着手推运渣车走着,脸上挂着泪的鞠燕接过萧山然手中的毛衣,让手推运渣车停下来。她抹了抹眼眶里又滚落下来的泪珠,就将毛衣折叠起来,然后轻轻地将石方竹的头抱起来,把毛衣迅速放在石方竹头下,又轻轻地将石方竹的头放在了柔软的毛衣上,然后叮嘱推着手推运渣车的战士,说:"走吧,你们慢点推,别把石总颠着了,她太瘦了……"话没有说完,就失声痛哭起来。尽管鞠燕在工程技术处工作,也与石方竹都在同一个食堂吃饭,但她像今天这么近距离接触石方竹的机会不多。鞠燕看着躺在木板上被泥水浸透的衣服贴在身上的石方竹,身体显得是那么的瘦弱,好像她身上只有骨头没有肌肉了。鞠燕记得,她刚来高原没两天,她要跟着石方竹来到山上的施工现场看看,石方竹却没有同意,说:"鞠技术员,你刚到高原,等适应后再说吧!"这让鞠燕感动不已。作为女人,鞠燕属于感情细腻的那类人,所以看着手推运渣车的木板上奄奄一息的石方竹,她在情感上就受不了了,于是,便哭了起来……

龙大佩催促着裸露着上身的萧山然:"赶快把棉衣穿上,不能感冒了。"

潘登也心疼地说:"在这鬼地方一旦感冒,那就要命了!"

"知道,知道!"萧山然转身朝着抱着衣服的严雪小跑过来。

萧山然冻得脸色发白了,裸露的上身起着鸡皮疙瘩,上下牙齿也打着战……

推着石方竹的手推运渣车缓慢地前行着,终于走到了隧洞口。

救护车刚到隧洞口,孙月刚便从驾驶室跳下来,看到手推运渣车推着石方竹从隧洞口出来,便着急地对从救护车上跳下车的童心、裴婧、李婷、王护士喊道:"快,你们快,快点扛担架过去!"

裴婧从车上跳下来,就朝隧洞口奔跑过去,看到刚停稳的手推运渣车上躺着已经不省人事的母亲,豆大的泪珠便流了下来:"妈,妈!您怎么了?"裴婧从白大褂的衣兜里摸出来了一瓶速效救心丸,颤抖着双手打开瓶盖,将十多粒速效救心丸倒在右手手心中,然后用左手大拇指与食指使劲卡着石方竹的双腮,将手里的速效救心丸倒进了石方竹那微微张开的嘴里。她的泪水滴在了石方竹那苍白的皱皱巴巴的脸上,然后抬起头来,看着眼前表情凝重的孙月刚,说:"院长,我建议立即给石总输氧。"

孙月刚看了看手里抬着和扶着担架的童心、李婷、王护士,便自己跑到救护车上去取来一个浅黄色的氧气袋,赶紧给石方竹输上了……

裴婧对孙月刚说:"院长,现在就不输液了,赶快抬上救护车,送医院吧!"

孙月刚说:"好,好,抓紧送医院!"

官兵们缓缓地、轻轻地从手推运渣车的木板上把石方竹抬上了担架。

鞠燕立即把手推运渣车的木板上已经有些半湿的毛衣,拿过来垫在了石方竹头下。

人们把石方竹抬上救护车后,脸色凝重地目送着救护车远去。不少官兵的眼睛被泪水模糊了……

"咱们继续干活!"月玉成心情沉重地说。

……

当天晚上下工后,萧山然收到了孙莉的特快航空信。

亲爱的山然：

你好！很想念你！你还好吗？

我父母昨天收了镇上中学那位老师两千块钱的彩礼，还有让我做衣服的三块较昂贵的布料。父母寻死觅活地逼着我与那位我不喜欢的老师举行订婚仪式。如果你能请上几天假，带上你们单位开的证明信回来一趟，我们就去把结婚证办了吧！我知道你们施工很忙，如果请不了假，你就给我寄上一千块钱来，加上我平时攒的钱，我好把那位老师的钱退了。我问父母要那两千块钱，父母死活不给，我也不好向同事开口借，我只能向你开口了。但愿你能理解我吧！我已经在上几回给你的信中说过，我这辈子是一心一意地爱着你的，这是我的山盟海誓，也是我无悔的决心！

我最近天天做梦都梦见你已回到了我的身边……

孙莉

"唉！"萧山然坐在床铺上，认认真真地看了三遍信，然后愁眉苦脸地唉声叹气起来，接着就是咳咳咳地咳嗽了几声。

吴忠海问："排长，你是不是今天救石总队长时，脱了毛衣感冒了？"

"我没有感冒，就是刚刚看完对象孙莉的信，心里有点堵得慌！"

"啥事吗？"

"唉！一言难尽啊！"

严雪跑过来凑热闹，说："排长，你对象给你织的那件毛衣，是哪天背着我们穿上的？"

"隧洞里冷，是今天早上穿上的！"

"啊，也不知道石总现在病情如何？"

"应该没有问题吧！但愿上帝保佑我们骨瘦如柴的石总！"

谁承想趁萧山然不注意，吴忠海偷拿了他随手放在床铺的信，并站在帐篷中央，大声地朗读起来："亲爱的山然：你好！很想念你！你还好吗？……我已经在上几回给你的信中说过，我这辈子是一心一意地爱着你的，这是我的山盟海誓，也是我无悔的决心！我最近天天做梦都梦见你已回到了我的身边……"

金晓灿大笑道："排长的对象，写得好肉麻啊！"

大家哄堂大笑起来。

"吴忠海，给我，把信给我！"萧山然大吼道，从床铺边上站了起来，跑过去，从吴忠海手中夺过信,然后拿着信气呼呼地出了帐篷。

吴忠海从帐篷里追出来,尾随了几步,看着萧山然去了连部,便转身回来了,一进门就说:"萧排长不会去连长那里告我吧?"

"咱们的萧排长哪是那样的人!"金晓灿说。

"也许,他找连长商量看能不能请假回去结婚?我们刚才听到信上说,好像是他对象催他回去结婚……"严雪说。

月玉成看完萧山然的信,将信递给萧山然,说:"打隧洞的施工任务这么紧,我哪敢放你回去呢?"

"这样吧,我来回请五天假,我坐飞机来回。"

"你一个排职干部能有几个钱?坐飞机多贵啊!"

"这样吧,后天就是星期天了,我给你一天假,你拦一辆车去拉萨,把一千块钱加急寄回去吧!"月玉成想了想,又说,"要不这样,我现在打电话问问重机连明天有没有车去拉萨,请他们帮你把钱寄回去,过几天,你的对象就能收到了。"说着,便抓起电话,要了重机连的电话,电话通过总队总机很快转到了重机连。

话筒里传来重机连许海林的声音:"喂,喂,请说话!"

月玉成说:"许连长,我是十二支队一连的月玉成。首先恭贺你提正连职了。我是昨天才看到总队对你和潘登处长的任命!我们支队的任命也下来了,宁林技术员被提拔为享受正连职待遇的副连长了。"

许林海的声音传来:"月连长,有什么值得恭喜的嘛,提不提职都得干活。"

"反正,值得恭喜!另外,我问问你们连明天有没有车去拉萨?"

"有啊,要去拉施工物资!"

"那好,我们有位排长要加急寄一千块钱回去。能不能请你们帮忙寄一下?"

"我明天带队去,把地址和姓名告诉我就行了,今后再把钱从山上给我捎下来就行。"

"哎呀,谢谢许连长了!"月玉成把电话递给了萧山然,"你快把地址和姓名告诉许连长!"

萧山然接过电话,就将孙莉的地址和姓名告诉了许林海,并反复说:"请许连长一定寄加急,加急!"放下电话筒,就猛烈地咳嗽起来。

"文书快去炊事班,找梁班长熬一碗生姜水来,让萧排长喝下去。"

"是。"文书小魏放下手中正在看的书,就出了帐篷。

"萧排长,你是不是今天脱毛衣时受凉了?你等会儿去卫生员那里拿些药吃,现在正在大战一百天,你千万不能躺下。"

"我没有感冒,咳几声不碍事。"

"假如我没有记错的话,我从连里的花名册上知道,你是 1964 年 6 月出生的。"

"是的。高中毕业后,我复读了一年,还是没有考上大学就来当兵了。"

"你都二十七八了,你早该结婚了。你明天下山去支队政治处开个结婚证明,我给你两个小时的假,快去快回,早上你不用出操了,你起床就往山下去,那时支队机关已上班了,结婚证明开好后,就将钱与结婚证明一并交许连长帮你航空寄走,要不了几天孙莉就收到了。"

萧山然紧锁的眉头舒展了:"连长,你这个办法好!"

"快去卫生员那里拿药去,姜汤你也要喝下去,这样双管齐下,预防感冒。"

萧山然脸颊上露着笑意:"好,好!"

第六天晚上吃了饭后,文书小魏急匆匆地来喊萧山然:"萧排长,萧排长,你的长途电话。"

"我的长途电话?"萧山然疑惑地问。

"是的。"

"对方叫什么名字?"

"我没有问,是个年轻女孩子的声音。"

"啊!"萧山然放下手中已经翻旧了的《人民武警报》,便跟着文书小魏朝连部跑去。他边跑边想,肯定是孙莉来的电话,是不是她那边那个中学教师与她父母发生了争执?他的心便悬了起来。其实,连部与他住的帐篷不远,但他的脚步开始沉重起来,一种不祥的预感涌上了心头。

一进连部的帐篷,月玉成就笑道:"萧排长,还是你有福气呀,我们上高原几年了,你是第一个接到长途电话的人,刚才听文书说,还是一个年轻姑娘给你打来的。"

萧山然的脑子一片空白,脸色也有些发白,只是嗯嗯地答应着月玉成的话,便站住了。

"快去,你快去接电话,还傻乎乎地站着干啥呢?"

萧山然走到帐篷一个角落放电话机的桌子旁,双手战战兢兢地拿起话筒:"喂,喂!"

话筒里就传来孙莉一阵清脆的笑声:"唉,要了一两个小时的电话,终于打通了……"

听到孙莉那熟悉的笑声,萧山然仿佛觉得孙莉就在自己跟前,便激动起来:"莉,你还好吗?"

只听到话筒里传来孙莉喜悦的声音:"好,好!我前天下午收到了你的钱和结婚证明,我已经把镇上那位老师的钱和布料退给他了……今天上午,我带着你们部队开的结婚证明,已经在镇民政办把结婚登记办了,结婚证也领了,嘻嘻……我中午回家已经给父母商量了,我家星期天请客,就把我们的婚事办了,我爸爸妈妈开始不同意,但他们没有犟过我,后来他们也同意了……"

"你这么急,我又回不来,怎么办婚事呢?"

"嘻嘻……你真是个呆子。你没有看过电影上的两地婚礼?"

"没有!"萧山然觉得有些莫名其妙。

"这是长途电话,说不定一会儿就断了……嗯,长话短说。你记住,今天是星期四,再过两天,也就是这周星期天晚上8点,我们举行两地婚礼!我再重复一遍,这周星期天晚上8点,我们举行两地婚礼!我主要考虑到你的时间……"

"记住了!"这三个字还没有说出口,长途电话果真断线了,只听到话筒里传来嗡嗡的声音,幸福来得太突然了,萧山然激动得不知所措。

"你记住什么了?刚才进门时,耷拉着个脑袋,一副愁眉苦脸的样子,这阵接个电话就红光满面的!"月玉成吸着烟,问刚接过电话的萧山然。

萧山然因为激动,脸也红了。他走到月玉成跟前,声音有些发颤地说道:"连长,刚才是我对象孙莉打来的电话,她告诉我,结婚登记也办了,结婚证也拿上了。她说服她家人,让我记住这周星期天晚上8点举行两地婚礼……"

"我也为你高兴啊!"月玉成笑嘻嘻地拍了拍萧山然的肩,"你回去吧,我们全连官兵到时共同来祝贺你喜结良缘!上高原来修羊湖电站,在我们连你算头一份,为你高兴啊!"

"连长,这两地婚礼,我有些弄不懂,啥子意思?"

"亏你还在我们水电指挥学校读了两年的中专。两地婚礼,就是相爱的男女双方,约定在同一个时间,在两个场合同时举行婚礼。"月玉成说,"到时候我来帮你操办,星期天晚上,你换上新一点干净一点的衣服吧!你现在不能对任何人说,星期天晚上给大家一个惊喜!你回去吧!"

"嗯!"萧山然满面春风地走了。

月玉成对文书小魏说:"你也不要对任何人说萧排长的事情。你快去通知宁林副连长、高祥技术员来连部开会……通知他们后,你去班上玩一会儿再回来。"他不想让小魏知道他们将要开会的内容。

"是。"小魏出了帐篷。

不一会儿,宁林吸着烟与高祥就进来了。

宁林给月玉成发了一支烟,月玉成不接,说:"我嘴都抽苦了,不要!"

宁林笑着说:"你拿上嘛,看看我抽的什么烟嘛!"

月玉成瞄了一眼宁林,接过烟,凑在灯光下看了看烟的牌子,笑嘻嘻地说:"嘿,你宁副连长比我的烟抽得好多了,还抽上了'红塔山'了,我不敢与你比,我上有老,下有小,老婆照顾着我的妈妈、带着小孩还在农村呢!"

宁林和高祥就笑了笑。

月玉成打开水瓶,接着将不带烟嘴的那一头放在水瓶口,让烟吸了吸热气,然后将烟伸到宁林跟前,开起玩笑来:"发烟不发火,等于没给我。快给我点上!"

宁林帮月玉成点着了烟。

月玉成猛吸了一口,闭着眼,仰着头,吐出烟圈,一副很享受、很惬意的样子,然后把头低下来,平视着宁林说:"好烟,好烟呀!好烟是不一样啊!好纯正的味道啊!"

"我今天请从山下上来给我们拉生活用水的司机给我带了一条,等会儿开完会,我送你几包!"

"别,千万别送,我不要!我抽不起你这么奢华的好烟!"月玉成说得很真诚。

宁林说:"我看到总队、支队机关好多人都在抽红塔山、阿诗玛,我也买来抽了。再说,我家中只有母亲,尽管她病退了,也不要我的工资。我想想也是,有钱就用吧,说不一定哪天死在羊湖电站工地上,我也算抽过几天好烟了!"

月玉成吸着烟,脸色沉了下来:"宁副连长,你说什么丧气话,我不爱听!总队领导要求我们打隧洞的连队:多少人进洞,多少人出来。这个原则,我们一直坚持得不错。我们依靠的是精心组织、精心施工、苦干加巧干,依靠的是科学管理。苏副连长的牺牲是防不胜防的事情,再说那天岗巴拉山还发生了点地震!唉!"

"你让我俩来开什么会嘛,连长?"高祥问月玉成。

"啊,是这样的!"月玉成把萧山然刚才接电话的情况说了一遍后,又说,"我想了想,我们三个连队干部要把萧山然的婚事办好,搞得热热闹闹的,让大家在山上高兴高兴。萧排长几天前,又加急寄了一千块钱给他的对象,他家跟我一个样在农村,有点钱就寄回家孝敬父母了……唉,农村出来当兵的都不容易,不像你俩都是城里出来的……所以,我想我们三个连职干部,一人凑点钱,把萧山然的婚礼搞得好点。我带头出 200 元钱,你们俩各出 100 块吧。"

"连长出两百已经可以了,我出 300 元吧,我家里没有啥经济负担,说实在的,我们连队的三个排职干部都很不错,舍生忘死地跟着我们打隧洞,实在不易。"宁林说得很诚恳。

"我与宁副连长一样,也出 300 元吧。我父母都在城市工作,家里经济状况也还不错。"高祥很真诚地说。

"算了,就按我说的钱数办……"月玉成挥了挥大手,扔掉了烟头。

"连长,我也是享受正连职待遇的人,你的情况与我和高技术员不一样,就按刚才我与高技术员的意见办,错不了!"宁林不同意月玉成的意见。

"那我与你俩一样,也出 300 元。你们不要争了!"月玉成声音很大,态度坚决地说。

宁林、高祥看着月玉成的态度坚决,也就只好不吭声了。

"听我说,明天我安排梁春天与一位炊事员下山,去军人服务社买些糖果、瓜子、花生,还有酒回来,现在我们三人都要保密,到时给大家一个惊喜!"月玉成说。

"那好!"宁林从衣兜里掏出了一个牛皮纸的信封,从里面取了十五张 20 元面额的钱,放在了屋中间的桌子上。

高祥跑回自己与宁林、卫生员住的帐篷,从枕头下的一本杂志里取出六张 50 元面额的钱拿来,放在桌子上后,问道:"连长,还有事没有?"

"没有了!"

宁林、高祥从连部帐篷出来后,宁林对高祥说:"我们两人去一趟炊事班找一下梁班长。"

高祥说:"宁副连长,我就不去了!"

宁林说:"你必须要在场!"

高祥就不好多问了。两人就到炊事班的帐篷门外,叫梁春天出来了。担心其他人知道,宁林就走在前面,高祥和梁春天就走在后面,到了远离帐篷 20 多米的地方,宁林对梁春天说:"梁班长,你首先要对我和高技术员的话保密!"

梁春天有些紧张地回答道:"是。请两位首长放心!"

高祥也不知道宁林要说什么事,便望着宁林。

宁林说:"高技术员,我是这么想的,明天连长要拿九百块钱来,安排梁班长带一个人下山,到军人服务部去买糖果、瓜子、香烟和酒之类的东西。"

"买这么多东西干什么?"梁春天不解地问。

"别急,你们听我把话说完吧。梁班长明天买600块钱的东西就行了。其余300元钱,我今晚上把月连长老家的地址给梁班长,梁班长按照地址与姓名,明天下山去买东西之前,把300元拿去找重机连跑运输的战友给连长家寄回去。前一段时间,连长的家里来信说,他母亲又病了,我问他需要钱吗?他说他有,他说不要。其实他是死要面子,活受罪,我知道他不好向我们下级开口借钱……后来,我听文书说,连长去向打3号洞的二连连长,也就是他的老乡郭世明那里借了300元,总共凑了500元寄回去。我听连长跟我说过,1984年底在他转志愿兵不久,父亲得了肺癌去世了,为了照顾年过半百经常吃药的老母亲,连长当年休假便把婚结了,他妻子是他的初中同学。听连长说,他老婆是个贤妻良母,既要照顾他的老母亲,又要照顾他的女儿,还要种责任田……反正很不容易。连长是个实干家,也是实在人,每天带着我们打隧洞,天天与大家一身尘土,一身泥水,累得筋疲力尽的。关于给他老家寄钱的事情,我们三人一定要保密!"宁林问身旁的高祥,"高技术员,你看这样行不行?"

"我完全同意!"

……

第二天晚上,连部的电话铃声响了起来,月玉成跑过去接了电话,还没有等他开口,就听到电话筒里传来了石方竹的声音:"帮我找你们的月连长接电话!"

月玉成说:"石总,我就是月玉成,请首长指示!"

"那天我在隧洞里休克了,垫在我头下的那一件红色毛衣是谁的?"

"是我们的一排长萧山然的。石总,您的病好了没有?"

"早就好了。那个萧排长没有感冒吗?"

"请石总放心,他没有感冒!"月玉成笑道,"石总,我听说那是他对象给他织的,一直舍不得穿,那天刚穿上呢!"

"让我感动呀!你先替我感谢那位排长!我让我的女儿已经把他的毛衣洗了,也晾晒干了。我想亲自送上山来,见见那位萧排长呢!我要当面感谢他!"

"石总,您真要想见他,那我就让他明天下山到总队机关去取吧!"

"我明天要组织总队机关和支队领导召开施工生产会议,后天下午又要去参加每周一次的自治区羊湖工程协调小组办公室的会议。那这样吧,大后天,也就是星期天上午,我来山上当面送还萧排长的毛衣吧!"

石方竹所说的"召开施工生产会议",按惯例,在浩大的羊湖电站建设工程中,每周都是要召开一次以总队领导牵头的施工生产小会议,每月一次施工生产大会议。

施工生产会议一般在总队机关二楼会议室召开。会议主持人一般为石方竹、陆丰、龙大佩或分管施工生产的副总队长。

参加人员为总队领导、司令部正副参谋长、政治部正副主任、后勤部正副部长及政委、工程技术处、警备训练处、司令部办公室、车辆监理站、组织处、干部处、保卫处、宣传处、财务处、物资装备处、军需处、成都勘测设计研究院、重机连、机电连，以及十一支队、十二支队、十三支队的相关领导。

顾名思义，"生产会议"就是施工基层单位汇报一周的工程进度情况，以及下一周施工工程的安排。

一般说来，召开的施工生产会的主要内容是：一、施工基层单位对上一周各自施工的工作完成情况与工作中存在的问题与困难、需要协调解决的事项向总队领导进行汇报；二、收集其他处室、成都勘测设计研究院的意见和建议；三、工程技术处通报在检查中发现基层施工单位存在的安全质量问题与隐患，并提出整改措施；四、主持会议的领导对上周完成施工情况进行总结，对施工生产存在的技术问题进行分析后，并提出整改要求，对下一周施工生产进行技术交底。

总队组织召开的施工生产会议，一般都是安排在每周星期六进行的。建设一个电站要涉及千头万绪的工作，更何况建设这么浩大的羊湖电站工程呢。有时，施工生产会议一个白天开不完，吃了晚饭后就接着开。

"石总，石总，根据支队政治处安排，我们连星期天要去浪卡子县白地乡白地村的小学修建校园……能不能请石总大后天晚上，也就是星期天晚上8点来，8点我和萧排长他们等着您！"

"好的，好的。我要当面感谢萧排长！"

"好的！"

星期天傍晚，大家扛着工具从白地村小学修建校园回来，吃过晚饭后，月玉成就安排炊事班的人员抓紧把食堂打扫干净，然后将十多张饭桌摆上了糖果、瓜子、香烟、花生与酒。

距离8点钟还有一刻钟的时间，按照月玉成的要求，每人把牙缸带上，由宁林开始集合整队，并进入食堂。

官兵们一进入食堂，看着桌子上的东西，都露出了笑容，互相打听道："哈哈……今天是什么喜事呀？""嘻嘻……上高原几年了，第一次遇到这种情况！""哎呀，让我们喜出望外哟！"

已经穿上一身干净警服的萧山然，这时已经提前几分钟来了，这是月玉成精心为他准备的两地婚礼现场,他万分激动,满脸通红,心都快跳出来了。几天前,月玉成让他保密,就是想让劳累的战友惊喜一下!萧山然想,虽然月玉成比他大三四岁,但让他真正感受到了一种无法用语言表达的战友之情。他感动得差点掉下泪来了,他这一生除了生他养他的父母,还有今天就要与他举办两地婚礼的孙莉外,在这个世界上,就只有连长月玉成对他这么好了。

月玉成站在连部的门口,焦急地向来连队的路上张望了好几遍了,望眼欲穿地盼着石方竹能坐着小车按时赶到或提前赶到连队,好给排长萧山然的两地婚礼锦上添花。这时,他又看了看手腕上的手表,还差三分钟就到8点了,也听到食堂的帐篷里传来的欢声笑语。他不能再等石方竹的到来了,他知道石方竹作为一个总队长,她的工作千头万绪,也许她早就已经把今天晚上8点到连队来向萧山然送还毛衣的事情忘到九霄云外了。

月玉成在进食堂的帐篷前,最后向来连队的路上张望了一下,还是没有见石方竹的专车到来。唉,遗憾啊!

月玉成进到食堂的帐篷,看到大家就像过节一样热闹,兴高采烈地吃着、笑着、说着。他看了看表,还有一两分钟就要到8点了,他走到帐篷中央,面带笑容地说:"同志们、战友们,刚才我在食堂的帐篷外,就听到大家都在不约而同地议论,说今天有什么大喜事?我很高兴地告诉大家,今天是我们一排长萧山然结婚的大喜日子!大家鼓掌祝贺萧排长喜结百年之好吧!"

掌声响起来后,人们嘻嘻哈哈地问:"新娘呢?新娘呢?""萧排长的老婆长啥子样子,我们都没有见到哪!""这个婚礼有些怪怪的,新娘都没有!哈哈……"

萧山然被人们笑得不好意思起来,微微地低了低头。

月玉成挥了挥手说:"由于施工任务繁重,我也不能批准萧排长回去结婚……所以,我们在这简陋的帐篷里为萧排长举行一个简单的两地婚礼!请大家抓紧把酒倒在牙缸里。离女方规定的时间8点整,只有三四十秒钟了。请萧排长端起酒快点站在我跟前来。"

萧山然黝黑的面颊上放着光彩,他端着盛有酒的牙缸站到了月玉成跟前。

月玉成也端着一个盛有酒的牙缸,抬起左手看了看表,时间快到了,说:"请大家端起酒站起来吧!"

大家有说有笑地站了起来。

月玉成高高地举起杯:"8点整了,让我们共同祝福萧排长喜结良缘,新婚快乐!"

宁林、高祥、金晓灿、吴忠海、严雪等战友纷纷端着牙缸跑去与萧山然碰杯,然后大家笑嘻嘻地仰头一饮而尽。

接着,战友们纷纷地端着酒向萧山然表示祝福。

"萧排长,你不要只顾高兴喝醉了!你表示表示就行了!"月玉成关切地说。

不知谁喊了一声:"我们鼓掌欢迎萧排长,给我们介绍介绍他的恋爱经过!"

一阵热烈的掌声响过之后,因为酒精的刺激,头有些发沉的萧山然,也没有思想准备,便笑着:"是我捡来的媳妇!"

"是怎么捡来的?""你讲清楚些。""你教我们怎样捡媳妇,我们也好去捡一个!"大家一边喝着酒,吃着瓜子、糖果、花生,一边起哄。

"真的,那是我探家时,看见一个老人病倒在街上,我就背着他上了医院,没有想到老人在镇邮电分局工作的女儿孙莉,就看上了我了……"萧山然脸上挂着笑容,诚实地说道。

"那你没有亲她一下?"又有人起哄。

"我不敢!"萧山然有些羞涩地笑道。

一阵哄堂大笑,有一位战士笑得打翻了桌子上一个装糖果的盘子。

在食堂的帐篷里,萧山然的婚礼已经接近尾声了。这是在警营里举行的一场奇特的婚礼。新娘在远隔千山万水的山村,新郎却在高原的羊湖电站建设工地。他们同时在约定好的时间里,接受亲友们、战友们的祝福。祝福完了便是闹洞房。萧山然旁边的那个位子是空着的,人们煞有介事地喊着"亲嘴!""再亲一个!"之类的话,姑娘不在,这就给这群已经习惯于幻想女人的军人,带来了一种神秘感,想象的余地简直太大了。

萧山然也在笑,还要时不时地在战友们的喊笑声中,对着空气低一下头,噘一下嘴,表示自己已经亲过了她。她呢?却在远隔千山万水的山村家里,恐怕也有与他同样的举动了。

这时,萧山然又听到战友们要他表演节目的喊声,他用眼光征询大家,表演什么呢?

"唱首歌吧!"

"我不知道唱什么。"

"唱《十五的月亮》!"

"唱《望星空》!"也有人建议。

萧山然犹豫着,可已有人带头唱起了《十五的月亮》:

十五的月亮,照在家乡,照在边关。
宁静的夜晚,你也思念,我也思念。
你守着婴儿的摇篮边,我巡逻在祖国的边防线,
你在家乡耕耘着农田,我在边疆站岗值班。
啊！丰收果里有你的甘甜,也有我的甘甜;
军功章呵,有我的一半,也有你的一半。
……

歌还未唱完,已站在帐篷门口的月玉成就听到了小车的刹车声从连队的营区里传了进来,他猜可能是石方竹总队长来了。他拨开人群就跑了出去。果真,只见石方竹左手抱着那件红色毛衣,从司机打开的车门走了下来。

月玉成赶紧上前,向石方竹敬了军礼,伸手握着石方竹的手:"欢迎石总,欢迎石总！"

"我刚听你们在唱歌,是在搞思想政治工作教育？"

"我们在举行一场婚礼！"

"婚礼？什么婚礼？"石方竹诧异地问。

"这样吧,外面冷飕飕的,您进去就知道了！"在月玉成的引领下,石方竹走进了食堂的帐篷,人们由于没有心理准备,歌声便戛然而止了,有的吃着瓜子的官兵只能含在嘴里,也停止了咀嚼。

月玉成大声喊道:"全体都有,起立,立正！请稍息！"然后,转身向石方竹行了军礼,声音洪亮地报告道,"报告石总:我连全体官兵正在为一排长举行婚礼。请指示！报告人:连长月玉成。"

石方竹还了军礼:"婚礼继续进行！"

月玉成又转身面向大家:"婚礼继续进行！大家坐下！"

大家又纷纷坐下了。

宁林端来凳子让石方竹坐。

石方竹坐下后,向她身旁的月玉成问:"新娘呢？"

"没有新娘。"

"这是我活了五十多岁第一次见到没有新娘的婚礼啊！"

月玉成大致介绍一下特殊婚礼的情况后,说:"石总,请您为大家讲几句吧！"

"好！"

"大家鼓掌欢迎石总给我们讲几句!"月玉成带头鼓掌。

石方竹站了起来,声音有些发涩:"同志们,你们辛苦了!我向你们致敬!"话一完,她向大家行了军礼。

大家使出打隧洞抱钻机的劲头鼓起掌来。

"同志们,我是来还毛衣的,没有想到能参加一场别开生面的婚礼,我来晚了,对不起大家了!几天前的一个晚上,我与月连长通了电话,我因为工作忙,脱不开身,所以月连长就跟我约定到今天晚上8点把毛衣送上来,我记得你们连长在电话里给我重复了两次请我8点准时到……但是,下午工程技术处接到十三支队的电话,说他们施工的电厂厂房遇到一些困难。我从自治区羊湖工程协调小组办公室组织召开的会议回来,正赶上晚饭,吃完了饭,我就和龙参谋长、潘登处长、刘富盛处长,一起去了电厂副厂房工地,等把问题解决了,我就拿着毛衣来了,但是来晚了,我也没有想到有同志结婚。在这里我向这位结婚的同志和全连官兵道个歉!请问哪位是那天脱毛衣给我垫头的萧排长?我要特别感谢他!"

"今天就是萧排长结婚!"月玉成脸上充满了笑意。

"啊,恭喜,恭喜萧排长!"石方竹笑嘻嘻地说。

萧山然从凳子上站了起来,向石方竹走过去,接过石方竹手中的毛衣。

"我特别感谢你啊!"石方竹主动伸出双手和萧山然紧紧地拥抱在一起了。这是一个如此喜悦和悲伤交织的夜晚,岗巴拉山以外的人群、以外的世界,谁能看见他们?谁能体会到他们拥抱的含义?谁又能体会到歌声所传达的无限真挚的感情呢?

"石总,石总!"萧山然的泪水夺眶而出,滴在石方竹右肩上那金黄色的大校警衔上。

"恭喜萧排长喜结良缘!"石方竹拥抱着萧山然,哽咽着,饱含深情地说。

人们受到感染,有的人也鼻子一酸,暗自垂泪。

石方竹说:"我为什么不能让这位萧排长和正常人一样,去和远方的姑娘一起度过一个新婚之夜?远方的姑娘,请原谅我吧!我衷心地祝福你们一生幸福!我默默地祈求你们一生平安啊!"

"石总,石总,快坐下吧!"月玉成说。

"这样吧!大家高兴点,共同祝福我们的萧排长吧!"石方竹扶着萧山然坐回刚才的凳子上,哽咽道,"我来起个头,大家一起唱,送给萧排长吧!夜蒙蒙,望星空,预备——起!"

夜蒙蒙，望星空，我在寻找一颗星，一颗星，
它是那么明亮，它是那么深情，
那是我早已熟悉的眼睛。
我望见了你呀，你可望见了我？
天遥地远，息息相通，
即使你顾不上看我一眼，
我也理解你呀此刻的心情……

《望星空》以妻子的口吻，表达了对远在前线奋战的丈夫的深情思念。歌曲中透露着思念和鼓励，还有深情的表白和理解。

军人的家庭都是相似的，军人的情感也是相通的。在羊湖电站建设工地，官兵最喜欢、最流行的歌曲是《说句心里话》《望星空》《十五的月亮》，还有《基建工程兵之歌》。无论干部还是战士，无论是老兵还是新兵，大家都会唱，喜欢唱，也喜欢听。

几多悲欢，几多感慨！在这个地球最高的电站建设工地上，在萧山然今天晚上的这场特殊的两地婚礼上，官兵们唱着歌，流着泪……

吃完午饭，从机关食堂出来的鞠燕被许林海喊住了。许林海说："我现在就要带车队去格尔木拉施工材料。麻烦你帮我把300斤全国粮票给李婷送去，听她说她家里的一个亲戚在镇上修建房子，要用粮票到粮店去买平价大米。这些粮票都是我跑车节约下来的。她去年底留守部队没有休假，这几天她准备要回她老家休假，就顺便把这些粮票带回去。"

粮票是20世纪50年代至90年代初，中国在特定经济时期发放的一种购粮凭证。中国最早实行的票证种类是粮票、食用油票、布票等。粮票作为一种实际应用的有价证券，在中国使用达四十多年。

"你们连距离医院那么近，你直接送去就行了，还能见上一面。"鞠燕笑道。

"唉，鞠技术员，算我求求你了。如果我带队走晚了，万一石总见了，遭收拾划不来。老太太厉害着呢！"许林海从胸前的衣兜里掏出一沓用一根红色橡胶圈扎好的崭新的全国粮票交给鞠燕。

鞠燕一拿上粮票就笑了："没有想到一个虎背熊腰的人，做事这么心细呢？看来爱情的力量不可低估啊！"

许林海笑着走了。

第十八章

1993年1月9日,电力工业部批准建设查龙水电站,作为国家"八五"计划期间援助西藏重点工程之一。

查龙水电站位于怒江上游那曲河上,地处西藏自治区那曲县境内。工程区平均海拔高度在4350米以上。电站的主要任务是发电。按照设计,总库容1.38亿立方米,总装机容量1.08万千瓦,年发电量4363万千瓦/时。电站属二等工程,主要建筑物由混凝土面板砂砾石坝、溢洪道、泄洪放空洞、引水、发电厂房及开关站等组成。

2月,承担建设任务的三总队正式组建水电第十四支队,具体负责查龙水电站的施工任务。

3月24日,十四支队官兵们迎着漫天风雪,由羊湖电站工地向千里羌塘草原进发,翻开了藏北电力建设的新篇章。

4月4日,先期抵达查龙的二十四名官兵在临时搭建的帐篷前召开开工动员会。

就在十四支队二十四名官兵抵达查龙的第二天,也就是4月5日,在总队医院却发生了一起案件。

中午在医院食堂与医务人员一起吃饭的孙月刚,没有看到志愿兵司务长杨成钢。他吃完饭后,就问另外一位炊事员小钱:"杨成钢呢?"

"我早上起床做早饭时就没有见着他,我以为他出去办事了……"

孙月刚说:"他没有向我请假,也没有和你说一声?"

"没有。"

到了晚饭时,孙月刚还是没有见到杨成钢的影子,心里很不踏实。他就去伙房问已洗完锅洗好碗筷,正在打扫卫生的小钱:"司务长还没有回来?"

"我没有见到他的人。"

"你和他住一个宿舍,等你打扫完卫生,我去你们宿舍看看。"

卫生一打扫完,小钱便解去围裙,挂到墙壁的钉子上,走在前面,带着孙月刚进了宿舍,由于天色已暗,小钱便拉亮了电灯,说:"院长,您看吧,这就是我和司务长住的宿舍,我睡的是左手边那张被子叠得整整齐齐的床,他睡的是右手边那张床,被子都没有叠呢。靠窗户的办公桌也是他经常用,我偶尔写信用用。"

"你看看他床上、枕头上留下什么留言没有?"

小钱把没有折叠的被子和皮大衣翻了翻,又翻了枕头,什么也没有发现。但当他走到床头时,大腿碰到了保险柜的把手,保险柜的门悄无声息地开了。

孙月刚眼睛睁大了,惊愕地问:"小钱,保险柜怎么开了?"

小钱看着保险柜的门开了,吓坏了,脸色也变了,声音发颤地说:"孙院长,我、我没有拿公家的钱……"

孙月刚毕竟在部队工作了二十多年了,也是一个享受正团职待遇的技术干部,凭他的经验,小钱是不会偷盗公家的钱的。现场的情况告诉他,可能是司务长杨成钢卷款潜逃了。他对小钱说:"我怎么能怀疑你拿了公家的钱呢?你把保险柜里的东西全部拿出来,我看看,里面还有多少钱?"

小钱蹲了下去,从保险柜里拿出来一沓沓整齐有序的发票,还有发工资的一些记账簿,一枚5分钱的硬币从保险柜里滚到了地面。小钱站起来说:"院长,保险柜里面什么东西都没有了。"

"好的,你把这些发票和本子放进保险柜关好,我走了。啊,小钱,你别对任何人说这件事情,我知道该怎么处理的。"孙月刚脸色凝重地走了,他没有回自己的宿舍,也没有像往常那样每晚去医院转转,去看看值班医生,去看看住院的病人,只是脚像灌了铅一样的沉重地进了自己的办公室。孙月刚在办公室坐了两三个小时,思前想后,如果真是司务长杨成钢这个管着医院官兵的工资和生活费,还有病员生活费的享受排职待遇的志愿兵从自己眼皮下卷款潜逃了,那么他作为一院之长是负有领导责任的……一番思想斗争之后,他也只有向分管医院的徐成强实话实说了。于是,他趁着月光朝着后勤部部长徐成强的办公室兼宿舍走去……

当徐成强听完杨成钢卷款潜逃的事情后,只是一口口地吸着烟,望着坐在办公桌前愁眉苦脸的孙月刚。

"徐部长,您说咋办?我都快急死了!"

徐成强猛地吸完三支烟,说:"你说咋办?天要下雨,娘要嫁人。你估计一下,胆大包天的杨成钢搞走了多少钱?"

孙月刚想了想,带着哭腔说:"我们医院的流动资金平时都保持在一万元以上哪!因为有的重病员转到拉萨市的自治区人民医院去,光预交押金就要六七千块,为了方便,钱都放在司务处保管着。这您也是知道的嘛!"

徐成强又吸了第四支烟,说:"那只有向石总报告了……"

"石总不收拾我才怪呢！"孙月刚简直想哭了。

"你想不遭收拾就不报告？纸能包住火？"

孙月刚不吭声了，只是两眼望着烦躁的徐成强。

徐成强从嘴里吐出浓重的烟雾，又望了望窗外，说："今天晚上就不向石总报告了，天太晚了。她一身毛病，要知道了这事，她又该血压升高，又该失眠了……明天早上，你一吃完早饭就过来，我们一起去向她汇报！你快回去休息了，天不早了！"

"嗯。"孙月刚站起来，走到了门口，手刚拉门把手，突然想起了什么，便转身对徐成强说，"部长，最近医院病员多，但现在炊事员就只有一个人了，我担心一个人忙不过来……"

"关于配备炊事员的事，我找龙参谋长让警务处给你们挑选一个吧，力争明天到位……没有事了吗？"

"没有了，我走了！"孙月刚从总队机关回到医院后，他担心祸不单行，还是去医院的病房、值班室转了转。

今天晚上是裴婧值班，孙月刚走到门诊室门口，看到裴婧正在灯光下翻看着一本厚厚的书，他想大概是医学书籍吧，他早就听说她要写一篇怎样预防高原肺水肿和脑水肿的论文。他犹豫不决地想进去与裴婧聊聊天，但转念一想，聊什么呢？站了片刻，觉得还是回宿舍。他知道今天晚上会失眠的，也是痛苦的……

第二天早饭后，经过一晚上痛苦的煎熬、整夜的失眠，眼球布满着血丝的孙月刚跟着徐成强来到石方竹的办公室时，石方竹也才吃了早饭刚进办公室。

石方竹热情地说："你们坐吧！嘿，你们来这么早，肯定有什么急事。"

徐成强和孙月刚没有敢坐。

石方竹瞟了瞟两人的神情，尤其是孙月刚耷拉着头的样子，就说："出什么大事了？"

徐成强把头转向孙月刚，说："由孙院长向石总汇报吧！"

孙月刚的身子有些发抖，垂头丧气地说："部长，还是您向石总汇报吧！"

石方竹的声音大了起来："孙月刚，你把头给我抬起来！"

孙月刚就把头抬起来了，身子就像筛糠一样抖得更加厉害了。

石方竹看着眼里布满血丝的孙月刚，说："看来，你昨天晚上就没有睡好……我猜得不错的话，昨天就出事了！快说，究竟出了什么事？"

看着石方竹有些火了，徐成强才支支吾吾地说："石总，昨天晚上我们本来想来向您报告的，但考虑时间太晚了，担心影响您的休息……"

石方竹双眼盯着徐成强和孙月刚,并对徐成强吼道:"把你手上的烟给我掐了!"

孙月刚看石方竹发如此大的火,已经不止一次了。有一次,他带着两个医生去山上施工连队巡诊,因为施工的质量有点问题,石方竹硬是把那个连队干部收拾得哭了鼻子。此时,他还清楚地记得,石方竹吼那干部的情景:"……你一个从水电指挥学校毕业的干部,就这么个工作态度?我已在大大小小的会议上讲过千次万次了,质量,质量,质量第一!"当时,石方竹那声音冲破了云霄,吓得在场的官兵脸色都变了。"今天,我孙月刚终于撞上枪口了!"孙月刚想着想着就吓出了一身冷汗。

徐成强看到靠墙壁的沙发旁的茶几上,放了一个干干净净的玻璃烟缸,就快步走过去把只吸了半支的红塔山香烟,在烟缸里使劲摁灭,然后又走到刚才的位子,望着愤然而起的石方竹,就把医院志愿兵杨成钢卷款潜逃的事断断续续地说了。

"砰!"哪知石方竹一巴掌猛地拍打在办公桌上,由于她太用力了,搞得办公桌上的电话机都弹跳了两下。她气得脸色铁青,一下子瘫坐到了椅子上,痛苦地闭着眼睛,嘴里喃喃地说:"就是我推荐给你们医院的那个志愿兵杨成钢?调到你们炊事班当司务长的杨成钢卷款潜逃了?唉!"

徐成强、孙月刚也吓得脸色紫青了,相互看了看,不敢出声。

过了好一会儿,石方竹才睁开眼睛,接着便是一脸痛苦地说:"我带的部队怎么能发生这样的事?怎么能发生这样的事啊?简直是给部队抹黑呀!唉!"

徐成强和孙月刚也不知说什么好,只是愣愣地站着,睁着大眼,望着满脸皱纹,痛苦万分的石方竹。

"唉!"石方竹一声叹气后,缓缓地说,"老孙,孙月刚呀,你在医术上有一套,我石方竹佩服你!你们去年是被总队评出的先进单位哦……但是,你怎么就管不好一个志愿兵呢?"

孙月刚想解释,但话到嘴边却说:"我、我……我愿意接受组织的处理……石总,您有病,别生气了!"

"出这么大的事,我能不生气?嗯!处理你孙月刚是少不了的!但要等事情弄清楚了再说!"石方竹便对徐成强说,"徐部长,你说这咋办?"

"石总,按您的指示办!"徐成强也不知该说什么了,只好这么说。

"这样吧,你们快去给陆政委汇报汇报,就说我石方竹建议:总队立即派保卫处处长张文理带着保卫干事刘颖去杨成钢老家看看……总之,想办法把人带回来!"石方竹说。

"是!"徐成强和孙月刚向石方竹敬了军礼,就走了。

……

七八天后,杨成钢双手戴着手铐回到了部队。杨成钢的脸色惨白,蓬头垢面,头发已是凌乱不堪,与过去精神抖擞的他判若两人。他身上穿着已经被摘掉了肩章的警服,让人看了心痛。

张文理和刘颖直接把杨成钢带到了医院,可没有想到的是,他们刚进医院营区,就被孙月刚看见了,气得他眉间的肉棱高高隆起,厚实的嘴唇抖动,满脸通红的跑过去,扬起手一巴掌向杨成钢扇了过去,吼道:"你把老子害苦了!"

听到孙月刚那气愤的骂人声,不少医生、护士、卫生员,还有病员都拥向了营区。

杨成钢惨白的脸上,顿时就凸起一个红红的巴掌印痕。他低下了头,周身战栗,悔恨的泪水从眼眶里滚滚而下,接着咚的一声,一下子跪在了冰冷的水泥地上。他想说声"对不起",但是他还是没有勇气说出来。

孙月刚还想上去扇杨成钢的耳光,却被张文理阻拦了:"老孙,你骂人不对,打人就更不对了!"

孙月刚气愤地说:"他害死我了!"

看到杨成钢那可怜兮兮的样子,裴婧脑海里突然想起著名作家柳青的名言警句来:"人生的道路虽然漫长,但要紧处常常只有几步,特别是当人年轻的时候,没有一个人的生活道路是笔直的,没有岔道的,有些岔道口譬如政治上的岔道口,个人生活上的岔道口,你走错一步,可以影响人生的一个时期,也可以影响整个人生。"眼前的情景还让她想到自己读高中时在电影院看的一部叫《人生》的电影里的情节来,主人公高加林背着铺盖卷从县城回到家乡农村,趴在地上悔恨交加、痛哭流涕……

李婷也是个心肠软的人。她对身边的裴婧喟叹说:"唉,在部队真是犯不起错误哦,你看司务长好可怜哟!"

裴婧一声长叹:"唉!"

刘颖把杨成钢从地上扶起来,还帮他拍了拍裤腿上的泥土。

"老孙,你们腾一间房屋出来,把杨成钢关起来,我派警通连的兵把他看起来,等把事情搞清楚了,再说后面的事情!"张文理说。

"我恨死这臭小子了!还不知总队咋处理我?"孙月刚瞟了一眼杨成钢说。

"你怎么这样子呢?孙院长,你再这样骂人,我就报告总队领导!"张文

276

理说。

孙月刚不说话了。

其实,也不用再审讯了,杨成钢在回来的火车上,已经老老实实地向张文理和刘颖交代了携款潜逃的来龙去脉。

杨成钢携款潜逃的事情经过并不复杂。杨成钢是从陕西农村入伍的,入伍后确实工作干得不错,参加部队的烹调培训后,他被分配到连队做饭,由于能吃苦,饭菜做得也"色、香、味"俱全,所以在他服役满五年的时候,转了志愿兵,也当了炊事班的司务长。上高原后,在修羊湖电站"四通一平"中,本来没有他的事情,他却主动找到连队领导,要求去抬沉重的电杆,连长赵明说:"炊事班已经抽出了一半的人员轮番上阵了,你作为司务长留下来带领炊事人员把饭做好就行了。你就不用上工地抬电杆了。"但杨成钢却执拗地去了工地,与大家抬电杆时,却把自己的腿搞骨折了,抬到医院抢救时,碰到了从山上送张顺到医院抢救的石方竹、月玉成、萧山然……就这样,石方竹一直牵挂着杨成钢的伤情,还去病房看望过他。后来因为医院的炊事员做的饭菜味道不好,在石方竹的推荐下,让已经治好了骨伤的杨成钢去了医院当了司务长。说实在话,杨成钢到了医院工作后,孙月刚是很喜欢他的,在医务人员和病员的生活上,让孙月刚很少操心,大家对杨成钢也是赞不绝口。去年底,部队搞立功评奖时,孙月刚在名额有限的情况下,硬是给杨成钢评上了一个嘉奖。

杨成钢知道,如果他在施工连队,能评上嘉奖,几乎是不可能的,因为施工连队的官兵谁不辛苦?虽说战友们都在从事调压井、厂房、平洞、球阀室、沉沙池、升变站等土石方开挖及砼支护的施工,但是他杨成钢是看得清楚了的,战友们成天不管刮风下雨、下雪下冰雹,都在露天里挖掘深坑、绑扎钢筋、支撑模型,手上裂了大大的血口子,脸上也是风吹日晒的,都成了名副其实的黑脸"包公",多数时间还是一身的泥土,一身的雨雪……他非常感谢石方竹把他调到了医院炊事班工作,而且还当上了司务长,手里掌管着医务人员的工资、津贴,还有每个月的生活费、预留的需要到拉萨抢救重病人的巨款。当然,他也感谢孙月刚给他评了嘉奖……如果在这里用一个成语来概括,那他就是"因祸得福"。

但是,前一段时间,姐姐的一封航空挂号信,却改变了他的一切,使他走向了深渊。姐姐在信上说,在县土地管理局工作的父亲遭到陷害了。杨成钢的父亲杨东平是县土地管理局的一名副局长,分管着土地的执法工作。有一次,杨东平在执法过程中,发现三个地方老板在修建厂房时侵占了国家的土地,他按照法律程序,硬是告倒了三个老板,三个老板最后退还了侵占的土地。为此,他父亲受到了县长的表扬。

但是，没有过上两个月，三个老板都纷纷热情地给杨东平打电话，盛情地邀请他到县城最好的一家酒店去坐坐，喝喝茶，聊聊天。开始他想不去，但是面对三个老板的热情邀请，再加上他觉得应该"化敌为友"，巴掌这么大的县城，低头不见抬头见。为了谨慎起见，他那天晚上还带上两位土地管理局的干部一同前往，看他们能搞出个什么名堂来。

杨东平与他手下的两名干部去了，受到了三个老板热情的接待，酒足饭饱之后，其中一个老板从一个皮革挎包里掏出了三个信封，送给每人一个，表情真诚地说："钱不多，就1000块，我们略表心意，请收下吧，我们今后就是朋友了！"杨东平不收，但那位老板就说："杨局长，是不是嫌少了啊？"杨东平看了看其他两个同事已经笑眯眯地把信封都拿在手里了，他觉得自己不拿，下级也就不好意思收了，反而下级对自己有意见，他权衡利弊后，就顺手把装有1000元的信封放进了衣兜。接着，那老板说："我们还要找杨局长谈点事，就不留你们两位了。"那两个干部就站起来，脸上泛着红光地走了。

等杨东平两位下属走后，一个老板便过去关了包间的门，微笑着对杨东平说："杨局长，听说你麻将打得不错，我们三个人陪你玩玩吧，顺便我们也学学技术！"

"我还有事情，我要回去了。"

"我们知道在县城里就你一个人，老婆孩子都在农村，回去那么早干什么呢？我还听说，你原来是个下乡知青，通过考试进了城里头来工作的。"

"是的，我当知青时就与农村姑娘结婚了。"

那个老板就开起玩笑："你进城后，为啥不像其他知青一样把农村的离掉，回城里再找一个？"

"哈哈哈……做人要讲良心。孩子的妈对我很好，感情也深厚，我怎么可以提出离婚呢？现在我女儿都有一个两岁多的男孩了，我儿子在部队已转志愿兵了……"

三个老板就说："杨局长当外公了，恭喜恭喜！""女儿不错啊，还给你生了小外孙！""你儿子好优秀呀，都当志愿兵了，我亲戚的孩子在东北当了三年的傻大兵，早就回家修地球了！"

在人们的笑声中，一个老板从皮衣掏出一个胀鼓鼓的信封，送到杨东平手中说："这是5000元，杨局长一定收下！"

杨东平坚持不要，但耐不住三个老板的热情劝说，在实在没有办法的情况下,他说:"这钱,我实在不能收!这5000元权当是今晚上陪你们玩麻将的钱吧。"

三个老板都异口同声地说:"好!"

麻将打了不到四个小时,杨东平就故意把钱输给他们了,直到最后,那6000元钱一分不剩。

一周之后,杨东平突然被县检察院反贪局逮捕了。这事来得太突然了,把杨成钢的母亲和姐姐一家人吓得大哭起来,觉得天都塌下来了。

杨东平是以受贿罪被逮捕的。开始他不承认,后来反贪局把那三个老板提供的录音磁带放给他听了,他惊愕得目瞪口呆。录音里连同他们那晚上吃饭、打麻将,还有送他钱的所有对话都清清楚楚的,而且声音真实逼真……他现在才知道这是三个老板精心策划好了的,给他挖的"坑",让他往里面跳……他真是悔之晚矣!

反贪局最后的处理意见是:责令杨东平在二十天的限期内,将受贿的6000元交到反贪局,由反贪局上交国家财政。如在二十日内不交,将起诉到法院,至少判三年的徒刑。

6000元从哪里来?今年3月份家里刚刚才修建了两层楼房,还欠了外债。亲戚家经济上也不富裕,修建楼房的借款也还没有还完呢,如果再去借,实在不好借,再说杨东平所谓的收受贿赂的事情闹得沸沸扬扬的,邻居见了母亲和姐姐都是躲躲闪闪的……所以向亲戚、邻居借钱的事是不可能的了。

面对这种情况,母亲也哭哭啼啼的,精神差点失常,只有初中文化的姐姐便给杨成钢写了一封六页纸的"拯救"父亲的信……

杨成钢收到信时,离父亲限时交出六千元钱已经过去十一天了。他自己这些年节约下来的工资,因为今年家里修建楼房全部寄回去了。现在自己只有四百多元的积蓄,当时他也想找战友借,但是他关系好的战友都来自农村,家家经济都比较困难,再说也开不了口……

收到信的当天晚上,他彻夜难眠。他煎熬了一晚上,他想到向院长孙月刚请假,但孙院长肯定是不会批准的,也想到裴婧医生因为奶奶去世,徐部长批准她回家一趟,回来后还背个处分。裴医生还是石总的女儿呀!……由于救父心切,他已顾不上那么多了,于是便拿了公家的一万多元钱跑回了家。为了能在反贪局规定的时限内交上父亲的受贿款,让父亲免于牢狱之灾,他坐了飞机,再转汽车回到家,把钱交上了。

杨成钢和姐姐看着从看守所出来的父亲,满脸的皱纹,胡子拉碴的,头发也白了,背也有些佝偻了。他知道父亲在看守所经历了人生最大的煎熬。他和姐姐搂着父亲,号啕大哭起来……父亲被开除了党籍,也开除了公职。

在杨成钢回家的第三天,保卫处处长张文理和保卫干事刘颖找到了他的家……

在医院的仓库里,经过保卫处的再次审讯,杨成钢一五一十再次进行了交代。张文理把审讯询问笔录和《关于医院志愿兵杨成钢携款潜逃的审讯报告》交到政委陆丰手里。陆丰看后觉得杨成钢携款潜逃的事情有让人同情地方,便与石方竹商量究竟怎样处理好些。

石方竹说:"至于怎样处理杨成钢和怎样处理孙月刚,大家在总队党委会上讨论决定!"

总队党委成员开会讨论研究时,都是比较同情杨成钢的,都认为,他因为救父心切才犯下了这种低级的错误。大家一致同意:本着"惩前毖后,治病救人"的原则,取消杨成钢的志愿兵资格,以观后效,享受普通士兵待遇。至于他所欠下公家的钱,从他服役的津贴费中逐月扣除。

对于孙月刚的处理,党委成员的一致意见是:由于孙月刚对部队管理不善,给予警告处分一次。

最后,石方竹说:"为了改善官兵在高原吃菜难的问题,我们今年初已搞了十多亩的蔬菜塑料大棚,我建议杨成钢去种菜吧,反正我们请的十多个农民工种菜,也群龙无首,就让他去负责管理吧!我们给他一个戴罪立功的机会,如果他今后工作表现突出的话,我们再研究给他恢复志愿兵的资格。"

石方竹的建议得到大家的一致赞同。

杨成钢、孙月刚的处理决定下来后,两人都暗自长舒了一口气。

孙月刚坐在办公桌旁,拿着总队下发的关于他的处分决定的文件看了好半天,他知道由于自己对医院工作管理不善,导致了杨成钢携款潜逃,所以给予他记警告处分一次,他是想得开的。因为按照军队的纪律条令,干部处分的种类有七种,从轻到重依次为:警告、严重警告、记过、记大过、降级、撤职、开除军籍。警告处分有提醒注意、不致再犯的意思,属于申诫处分。警告为最低处分,开除军籍为最高的处分。

杨成钢早已经想过了,自己不仅要被开除军籍,而且还有可能被押送回家。但是上帝似乎很垂青他了,这次携款潜逃回家,只是取消了志愿兵资格。于是,他暗下决心,悔过自新,努力把工作干好,将功折罪,戴罪立功,力争再苦干几年把撤销的志愿兵资格、待遇搞回来。处分决定下来的当天晚上,他就迫不及待地搬进了总队机关炊事班的宿舍,成了黄群德的手下。他觉得自己矮人一等,也不想再见到医院曾经朝夕相处的战友了……

司令部参谋长龙大佩安排警务处,从机关炊事班选调一名饭做得好的战士去了医院。这就等于机关炊事班就少了一个人干活,本来炊事班人手就紧,一个萝卜一个坑,搞得班长黄群德也不敢言,假如他据理力争给炊事班再增加一个人员的话,他担心自己得罪领导,他的志愿兵还没有转呢,所以咬着牙就答应了。

但是,杨成钢知道黄班长的苦恼后,就对黄群德说:"黄班长,因为我的原因,炊事班少了一个人手……你看能不能这样,炊事班原来饲养的十多头猪是一位炊事员干的活,假如你相信我的话,你就把饲养猪的工作也交给我来承担。"

黄群德看着眼前比自己军龄还长了几年的杨成钢说:"杨老兵,你的心情我理解,但你的工作是带着农民工种好塑料大棚的菜呢。"

"请班长放心吧,我决心已定,我不仅能带着农民工种好菜,还能喂好猪!"

"唉,我也是农村出来的,杨老兵这么做,让我很感动啊!"黄群德很友好地拍了拍杨成钢的肩,"我相信你!"

第十九章

　　十三支队除修建调压井、平洞、球阀室、沉沙池、升变站等土石方开挖及砼支护的官兵外，其他官兵正在热火朝天地建设羊湖电站的主、副厂房。水电站厂房是电站中安装水轮机、水轮发电机和各种辅助设备的建筑物，一般由水电站主厂房和水电站副厂房两部分组成。它是水工建筑物、机械和电气设备的综合体，又是运行人员进行生产活动的场所。

　　但是，在高原修建羊湖电站，经常会遇到世界级的难题。设计方和建设方要根据修建中遇到的实际情况，经常更改图纸，使电站的建设既符合技术设计要求，也要达到建设的质量要求。

　　1993年的夏天，有作为业主方的总队、施工方的十三支队、设计方的成都勘测设计研究院、机组供货商的奥地利伊林（ELIN）公司参加的羊湖电站建设设计联络会在成都召开。会议内容是：协调土建、机电安装、设备制造供货。

　　作为业主方参加会议的是总队工程技术处的技术员鞠燕。

　　鞠燕毕业于四川大学水利水电专业。说实在话，鞠燕为能回到成都参加羊湖电站建设设计联络会而感到无比高兴。工程技术处虽说只有八九个人，但论军龄，她只是一个穿上橄榄绿警服才两年时间的"新兵"。

　　鞠燕坐飞机提前一天回到了成都，阔别了两年时间的成都让她感到十分亲切。上午10点左右，她背着一个旅行包，坐出租车去四川大学，在校园溜达了一圈。大学已放假了，校园比较安静。她坐在长条木椅上，深情地望着自己住了四年时间的集体宿舍大楼，高兴地哼起歌："生活呀生活，多么可爱，多么可爱，像春天的蓓蕾芬芳多彩……"从校园出来，又坐公交车去了四川省水利厅，她要去看望分配到那里工作的女同学。

　　哪承想女同学一见到她，就笑道："脸这么黑！"

　　鞠燕说："在高原风吹日晒地跑工地，脸哪能不黑？"

　　"你回成都干啥？"

　　"来开羊湖电站建设设计联络会，会议明天才开始。"

　　中午，那位女同学热情地请她去吃火锅。两人高兴地边吃火锅边聊天。那位同学问："你找对象了吗？"

"没有。你呢?"

"找了,是我们单位的一个小伙子,前年从武汉大学毕业的。他家就在成都,是个独生子!我已见了他的父母了,他的父母都是国家干部,对我可好了。"

"看你满脸的笑容,我真的羡慕你。"

"你也可以留在成都工作的,你为什么要去当兵?"

"我要不去高原,肯定留在成都了。我在毕业时就和你说过的,我喜欢军人。读高中时,我在县城见到两个女兵,穿着绿色军装,英姿飒爽的样子,好神气哦!所以,我那时就萌发了当兵的念头!当年考大学时,身为老中医的爷爷和爸爸都希望我考医学专业,但我背着他们报了川大的水利水电专业。为了不惹他们生气,我就从湖北跑到成都来读书了。"说完,鞠燕就扑哧一声笑了起来。

"你爷爷和你爸爸是老中医的事,我怎么没有听你提起过?"

"那时,大家都在安心读书学习,哪有时间说这些?说实在话,在成都读大学那四年,我连成都有名的景点都没有去过,就知道死读书。我在军训时,才与三个战友去了一趟春熙路,开了开眼界……"

"有个星期天,我喊你去春熙路,跟我们一起玩玩,你说你要去学校的图书馆看书。嗯,不说春熙路了,继续说说你的中医爷爷和爸爸吧!"

"我爷爷在我们县人民医院可有名了,医治那些疑难杂症可厉害了!爷爷现在退休了,但上门找他看病的人特别多。我爸爸还在医院上班呢。"

"你不想他们吗?"

"想,怎么不想?我今年底休探亲假,就要回去看爷爷、爸爸和妈妈!"

"回老家抓紧找个对象吧。"

"算了,我想在部队找一个,部队上长得标致,有大学学历的优秀军人很多。比如说我们的处长潘登,他是中国科技大学毕业的高才生,很能吃苦,又爱学习,又喜欢思考问题,我们跟着他跑基层施工连队,学了不少东西。我有点佩服他!"

"你是不是爱上他了?"

"去去去,别胡扯了,他的孩子都有好几岁了。"

"鞠燕,你千万别破坏别人的家庭啊!"那个同学开起了玩笑。

"你又胡扯了。讨厌!"鞠燕说着,笑着,就用筷子敲打几下那个女同学的头。

吃了火锅,鞠燕与女同学告别后,就赶公交车去了浆洗街,给一个总队机关的战友家送了一封信。因为成都的天气热,再加上中午吃了火锅,所以她满脸冒汗,背上的衣服也被汗水浸透了。她望望天空,太阳火辣辣的。于是,她背着旅行包坐出租车去了茶店子。

茶店子有总队的机关、招待所、医院,还有部队家属院。鞠燕按照潘登给她的地址,找到了潘登的家。

潘母一手打开门,一手握着拖把,原来她正在打扫卫生。潘母热情地请鞠燕进屋坐,并给她端来一碗凉在厨房的开水:"这是我为孙子准备的,等他从幼儿园回来喝。"

"谢谢阿姨!"早已口干舌燥的鞠燕放下背上的旅行包,就从潘母手上接过凉开水,咕咚咕咚地喝了个碗底朝天,然后笑笑,有点不好意思地说,"这天气太热了,加上中午又吃了火锅,所以口渴得很……"

"我厨房里还有,姑娘你还喝吗?"

鞠燕点了点头,笑道:"还喝!我自己去倒!"

"你是客人,哪能让你倒?"潘母从鞠燕手里夺过碗,又去厨房倒了一碗凉开水端出来。

鞠燕接过碗后,又喝光了。

鞠燕笑盈盈地把碗递给了潘母,接着拿起拖把就开始拖地。

"姑娘呢,哪能让你干活?快坐下歇息歇息。"潘母见鞠燕帮她拖地,很过意不去。

"阿姨,你坐下休息吧。我一会儿就把地拖完了。"麻利地拖着地的鞠燕说。

潘母从洗漱间拿出一条毛巾,待鞠燕一拖完地,就递了上去:"姑娘,擦擦脸上的汗,快坐下来歇息歇息!"

鞠燕接过毛巾,把脸上的汗擦了擦,将毛巾递给了潘母说:"我去把拖把洗洗,就过来坐。"

"让我怎么过意得去!"

鞠燕把拖把洗净后,提起地上的旅行包,就过来坐到了饭桌旁,打开旅行包,从里面取出一件用透明塑料袋装好的灰色羊绒衫放在饭桌上,对潘母说:"这是您儿子专门托人在拉萨给您买的,让您冬天穿,听说这种羊绒衫很暖和,价格也很贵。"

"这孩子乱花钱,过日子要节约。"潘母话虽是这么说,但心里还很高兴的。

"这是我们潘处长对您老人家的一片孝心,阿姨!"

"是啊,是啊!"

"听潘处长说,阿姨不仅要天天送孙子读幼儿园,晚上还要接回来。"

"是的,是的。"

"那潘处长的爱人不去接送吗?"

"他们早就协议离婚了,孩子的妈人好,长得跟你一样俊……"

鞠燕眼睛睁大了,很是惊诧:"协议离婚?"

潘母的眼眶里一下子就噙满了泪,点了点头。

"他们为什么离婚?"

"唉,听儿子说他在高原待久了,得了一种说不出口的病。"

"阿姨,我们处长究竟得了什么病? 我的爷爷和爸爸都是医生。"鞠燕着急地问。

"听儿子说,吃了不少药,也没有治好,所以他们就离婚了。孩子的妈妈,已经找了一个也是离了婚的年轻人。她把他带到我们家来吃了一顿饭,我看了看,两人挺般配的。孩子的妈妈让我帮她参谋参谋,我说你自己的人生大事,你自己拿主意吧!"

"看来处长原来的妻子对您老人家很好啊!"

"是啊,对我儿子和我孙子也很好的!"

"阿姨,您还有一个问题没有回答我呢,我们处长究竟得了什么病呢?"

"唉!"潘母又一次唉声叹气后说,"你一个姑娘家,就不要打听了吧! 我真的不好开口说。"

鞠燕把手伸过去,握着潘母的手,撒娇地说:"阿姨,您告诉我吧,我会保密的!"

潘母犹豫了一下,也只好说了:"在高原待久了,我儿子得了阳痿病……也吃了不少药……"说着,便泪流满面。

鞠燕十分惊讶,也不好安慰潘母,便起身去了洗漱间拿来了毛巾,替潘母擦了擦脸上的泪水。她突然想到那次去建设中的调压井检查施工质量时,潘登攀脚手架之前,让她提着不锈钢保温杯,里面装着中药的情景……

潘母双手拉着鞠燕的手,说:"好姑娘,你要保密啊!"

"放心吧,阿姨! 我一定保密……这样吧,阿姨,今天晚上,我俩去把您孙子接上后,我请你们一起去馆子吃顿饭。"

"算了,算了,别花冤枉钱了。孙子中午在总队机关灶吃的饭。你们石总队长只要在成都开会,就会去炊事班过问,要把孩子们午饭的伙食搞好。听说有一次,你们石总队长听到一个从高原回来探亲的干部反映孩子们的伙食不太好,石总队长还亲自去批评了管理孩子们伙食的干部!"

"石总真是个细心的人呢,修羊湖电站的事就够她忙的了,还管这些小事情,她真是个好领导!"

"是啊,我们家属院的家属都很喜欢石总队长,都说她关心每一位战士呢!"

"是啊!她是一个爱憎分明的人,对工作上不太负责的干部,批评得可厉害了。尽管我没有遭过她批评,但我还是有点怕她!"

两人笑了笑。潘母催促鞠燕快去办自己的事。

鞠燕说:"我明天才开会,今晚就住部队的招待所——安蓉宾馆,只有几步路远。"

快到下班的时间,鞠燕陪着潘母去幼儿园接了她的孙子旺旺。

旺旺欢天喜地地拉着奶奶的手说:"奶奶,今天真热。"

潘母指着身旁的鞠燕对孙子说:"旺旺,这是鞠阿姨,和你爸爸一个单位的。快说鞠阿姨好!"

上身穿着淡黄色短袖T恤、下身穿着蓝色短西装裤的旺旺,天真活泼地望着鞠燕,甜甜地喊了一声:"鞠阿姨好!"

鞠燕蹲下去抱起旺旺,笑嘻嘻地说:"旺旺小朋友好!来,阿姨抱!"

潘母说:"姑娘,你抱着他你就更热了,放下他,让他自己走。"

旺旺对一身短袖警服的年轻女警官很喜欢,撒起娇来:"我就要阿姨抱,我就要阿姨抱!"

"好,好。我抱着旺旺!"

鞠燕抱着旺旺与潘母到一家小餐馆吃了饭,然后把祖孙俩送回了家。

然后,鞠燕去了公路边的一个电话亭,给家里打一个电话。电话是母亲接的,母女俩欢天喜地地在电话上说了好长时间,她才让爷爷接电话。

爷爷听到鞠燕的声音,激动万分:"燕燕,爷爷终于听到你的声音了,爷爷很想你!"

鞠燕满脸笑意,说:"我也想爷爷。我今年底一休假就回去看爷爷!爷爷,我今天有一件事要请您帮忙!"

"燕燕有什么事找爷爷帮忙就说吧,为燕燕做事,爷爷高兴哩!"

鞠燕说:"我的一个战友,因为在高原待的时间长了,得了阳痿病,想请爷爷开个方子。"

"爷爷是治愈了几例阳痿症,但他们是在内地犯的……在高原得了这种病,我就不知道我开的药管不管用呢。"

"试试吧!我知道爷爷是神医华佗,爷爷是医圣张仲景,吃了您的药,哪有治不好病的呢?"

"燕燕把爷爷吹上天了,我怎么把方子寄给你呢?"

"这样吧,爷爷把方子开好后,我明天晚上再来电话,您给我说,我拿笔来记。我现在在成都,开完会我就在成都抓药给战友带到高原去。好吧,爷爷?"

"这个方法好!这个方法好!"

当晚,快到12点时,闷热的成都下了一场雷阵雨。失眠的鞠燕听到惊人的雷声和雨声,从床上爬了起来,走到窗前,看着电闪雷鸣的天空、街道上的灯光,还有那飘飞的大雨……其实,她的心里也在"电闪雷鸣",她想得很多。今天对她来说,真是悲喜交集!喜的是,回到了成都,回到离别了两年的大学校园,这里是给人希望、给人方向、给人力量、给人智慧、给人自信、给人快乐的地方,还见到了大学同学,给家人通了一个长途电话。悲的是,对她来说犹如晴天霹雳,潘处长怎么会得了那种难与人言的病呢?潘登是个多么优秀的军人,是个多好的领导呀!想到这些,鞠燕的泪水就悄悄地掉了下来……她多么希望爷爷开的处方能治愈潘登的病。

……

鞠燕开完会,拿着爷爷给的处方,去省中医院,花了两个月的工资,购买了六十服中草药。

六十服中草药,装满了整整一麻袋。

她用绳子把麻袋捆绑好后,扛着麻袋到医院外的公路边焦急地等着出租车。一辆出租车在鞠燕跟前停下了。出租车司机看到身着警服的年轻女警官鞠燕,在酷烈的骄阳下,大汗淋漓地扛着一个胀鼓鼓的大麻袋,问道:"你到哪里?"

"我到飞机场。"

出租车载着鞠燕朝成都双流国际机场方向驶去。

在拉萨的贡嘎机场,当总队司令部的车来接她时,司机看着她扛着一个胀鼓鼓的大麻袋出来,以为很重,便上前去替她扛。司机将麻袋扛在身上,闻到刺鼻的中草药味道时就问:"鞠技术员,你搞一麻袋中草药干啥子用?"

鞠燕只好撒谎:"我到了高原后犯了关节炎,吃中药调理调理!"

"在我们部队得风湿病的人很多,大家为抢工期,风里来雨里去,打洞的战友泡在水中,三班倒!人又不是铁,是铁还有生锈的时候哩!"

鞠燕把药扛到宿舍,洗了脸,换上干净的警服,刚想坐下来休息一下,部队的开饭号就响了起来。

她刚走到食堂外的路上,就见到了石方竹,向石方竹敬了军礼:"报告石总,我从成都开会刚回来!"

石方竹笑笑："你回来就好。工作上一摊子的事！"

这时,陆丰手里提着一整套钓鱼工具,昂头挺胸、精神饱满地从总队机关大门口进来,后面跟着手里提着半塑料桶鱼的他的司机小何。陆丰见到石方竹就喜上眉梢地说："石总,今天上午收获很大呀,钓了十多斤鱼呢！大家又可以改善一下生活了。"

石方竹的脸拉下来了,满脸严肃地说："收获再大有什么用？上次我就跟陆政委你说过,作为党委副书记,要注意点影响,官兵累死累活地施工,你不是钓鱼,就是打猎……官兵们当着你的面也不敢言,背后大家怎么议论你,你知道吗？他们说,从北京调来的政委,多他一个不多,少他一个不少……真是金杯银杯不如老百姓的口碑……"

陆续进入食堂的很多官兵,都看见了石方竹批评陆丰的情景。

陆丰脸上白一阵黑一阵的,气得脸都有点变形了："我……我……"

"陆政委,你应该多去工地看看,多给官兵们鼓鼓劲,把部队的思想政治工作搞好……我是个心直口快的人,我对你也是忠言逆耳！"石方竹一说完,便转身进了食堂。

陆丰显得很尴尬,站在原地看着人们进了食堂。他顿时觉得一口气堵在了胸腔。

这是鞠燕第一次看到石方竹这么批评人,并且被批评的人还与她石方竹是一样的大校警衔,一样的正师职领导。她觉得石方竹批评人太厉害了,今后自己在工作中一定要小心,要努力,免得被她收拾。

中午,陆丰没有去食堂吃饭。石方竹知道,也许是自己没有讲场合,当着官兵的面批评了他,她现在也有些后悔。当大家吃了饭后,她叫人去把已转了志愿兵的炊事班班长黄群德喊来。

黄群德听到有人来叫他："黄班长,石总让你去一趟！"

"好好！"黄群德放下手中的饭碗,心里就开始打鼓,以为饭菜味道做得不好,石方竹要批评他。他便一路小跑到坐在饭桌前的石方竹的面前,向正在用牙签掏牙的石方竹敬了军礼,然后就问："石总有何指示？"

"你抓紧给陆政委煮碗面条,他可能病了,还没有吃饭呢！"

"是。"黄群德便转身朝伙房跑去。

黄群德做了一大碗香味扑鼻的鸡蛋面条送到了没有关门的陆丰的办公室兼宿舍,看见陆丰正躺在床铺上,闭着双眼,叹着气。

"政委,石总说你病了,让我们给你做了一碗面条送来。"黄群德把那碗面条放在了床头柜上。

陆丰从床铺上坐起来,气呼呼地说:"我没有病,她才病了呢!"

黄群德吓了一大跳,不知道政委与石总之间发生了什么事情,也不敢多问,只好退出了宿舍。

下午上班,鞠燕看见潘登的办公室门开着,潘登正坐在办公桌前认真地看着一张支队呈报上来的施工图纸。她进去说:"潘处长,我下午把这次在成都开会的情况抓紧整理出来,明天早上一上班就报给你。另外,你妈妈的羊绒衫也送到了。你妈给你带了东西,今晚你在办公室还是在宿舍?我给你送去。"

"就不麻烦你了,我下班去你宿舍取吧!她老人家也是,我这里不缺吃不缺穿的,给我带什么东西呢?"

"吃了晚饭我给你送过去,你就知道是什么东西了!"

晚饭后,由于天色还没有暗下来。鞠燕觉得自己扛着一麻袋中草药去潘登宿舍,万一被战友撞见,不好解释,所以,就在宿舍里看了一个多小时的书。其实,书她也没有看进去,总是走神,心里像有一只小兔子跳似的。她渴望早点给他送去,但又怕被人看见。

天色渐渐暗下来后,她到宿舍外面看了看路上没有人来来往往了,才扛起那袋中药,向潘登的宿舍走去。潘登知道鞠燕要给自己送东西来,也就没有关门,把门敞开着。

鞠燕把药扛进屋后,一股潘登熟悉的中草药味就钻进了鼻孔。

潘登接过麻袋,放在地上,拖过来一条凳子,说:"鞠技术员,你请坐!"

鞠燕说:"我不坐了,站着说几句话我就走了。"

潘登问:"这是我妈让你给我送的东西?"

"不是你妈送的,是我送的,药方子是我爷爷开的。你的情况,阿姨都给我说了。我爷爷曾经治好了好几个像你这样的病人……啊,我爷爷说,坚持天天服,一天一服药,服药期间,坚决不能喝酒……"

"你爷爷?你爷爷能治好我的病?"

"我爷爷是我们当地很有名的老中医。他说治高原得的这种病,他也没有太多的把握……你试试吧!反正药我也从成都给你弄回来了!"

潘登有些尴尬,觉得母亲不应该把自己的病说给一个姑娘听:"母亲也是……"

鞠燕似乎看出来了潘登的顾虑,就说:"有病就治……我不会告诉任何人的……我走了!"

"这药多少钱?"

"都是战友,这点钱算啥,我不要!"

潘登无比感动,看着远去的鞠燕的背影,说:"谢谢你了,鞠技术员!"

第二十章

　　2号支洞的洞口虽然挂着保暖棚布,但仍可见冰柱垂挂。这儿最冷达零下三十摄氏度,可干部和战士在月玉成的率领下,在洞里开石挖土,干得热火朝天。

　　照理,洞内应冬暖夏凉,可这地方,洞顶渗水滴下来,马上变成密密麻麻的冰疙瘩。金晓灿、严雪他们用三千瓦的电炉把它们烤化,才能再挖下去。

　　越往隧洞深处,积水越深,用水泵往洞外抽水,还得站一排人点火烤水管,以免管内结冰撑裂水管,损坏水泵。那几百米的水管,早已被烟熏得黑乎乎的。

　　平时隧洞里就像下雨一样,水泵二十四小时不停地抽水,水抽不干,官兵们就穿着防水服在齐腰深的冰冷刺骨的积水中作业。白天还好,到了下半夜,官兵们冻得实在受不了,就喝上几口白酒。一个班次下来,官兵们双手被水泡得发白,冻得不能弯曲,人一出洞口,湿透的衣服被寒风一吹,马上冻成硬邦邦的"铠甲",敲得啪啪直响,个个变成了"冰人",人人的靴子要用火烤、甩砸才脱得下来。

　　不少官兵的手脚都冻伤了,月玉成的手上满是冻伤的红疤。但官兵们知道施工的原则是:一、安全;二、质量;三、进度。

　　然而,就在当天晚上,萧山然和吴忠海用风钻钻洞时,涌出一股很大的水流。

　　这股水流顿时犹如脱缰的野马奔腾起来,翻滚的水流咆哮如雷。

　　大家顿时被吓呆了。

　　反应最快的萧山然向大家疾呼:"赶紧撤,赶快撤,赶快撤!"

　　人们吓得脸色惨白,纷纷朝洞口疾跑。

　　然而,吴忠海担心钻机被强劲的水流冲坏,他就反身回去抢救钻机,却被水流冲倒了,不会游泳的他倒在打着旋涡的强大的水流中……

　　人们气喘吁吁地跑出长长的隧洞,站在隧洞口的高处,大口大口地喘息着,惊魂未定地看着那咆哮着的浑浊的水流从隧洞口翻滚而来,一米半左右高的水流哗哗地冲掉了洞口挂着的保暖棚布……

　　累得紫色的脸颊上泛着白色的萧山然,这时才发现吴忠海没有从洞内跑出来,就发疯似的要跑进洞里救人,却被金晓灿、严雪他们拖住了。

　　萧山然痛哭流涕,嘴里不停地悲怆地呼喊着:"吴老兵呀吴老兵,你可不要出事啊！呜呜……"

听到萧山然那悲痛欲绝的凄惨的呼喊声,人们泪如雨下。大家知道,吴忠海已被涌水吞没了,牺牲了!

在清理吴忠海的遗物时,萧山然、金晓灿发现了十多封他的家信。

信全是他的妹妹写来的,其中有一封1990年6月的来信。

亲爱的哥哥：

你好!

你每一次的来信,我都念给妈妈听了,她虽然双目失明,但有时妈妈听了一次,还要听第二次、第三次。妈妈说,你的信就像歌曲那么好听。我说："妈,您喜欢听歌,我就给您唱歌听嘛!"妈妈说,我的歌唱得再好听,也不如哥哥的信好听。哥哥,你今后再忙也要多写信来,我好念给妈妈听。

妈妈知道你在西藏修电站很辛苦。有一回,妈妈问我："西藏在什么地方?"我说："远在天边。"妈妈追问："天边究竟有多远?"我说："我也不知道。"上次,哥寄来的一百元钱,妈妈让我买了一件新衣服,我也给妈妈买了一件绒线衣,妈妈说穿着用儿子寄来的钱买的衣服,真暖和!妈妈最高兴的是,邻居叔叔婶婶都夸她养了一个好儿子,有孝心。妈妈经常对我说："你哥哥好啊!你哥哥好啊!"我对妈妈说："我对你不好吗?"妈妈就笑得合不拢嘴,说："你们都好!我也不知我的忠海娃子多时能回来看我这个老妈,我多么希望他回来给我洗洗脸、洗洗脚。"我只好安慰妈妈说："快了,快了!"有一天夜里,妈妈做梦梦到你了,嘴里不停地对我说："丫头,快起来,快起来,你哥哥回来了,你哥哥回来了!"哥哥,你已经第四年兵了,听村庄里当过兵的人说,三年就可以回来探一次亲的。妈妈虽然眼睛看不见,但别人一说,她就开始想你,就开始流泪了……

另外,告诉哥哥一件喜事：我和村里的李大白好上了。他的小名叫狗娃子,你认识他,他是我小学同学。妈妈也同意这门婚事,他愿意和我一同照顾我们的妈妈。我今年二十二岁了,与我同年出生的女子都差不多结婚了,我也想早点把婚事办了,但妈妈不同意,非要先让你结婚,我才能结婚。嘻嘻……你初中的同学菊子,人长得美,也很喜欢你。她多次问你多时回来探亲……

还没有看完吴忠海家里的来信,萧山然大声地哭了出来……

而后,萧山然擦干泪水,坐在吴忠海的床头,仰望着帐篷顶,喟然长叹:"唉——!"

在接着整理遗物时,萧山然发现了浪卡子县一所小学校一位叫拉姆的女老师用汉语写来的三封信。第一封信上说,她看到部队官兵来为他们建小学校,很是感谢。第二封信上说,她希望他保重身体……第三封信上说,她很喜欢他,希望他退伍后就留在青藏高原工作……

看完三封信,萧山然吓了一大跳,因为根据《军人婚恋规定》,义务兵一律不准在部队内部或与驻地女青年谈恋爱。难道这个忠厚的吴忠海不知道这个规定吗?这条高压线他能碰吗?难道在新兵军训三个月期间,上政治课时,他没有认真学习过中国人民解放军"三大条令"和军人婚恋相关的规章制度吗?

"义务兵一律不准在部队内部或与驻地女青年谈恋爱"这一规定的目的就是,"一为了部队的建设及其战斗力,二为了搞好驻地军民关系"。

关于第二条,是这样解释的:"部队驻地,尤其野战部队的驻地,往往是人口少的偏远地区。如果战士们在驻地找对象,把驻地女青年一个个带走,岂不是要把驻地变成没有了女青年的和尚村?当地群众,尤其是男青年会怎么看?这岂不影响了军民关系?"

所以,为了部队的战斗力,绝不允许服役期间的战士与驻地女青年谈恋爱!这是铁的纪律!是高压线!!

尽管如此,部队还是杜绝不了。曾经发生过,老兵退伍走后,有的老百姓发现女儿不见了,被老兵带走了,于是便找到连队要人,闹得沸沸扬扬。所在连队的领导自然会被团首长骂得狗血喷头,并作为大会小会必批的恶性事件,而让负有失察之责的连队领导抬不起头来。

所以,在部队,凡被发现与驻地女青年谈恋爱的士兵,绝不会有好果子吃,甚至会被永远打上不准"进步"的烙印。

但是,爱情就像荒山上撒下的种子,无论环境多么恶劣,总会有一两颗能够发出芽的!萧山然记得,在他考上武警水电指挥学校之前待过的连队,有一个服役两年的战士与驻地的一个姑娘谈了恋爱,被部队领导发现后,这个战士被开除了军籍。

说实在话,萧山然犹豫了,他想把这位名叫拉姆的藏族老师写给吴忠海的三封信隐藏起来,不交到连部去。但是他又想,反正吴忠海已经牺牲了,组织上也不能把他开除军籍!于是,他和金晓灿整理好遗物,就交到了连部。月玉成看了拉姆的三封信也很惊讶,拿不准这事是不是给连队和吴忠海脸上抹黑了。他不敢把那三封信压下来,按程序,他应该给支队打电话报告,但报告来报告去,还不是由总队长石方竹来决定?再说,这也不是多么光彩的事情,知道的人越少越好,所以,他就战战兢兢地给石方竹打电话报告。

石方竹在电话里,让月玉成把拉姆的信念一遍给她听。听完后,石方竹脸上的皱纹一下舒展开了,哈哈大笑:"我以为是什么大不了的事啊,听你声音都是怯怯的。在我们驻地周围两县修建了那么多的'希望小学''双拥小学''团结小学',终于有了回报,应该是件值得高兴的事啊!这样吧,明天下午的追悼会,你们派人把给我们官兵讲藏区民风民俗的那位拉姆老师请来吧,你们可以到支队要个车去接,先不要告诉她吴忠海牺牲的事,就说我石方竹又请她来给我们的官兵讲讲藏族同胞的风土人情……"

小朱、金晓灿、萧山然手里攥着钱进到连部。

"连长,这是我借吴老兵的五十元。"卫生员小朱说。

"我借吴老兵的一百元。"金晓灿说。

"我借吴忠海的一百元。"萧山然说。

"都交给文书吧,到时让他寄回吴忠海同志的家里吧!"月玉成说。

文书小魏从他们手中一一接过钱,并做了登记。

能说一口流利的汉语、穿着漂亮的藏族服装的拉姆,原本以为部队又请她来讲讲藏族的风土人情的,但是,她万万没有想到,部队是请她来参加吴忠海的追悼会的。但她没有看到吴忠海的遗体,吴忠海的遗体早已装进了用几块木板做成的棺材里,棺材盖已经用粗大的钉子钉得牢牢的了。

这个纯朴的藏族姑娘,一见着吴忠海的棺材就扑了上去,接着撕心裂肺的哭声响了起来。那凄凉的恸哭声回荡在那高天下的岗巴拉山上,回荡在那高天下的雅鲁藏布江的上空……

在场的官兵无不为之动容。

吴忠海被埋在离苏明的坟墓有两米远的地方。

从坟地开完追悼会回来的路上,拉姆告诉石方竹和陆丰,由于部队的大力资助,驻地农牧区的教育设施有了突破性的改善,适龄儿童的入学率由不到30%上升到85%以上,昔日荒弃的学堂,如今又传来琅琅的读书声。爱心播种的希望,必将在雪域高原成长。拉姆还告诉石方竹和陆丰:"我的高中是国家拨出专款,安排我们在四川省成都西藏中学读的。"

为了贯彻中央教育援藏方针,经四川省教委(四川省教育厅前身)批准,1989年9月1日,四川省成都西藏中学正式成立。四川省成都西藏中学作为公办高级中学,直属四川省教育厅,由四川省财政厅全额拨款。

拉姆是从四川省成都西藏中学毕业的第一批高中生之一。

"怪不得你的汉语讲得那么好!"石方竹赞扬了拉姆。

"没有你们讲得好!"拉姆走到送她的车跟前,把一封信交到了石方竹手里,"这次听说是你们请我来讲我们藏族同胞的风土人情的,我就顺便带上这封信来当面退给吴忠海……"她哽咽着说,"没有想到他、他……"

"我们看看就把信还给你!"石方竹说。

"不用了!"拉姆泪流满面地说。

石方竹替拉姆打开了车门,并与拉姆握了握手:"拉姆,感谢你今天能来,过一段时间,我们再请你给我们官兵讲讲藏族同胞的民风民俗!"

送走拉姆后,石方竹把信看完,递给了陆丰。陆丰认真地看了起来。

尊敬的拉姆老师:

你好!

你的三封来信,我都收到了,因为施工忙,所以才迟迟回信。至于你在信中说,感谢我们部队为你们修建了学校,其实,那是我们部队的光荣传统,部队是走到哪里就应该把好事做到哪里的。至于说保重身体,我告诉你,拉姆,我的身体很好,到高原后,我没有感冒一次。你希望我今后退伍后留在高原工作,说实在话,我们部队在给你们建学校时,我接触了不少藏族同胞,你们不仅心地善良,对人真诚,而且也特别勤劳。但面对现实,我只好如实地告诉你:一是按部队规定,义务兵一律不准与驻地女青年谈恋爱;二是我是不可能留在西藏工作的。我的父亲在我当兵的第二年,因为帮邻居造房子,在大山上打石头开厂时,不幸被石头砸死了……本来就患有青光眼的母亲,因为爸爸突然离开人间而悲痛欲绝,大哭几天后,就把双眼哭瞎了……我的苦命的妈妈多么希望我每年回去探亲,哪怕我回去给她老人家洗一次脸,洗一次脚,她都会很高兴的……我的妹妹为了我能来部队当兵,读完初中就再不读书了,这个可爱的妹妹就回家帮助父母打理包产到户的责任田了。父亲离开人间后,母亲又双目失明,家里照顾母亲和种责任田的任务,就全落在我可爱的妹妹肩上……想到这些,我曾背着战友多次在被窝里落过泪,是妹妹帮我扛起了本该我扛起的家里的重担。

信写到这里,我鼻子一酸就流泪了。唉!我自认为是一个意志坚强的人,但到高原来,我大哭过两次:一次是我们班十八岁多的战友张顺牺牲了,一次是我们的副连长苏明牺牲了……

　　我的想法很简单,我已是入伍第七年的老兵了,如果今后我能转上志愿兵,我就在部队干满十三年,然后回家,一边工作,一边照顾我的母亲。我知道,部队转志愿兵很难,一是上面有比例规定的,二是比我在施工中还能吃苦的战友多的是……我把烟都戒了,要把有限的津贴和奖金积攒起来,为妹妹准备一套像样的嫁妆,同时今后好把妈妈送到医院治疗,我听我们部队的医生说,像我妈那种青光眼肯定是能治好的。妈妈和妹妹都是对我恩重如山的人!……

　　上次我们部队搞"热爱部队、热爱西藏、热爱水电、热爱本职"的教育,你来我们部队讲你们藏族同胞的风土人情,讲得真好啊!我和战友们都给你鼓了掌!好了,信就写到这里吧。祝你吉祥如意!

战士:吴忠海

陆丰看完信后,眼里噙满了泪水,他对石方竹说:"没有想到小吴家里是这样的情况。"

"类似小吴家里的这些困难,在我们部队比比皆是啊!我们的官兵哪家都有一本难念的经,为了建设好羊湖电站,他们都把痛苦藏在了心里,真让我这个老太太感动啊!"

"是让人感动啊!"

"陆政委,我建议你和政治部主任商量一下,我们还应该围绕从政治上保证向西藏人民交出一座合格电站这一主题,把思想政治教育制度化、目标化,组织全员化的思想政治工作队伍,认真抓好党的文件的学习,努力提高官兵的政治素质,从而使官兵保持昂扬的斗志,千方百计完成羊湖电站的各项施工任务!"

"石总的建议很好,我会努力抓好落实!"

第二十一章

由武警水电指挥部组成的一行四人的调查组在副主任隋德望少将的带领下,从北京来到了成都,其主要任务是调查有关石方竹违法违纪的事情。

事情的起因是:武警水电指挥部党委收到了一封举报石方竹利用手中权力违法乱纪的实名举报信。

举报信上列出了石方竹几年来的十条违法违纪的事实:

一是利用职务之便,为部队购买土地时的回扣问题;

二是利用职务之便,为自己办理三张银行卡的问题;

三是利用职务之便,为自己多领发高原工资的问题;

……

举报信上,在二十多名举报人的联名签字中,还有成都勘测设计研究院的五位同志。

武警水电指挥部党委收到举报信后很是吃惊!因为石方竹1991年7月被国家能源部评为"优秀项目经理",1991年12月被建设部评为"全国施工企业优秀项目经理",1992年3月被西藏自治区评为"三八红旗手",1992年9月荣立了三等功。

此案一经查实,那肯定将是轰动全国水电部队的大案件。

所以,武警水电指挥部党委研究决定:组成由隋德望带队的、由纪委干部参加的四人调查组,前往成都、羊湖电站工地进行调查。

按照调查组的计划:第一步,先对参与羊湖电站设计工作的成都勘测设计研究院进行调查;第二步,通知写举报信的领导到成都来进行调查;第三步,到部队购地的地方单位调查;第四步,到羊湖电站工地调查;第五步,找石方竹本人谈话。

调查组到达成都后,并没有住总队的安蓉宾馆,而是住进了白芙蓉宾馆。

第二天上午,成都勘测设计研究院的胡副院长接到了调查组的电话通知,要求他在内的实名举报信上的五人于下午两点半参加会议。

接到电话后,胡副院长心里不能平静。他是参加羊湖电站设计工作的负责人,也是院领导。

下午,胡副院长和其他四个参加羊湖电站设计工作的同志准时到了宾馆的会议室。

隋德望少将一脸严肃地讲了他们这次来调查的目的和意义,并说:"要求大家在调查结果还没有出来时,一定要保密,免得打草惊蛇。"又对坐在自己身旁的两位大校、一位中校说,"一定做好询问笔录。"

一看到将军表情这么凝重,设计研究院的同志便知道事关重大。他们与石方竹在工作中都有或多或少的接触,但他们矢口否认参与写了状告石方竹的实名举报信。他们要求调查组把实名举报信给他们看看,以辨认一下签名笔迹,但遭到了调查组的拒绝。

会议室的气氛很压抑。

胡副院长走出会议室,在走廊上吸了一支烟后才回来。

"胡副院长想好了吗?"胡副院长刚坐下来,就听到隋少将在问他。

胡副院长抬起头来望了望隋少将,摇了摇头。另外四位接受调查的同志,有的望着坐在对面的调查组成员,有的将头低下看着会议室的桌面。

"你们设计研究院还有几个人在羊湖电站工地?"隋少将又问道。

"我们还有五个人在工地上。院里规定,我们实行的轮流制,每三个月轮换一次,毕竟高原环境艰苦。轮换回到成都的工程技术人员就在机关上班。"胡副院长解释道。

接着,又开始冷场了。

"大家想一想,想到啥就说啥。"隋少将说。

胡副院长用目光看了看与自己坐在同一排的同事,见大家都不想说话,他喝了口茶,咳嗽了两声,说:"我来说,我与三总队官兵接触得比较多,因为工作的关系,也与石方竹同志有所接触。石总与官兵,还有我们,有时都在一个食堂吃饭。我有这种感觉,看我这个话说得对不对,不对的话,我们的同志随后再补充……我们与三总队的官兵的看法也许是一致的。如果没有那个瘦弱的女强人、女能人——被誉为军中女杰的石方竹同志,就可能没有武警三总队,没有武警三总队就没有现在正在建设中的羊湖电站。应该肯定地说,石总在羊湖电站的建设中功勋卓著,立下了汗马功劳……官兵们怕她,也爱她……她作为总队党委书记、总队长、总工程师,应该说,她在水电建设事业上献了终身献子孙,献了子孙献家庭……要说她的缺点,就是性格急躁,但话又说回来,她不急躁不行呀,羊湖电站是国家的重点工程,国家投资一二十个亿;她也爱批评人,主要是批评少数对工作不够尽职的干部,但她对战士像对自己的孩子一样爱护。比如,几位云南、四川籍小战士对我说过这样的话,或许能代表羊湖电站工地上战士们的心声:'我们在西藏,父母成天担心,我们也想早点离开这里,但冲着石总,五十多岁的老太太还在这里拼命,我们只能好好干。'这番情真意切的话,听得我直想落泪。爱兵如子,有母亲一样的石总,远离家乡的战士们常常感受到关怀;有这样好的战士,石总也感到极大的宽慰……我们住的总队招待所,被官兵称为'专家楼',休息时间我们经常与官兵聊天,他们特别佩服他们的石总队长……"

"你们知道石方竹同志用公家一千元钱购买蛋糕给自己过生日的事情吗?"隋少将问设计研究院的同志。

大家都摇了摇头:"不知道。""没有听说过。""我不清楚。"

"那你们还了解其他情况吗?"隋少将又问。

另外一个技术人员说:"山上冬天冻,石总给每个战士配备了一床羊皮褥子,一位战士说,反正石总像妈妈一样;还有一位战士手指被机械砸断,石总马上安排车接他下山,住进了医院;工程技术处的一个技术员做胃切除手术,石总好几天睡不着觉;支队有个张技术员感冒了,她把老伴从成都带来的苹果、广柑,全部叫人送去;有一次下大暴雨,她和龙参谋长半夜冒着生命危险上山,她放心不下山上的战士,担心帐篷被冲垮。我就知道这些。"

"你们其他人还有什么要说的吗?"隋德望问。

大家都摇了摇头,异口同声地说:"都没有了!"

隋德望让身旁的大校把询问笔录给他们看了一遍后,拿着手里的印泥,让他们分别按上了鲜红的手印。

龙大佩、徐成强在成都双流国际机场一下飞机,就坐出租车直接去了白芙蓉宾馆。他们没有要总队的车去接。因为他俩是昨天晚上才接到调查组打来的电话,要求他俩今天赶到成都。今天早上,他们赶上了从拉萨飞往成都的早班飞机。

隋将军一见到龙大佩、徐成强,就笑容满面地分别与他俩握了握手。他们原来就很熟悉,算是老熟人了。

"隋将军,这么急,有什么事吗?"龙大佩问。

"咱们到会议室谈吧!"隋德望说。

一到会议室,六人坐下后,隋德望就将指挥部党委收到实名举报信的事说了。

"谁告我们石总了呢?"徐成强惊讶地问。

"我们有保密制度,现在事情还没有调查清楚,也不能告诉你们。请你俩如实回答我们提出的问题。"隋德望说。

"我们知道的情况,绝不隐瞒。请将军提问吧!"龙大佩也很吃惊地说。

"那好,我们就开始吧。石方竹同志在温江县征地的事是怎么回事?"

龙大佩想了想说:"关于征地的事情,我与徐部长都参加了。1992年随着市场经济的确定,旧的传统管理模式逐渐被打破,单一的计划经济体制已不适应改革的步伐,市场经济暗流涌动,一场规模浩大的投资热潮悄然兴起。为顺应形势和发展的需要,对我们三总队而言,能否搭上这一便车,摆在了决策者的面前,能否敢立船头,对成为一个敢于第一个吃螃蟹的人提出了严峻的课题。由于我们水电部队所处的特殊环境和'独立核算,自负盈亏'的特殊体制,我们部队卷入轰轰烈烈的'圈地运动'在所难免。从征地工作当初,石总不是没有顾虑,但从部队发展的大局出发,石总队长又打消了这一顾虑,要解决部队官兵的后顾之忧,建立完备的固定营房和训练基地也是一个明智的选择。所以,由石总带队,相关处室参加,在最短的时间内,对温江县的柳城、永宁、永盛共三个镇进行考察。在地方政府的协调下,我们先后征地五百二十余亩,完成了两个支队、总队教导队的整体布局,为部队的后续发展奠定了坚实的基础。实践证明,石总的远见卓识为我们部队赢得了巨大的生存空间。"

"石方竹同志在征地过程中收没收回扣?"隋德望问。

"我敢肯定她不会收回扣的!"龙大佩说。

"我也敢肯定!"徐成强说。

"反正,我们调查组还将到地方政府调查的。另外,举报信上说,石方竹同志有三张信用卡,你们知道吗?"隋德望又问。

"这事我来回答。"徐成强说,"关于三张信用卡的事情是这样的:为创造便利的采购手续简化工作程序,1993年,根据总队在西藏施工的特点,供应链供应不及时等诸多因素,总队决定办理三张信用卡:一张主卡,两张副卡。主卡持有人是石总,另两张副卡在总队司令部机电处和军人服务社。这个情况龙参谋长也是知道的。"

龙大佩说:"我怎么不知道呢。在具体的支付货款时,按银行的相关规定,副卡不能直接办理,需经主卡人,也就是需要石总同意。"

徐成强说:"从目前情况看,石总持的主卡,她未私自支付过一分钱。关于这个情况,请你们调查,且副卡支付结算手续完备,合理合规,公开透明。我觉得石总并没有利用手中的权力谋取任何好处,而且为遵守财务制度带了一个好头。"

隋德望说:"我们会调查清楚的。举报信上反映,石方竹同志在成都保障基地工作期间,也就是在你们成都的总队机关工作期间,仍然享受西藏地区补贴?"

徐成强说:"一是,财务处有执行标准的制度,对部队所属人员的工资发放不是随意的,也不是想发就发,在对待具体人员工资待遇须经政治部门的通知,财务处方可执行,才有理有据。二是,去年,石总有一段时间是在成都工作,但并不是他们所说的长期在内地。那段时间也是由于身体的原因短暂在成都调理,即便是身体不适,作为总队长,她也并没有放弃总队的全面工作。在这期间,她仍然带病坚持工作,以顽强的毅力和忘我的工作热情,奔波于内地与西藏,为广大官兵树立了典范,曾被国家授予'三八红旗手'称号,享受国务院特殊津贴。应该说,总队长所享受西藏地区补贴是合理的,并没有违反财经纪律。欢迎你们去羊湖电站工地查账!"

"我们把四川的情况搞清楚后,就会去羊湖电站工地调查的。你俩知道石方竹同志用公家一千元钱购买蛋糕给自己过生日的事情吗?"隋德望问。

"买蛋糕的事情我知道,我也参加了石总的那次隆重的生日宴会。蛋糕是我在石总生日前三天去拉萨订做的。"徐成强说。

"我怎么不知道呢?"龙大佩说。

"当时,好像龙参谋长去北京开会了。一千块钱没有错,但不是用的公款。在石总生日前,我因工作上的事情,在成都碰到她的儿子,她儿子对我说,'还有二十来天就是我妈的生日了,她又回不来成都,我给你一千元钱,到她生日的时候帮我买一个蛋糕送她吧'。当时,我不想要她儿子的钱,她儿子硬要塞给我,我没有办法就收了。至于订蛋糕,我是悄悄去订的。石总生日那天晚上,当看到那么硕大、精美的蛋糕,她问我是不是用公家的钱买的。我说是她儿子给钱让我买的。她当时说,'我那个儿子这么孝顺我,真让我特别感动啊……'如果你们不相信的话,我把石总家的电话告诉你们,你们可以去调查调查!"徐成强说。

"好,我们会调查的。"隋德望说。

"石总与我们出差,或在成都开会,只要在街上吃饭,只要有她在,吃完饭肯定是她争着去把钱付了的。她还说,今后就养成一个习惯,谁的职务高,谁就把饭钱付了。她说,职务高,工资就高,不付钱干什么?所以,有时,我们几个战友聚会,就不好再请她参加了。"龙大佩说。

"你们还了解一些什么情况,也可以向我们谈谈。"隋德望说。

"1985年,中央拟建西藏羊湖电站时,石总得知后,主动请缨来到羊湖。工程因故告停,人都撤回内地,她不回,携各种报告论据频频往返于西藏、北京、成都之间。1989年9月羊湖电站复工,她怀揣着疾病诊断书、速效救心丸和安眠药再度入藏。跑资金,签合同,订设备,审设计……她频繁进出西藏,最多一年进出十六次。"龙大佩说。

"石总每周都上山三四次,每次高原反应强烈,下山头晕目眩,呕吐不止,常在办公室突然晕厥,为怕出意外,总队其他领导都要定时敲门察看。有一次石总休克了,昏倒在雪地上,被一条狗救了……那一次差点要了她的命。"徐成强说。

"石总的女儿毕业于地方医科大学,她硬是把她弄到了羊湖来,她说'别人的孩子能在西藏干,我的孩子为何不能?'"龙大佩说。

"哈哈……这个石方竹同志真不简单啊!"隋德望笑道。

龙大佩又道:"有一次工地出了事,她正卧床输液,闻讯后,当即拔下针头,下令备车。我阻拦她,不让她去,她从医生那里要了一瓶速效救心丸,疾言厉色地对我吼道:'工地出事,我身为总队长不到第一线,天亮去看打扫战场吗?'为了表达她的决心,她要求部队在岗巴拉山脚下的总队营区内种树,每人包五棵,她自己亲自栽了六棵树……"

"山上高寒,石总命令我们后勤为官兵多置一床羊皮被褥,因为我们买迟了,我还遭过她的收拾。1988年春节,成都的指挥所只留下七个单身汉留守,寂寞难耐,思家心切。她突然出现在他们面前,自己掏钱买来酒菜和大家吃团圆饭,而这时,她简朴的家里却冷冷清清……还有一次,在山上看到一个连队的两个战士生病躺在床上,帐篷里还结着冰。她对我发了脾气,让我们后勤马上送被子上山。生病的战士哭了,硬撑着起床,和全连战友一起送石总下山……石总的女儿在总队医院工作,孙院长就给她女儿少安排了一两次上山巡诊的工作,石总得知后,严厉地批评孙院长说:'我女儿和我一样,都是普通一兵,凭什么要搞特殊化?'"徐成强说。

"这些石方竹同志关心官兵的事情,我们昨天从成都勘测设计研究院也了解不少了。我问你们两人,石总是不是从武警交通一总队调过十个兵,都在她的手下工作,并违背部队规定转了志愿兵?"隋德望问。

"从武警交通一总队调来十个兵是有这么回事,但不是她私自调的,是经过总队党委研究过的。那次我和徐部长都参加了会。"龙大佩说完,喝了一口茶。

"当时,我们部队缺少操作施工机械的司机,但交通一总队这方面的人才很多,但都是来自农村的老兵了,转志愿兵都比较难,石总就通过交通一总队的领导,调了十个既能开车,又能操作施工机械的战士过来。这十个人中,按照部队规定只转了九个志愿兵,并不是石总违反了规定转的志愿兵。另外一个,怕羊湖施工的艰苦要求退伍了。这方面,我与参谋长都清楚。"徐成强说,"告状的人,是没有根据地乱说。"

"应该说,从交通一总队调来的这批人都很优秀。其中一个叫李晓明的志愿兵表现更是突出,不光车开得好,而且推土机、挖掘机、翻斗车的操作技术都是一流的……但在为给山上的施工部队送粮的路上,他开着推土机铲雪开路,公路窄,公路边沿因为被雪水浸泡透了,推土机滚到山下,他差点牺牲了……后来他残废了,不能生育了……"龙大佩顿时眼睛湿润了,说不下去了。

"怎么不能生育了呢?"隋德望神情凝重地问。

龙大佩的泪水夺眶而出。

"那次,用推土机铲雪,是龙参谋长带的队。那个叫李晓明的志愿兵好不容易被救活了,但睾丸破裂了,摘除了。"徐成强说。

调查组的人们都不约而同地张开嘴啊的一声,接着就是一脸的惊愕……

……

调查组在成都工作了四五天,却没有调查出石方竹有任何问题,反而收获了不少石方竹的先进事迹。

调查组在羊湖电站工地也没有调查出石方竹的任何问题,被接受调查的不少官兵,都含着泪说石总是个好领导,是个好人。

当天晚上,隋德望便在"专家楼"给水电指挥部的政委打了电话,将他们的调查结果一一作了汇报。

"如果没有任何问题,你可找石方竹同志谈一次话,我个人的意思,还是希望她到指挥部工作,因为她是建设羊湖电站的功臣,可以把她的少将待遇给解决了,指挥部还缺一个副主任。"水电指挥部刘政委说。

"好的,我明天上午就找她谈谈,也把政委的意思转告她。"

第二天上午,在总队会议室,隋德望把这次调查的情况告诉了石方竹。

石方竹只是淡淡地笑笑,说:"有句话,叫真金不怕火炼!我石方竹随时都可以拍着胸口说,我是一个普通人,也是一名共产党员。我知道我该做什么,不该做什么。我现在天天都盼望着早点把羊湖电站建设好,好造福于西藏人民!"

隋德望笑道:"是啊,真金不怕火炼!昨天晚上,我在你们招待所给水电指挥部的刘政委通了电话,刘政委希望你到我们水电指挥部机关工作,把你的少将待遇解决了,让我征求你的意见。"

"我从来不认为自己是在援藏。修建羊湖电站本身就是我要干的工作,是我必须要完成的事业!西藏有着丰富的水电资源,建不好电站,我总觉得欠了西藏人民一笔债。"石方竹娓娓道来,"为了修建羊湖电站,我们总队三十多名团职干部中,80%以上心脏出现了异常,有的已经变形,许多官兵指甲下陷,血液浓度超常,还有些患有关节炎等病。"

"是啊,羊湖水电站的施工很艰苦,我也来过几次了,也亲眼看到大家实在不易!"隋德望说。

"羊湖电站修不好,我是不会离开西藏的!"

"你的态度就那么坚决?"

"是。等羊湖电站修好了,你们组织上怎样安排我,我都会接受……"

第二十二章

官兵们在羊湖电站施工中,不光要战胜高原生活的艰苦,更要战胜复杂的地质状况。

石方竹、龙大佩、潘登和鞠燕他们一点一滴地用心血与智慧填补着"高原隧洞塌方渗漏水处理""高原混凝土'十坝九漏'世界性难题"等一个个水电建设史上的空白。

就是在这个世界最高的建设工地上,石方竹主持完成的优化工程设计方案,为国家节约了上千万元的投资。

就是在这个世界最高的建设工地上,石方竹、龙大佩、潘登和鞠燕他们编写的技术文书可以装满两卡车。

……

俗话说,"爱美之心,人皆有之"。注重修饰的女性更不例外。世界屋脊八倍于内地的强烈紫外线,连同缺氧、高寒、风沙、雨雪等对人体的"立体攻击",无疑大大损伤了水电部队中为数不多的女性的秀丽容貌。原先皮肤白皙、容貌俊美的鞠燕,脸上就常常被寒风撕开一条条小口子,嘴角则常常出现水泡。她的皮肤被强烈的紫外线照射得粗黑透紫,成为憨笑时只露出两排白牙齿的"藏族姑娘"……这使她很长时间不敢照镜子,不愿拍相片。

这段时间,鞠燕发现自己经常咳嗽,每逢洗头时头发也越掉越多……在体检时,她被查出患有支气管哮喘。

稍有些高原生活常识的人都知道,在世界屋脊别说患支气管哮喘,就是患感冒都有生命危险。潘登要鞠燕住院治疗,鞠燕说:"山上的工地离不开我!"

潘登见无法劝说鞠燕,就去找了龙大佩,告了鞠燕的"状"。

龙大佩找到鞠燕说:"你这么年轻,得了病就得治,等治好了再上工地嘛!"

后来,迫于龙大佩的强硬态度,鞠燕住进了医院。在住院的半个月里,潘登每天一下班就去医院看望她。有天晚上,潘登发现她的输了液的右手肿得跟馒头一样,就心疼地跑到军人服务社买了一个橡胶保温水袋,然后灌满开水,轻轻地垫在鞠燕的右手下面。

鞠燕没有想到潘登这么心细,让她感动不已。那个保温水袋,温暖着鞠燕的心，就像电流一样涌向她的全身。

潘登做的这一切被值班的裴婧看见，裴婧开起玩笑来："你们两个真恩爱啊！"

鞠燕害羞地说："你瞎说什么呀？当年你把我们骗得跟傻瓜一样，还说自己是普通工人家庭出身的呢。"

"我觉得没有必要说石方竹是我妈妈！"裴婧笑道。

潘登自然不好意思了，就对鞠燕说："我明天再来看你，我走了！"

"好的，谢谢潘处长！"等潘登离开后，鞠燕神神秘秘地问裴婧，"嘿，你跟高祥的关系如何了？"

"很好啊！你也知道，去年底他也立了三等功。"

"看来，你与石总一样的厉害，高祥在你的教育下成熟起来了哟！"

"你少阴阳怪气的！"

"你妈知道你俩的事情吗？"

"不知道。我也不想告诉她，也不敢告诉她。待时机成熟了再告诉她吧！"

"李婷今天上午到我这里来坐了一会儿，她说她和许林海的事情已经定下来了。"

"是啊，他们约定今年底探家时就把婚结了。说实话，许林海这人各方面的素质都不错的。"

"我也看出来了，许林海各方面都很优秀的！"

"我想过一两天就出院了。"

"你患的支气管哮喘，应该多住几天院，免得今后再复发。"

"我手里工作多，我负责的两个连队现在正在浇灌混凝土，我不太放心！"

鞠燕出院后就极其细心地长时间"泡"在混凝土工地上，这里观察，那里探问，仿佛像有经验的老中医——她的爷爷那样望、闻、问、切……在2号洞，鞠燕看到，官兵们在月玉成的率领下，一边浇筑洞壁，一边用火、电炉烘烤混凝土，以防里面的水分结冰而变脆弱。

在西藏高原，到了11月下旬，就该"猫冬"了。这里的官兵还在苦战数九寒冬。或许是由于世界屋脊海拔高、气温低、日照强、风沙大、水分蒸发快、昼夜温差大……因而浇筑混凝土时，十分容易出现裂缝。

渐渐地，鞠燕发现：在海拔4000米以上的工地浇筑混凝土时，上下两个仓位的接合部就会形成肉眼难以察觉的"冷缝"。症结终于找到了！恰恰是这些极难发现的"冷缝"，仿佛病毒潜伏在看似"健康"的坝体内，一到气候合适时，便迅速"癌变",造成了西藏水利史上的"十坝九漏"的怪现象。现在,肯于动脑、勤于思考的鞠燕,终于查出了"十坝九漏"的病因。

为了找到新的方案,鞠燕跳出书本上的"框框"与现成的规范,从改变混凝土的水灰之比、添加缓凝剂、延长混凝土的初凝时间、提高混凝土的坍落度等一系列试验入手,通过一次次地顽强攻坚,终于解决了西藏水利建设中的一个大难题。

每到工地,鞠燕都像螺丝钉似的"钉"在现场,及时指导第一线的操作官兵。

"哎,注意加强振捣力度!"

"振捣时间可以适当延长!"

……

工地上时常能听到鞠燕那清脆的声音。伴随着这悦耳的声音,每一方新浇筑的混凝土都坚如磐石,再无渗漏之虞。

石方竹、龙大佩对鞠燕的做法与方案给予了充分的肯定,并给她记了三等功。

也就在这年底,潘登的"病"好了。他和鞠燕相爱了,而且是鞠燕主动追的潘登。一开始潘登不同意,说:"我都有小孩了,年龄也比较大……"

还没有等潘登把话说完,鞠燕就抢着说:"我喜欢旺旺这孩子,只要感情好,年龄大点算得了什么呢?"

潘登没有话说了。

也就在这年底,他们结婚了。

但是,上帝给这两个相亲相爱的人开了一个大大的玩笑。十个月怀孕之后,鞠燕在成都的一家医院生下了一个男婴。男婴出生后,没有像世界上所有的婴儿那样哭声震天地来到这个人世间,而是悄无声息的没有哭声。

接生的医务人员也觉得奇怪。

躺在产床上,身体虚弱的鞠燕哭着问:"这是怎么回事?"

"没事的! 先做个 CT 吧!"医生安慰道。

CT 做出来了,结果是脑瘫!

潘登和鞠燕听到这个结果,十分惊愕。鞠燕犹如五雷击顶,失声痛哭。

潘登流着泪,诧异地问:"脑瘫? 医生,这是怎么回事啊?"

医生解释道:"也许是你们都在恶劣的高原环境工作造成的这种情况。"

三天之后,还没有等鞠燕出院,男婴就夭折了。这无疑是对潘登、鞠燕的最大打击。

潘登和鞠燕很快地投入了工作。他们想尽最大的努力勤奋工作,忘掉孩子夭折给他们带来的痛苦……

裴婧到石方竹办公室来送速效救心丸和安眠药时,把鞠燕的情况说了,石方竹也感到惊讶,然后说:"我们还有一个女技术员在修查龙电站时,也遭遇了这种情况,我原来还以为是个偶然现象。唉,现在看来,是个必然情况!为了修建这羊湖电站,我们的官兵付出得太多了呀!"

"请石总队长多关心一下鞠燕!鞠燕一和我说起这件事情就悲痛欲绝地泪水长流!"

"婧婧,你放心吧!我会关心鞠燕他们的。"石方竹话题一转,说,"婧婧,你也不小了,作为母亲,我也应该关心一下你的婚姻大事,无论是在地方还是部队,你看上合适的人,就抓紧把个人问题解决了。往后拖,你的年龄就更大了。"

裴婧笑笑:"请石总队长放心,我已经有对象了。"

石方竹高兴地问:"是部队的还是地方的?"

裴婧说:"是我们部队的,就在羊湖电站工地上。"

石方竹吃惊地问:"在羊湖电站工地上?我怎么不知道呢?谁呀?"

裴婧害羞起来,不想说。

石方竹说:"我相信我女儿的眼光,我想是错不了的。你说吧,我可以帮你参谋参谋。"

"我不说了,担心您生气。您要保证您不生气我才说。"

"说吧,说吧!"

裴婧还是犹豫不决。

"急死人了,快说,我保证不会生气的。"

"那好,我就说了,他就是您曾经批评过的高祥!"

石方竹脸上的笑容消失了,愣住了。

过了好一会儿,石方竹才反应过来,望着裴婧说:"我没有生气,我只是没有想到是他呢。他自从那次在进水口工地开了现场会后,我问过他们连队的月连长,小高确实转变了,他能吃苦耐劳了,在连队当技术员也能独当一面了,而且肯动脑子了……不仅立了三等功,还入了党……"

"那妈妈同意了?"裴婧有些激动地问。

"嗯!有一次,我在山上见到他,他想躲开我,我看到他满脸黝黑,满身泥土……"石方竹笑道。

这时,龙大佩手里拿着一个文件夹进了石方竹办公室,说:"石总,有个事我要当面请示您!"

裴婧听到龙大佩的声音后,就转身向他敬了一个军礼,并问候道:"参谋长好!我是来跟石总队长送速效救心丸和安眠药的!"

"裴医生好!你还搞得这么严肃,不喊声妈,还叫石总队长。"龙大佩还了军礼,就笑道。

"平时她可以叫我妈,但这是在部队就应该按部队的制度来执行嘛,我就是她的首长!我早已给她约法三章了:一是,当着官兵的面,只能叫我石总队长;二是,不要以我是你妈而自傲,要像普通干部一样严格要求自己;三是,与官兵相处,应该吃苦在前,乐于助人!"石方竹一边说,一边将办公桌上的两瓶速效救心丸和一瓶安眠药放进了抽屉里。

"石总,您是不是对裴医生要求太严了?"龙大佩说着,将文件夹放在了石方竹跟前。

"石总队长这么要求我是应该的!"裴婧笑嘻嘻地走了。裴婧现在的心情很好,很高兴。她终于终于鼓起勇气把高祥是自己的对象的事说了出来,没有想到母亲同意了自己在爱情上的选择,她原本以为母亲是不会同意的……她觉得自己有些可笑,真是多虑了啊!

石方竹招呼龙大佩坐下了,就打开文件夹,文件夹里是一份"关于安排潘登鞠燕休假的请示报告",看完报告,石方竹说:"参谋长的意思是让他们夫妻俩休假半个月?"

"嗯,我是那个意思。他俩本身就没有休完假期,他俩知道部队施工忙就回来了,而且天天是从工地上回来后,就在办公室加班加点,熬到凌晨一两点才回宿舍休息。我也是昨天才听说,他们的孩子生下来几天就停止了呼吸,他们是想用工作来忘记痛苦……"龙大佩的喉咙有些发涩,"我仔细观察过,他俩也瘦了一圈,只知道默默无闻地工作,也很少说话,这样长时间下去也不利于工作……所以,我就想让他俩休休假,调整调整心态……所以,我就让办公室写了这么一份报告。"

"我也是刚才听裴婧说起他俩生下的脑瘫孩子夭折了。唉!这对他俩的打击是很大的,心态是需要调整调整。这个报告我批了。"说完,石方竹就在报告上签了四个字:同意休假。

"我估计我让他们休假,他俩是不会休的。所以,我想请您石总出面给他们做做工作!"

"好吧,你打电话让他俩到我办公室来一趟。"

龙大佩从石方竹手中拿过文件夹后,就到自己办公室打电话到工程技术处,正好潘登接了电话。

龙大佩说:"石总叫你们夫妻俩去一趟她的办公室。"

潘登放下电话,就叫上鞠燕一起去了石方竹办公室。

石方竹很客气地让潘登和鞠燕坐下后,又亲自给他俩沏了茶。

潘登和鞠燕有些受宠若惊,都以为石方竹要给他们安排工作上的事情。

石方竹坐下后,喝了两口茶水,然后说:"我先给你们两口子做个检讨,是我对你们的关心不够。你们的事,我听龙参谋长和裴婧说了……龙参谋长也为你们打了休假半个月的报告,我也签字同意了。我和龙参谋长的意见是让你们回内地好好调养调养,然后再回来上班!"

"不、不,我们不休假!"潘登感到心里很温暖,拒绝道。

"听话,就这么定了!"石方竹语气柔和地说。

"算了,算了,工地上这么多事,大家都忙得不可开交。谢谢石总的关心了!"鞠燕诚恳地说。

"刚才,我也想了想,今年年底,组织上就安排你们转业,你们回成都好好地过日子,生一个孩子吧!"石方竹说。

"石总,有您这句话,就让我们很感动了!我们不休假,也不转业,继续把羊湖电站建好!"潘登感动地说。

"石总,我想过了,至于今后有没有我们自己的孩子,也无所谓了。我们现在有个可爱的旺旺……"鞠燕也很感动地说。

"唉,看来我的话不管用了?"石方竹很心疼他们。

"我们知道石总对我们好,我们很感动,也很感激!石总您年龄这么大了,都在这里苦干实干,我们还能说什么呢?"潘登深情地说。

"我们也知道石总一身的病痛,也都咬牙带领官兵奋战在羊湖电站工地,就冲着您石总,我们也只能好好地把工作干好!"鞠燕情真意切地说。

石方竹眼里噙满了泪水,一句话也没有说出来,心里感到极大的宽慰。

像严雪他们这一批在羊湖电站工地鏖战了整整四五年时间的义务兵就要退伍了。他们打点好行装,从山上的各个营地撤下来,等待离开他们终生难忘的世界屋脊。

石方竹专门来送行。这是一群多么可爱的年轻战士啊!他们之中年龄最大的不过二十四岁,正是花一样的年华。

在这群退伍兵中,石方竹一眼便认出了严雪。严雪后来的岗位很"风光",是在钢索皮带机的钢铁高架上,向拌和楼里运送砂石骨料。有一天,皮带跑边,严雪在进行调节时不幸从足足有8米高的架子上猛摔下来,当场就昏厥过去,而且连腹内的粪便都摔了出来。

发生这一惊险场面的时候,官兵们在分散而忙碌的工地上并没有人注意到。当严雪从趴卧的地面上苏醒过来,下意识地感到钢索皮带机停止了运行。他蓦地想到岗位上除了自己再无他人,而倘若钢索皮带机停止运行一小时,砂石骨料就要少运两百多吨!

严雪忧心如焚。他先强忍剧痛,挣扎着向前爬行,又步履蹒跚地挪动了二十多分钟,终于艰难地重攀上8米高的钢铁机架。由于有了严雪的调节,钢索皮带机又紧张地运行起来。身负重伤的严雪始终咬紧牙关坚持着。直到一小时之后,接班的战友到来,他才面无血色地倒下了。

救护车鸣着笛赶紧将严雪送到医院。

一检查,连孙月刚、裴婧、李婷、童心都顿时惊呆:严雪脾脏五处破裂,整个腹内充满了淤血!

石方竹听到这个消息,马上买上慰问品到医院看望了严雪。

经过治疗后,严雪病愈出院又返回工地坚持奋斗了。后来,他没有向部队提出任何额外要求,按照规定在今年复员回到老家。

现在,石方竹紧紧地拥抱着严雪,心想:"在人世间,只要人的积极性充分被调动起来,许多平时难以想象的奇迹都会创造出来啊!"

高出石方竹一头多的严雪,泪水夺眶而出,热泪流在了石方竹右肩上金黄色的大校警衔上,嘴里不停地喃喃道:"石总保重,石总保重!我们会想您的!我们会想您的!……"

"谢谢小严!我也会想念你们的!"

石方竹拥抱完严雪,又拥抱身边的另一个超期服役两年的战士。这个战士是重机连的一名驾驶员,因为长时间的高原行车,气压变化频繁刺激耳膜,耳鸣、耳痛导致严重的听力障碍,最后不得不带着高原留给他的残疾离开部队。

石方竹问大家:"你们就要离开西藏,还有什么愿望?"

这群还有些孩子气的士兵争先恐后道:"首长,我们在西藏羊湖干了四五年还没有见过布达拉宫,想去那里拍一两张相片做个纪念……""我也想去看看拉萨城是啥样子……""我想去拉萨买点藏药回去给奶奶治病……"

石方竹心里顿时热了一下,她的鼻子有点发酸,不由得流下两行热泪。她知道这些工地距离布达拉宫,距离拉萨市不过一百千米,然而整整四五年了,这些战士们竟然没有离开过工地。这是多么令人难以置信,但这就是事实。

杨成钢自从负责带着农民工种植塑料大棚的蔬菜和饲养总队机关的十多头猪以来,确实干得不错。这是1995年初夏的一天傍晚,孙月刚吃了饭后,便与童心去散步,路过塑料大棚时,出于好奇,便进去看看。没有想到,从门口看进去,大棚里的萝卜、辣椒、大白菜等蔬菜长势喜人,一片丰收的景象。

孙月刚再往大棚的深处走去,跟在后面的童心说:"院长,你看远处还有一个穿着军装的人在弓着腰拔草。"

"一看背影,我就知道是我们原来的司务长杨成钢。"孙月刚说。

"这大棚里好闷热,有二三十度吧?"

"肯定有,我开始淌汗了。"孙月刚从衣服兜里掏出手绢擦了擦脸上的汗珠。

"越往里走越热,那我们出去吗?"

"不,我去看看杨成钢吧。上次保卫处把他从他老家带回来时,我扇了他一耳光,后来我挺后悔的……"

"事情都过去了那么久了,有什么后悔的?"

"那天,我是做得过分了。唉——!"孙月刚边叹气,边朝大棚的深处走去。

大概是听到脚步声,弓着背的杨成钢便直起腰,双手攥着从地里拔出来的野草,满头大汗地朝门口方向望去,看见孙月刚和童心向自己的方向走来。他犹豫了一下,从内心讲:他不想见孙月刚,一是自己对不起他,为自己的事情,作为院长的孙月刚遭了处分;二是孙月刚扇自己那一巴掌,至今刻骨铭心!杨成钢想逃走,但往什么地方逃呢,塑料大棚就只有一个门,就算逃走,也要从孙月刚和童心身边擦肩而过。于是,他只好站着不动了,抬起胳膊擦了擦红通通的额头和脸上的汗水。

孙月刚笑嘻嘻地走过来,看着他的警服已湿透了,就关心地问:"小杨,你吃了晚饭没有?"

杨成钢怯怯地答道:"没有。"

孙月刚看了看手表:"离开饭时间都过了一个多小时了,你还不回去吃饭?"

杨成钢说:"还有一两分地的草没有拔完,等拔完了就回去吃饭。明天菜地要浇水了。"

"你怎么不让农民工拔?"

"他们已经按时回家了,他们也累得不行了!"

"啊！是这样的。小杨啊，童医生也在场，我当面向你做个检讨，我当时心里急，扇了你一巴掌，我做得不对，请你原谅!"孙月刚的话说得很诚恳。

杨成钢听到孙月刚情真意切的话后，很是感动，所以他说起话来也就结结巴巴的："是、是、是我对不起孙院长！因为、因为我一时糊涂犯了错误，也使孙院长受了处理……"

"来、来来，童医生，我们一起来帮小杨把草拔完，好让他早点回去吃饭。"

孙月刚和童心蹲下拔了一会儿草，才知道干这个活儿不容易，脸上不一会儿沁出来了汗珠，身上的衣服也开始渐渐湿了……

杨成钢因为种菜和养猪成绩斐然，总队领导看在眼里，准备过一两个月就研究恢复他的志愿兵资格。

但是，杨成钢没有等到他恢复志愿兵资格的那一天，最终却牺牲在曲水县的特大山体滑坡的抢险之中。

八天前，总队领导接到西藏自治区领导打来的求助电话:曲水县发生特大山体滑坡灾害险情，恳请部队抢险救灾。

险情就是命令，灾区就是战场。

接到抢险救灾的战斗任务后，石方竹立即组织召开了总队领导会议，会议研究决定：每个支队抽出二十名官兵，总队机关抽出七十名官兵（重机连是总队的直属单位，抽调了五十五名官兵；所有险情救灾的机械设备与车辆均由各支队和重机连出动）组成抢险救灾突击队。

按照会议要求，总队炊事班要派出两名炊事人员参加险情救灾，杨成钢是第一个报名的。同样来自农村的黄群德班长很有同情心，同意他去，对他说："塑料大棚里的事情，我帮你盯着一点，大伙会帮你把猪喂好的，你和小米就安心去抢险救灾吧！"黄群德知道杨成钢的心思，他想好好表现一下。尽管杨成钢犯了错误，安排到总队机关炊事班后，他起早贪黑，吃苦耐劳，把猪养得好，肉的产量翻了一番，带领农民工种植的蔬菜产量也翻了一番，但是他志愿兵的资格还没有恢复，他想在抢险救灾中好好表现一番，也属于人之常情。

杨成钢和小米打好背包就去重机连了，这次负责抢险救灾的总指挥龙大佩安排支队、总队参加抢险救灾的官兵都统一在重机连的营区集中整队集合。

整队集合完毕后，龙大佩讲了这次抢险救灾的重大意义，以及大家的注意事项，并反复强调："我们要以'任务重于生命，使命高于一切'的精神，坚决克服一切困难，圆满完成抢险任务。我们去了一百三十人，就要安全平安地回来一百三十人，不能有任何闪失。我们要在保证安全的情况下，出色地完成这次抢险救灾的任务。"

推土机、挖掘机、装载机、自卸车、运输车组成的抢险救灾队伍浩浩荡荡地向曲水县进发了。

曲水县位于拉萨市西南部,地处拉萨河下游与雅鲁藏布江中游交汇的曲水宽谷上,南临雅鲁藏布江,与山南地区的浪卡子县和贡嘎县隔江相望,西面和西北面与尼木县、当雄县接壤,北侧和东北侧与堆龙德庆县毗邻。曲水镇是全县经济文化中心,距离拉萨市65千米。

曲水,藏语古称"吉麦",意思是"河流交汇之邦",自古以来就是连接拉萨与山南、林芝、日喀则地区的交通要道。

曲水县属雅鲁藏布江中游河谷地带,大都比较平坦。念青唐古拉山的一条山脉逶迤向北,南坡蜿蜒的七条山溪,辗转汇入拉萨河和雅鲁藏布江,山沟从高入低,由窄入宽,形成大小不等的冲积扇坡地。谷地最低海拔3501米,山峰最高海拔5895米。

海拔5000多米的雪山整体坍塌,将许多活蹦乱跳的小生灵卷进山石之中,形成了一个60米高的自然坝,将白浪滔天、奔腾不息的雅鲁藏布江堵住,再加上积雪融水与自然雨水涌入,形成一个堰塞湖。

从那之后,水一天上涨一米,而且越涨越快。一千多名藏族群众被困。堰塞湖犹如悬在曲水人民头顶上的"一盆水",一旦这"盆水"稍有闪失,后果不堪设想。

险情十万火急!西藏自治区领导亲临现场指挥。

龙大佩指挥的抢险救灾突击队到达后,来不及喘息一下,就投入了紧张的救灾工作。这位身高一米七六、英武刚毅的参谋长,既有着北方汉子的魁梧与豪爽,又有着南国男人的干练与精细,长期的电站建设生活,练就了他钢打铁铸般壮实的身体。

在龙大佩的指挥下,二十多台推土机在滑坡堆积体上实行三班倒昼夜作业,滑坡堆积体上战车隆隆,四十多台推土机、挖掘机、装载车与自卸车、运输车在正面200多米、纵深2000多米的导流引水线上摆开了战场。

此时的曲水正值雨季,滑坡经常发生,飞石不断。然而,官兵们没有一个退缩。雨刚刚停,萧山然带领杨成钢等人,还有测量员和操作手,跟在两名藏族向导的后面,往高山上测量。由于道路被洪水冲毁,他们只能穿过密林朝着目的地挺进。当六名官兵行进到密林中间时,突然发生了大滑坡。伴随着一阵强大的冲击气流,泥石流像一只猛兽,咆哮着朝官兵们扑来。

萧山然抬头一看,只见成排的树木哗啦啦地往下倒,整个山体铺天盖地地向下坍塌。树木、石头、滑坡时的气流声夹着官兵们慌乱的呐喊声,一并向山下冲去。

"快撤,快撤!"萧山然大声喊道。

然而,就在萧山然发出这一命令的同时,他们被山体滑坡席卷着,飞速滑向雅鲁藏布江。

大约十多分钟,滑坡停止了。萧山然等五人或抱住原木或抓住树根,从泥石流中钻出来。他们抹掉脸上的稀泥,还没有来得及朝安全地带转移,便拼命呼喊起杨成钢的名字:

"杨成钢!"

"杨成钢!"

然而,传来的只有大山的回声。

为了找到杨成钢,萧山然带领战士们用绳子捆住腰钻进水中,从又急又凉的小河游过去。

双眼红红的龙大佩得知情况后,又安排十多名官兵从山上翻过去,仔细在出事地点寻找。十多名官兵在许林海的带领下,整整寻找了两个小时,只见一块巨石压在了杨成钢的身体上,人已经血肉模糊了。许林海摸摸杨成钢的鼻息,显然已经牺牲了多时。

官兵们眼睛湿润了。

江水呜咽,群山悲泣!

西藏自治区政府的领导、龙大佩、藏族干部来到现场,将杨成钢的遗体拖了出来。

一场紧张激烈的抢险救灾的战斗,持续了七天七夜,终于完成了任务。

第二十三章

月玉成没有想到自己在提副营职职务时遇到了很大的麻烦。

按照总队的文件规定:这次由正连提拔副营职职务的名额,总队司令部、政治部、后勤部各两名,十一、十二、十三、十四支队机关各一名,各支队基层连队各一名。

按说,像月玉成这样的实干家的提职应该是没有一点问题的,但是与他同样优秀的,在负责专门打隧洞的十二支队中还有一个正连职干部,就是他同年入伍的老乡郭世明。郭世明是堂堂正正地从教导队培训出来的。月玉成从大西北的甘肃农村入伍时,只是高中文化程度,因为施工中特别能吃苦耐劳,工作成绩显著,荣立过二等功,才从志愿兵提拔起来,任了副连长、连长。

1989年9月,正在水电一总队天生桥水电站工地鏖战的月玉成,因为所谓的全连"光头事件",因为副总队长的"是牛就得耕地……国家选择你,你就要服从"的话,主动来到羊湖电站,也想好好地大干一场,力争把职务提上去,好让妻子曾巧随军。

然而,就在他日思夜想的提拔为副营职职务的机会就在眼前时,他却被人告了,告他违反了计划生育政策,生了二胎。

实行计划生育是国家的基本国策。自20世纪70年代初期我国大力推行计划生育政策以来,提倡晚婚、晚育、少生、优生。尤其是部队在贯彻执行国家的这项基本国策时,都是不折不扣地坚决执行。

月玉成已有一个九岁多的女儿,读小学二年级了。在甘肃乃至全国农村,养儿防老、重男轻女的思想比较严重,都喜欢生男孩,好像生了男孩的女人,就会高人一等,所以他妻子做梦都梦见自己生了男孩。1987年年底,他从天生桥水电站建设工地回家探亲时,想男孩想疯了的妻子曾巧就背着他,把橡胶避孕套用针刺了几个眼……

第二年的8月份,曾巧来信说,她快生产了。月玉成收到信后,呆若木鸡……他知道,在部队超生二胎,不仅要撤销干部身份,而且还要开除军籍,难道自己辛辛苦苦在部队这么多年的血汗就白流了,他写信大骂妻子曾巧对他的不忠,他准备与她离婚。曾巧收到信后大哭了一场,就写信把事情的来龙去脉老老实实地告诉了他,并在信中说,如果她生下男孩就把大女儿抱给她不能生育的姐姐,如果生下的是女儿,就直接送给姐姐……他回了信,让妻子快到姐姐家躲藏起来,千万不要让人知道生第二胎的事情。

后来,妻子生了一个女孩,就直接送给了姐姐。姐姐姐夫都高兴得合不拢嘴。

但是,生活中哪有不透风的墙?郭世明还是知道了。郭世明曾经和月玉成开过玩笑:"没有想到我的月老乡、月战友的本事这么大。"

月玉成知道郭世明说他"本事这么大"的真正意思,就只好带着哀求的口气说:"请你看在我俩是老乡的面子上,千万别说出去。算我求你了,否则我就完蛋了!"

郭世明哈哈大笑:"看把你吓得脸都白了,我能说出去吗?我俩是同年入伍的老乡,请你放心吧,我会守口如瓶的!"

"万分感谢,万分感谢郭老乡!"月玉成就差给郭世明跪下了。

郭世明拍了拍月玉成的肩膀:"放心吧,我还是那句话,我会守口如瓶的!"

让月玉成提心吊胆的事,终于就这么过去了。由于成天忙于工作,他几乎把自己超生二胎的事情忘记了。谁承想这么多年过去了,在自己提副营职职务的时候,却被人告了。

月玉成不是傻瓜,他知道告他的人是谁,一猜就知道是郭世明。

郭世明是月玉成这次提职的竞争对手。郭世明从教导队出来后,直接就当了排职干部,也是一个脚印一个脚印走上正连职的。月玉成是志愿兵转的干部,然而在提正连职时,支队下达的两人任命却在一张纸上。也就是说,他俩的正连职是支队同时下的命令。

说实在话,这次提职,如果按施工业绩来衡量,他月玉成是排在第一位的。但是只因他是志愿兵转的干部,担心郭世明有想法,支队党委研究时,就成了棘手的事情。但是,就在支队党委一班人犹豫不决时,支队领导却接到一个电话,电话里说,去年的冬天,就在部队官兵休假时,在拉萨贡嘎机场,因为不少人买不上飞机票,就滞留在飞机场周边的宾馆里,是郭世明组织人打了两天的麻将,并且与他打麻将的一个排职干部把平时积攒的探家费用输得干干净净的,那个排职干部只好提着行李又回到了羊湖电站工地的连队。

支队领导立马安排政治处主任去找那位排职干部做了调查。调查的结果是:郭世明确实与三个副连、排职干部在贡嘎机场周边的一家宾馆里打了两天的麻将,而且他还是"一铲三"的大赢家。

事情越来越复杂了,支队领导也感到头痛了。就在总队干部处催促支队抓紧把拟提副营职干部的名单报上来,总队党委好研究时,支队以党委的名义向总队党委写了一份关于月玉成与郭世明的情况报告。

后来,总队党委暂缓关于拟提副营职干部的研究会议。石方竹与陆丰单独商量后,政治部派出了保卫处处长张文理和干事刘颖前往月玉成的老家进行调查。

月玉成知道总队派人去自己老家调查超生二胎的事情时,他咬牙切齿地在心里骂自己的老婆曾巧:"这娘儿们把我害死了,我这么拼命地干,除了自己有军人的职责外,也想把你和孩子接过来,你却把老子害惨了!"

由于心火上攻,月玉成带领大家施工再苦再累,晚上也翻来覆去睡不着觉,第二天,嘴唇上就起血泡了。一夜之间,人也憔悴了不少。

吃早饭时,宁林看到他疲惫不堪,就问:"月连长,你是不是感冒了?如果你感冒了,你休息休息,我和高技术员带着大家施工吧!"

月玉成不好说出自己的苦衷,只是说:"我昨天晚上失眠了,没有睡好,没事的!"

宁林说:"你没有事就好啊!"

月玉成一到工地就不吭声地与大家干起活来。他昨天晚上也想过了,大不了今年底转业就算了。但是,他明白,就算年底转业,作为军人,也应该在位一分钟干好六十秒。他不能躺下……

从甘肃调查回来后,张文理和刘颖将月玉成超生二胎的调查情况在总队党委会议上作了汇报。张文理说:"经过我和刘干事的调查,月玉成确实生了二胎,违反了国家的计划生育政策,但那第二胎过户给了月玉成的老婆的姐姐家,因为他老婆的姐姐姐夫没有生育。为了这事,我们去了镇上的派出所,查了月玉成生的第二个女儿的户口,确实在他老婆的姐姐姐夫的户口本上,孩子现在已经快七岁了……"

说真的,总队党委人员听完汇报后,都觉得不可思议。

有人说:"我们部队的纪律是块铁,谁碰谁出血;纪律是块钢,谁碰谁受伤!干脆两人都不提拔使用。一个违反国家的计划生育政策,一个违反了部队的规定带头打麻将……"

也有人提出:"干脆就直接提拔郭世明。"

更有人提出:"干脆就直接提拔月玉成。"

就在人们争论不休时,石方竹小声地向坐在自己身旁的陆丰征求意见:"陆政委,如果十二支队报上来的两个连队干部,一个都提不起来的话,他们会有意见。要不让十二支队重新报一个人上来,咱们再研究?"

龙大佩建议道:"石总、陆政委,你们看这样行不行?干脆让大家举手表决吧!"

陆丰说:"我没有想到在这里提拔一个副营职职务还这么复杂。"

石方竹说:"提了副营就可以让老婆和孩子随军,所以那些干满了三年的正连职的干部,谁都把这事儿看得很重!再说我们部队干满三年以上的正连职干部比比皆是,由于岗位有限,很多人都没有办法得到提拔重用,有些干部在正连职岗位已经七八年了,也提不起来呢⋯⋯唉!"

陆丰说:"唉,那就按照龙参谋的意见办吧,大家举手表决!"

石方竹说:"反正这两个干部在工作中都表现不错,但都违反了相关规定,刚才大家也争论不休,我和陆政委也能理解。我刚才跟陆政委也商量了一下,咱们就举手表决吧!徐秘书,你在记好会议记录的同时,认真点点票数!"

正在记会议记录的徐航抬起头来:"是!"

"我们十一个党委成员,以多胜少。同意郭世明的请举手。"石方竹说。

徐航站起来,认真地点点举手的人数,说:"同意郭世明的只有五人。"

"同意月玉成的请举手。"石方竹说。

徐航说:"同意月玉成的也只有五人。"

"好,经过大家举手表决,多数人都不同意月玉成和郭世明提为副营职干部。就让他们在各自的连队搞好施工,将功补过。"石方竹说。

"总队和支队政治部门领导要分别找他们谈一次话,让他们安心工作,保质保量地把工程干好。"陆丰说。

当总队的任命下发到各基层连队时,月玉成气喘吁吁地爬到岗巴拉山山坡上,猛地吸了几口烟,然后瘫坐在地上,想想这些年自己所经历的一切酸甜苦辣,他痛痛快快地大哭了一场⋯⋯

第二十四章

今天的天气很好,阳光明媚。

查龙电站自 1993 年开工兴建以来,不仅速度快,而且质量好,第一台机组将于 1995 年 8 月提前一年发电是没有问题的。电站的建成将结束那曲地区行署所在地无常规电源的历史。查龙电站被誉为"藏北高原上的第一颗明珠"。

陆丰头天在查龙电站建设工地上看望完紧张施工的官兵,于今天早上吃了早饭,便乘坐他那辆进口奔驰越野车,从那曲镇出发,风驰电掣地跑了 320 多千米,中午途经拉萨时,在办事处喝了一顿酒,由于办事处的官兵很热情,都纷纷敬了他的酒,所以喝得有些多。在司机小何没有休息的情况下,他叫小何立马开车出发,谁料途中车子突然冲下了山坡。

一个赶着羊群的十多岁的满脸"高原红"的藏族姑娘看见了,就奔跑到公路边,三十多只羊也跟在她的后面。她望着寂静的公路上,没有一辆车路过,心里很着急,想下去救人,但又无能为力。于是,她就坐在公路边上,焦急地等待着过路的车来,一群羊跪卧在她的身旁。

终于,从远处开来一辆卡车。她就站起来,奔跑到公路中央,挥舞着手中的羊鞭,嘴里用藏语呼喊着:"叔叔,快救人,快救人!"谁承想那司机不但不停车,只将车刹了一脚,嘴里恶狠狠地吼道:"你不要命了?嗯?"

藏族小姑娘只好后退几步,那辆车飞快地开走了。

看着远去的车辆,藏族小姑娘气呼呼地走向刚才的公路边,刚要坐下去,又听到远处车辆行驶的声音传来。她便又跑向公路中央,挥舞着手中的羊鞭,呼喊着:"停车,停车,快救人,快救人!"

小车靠在公路边停了下来,一名身着橄榄绿的中校警官从车上下来。

"金珠玛米,救人救人!"由于激动,小姑娘的声音有些颤抖。

那位警官走到小姑娘跟前:"救人?人在哪里呢?"

小姑娘用手中的羊鞭指了指公路边,并朝公路边跑去。

那位警官也跟着小姑娘跑了过去。

到了公路边,那位中校警官看到了躺在山坡下那熟悉的车身,还有那白底红字的车牌号,吃惊得简直不敢相信自己的眼睛,嘴里喃喃地说:"难道是我们的政委?"

小姑娘指着山下的小车,向中校警官介绍翻车情况,但中校警官哪顾得上听,迅速跑下了山。

一到侧翻的小车旁,他就惊讶地发现,车的下面是一片凝固的血迹。他气喘吁吁地打开已变形的车门,发现陆丰与司机小何紧闭着双眼,嘴角还淌着血,脸上也青一块紫一块的,不省人事地横躺在车内……

他先把奄奄一息的陆丰从车里拉出来,背到背上,然后就用左手反过来扶着背上的陆丰,右手奋力朝山坡上爬去。不一会儿,他的右手掌由于用力在粗糙坚硬的坡地上往上攀爬,已经磨出了血……他顾不上疼痛,汗流满面朝着公路边爬去,衣服已经湿透了,汗水已经蒙住了眼睛,也腾不出手来擦一下,只是大张着嘴喘着粗气,拼命地往上爬。

陆丰嘴里的血流到了他的衣服上……

他终于气喘吁吁地爬到公路边沿,藏族小姑娘帮他扶着背上的陆丰,这时,他双手撑到地上,喘息了一阵,豆大的汗珠从脸上滚下来,滴在了路上……然后,他嗨的一声支撑起来,湿透的裤子裹在腿上,使他只能迈着小步朝自己的那辆小车挪去。

小姑娘帮他打开了后车门,他弯腰将背上的陆丰慢慢地放进了后排座,又将陆丰扶正坐好。

这时,陆丰似乎有点意识了。

"政委,您坐好,我还要去把小何背上来。"他大声地说,接着用手从光秃秃的头顶抹下来,把满头满脸的汗水抹了下来。

远处传来了汽车的引擎声,他站在车旁喘息着,抬头看见,一个车队快速地向他驶来。渐渐地,他看清楚了,是重机连载着施工物资的车队来了,他大汗淋漓的脸上露出了微笑。他抬起酸痛不已的右臂挥了挥手。

车队停了下来,从第一辆奔驰运输车下来的是许林海。许林海跑到他跟前,向满身泥土和血迹的军人敬了军礼,惊呼道:"哎呀呀,怎么是你呀?刘处长!"

"陆政委他们出了车祸,车翻到山下了……你们来了正好,司机小何我还没有救上来……"刘处长名叫刘富盛,是总队机电处处长。他指了指身旁的小姑娘,说:"感谢这位藏族小姑娘,是她发现了……"

许林海的脸一下子凝重起来:"人没有事吧?"

"应该没有事,可能伤得不轻!"刘富盛说。

"中午,办事处主任叫我去陪陆政委喝两杯,我哪敢去呢?他那么大的官!"

许林海一说完,就转身向停下的车队跑去,大声疾呼道,"大家赶快下车救人,大家赶快下车救人!"

李晓明他们都打开车门,从驾驶室跳了下来。

陆丰的司机小何很快被重机连的官兵救了上来。

"刘处长,你怎么到这里来了?"许林海问。

"司令部人手不够,龙参谋长就安排我去给自治区羊湖工程协调小组办公室送份文件。"刘富盛解释说,"这样吧,你把车队安排一下,你跟我立即去拉萨,把陆政委他们送到自治区人民医院抢救。"

……

到了自治区人民医院,医生很快给陆丰和小何拍了片子,他俩伤势都较重,不仅有脑震荡,而且还有多处骨折。

重机连的车队一回到驻地,就把陆丰他们翻车的情况向参谋长龙大佩汇报了。

龙大佩听后,惊愕得脸色大变,便急匆匆地跑到石方竹办公室,向石方竹作了汇报。

"你立即通知徐部长,我们马上去医院看看。"石方竹说。

龙大佩、徐成强坐着石方竹的专车,风驰电掣地赶到自治区医院。

刘富盛和许林海坐在医院里走廊上的长条椅子上,正聊着天。刘富盛右手缠绕着纱布,有些血渍浸了出来。看着石方竹他们到了,刘富盛和许林海从长条椅子上站了起来,刘富盛汇报说:"陆政委伤势重些,已进了重症监护室抢救……"

"他们究竟是怎么搞的?"石方竹着急起来,嗓门也大了起来。

"我也不知道呢。只有等司机小何醒过来后,才知道是怎么回事呢。"刘富盛说。

"唉!"龙大佩、徐成强站在那里唉声叹气。

"你的手又是怎么搞的嘛?"石方竹关切地问。

"刘处长在救陆政委时,手在坡道上划伤了,流了一些血,刚才护士给他清洗了一下,又上了些消炎药,给他包扎了。"许林海说。

"应该没有什么事的。"刘富盛说。

"小心点,别感染了,回去后记得到我们医院换药。"

"我知道。今天幸亏那个藏族小姑娘放羊时看到了翻车,否则后果不堪设想……"刘富盛又说。

"刘处长刚从坡下把陆政委救上来,我们车队就到了。"许林海说。

"要没有重机连的官兵,我也不知道怎么把小何弄上来,当时我已经筋疲力尽了。唉!"刘富盛说。

"你俩带我们去看看司机小何吧!"

"好。"刘富盛走在前面,石方竹、龙大佩、徐成强、许林海就跟在后面。

在外科住院部的一个病房里,小何躺在病床上,右脚已打上了石膏,头上也包扎了,鼻孔里插着输氧管,手上输着液,不省人事……

一位护士进来送药液,石方竹就心急地问:"他多久能清醒?"

"也许明天吧!"

石方竹对龙大佩、徐成强、刘富盛说:"那好,我们回去吧。"然后向许林海交代说,"小许,你就留在医院。但愿陆政委不要有什么三长两短。如果这里有什么情况,你及时给我们打电话。如果小何苏醒了,也给我们打电话,我们好安排保卫处的人来把情况了解清楚!"

"是。请首长放心!"许林海向四位首长敬了军礼。

"明天,我们安排人来换你,你们重机连的运输任务也不轻,缺了你,工作也无法进行。"石方竹说。

龙大佩问刘富盛:"刘处长,你把资料给自治区羊湖工程协调小组办公室送去了吗?"

刘富盛说:"我立马送去!"

在返回羊湖电站的公路上,石方竹焦头烂额地对坐在后排的龙大佩、徐成强说:"我们立马向水电指挥部党委汇报!"

"我觉得等事情弄清楚后再汇报吧!"徐成强说。

"尽管出车祸的事情没有搞清楚,但还是应该汇报,万一陆政委有个闪失,我们怎么负得起这个责?"龙大佩说。

"你们不要争论了,就这么定了,2号车出车祸的情况,如实向武警水电指挥部党委汇报!"石方竹说。

大家一阵沉默。

"嘀嘀——,嗒嗒——!"第二天早上,部队嘹亮的起床号声响过之后,刚刚穿好衣服,扎好腰带,正准备出操的龙大佩,突然听到桌上的电话响了。他接了电话,电话是许林海从自治区人民医院打来的:"参谋长,陆政委的司机小何已醒了,也能说话了。"

"陆政委病情如何了?"

"陆政委还在重症监护室。我问了一下医生,好像还是不省人事……"

"好的。我去报告石总。"

石方竹扎着腰带已去了机关的篮球场,与官兵们一起站好队列,正准备出早操。

龙大佩奔跑过去,对石方竹说:"石总,请您过来一下。"

"啥事?"石方竹走出了队列,与龙大佩到了机关大门口外的路上。

"刚才,许林海从医院来电话了。"龙大佩就把陆丰和司机小何的病情说了一遍。

"那吃了早饭,我就让政治部主任安排保卫处的人去一趟医院,把事情搞清楚。同时,你在警通连安排一位战士去医院护理一下小何,把小许换回来,重机连还有一堆事。"

"好的!"

吃过早饭,保卫处处长张文理、干事刘颖和警通连的一位战士就坐着司令部办公室安排的一辆小轿车去了自治区人民医院。

小何躺在病床上,脸上也不像昨天那么苍白了,只是说起话来有些吃力。

"小何,你把昨天发生车祸的前后经过说说。"张文理询问小何道。

可小何看到刘颖握着钢笔往询问记录本上认真地记录时,就犹豫了。

在病房里陪同小何的许林海说:"小何,事情是怎么样就怎么说嘛,你有什么难为情的?"

"你好好想想昨天下午是怎么翻车的。你把前后经过说清楚就行了。"张文理说。

没想到,小何大哭起来。因为今天早上,他听许林海说,陆政委还没有脱离生命危险,他就知道事情的严重性了。他听后愣怔了半天,而后就掉了泪,他知道自己的志愿兵资格可能保不住了。

"哭有什么用?你把事情说清楚吧!"张文理态度很好。

许林海用毛巾帮小何擦了擦泪水。

从小何的表情上看,他很感动。

小何终于开口说话了:"昨天上午赶了半天路,中午吃饭后又没有休息,我十分疲倦,加上车速快,一恍惚便出事了。"他承认是他操作失误导致的翻车。

"小何,你还有什么要说的?"张文理问道。

"没、没、没有了!我、我求、求首长们不要把我的志愿兵撤销了……我是从内蒙古农村入伍的,我家里穷……呜呜……"说完,他哭得更厉害了。

"取不取消你的志愿兵资格,我们说了不算,要总队首长研究决定。我们只把事情搞清楚了就行了。刘干事,把他刚才说的话,念给他听听,看有没有没说清楚的地方。"张文理说。

刘颖把询问笔录念了后,问道:"小何,有没有记错的地方?"

"没有!"

"那你按个手印吧!"刘颖从凳子上站起来,从警服兜里掏出一盒印泥,打开盖子,走到病床前,把询问笔录和印泥递到小何跟前。

小何按下了手印。

"你要好好配合治疗,我们走了!"张文理说。

待张文理、刘颖、许林海一走,小何又伤心地哭起来,搞得前来照顾他的那个战士不知所措。

陆丰在医院的重症监护室昏迷的那些日子,可以说,把石方竹搞得焦头烂额的,本来一身毛病的她,天天吃不下饭,每晚吃三粒安眠药都睡不好觉,第二天起来,疲惫不堪,精神状态也不好,毕竟是她同意陆丰去了查龙电站工地看望官兵的。晚上,她做梦都是陆丰在与她谈工作上的事情……每天在首长那桌吃饭的人,看着石方竹严肃地埋头吃饭,大家都感到很压抑……

在第五天陆丰终于苏醒了,但还没有转出重症病房。这个消息让石方竹、龙大佩、徐成强他们长舒了一口气。

大难不死的陆丰终于转到了高干病房。

石方竹马上通知龙大佩、徐成强、刘富盛坐她的专车去医院看望陆丰。

车到达拉萨城,石方竹安排刘富盛去买了两大束鲜花。

石方竹他们先去小何病房看了看小何,并送上一束鲜花。小何因为才二十四五岁,年龄不大,体质又好,恢复得很快,但还是输着液,吃着药。

一开始小何很高兴,毕竟这么多大首长来看望他一个小小的志愿兵,当石方竹他们要离开时,他哭了,哭得很伤心。

"小何,我们又没有批评你,你哭什么嘛?"龙大佩问。

"求求首长们,求求首长们,别撤了我的志愿兵,我家穷,我家穷!"小何那哀求的声音有些凄惨。

石方竹他们鼻子一酸,差点流下泪来。

"别哭了,小何!安心养伤!"刘富盛安慰说。

"你放心,你放心!我们已经调查清楚了,不是你故意造成的,不会撤掉你的志愿兵的……过一两天,我们安排车来把你接回总队的医院住,吃喝问题好弄些!"石方竹强忍着不让自己的泪水流下来,转身出了病房。

小何停止了哭泣,感激地说:"谢谢首长,谢谢首长!"

陆丰住的是省级干部病房。能住上这个病房,是石方竹给自治区羊湖工程协调小组办公室打了招呼,请他们给医院说说,待陆丰从重症监护室出来后,安排好一些的病房给陆丰住。所以,陆丰享受了省级干部病房的待遇。省级干部病房不仅有专门的病房,还有一个会客室,并且配有专门的护士精心照料。

一进病房,人们看到陆丰半躺在宽大的病床上,仍然输着液,吸着氧气,人也瘦了不少,脸色也没有过去那么红润了。陆丰经过这次车祸,元气大伤……

"你们来了啊!谢谢了!"陆丰说话的声音有些小,加上鼻孔里插着氧气管,说起话来也不方便。

"陆政委啊,自从你出了事,我提心吊胆的,天天昼夜难眠、吃饭不香呀!你要有个三长两短,你让我这个总队长咋当?你说说!"石方竹微笑着,但她说的是实话。

陆丰只是淡淡地笑笑:"谢谢大家的牵挂了!"

刘富盛把一束鲜花摆放在了病床旁的床头柜上。

"这些天,石总白头发都添了不少!"龙大佩笑笑。

"陆政委出事这几天,搞得我们石总吃个饭都拉着个脸……唉!"徐成强说。

"人没有事就好,人没有事就好!"石方竹说笑着,走到陆丰的病床前,很关切地掀开洁白的被子,看到陆丰的左腿还打着石膏,缠裹着洁白的纱布。

大家站在病床旁看了看,都说伤得不轻哦!

刘富盛又将被子给陆丰盖好。

"你们坐吧,你们坐吧!"陆丰招呼大家坐。

人们坐到了宽大的黑色真皮沙发上。

"当时只知道车下坡了……后面的事情什么也不知道了。唉!"陆丰一脸沮丧地说。

"是那位放羊的藏族小姑娘救了你,后来又是刘富盛救了你。否则,你陆政委的小命难保!"石方竹开起了玩笑。

陆丰也笑了笑,向刘富盛望去:"谢谢刘处长了!"

"哎,不足挂齿。"刘富盛谦虚地说。

"在来的路上,石总还在说,尽管我们帮助山南地区建设了那么多的'希望小学''春蕾小学',但还是有些藏族同胞的小孩上不了学,我们要对藏区的学校加大投入!"龙大佩说。

"我们是人民的子弟兵,驻扎一地就应该造福一方。我在想,那天是星期二,放羊的小姑娘应该在学校读书,而她没有读书,在帮助家里放羊。所以,我才在车上和他们三个说了我的想法。我现在是征求陆政委的意见。"石方竹说。

"我是没有意见的。"陆丰说。

"我们财务上也粗略地统计了一下,这几年我们给贡嘎县、浪卡子县援建了'双拥小学''育才小学''鱼水小学''爱民小学'等八所学校投入达三百多万元,包括我们部队官兵捐的五十万元在内。当然,这三百多万元还不包括部队送去的水泥、木材等建筑材料。"徐成强说。

"如果西藏的教育,人人都达到拉姆那种既能说藏语,又能讲汉语的水平那就好了。我是衷心希望西藏的教育好起来啊。"石方竹感慨地说。

"如果藏区的孩子们都能达到给我讲藏族风俗的拉姆的那种水平,那藏区的教育就不得了了。"龙大佩说。

"等能下床走路了,我还是希望陆政委回我们部队医院住院疗养,这样不仅生活方便,而且大家也好常来看看你。从羊湖到拉萨,跑一趟不容易,往返一次就200公里呢。"石方竹说。

"这样更好,我能天天听到军号声,当了三十多年兵了,突然听不到军号声,还很不习惯呢。谢谢大家的关心,这么大老远跑来看我!"陆丰很感激。

"好了,陆政委安心住院吧。我们回去了,工地上的事情也很多。"石方竹说完,就站了起来。

俗话说,伤筋动骨一百天。陆丰的伤在部队医院彻底治好后,石方竹安排他回北京休养了一段时间。

就在陆丰回北京休养不久,刘富盛驾车去拉萨购买施工设备,在返回部队途中,因为避让公路上横穿的牦牛,车辆倾翻到山下,以身殉职,献出了年仅三十五岁的生命。

刘富盛1983年毕业于山东大学土建与水利系,毕业后他便选择了参军,来到二总队正在承建的江西万安水电站。

万安水电站位于江西省赣江中游,距赣州市90千米,是江西省最大的水力发电站,电站以发电为主,兼防洪、灌溉、养殖、航运等综合功能,是江西电力南北交换枢纽。水电站大坝建成后成为千里赣江第一坝,大坝全长1104米,坝高68米,水库流域面积36900平方千米,总库容22.16亿立方米,水电站闸门高140米,宽14米,号称"亚洲第一高闸"。

刘富盛来到部队后,一直从事技术工作,由于工作勤勉,从副连职起步,一直干到副团职的处长。

　　因为工作的需要,刘富盛于1992年初调到羊湖电站建设工地工作,任三总队机电处处长。他进藏后,一直兢兢业业地扑在本职工作岗位上。平凡的他,不知何为苦,何为累,在羊湖电站工地,官兵们经常见他一身工作服,来去匆匆,与现场督导安装的外国专家接洽,与进口机组安装单位协调,与商检部门配合,进口机组安装千头万绪的工作,都是他在运作……多少官兵为他的牺牲而悲痛欲绝啊!

　　刘富盛牺牲后,政治部宣传处处长写了一首诗:

一句话也没有说,
你就匆匆地走了,
多想再跟你喝杯酒,
我的好战友,
多想再跟你说句话,
我的亲骨肉……
你是谁?为了谁?
你把青春年华百炼成钢,
你把血肉之躯留在西藏。

第二十五章

　　清明的那天,苏妍吃过晚饭朝坟地走去,远远地就看到刘颖坐在苏明的墓碑前,凝视着苏明的坟头。

　　看来,刘颖比苏妍早来一会儿。在部队锻炼得已经成熟起来的苏妍,一身橄榄绿衬托得她英姿飒爽。因为组织上的照顾,苏妍到部队后就被安排到了物资仓库工作。她工作兢兢业业,立过功,受过奖,入了党,深受官兵们的好评。

　　石方竹曾给她开过玩笑:"苏妍呀,你这么吃苦工作,为什么呢?"

　　苏妍本来就红润的脸庞变得更加通红,也害羞起来:"报告石总,为了我的哥哥,也为了我自己,更为了我的爷爷和爸爸。爷爷和爸爸他们经常来信鼓励我要把工作干好,免得丢了我们军人世家的脸!"

　　"说得好,说得好啊!"石方竹看着眼前这个可爱的女兵,不由得鼓励她,"在干好本职工作的同时,努力学习吧,争取考上武警水电指挥学校。"

　　"嗯,报告石总,我平时只要有业余时间都在看书学习。我们部队那么多从名牌大学毕业来的大学生,我很羡慕他们。"

　　"好啊,有志气,有理想,有追求,我喜欢你!"

　　听到石方竹对她的表扬,她的心里就像喝了蜜一样甜,连连说:"谢谢石总了!谢谢石总了!"

　　"我等着你考上学校的好消息啊!"石方竹笑着拍了拍她的肩,走了。

　　苏妍看着石总离开后,心里甜甜的,满脸的微笑。她觉得石总就像她的妈妈一样和蔼可亲。

　　从此,苏妍在业余时间就更加忘我地学习,刘颖只要出差,就会给她买一块手绢,或一瓶搽脸油,或一个精美的笔记本送给她。她就会情不自禁地喊一声:"谢谢刘颖姐姐!"

　　"我俩在一起时,你可以尽情地喊我'刘颖姐姐',但当着官兵的面,只能按照部队的规矩,喊我'刘干事',你听到没有?"

　　"听到了,听到了!刘干事好,刘干事好!"

　　刘颖笑了。

　　现在,苏妍走到刘颖背后,喊了一声:"刘颖姐姐好!"

刘颖转过头来,一看是苏妍,就说:"每年的清明节,你来得都比我早,怎么今天这会儿才来?"

"我吃过饭又去给重机连领了一些汽车零件。"

"来,在你哥坟前坐坐!"刘颖递给苏妍一张报纸,让她铺在地上坐。

苏妍把报纸铺在地上,与刘颖并排地坐在了一起,凝望着苏明的坟头。

"苏明,我和妹妹苏妍又来看你了,你牺牲后,我和苏妍年年清明节都来看望你。我今天告诉你一个好消息,苏妍这次参加总队报考水电指挥学校的预考成绩出来了,总分第一名!"刘颖说。

苏妍问道:"我怎么不知道?"

"我下午听干部处的人说的,这还有假?"

"太好了,太好了!"。

"苏明,我告诉你吧,凭苏妍的成绩,考上武警水电指挥学校是没有问题的。苏妍有我照顾,你在九泉之下会高兴吧?"

"哥哥,刘颖姐姐一直关心着我,你放心吧。另外,我前天收到爸爸的来信,爷爷、爸爸和妈妈都很好!"

"苏明,我告诉你,苏妍今后去读书的地方,就是广西柳州。"刘颖向着坟头诉说,"唉,时光过得真快呀,我到羊湖电站已经五年多了。你牺牲后,我时时刻刻都想着你,想着你对我的好,你对我的爱。但天不遂人愿呀!……"说着说着,刘颖嘤嘤地哭泣起来。

苏妍掏出手绢来递给刘颖:"给,你把脸上的泪擦擦!"

刘颖接过手绢,抹了脸上的泪,望着苏明的坟头,眼睛红红地又说:"爸爸妈妈来了几次信,催我抓紧把个人问题解决了,说我年龄不小了。去年底,我休假回去,爸爸的朋友给我介绍了对象,但我心里装着你苏明,我连面都没有去见。我也不知为啥,我脑海里总是你的音容笑貌……苏明,你说我该咋办呢?"

苏妍站了起来,搀扶着还坐在地上泪水涟涟的刘颖:"刘颖姐姐,别哭了,我们回去吧!天上的星星都出来了。"

刘颖站了起来,泪眼蒙眬地抬起头来,看了看天空,果真天空上挂着几颗稀疏的星星,像是在向自己眨着眼。

回营区的路上,苏妍说:"刘颖姐姐,我哥哥都牺牲了四年了,你该找个对象,成个家了。你这样拖下去要不得,我哥在九泉之下也不得安宁!"

"唉!苏妍你没有谈过恋爱,那种刻骨铭心的爱,你没有经历过……"

苏妍没有吭声。

……

两个月后,苏妍以优异的成绩,考上了武警水电指挥学校的财会专业。临走的那天早上,刘颖和苏妍紧紧地拥抱着,激动地哭了。她俩不仅有战友情,还有姊妹情。

"苏妍,你在学校要好好学习,像你哥哥那样不负我们军人后代的这个荣耀。今后多通信,姐姐会想你的!……"

"刘颖姐姐,我读两年书就回来了,那时羊湖电站还没有建好呢!"

刘颖将已经翻得皱皱巴巴的《钢铁是怎样炼成的》一书交到苏妍手上:"你哥哥牺牲后,组织上把这本书交给了我,我读了两遍,受益匪浅。我现在把你哥哥读过的这本书送给你,希望不辜负你们家人和我对你的希望……"又将一支崭新的钢笔送给苏妍,"这是我的一点心意,望你好好学习!"

苏妍接过书和笔,感动地说:"谢谢刘颖姐姐了,我一定好好学习,不辜负你和我爷爷、父母的殷切希望的!我也有一件礼物送给你,这是我为你织的一条围脖,天寒地冻的时候,你外出就围在脖子上,暖和些!"

刘颖接过红色的毛线围脖:"谢谢苏妍,姐姐喜欢这条围脖!"

"姐姐,你要保重!"

"嗯!你也要保重!你放心吧,每年清明节我都会在你哥哥的坟前,帮你多看几眼!"

尾　声

　　几天来，石方竹神情忧郁。她一天天明显的衰老了，饱经风霜的前额似乎在短短的几天内竟一下子郁结出那么深的沟壑，脸上也出现了老年斑。

　　眼睛深陷着的石方竹突然发起高烧，经过几天的精心治疗，虽然病情得到了控制，但是石方竹仍疲惫不堪，周身无力，她躺在病床上，脸色惨白得如岗巴拉山上的雪。

　　裴婧天天寸步不离地守在石方竹的病床前，由于着急，她的嘴唇也起了血泡，人也瘦了一大圈。

　　这些天来，石方竹天天输液、吸氧、服药……尽管这样，她还是天天在梦里呼唤着："羊湖电站、羊湖电站、羊湖电站……"

　　每每听到妈妈的声音，裴婧总是心疼地悄悄抹泪。她知道，母亲是个有责任、有担当，忠诚于自己的事业的人，也是一个一言九鼎的人，更是一个讲党性的人。母亲的压力太大了。

　　这些天来，不少总队机关、支队机关的干部都纷纷前来看望石方竹，都被裴婧和颜悦色地婉言谢绝了，她担心体质太差的母亲一激动，一旦控制不了情绪，她的病情就会加重。

　　除了孙月刚、童心、李婷、王护士、陆丰、龙大佩、徐成强能进入石方竹的病房外，其他人都被裴婧挡在了病房外。

　　但是，有一个人，裴婧让他进了石方竹的病房，这个人就是高祥。在进病房前，裴婧反复给他交代："你看一下就走，千万别说话，她需要休息。"

　　"我记住了，我记住了！"高祥面对裴婧，还是有些敬畏的。这几年，两人在一起说话的机会不太多，都在各自的工作岗位上尽职尽责。

　　裴婧带着高祥进到病房，躺在病床上原本眯着眼睛的石方竹，突然睁开了有些混沌的眼睛，侧了一下头，声音微弱地问道："是谁呢？"

　　"石总，石总！是我，我是高祥！"高祥两步跨到病床跟前。

　　石方竹缓缓地从被子里伸出瘦削的手来："高祥啊，你来了就好啊！我有话对你说。"

　　高祥伸出双手紧紧地握住石方竹冰冷的手："嗯，石总保重！"

"我可能不行了,今后你要好好与裴婧过日子……你给我表个态!"石方竹气若游丝地说。

"石、石总,我、我不会让您失望的!"高祥的泪水一下子就从眼眶里滚落下来。

裴婧也泣不成声,她知道一辈子都坚强的母亲,现在在安排自己的后事了。

"就算我身体好了,因为羊湖电站出的事故,给国家造成这么大的经济损失,也要受到处罚的……"石方竹说,"婧婧过来,别哭哭啼啼的了。"

裴婧走到高祥旁边。

"婧婧把手伸出来,我们三人把手握在一起,就算是我给你们的祝福了!"石方竹说。

泪水涟涟的裴婧伸出手,紧紧地握在石方竹和高祥的手上……

高祥和裴婧滚烫的热泪打湿了三人的手背。

裴婧送高祥出了病房,充满深情地看着高祥远去的背影。

……

1995年9月6日,由武警水电指挥部副主任隋德望带领的来自电力工业部的十多个水电专家来到羊湖电站。

9月7日,引水隧洞经放空检查,专家组发现桩号5+220处隧洞存在顶部衬砌开裂、坍顶(约50×50厘米),局部洞段开裂等问题。

9月8日,专家组对羊湖电站压力钢管进行打压试验,试验结果符合国家有关试验规范要求和成都勘测设计研究院的技术通知要求。

而后,专家组与成都勘测设计研究院进行羊湖电站引水隧洞质量检查工作。检测工作的顺序如下:隧洞测绘——表面缺陷素描——地质雷达——开仓、开槽——承压板试验——灌浆试验——调压井检测——镇、支墩检测。

经过专家组三天细致艰苦的工作,检测结果表明:羊湖电站引水隧洞处于两大地质构造系的复合地带,是亚欧板块与印度板块的碰撞抬升线边沿,地层年轻,地壳运动强烈,地质结构相当复杂。在6000米长的引水隧洞区,岩层褶皱剧烈,并伴有数条规模较大的断层和一些层面错动破碎带……再加上9月3日羊湖电站首台机组充水调试庆祝大会后,又发生了小地震,所以不属于施工质量问题。

北京来的专家组明天就要离开了,就在临走的那天晚上,专家们来到医院,把羊湖电站首台机组充水调试的失败原因,向坐在病床上看《工地简报》的石方竹作了简单的情况说明。

石方竹苍白的脸上露出久违的笑容,她开玩笑地说:"我终于不用接受人民的审判了!"

"为了使羊湖电站长治久安,再不出现塌方现象,专家们已经研究拟将从引水隧洞中部开始加 3000 米的隧洞钢衬,一直加到洞口钢管接头处。钢衬与原隧洞混凝土衬砌之间的空隙全部回填 R28150 微膨胀水泥砂浆……我回北京后还要给武警水电指挥部和电力工业部作详细汇报,待正式论证批准后,再实施吧。所以,石总要保重身体,出院后继续领着官兵们干啊!"隋德望说。

石方竹脸上的笑容更加灿烂了:"好啊,好啊!"

待隋德望和专家们离开后,陆丰在病房留下了。

"石总啊,刚才隋将军说了,等您把病治好后,又可以领导大家建设羊湖电站了!"这是陆丰的开场白。

"要说我的病,那是心病,我在病床上这些天,一直在想,我究竟错在哪里了?如果真是我的决策错了,那我就对不起这 3000 多名建设羊湖电站的官兵了,如果大家的心血白流了,我愿意接受任何处罚……唉!"

"您没有错,是地质结构和地震造成的……有件事情,我想和石总说说,是我的不对!"

石方竹察言观色,一下子明白了陆丰所说"是我的不对"的含义,她明白了原来那封所谓的实名举报信是他写的。她说:"'世界上最宽阔的是海洋,比海洋更宽阔的是天空,比天空更宽阔的是人的胸怀',这话好像是雨果说的。它意思是:只有具备豁达的度量,人们才会像大海那样笑纳百川,像高山那样巍巍矗立,笑傲人生,搏击未来。对于我来说,你能说出是你的不对,这就让我感动了。人嘛,谁不犯点错误?谁是谁非,自有公道!"

石方竹停顿了一会儿,又道:"路遥知马力,日久见人心!我早已听武警水电指挥部的领导说过,你来羊湖电站建设工程的目的,就是想在基层当够三年以上的主官,然后回北京当将军……我觉得这些都是人之常情,我能理解的。但是,你作为一个担负着世界上海拔最高电站建设工程的正师级单位堂堂正正的政委,在工作中没有起到带头作用……我当着官兵的面批评了你,是对你负责,也是对党委一班人的形象负责……良言一句三冬暖,恶语伤人六月寒……唉!人心都是肉长的,咱们换位思考一下吧!唉!"

陆丰有些无地自容了,说:"我对不起您!"说完,两眼默默地望着石方竹。

"把心放正,一帆风顺;把心放平,风平浪静!过去所有的事情都过去了……你我从现在起,要团结一心,气可鼓,不可泄,心往一处想,劲往一处使,把羊湖电站建设工程搞好!"

"是,是!不建设好羊湖电站,我绝不离开高原。请石总放心吧!"

"我们只要做到无愧于天,无愧于地,无愧于心,那什么事情都好办了!"

陆丰嗯了一声后,连连说:"对,对对!"

这时,裴婧进来了,陆丰只好告辞。

看着石方竹精神焕发的样子,裴婧高兴地玩笑道:"妈妈,您的病不治而愈了!"

"鬼丫头,你拿老妈开什么玩笑呢。羊湖电站建不好,妈妈死不瞑目!"

"您口口声声'羊湖电站''羊湖电站'!我知道在您心中,羊湖电站比什么都重要……您看羊湖电站出点事,您就病成这个样子了!"

"婧婧,你知道的,羊湖电站是妈的命根子!不过,有一件事,妈妈还是要感谢你的。"

"什么事?"

"你给你爸爸写信,让他不要与我离婚,他不好意思给我打电话,就给我来了信。你爸信上说,'看了丫头给我写的信,我终于理解你了'。"

"哈哈哈……看来我能挽救您和爸爸的婚姻,我功不可没啊!"裴婧幽默地说完,大笑起来,然后问,"妈,您和爸当年是怎么恋爱上的呢?"

"唉,说起来都是陈芝麻烂谷子的事了。你知道我和你爸是成都工学院水利系一个班的同学,是他追的我……"石方竹不好意思再说下去了。

裴婧追问道:"那后来呢?"

"后来,后来我们毕业后都分配到了四川省水电局当了技术员,再后来,在他的支持下,我去了正在修建映秀湾水电站的基建工程兵第六十一支队穿上了军装,在技术处当了技术员……大致情况就是这样吧!"

"那当时我爸爸为什么不与您一起去修映秀湾水电站?"

"因为你爸的脚板是平的,平时走路没有问题,你知道修电站都是爬坡上坎的,他路走多了走远了就不行,所以部队就不要他。"石方竹说着就笑了起来。

"哦,原来是这样。妈,我给您提个意见,您今后回成都开会或到北京开会、出差路过成都时,不要总说工作忙,也应该回家看看嘛,我估计爸爸就生这个气。"

"好啊,我虚心接受婧婧的意见,今后工作上再忙也要回家看看你爸爸、你哥哥、你嫂子,还有我那可爱的小孙女!"石方竹大笑起来,"我遵命!"

裴婧也笑得很开心。

"说正经事,我明天就要出院了!因为塌方隧洞要加14毫米至20毫米厚的钢板钢衬,又有千头万绪的事情需要我考虑……"

"好吧,我理解您这个'倔老太太'!我知道您是要羊湖电站不要自己命的人!"裴婧笑吟吟地说。

羊卓雍措地处喜马拉雅山北侧,原系墨曲河中段约一万年前由冰川泥石流在叶色附近堵塞河道筑起的垭口,形成一个山谷河道型、无泄漏的天然高原封闭式湖泊。羊湖电站位于西藏山南地区浪卡子县及贡嘎县境内,有拉萨至亚东公路路过。羊湖电站的上库位于浪卡子县境内,进水口距离拉萨110千米;羊湖电站的下库位于贡嘎县境内的雅鲁藏布江。厂房距离拉萨市近100千米。

在石方竹、陆丰等总队党委一班人的带领下,官兵们继续发扬"特别能吃苦、特别能战斗、特别能忍耐、特别能团结、特别能奉献"的"老西藏精神"和大力弘扬"团结协作、顽强拼搏、无私奉献、科学进取"的"羊湖精神",同设计、施工、电厂等单位为建设羊湖电站并肩战斗,通力合作,餐风露宿,心往一处想,劲往一处使。成都勘测设计研究院采用现代科学技术,精心勘测设计,及时解决了工程建设中的各种技术难题;中国水电四工程局、中国水电七工程局和中国水电十工程局不畏艰辛,克服重重困难,奋力完成了"海拔高、坡度陡、管道长、压力大"的压力钢管和钢衬的制作及安装工程任务;武警水电二总队十支队精心组织,科学施工,在外国专家技术指导下,努力完成了五台抽水蓄能机组的安装和调试工作,1997年6月25日第一台机组投产发电,紧接着四台机组相继并网发电,预留一台机组备用。

羊湖电站枢纽发电时,直接从位于羊湖北岸扎马龙村海拔4440米的进水口,经过直径2.5米、全长5883米的引水隧洞,内径12米、高56米的调压井,全长3111米的(暗管与明管)高压钢管管道至位于雅鲁藏布江南岸台地上的主厂房、副厂房、球阀室、开关站、尾水渠,尾水泄入雅鲁藏布江;抽水运行时,由江边低扬程泵房抽水入沉沙池,再进入主厂房多级蓄能泵,经引水系统流入羊湖。

国家投资18亿元的羊湖电站,总装机容量11.25万千瓦,年发电量8409万千瓦/时,电力可送到拉萨、山南和日喀则三个地区。羊湖电站是西藏当时投资最多、规模最大、技术设备最先进的电站。

羊湖电站的建成不仅创造了世界上在高海拔地区大规模修建工程的历史,还使拉萨电网由此增加了两倍以上的电力,并使西藏的电站总装机容量首次突破了30万千瓦。

从此,雪域高原升起了一轮不落的太阳。享有"日光城"美誉的拉萨市从此变成了"不夜城"。

隋德望将军从北京来到羊湖电站,在总队机关的二楼会议室,与石方竹谈了一次话:"修建羊湖电站是世界级的难题,是人类征服自然的杰作,是水电官兵在高原写下的人类文明进步的壮歌!我们水电指挥部党委请示武警总部党委,以及中央军委,尽管你石方竹同志的年龄偏大了些,但根据你在西藏羊湖电站做出的卓越贡献,决定提拔你到水电指挥部去任职,任水电指挥部副主任,继续发挥你的聪明才智,为我国的水电事业做出更大的贡献……"

石方竹右手一挥,急忙说:"我也快上六十岁了,一身都是毛病:我胃切除三分之二,隋将军也是知道的,我还有高原性心脏病、风湿病,血压也高,所以,北京的将军我也就不当了,应该让更有能力、年轻力壮的人去当,感谢组织对我的信任。修好羊湖电站是我一生的夙愿,现在终于实现了,我也该退休了。回到成都享受一个普通老太太的退休生活。这辈子,我对家人亏欠得很多……"

"你就不能再想想,再考虑考虑组织对你的安排?"

"感谢组织了!我没有再考虑的必要了!"

"你觉得陆丰这位同志如何?比如说,安排他回北京当将军,任水电指挥部的副主任。"

"我觉得他是可以胜任的,他在解放军和武警部队都干过,全面素质还可以。"

"他不是举报过你吗?"

"你怎么知道的?"

"他坦诚地对我说过。"

"啊。我觉得组织上应该用人之长,容人之短嘛!"

"是的,是的!你现在还有什么想法?"

"嗯,我的想法很简单。我现在考虑的是过一两天就去江孜县看看战斗在号称'西藏第一大坝'的满拉水利枢纽工程的官兵,还有1996年4月,十四支队建成那曲查龙电站后,奉命挥师南下,在沃卡河建设一级水电站的官兵。我们有一位女工程师在建设查龙电站时,感觉身上实在又脏又痒了,也只能学着男兵们的样子,钻进柴油发电机棚,用循环冷却水冲一冲,但当她走到棚外,头发顿时就结上了冰。还有一位战士,宣传股长带他去山上用红漆写标语,等标语写完,他往营房走时就哭了,股长问他哭什么?他说今天是他十九岁生日,后来股长在一块石头上给他画了一个大大的蛋糕,接着两个人又唱了生日歌,那位战士才笑了……"

"这些故事挺感人的!"隋德望说。

"是啊!这些年来,官兵们跟着我在雪域高原吃了不少苦,也受了不少累,更流了不少泪……"石方竹哽咽起来,"在这次人与自然的对峙中,相对于大自然,人是渺小的,也是微不足道的,由于气压低,氧气不足,为了解决引水隧洞施工通风问题,我们总队专门从挪威进口了1212J2X型卷管机加工标准铁皮风管;为了保证混凝土生产质量,我们在2号、3号、4号隧洞口分别布置了从美国进口的移动式430型混凝土拌和站,生产能力每小时90立方米,在引水隧洞混凝土衬砌中发挥了重要作用……广大官兵长期头晕、流鼻血、耳鸣、胸闷、脸色发青、嘴唇发乌、高血压、血色素过高、血氧饱和度过低、肠胃功能紊乱、指甲变形……"

看着石方竹有些说不下去了,隋德望也不知道该怎么安慰眼前这位大姐。

石方竹稳定了一下情绪,继续说道:"据总队1995年对全体官兵的一份健康状况调查表明:长年战斗在西藏羊湖的官兵高原性心脏病、高山适应不全症、肺水肿、胃病、脑细胞损害、肠道病变等高原疾病的发病率高达39.2%。但是,有了'不完成任务,决不走下岗巴拉山'的铮铮誓言,水电官兵的血肉之躯中便注入了一种钢铁般的力量和钢铁般的意志。是什么支撑着这些血肉之躯?是什么铸就了这些钢筋铁骨?在如此艰难,如此恶劣的环境中,在世界屋脊建成地球上最高的抽水蓄能电站,没有一种精神是不可能的,我们部队官兵以对西藏人民的真挚感情,以对祖国的无限忠诚,不向后退,不讲条件,在恶劣的自然环境进行艰苦卓绝的斗争过程中,在攻克一个个技术难关、苦熬一个个不眠之夜的过程中,在继承'老西藏精神'的过程中,创造出了我们官兵自己的一种精神支柱——羊湖精神。这便是我们能够决战羊湖水电站建设工程胜利的重要砝码!"

"是啊,你真有巾帼不让须眉的气魄!3000多名官兵在你和党委一班人的领导下,这么多年来,你们在羊湖电站建设过程中,充分发挥军事化管理的优势,以过硬的作风、严明的纪律、科学的技术,战塌方、斗涌水,采用喷锚支护、钢支撑护、超前锚杆、钢轨顶掘、灌浆固结护顶、旁通导水、水泥基药卷式锚杆、自行设计的滑模技术等工艺,有效地攻克了施工中的一个个拦路虎……大约明年9月,国家电力公司就会将标志羊湖电站通过验收并可以交付地方使用的'金钥匙'交给西藏自治区政府。"

"是啊,羊湖电站从复工到'交钥匙',官兵们在这里整整战斗了八年。我呢,从1985年进入羊湖电站到现在也有十二个年头了。现在想想还真不容易哪,我也不知道这十多年是怎么熬过来的!"

"你们在修建好羊湖电站的同时,也建成那曲查龙电站,还有正在建设中的满拉水利枢纽工程和沃卡河一级水电站,实在是功勋卓著,彪炳千秋,永载青史啊!"隋德望感慨万千。

"如果没有党中央的关怀,就没有今天的羊湖电站。如果没有羊湖电站,就没有今天西藏电力事业的蓬勃发展。"石方竹说,"所以说,我在离开高原时,要去看看那些官兵啊!"

"你石方竹同志这辈子也值了,今后当人们提起举世瞩目的羊湖电站时,就会不约而同地想起你啊!"

"人们想不想起我无所谓的。"

"我在从北京来的飞机上就在想你石方竹的名字很有意思啊,'石'就是干什么事情都石破天惊,'方'就是做人方方正正,'竹'就是'个性直节生来瘦,自许高材老更刚'嘛!你石总真是'千磨万击还坚劲,任尔东西南北风'啊!"

"谢谢隋将军的抬爱了!我石方竹就是一个普通人,就是一个平凡的人!我已向我女儿裴婧交代了,今后我死了,就把我的骨灰撒在高天下的雪域高原上,撒在羊湖电站的岗巴拉山上,撒在雅鲁藏布江里!"

"为啥?"

"因为我太钟爱这片雪域高原了!"

隋德望无比感动。

……

> 咱当兵的人,有啥不一样?
> 只因为我们都穿着朴实的军装。
> 咱当兵的人,有啥不一样?
> 自从离开家乡,就难见到爹娘。
> 说不一样其实也一样,
> 都是青春的年华,都是热血儿郎。
> 说不一样其实也一样,
> 一样的足迹,留给山高水长。

……

官兵们唱着歌,朝着烈士墓地走去。《当兵的人》歌颂了军人在和平年代的价值,唱出了新时期士兵的豪迈心声,体现了军人为了保卫国家、甘愿牺牲一切的伟大情操和高尚的人生观。

朝霞四射,为庄严的烈士墓地披上斑斓的彩衣……

官兵们整齐、肃穆地站立在墓地旁。

裴婧、李婷、鞠燕、刘颖、苏妍五位女干部双手捧着鲜花缓缓地走到张顺、苏明、吴忠海、杨成钢、刘富盛的墓碑前,分别献上一束姹紫嫣红的鲜花……

当刘颖把一束鲜花献到苏明的墓碑前时,泪水情不自禁地从脸庞上滚落下来……

石方竹面对烈士的墓碑深情地说:"今天,当我再次来到你们面前,我按捺不住激动的心情,深为你们为了西藏人民的幸福,甘洒热血、奉献青春、奉献生命的可贵品质而骄傲和自豪!"

在石方竹的带领下,官兵们庄重、肃穆地举起右手,向烈士们致以崇高的革命军礼!

军礼毕,石方竹转过身面向大家,心潮澎湃地说:"我石方竹一生的夙愿终于实现了,官兵们用忠诚、青春、热血和生命写下的辉煌历史,岗巴拉山将永远不会忘记!西藏人民将永远不会忘记!"

后记

书写英雄壮举　赞颂英雄精神

《涌动的羊湖》终于付梓了，对于我来说，心情的舒畅与激动是不言而喻的。

尽管自己在部队待了二十四年，但创作这部军旅题材的长篇小说还是有些力不从心，遇到了很多难题，其中最大的难题是我没有建设电站的生命体验。换句话说，也就是我没有建设电站这方面的生活积累。

说起创作这部小说的来龙去脉，好像冥冥之中是上帝有意安排的。大约2019年5月，在成都市组织的一个网络作家班上，认识了曾在武警水电三总队参与过羊湖电站建设工程的技术工作者王福霞战友。她认真地读完了我的《天路尖兵》《守四方》两部长篇小说后，对我说："没有想到贺老师原来也在基建工程兵部队干过。你写青藏公路改建工程的《天路尖兵》我是在网上买的盗版书，一口气读完，感动不已，催人泪下……"我笑道："其实，我们武警水电、交通、黄金部队都是从基建工程兵改编过来的，从事国家重大工程建设都很艰苦与艰辛，也是特别不容易的！"她说："贺老师能不能写一部反映我们修建羊湖电站的长篇小说？我们那时修建羊湖电站也特别艰难。"这是我第一次听到"羊湖电站"这个陌生的名字。她向我大致介绍了羊湖电站建设工程的始末。然后我说："我肯定写不了。著名作家汪曾祺说过，'一个作家对生活没有熟悉到可以随心所欲、挥洒自如的程度，就不能取得真正的创作的自由。'"她鼓励我说："你可以去采访嘛！"但我还是婉言谢绝了。

可是，大约过了半年时间，我接到中国人民解放军新闻传播中心出版社（前身是解放军出版社）编审张良村博士的电话。他说："西藏的羊湖电站，那个在当时举世瞩目的工程从岗巴拉山腹部穿过的6000米的引水隧洞里藏着不少鲜为人知的动人故事……我们考虑再三，还是希望你能创作出像《天路尖兵》那种全景式的气势磅礴的长篇小说来……"他的话还没有说完，我就迫不及待地说："首长，我目前正在着手做'大三线'这部长篇小说的准备工作，当年我们部队奉命支持三线建设，我当新兵时在三线建设干过整整两年，我较为熟悉部队参与三线建设的情况……首长，您知道我没有建设电站的体验，我是写不出来的。之所以能写出《天路尖兵》，是我在青藏公路改建工程那个部队干过八年时间，那时我从事新闻报道宣传工作，所以我后来经过多年的思考，才创作出了《天路尖兵》这部35万多字的长篇小说，否则我也是写不出来的！"他耐心劝导说："1989年8月由解放军出版社出版的《雪白血红》一书，其作者张正隆是原沈阳军区的。他写这部长篇报告文学作品就是从零开始的。当年我是《天路尖兵》一书的责任编辑，通过这本书和《守四方》，我相信你贵成的创作实力，你已出色地创作、出版了两部高原军旅长篇小说了，你应该再写一部中国军人在世界屋脊建设羊湖电站工程的长篇小说，今后你就创作完成了你的'高原军旅长篇小说三部曲'了。总之，你要想方设法完成这部作品！"

自2009年以来，一直关心我文学创作的张良村博士是那么情真意切的叮嘱我、信任我，我还能说什么呢？于是，便满口答应了下来："请首长放心，创作羊湖电站建设工程的长篇小说，我也向老前辈的军旅作家张正隆学习，从零开始，哪怕累死累活，也要完成这部作品！"

承诺一出，驷马难追。为了这个庄严的承诺，我便开始了实际行动。记得2019年12月5日，在战友王福霞的热情联系下，我去了位于温江的中国安能集团第三工程局有限公司（其前身是曾经建设过羊湖电站工程的武警水电三总队，2018年9月，根据中央《深化党和国家机构改革方案》，按照军委命令，水电部队集体转业，改为非现役专业队伍，组建国家企业，由国务院国资委管理），在已经脱下军装的战友成义娟、王芳的引领下，王福霞和我参观了中国安能集团第三工程局有限公司史馆，一张张官兵们战斗在羊湖电站建设工程施工现场的巨幅照片，深深地感动了我，也深深地震撼了我……使我更加坚定了创作这部长篇小说的信心。

但是，羊湖电站建设工程的初建毕竟是1985年9月开始的，由于种种原因，开工不到一年，于1986年7月就停工了，复建是1989年9月，时间距离今天已经三十多年了。我深知采访任务量大，但采访工作还没有开始，武汉新冠肺炎疫情暴发了，搞得人心惶惶，我很是无奈。过了一段时间，四川图书馆、成都图书馆限制人数开放，我每天一大早就戴着口罩去排队，希望先从查阅羊湖电站建设工程的相关资料着手，但是只因时间久远了，费了好大的力气，才在成都图书馆查到了一张1998年7月22日的《法制日报》，上面刊有一篇介绍武警水电三总队官兵建设羊湖电站工程的通讯《雪域造太阳》，当时我无比兴奋，看完后，我多少对羊湖电站建设工程的情况有了一点了解。后来的半个月，我继续奔波在这两家图书馆，但再也没有找到羊湖电站建设工程的只言片语了。因为疫情，采访也毫无办法进行，就只好到新华书店购买来有关介绍建设电站的工程技术书籍学习……这段时间,我心里很着急。张良村博士又在微信上问我采访如何了,我说,现在疫情防控期间,人人都惶恐不安的,谁还愿意接受我的采访呢?

我从微信上看出来,他也与我一样十分着急。在这段时间里,我除了如饥似渴地学习《引水隧洞施工技术概述》《隧洞回填灌浆规范》《施工作业指导》等等相关电站建设的技术知识外,也认真阅读了从中央军委政治工作部、武警总部、中国安能集团第三工程局有限公司和成都勘测设计研究院等单位借来的《中国武警水电部队志》《武警水电三总队志》等等相关羊湖电站建设工程的五十多公斤的历史资料。同时也认真阅读了大量的20世纪八九十年代出版的中外文学名著,特别是军旅题材的小说,一边虔诚读书,一边认真思考怎样才能写出羊湖电站建设工程的这部作品。

一直等到2020年7月6日,我终于见到了曾受到江泽民总书记、胡锦涛总书记接见,已八十三岁高龄的当年建设羊湖电站工程的武警水电三总队总队长、党委书记、总工程师方长铨老首长,她对我创作反映羊湖电站建设工程的长篇小说,给予热情支持。她当时嘱咐当年参加过羊湖电站建设工程,后来担任过西藏满拉水利枢纽建设工程(获"中国建筑工程鲁班奖")的武警水电十四支队政治委员、十二支队支队长,再后来担任过武警水电三总队参谋长、副总队长,现已退休的王泉老首长牵头,帮助我联系采访的人员。那段时间,天气炎热,酷暑难当,我每天忙着采访,成天一身汗水,晚上回到家还要整理大量的采访笔记。在我采访那些羊湖电站建设工程已经退休的老首长们时,一谈到奋战在羊湖电站建设工程那些艰苦的日日夜夜,还有人生的酸甜苦辣时,都有些激动,有的甚至流下了热泪……都说我做了一件功德无量的大好事,好让后人知道这段历史……我时时为他们讲述的一桩桩平凡而伟大的事迹所感动,每每为他们的崇高的心灵所震撼。从天津回到成都接受我采访的赵秀玲大姐,是位享受技术四级职称待遇的老首长,人很低调,穿着朴实,对人真诚。1983年从天津大学毕业后的她,便选择了参军,分到武警水电一总队河北潘家口水库工地。羊湖电站上马后,急需技术干部,作为双军人的夫妻俩来到了西藏。她在雪域高原一线奋战了长达九年时间,在羊湖电站和查龙水电站的工程建设中,因工作成绩斐然,曾被武警总部评为"中国武警十大忠诚卫士",荣立一等功,2002年当选党的十六大代表,被全国妇联评为"中国十大女杰"。她从修建羊湖电站建设工程的技术出发,仔细地给我讲解了两三天时间。尚文华老首长拿出当年积累的已经发黄的羊湖电站建设工程的相关资料送给我。我后来才知道他那时曾是总队宣传处处长,之后任过十四支队的政委。中国安能集团第三工程局有限公司执行董事(原武警水电三总队总队长)梁建忠老首长,大学毕业后就到了羊湖电站建设工程工地当了一名技术员。在王泉首长帮助联系后,我采访他时,他已经交接完工作,还有一两天就要赴北京(中国安能建设集团有限公司)去履新了,但他却留出了半天的宝贵时间,接受了我一上午整整三个小时的采访,这让我感激不已。他深情地告诉我,建设羊湖电站是世界级的难题,前无古人的经验,后无来者的实践,中国军人硬是靠着"艰苦奋斗,无私奉献",克服一个又一个难以想象的困难,完成了举世瞩目的羊湖电站建设工程,同时官兵们还参加了曲水县、江塘乡和年楚河等地的抢险救灾工作。他还告诉我,在羊湖电站建设工程中,牺牲的战友中职务最高的是机电处处长黄万强,年仅三十五岁就献出了宝贵的生命……这个黄万强的事迹在小说中已经呈现出来了,小说中刘富盛这个人物形象就来自于黄万强的原型。吴宗凯、王泉、陶然、刘建跃四位老首长和现在还工作在羊湖电站的战友龚学伍,在我的写作过程中,在微信上问到有关他们当年建设羊湖电站的细枝末节时,他们都有求必应,让我感动。龚学伍原是武警水电二总队十支队的志愿兵,曾参加了羊湖电站五台抽水蓄能机组的安装和调试工作,待他服役期满转业回到老家重庆安排工作期间,天天出现疲劳、无力、嗜睡、胸闷、头晕、腹泻等症状,到医院检查后,医生告诉他,他患了醉氧症。在医学上俗称的"醉氧症"就是指醉氧。醉氧是由于人的机体适应了高原地区的低氧环境,而进入氧气含量相对较高的地区,就会发生不适,出现"低原反应"。为此,他吃了不少药,但始终没有治好他的醉氧症。后来,他索性回到高原,在组织的关怀下,他当了羊湖电站的一名职工,负责检修发电机组。我是到羊湖电站采风时认识他的,并成了好朋友。我当时对他肃然起敬,拍着他的肩膀说:"你真是为羊湖电站献了终身啊!"他只是憨厚地笑笑,说:"还有几年就该退休了!我的生命就属于这片高原了!"

　　限于篇幅,我就不一一列举他们的事例了,但是如果没有他们竭尽全力的支持,这部小说我是创作不出来的。在这里记录下他们的真实姓名,以示我对他们崇高而又真挚的谢意!他们是:方长铨、杨正权、王泉、王殿林、吴宗凯、赵秀玲、梁建忠、卢明安、谌少英、陈义明、陶然、尚文华、刘建跃、童玉德、张森、张树军、周毅、刘新岭、熊任重、熊铧、肖琢凡、范湘、胡志彪、周昆、王福霞、石广平、王福安、李瑞超、成义娟、王芳、高浪丽、陶路根、张晖、林向南、郝建鹰、王金、谢海先、谢春苇、夏冰、张恩波、王振金、龚学伍、钦哲罗登、小巴桑、陈道远、庄胜伟、严厚治、段波、王宪坤、黄信金、刘华林、贾玉刚、杨成武、张慧敏、赵晓峰、邓祥燕、李升泉、罗建林、王敦贤、张占国、卓正昌、谭伟、陈建平、童建、何锐、贺建平、曹峻冰、岳湛、曹新伟等一百多位老首长、战友、朋友、教授、专家。

2020年8月下旬,在王泉首长的精心安排下,我在熊任重、熊铧、肖琢凡三位首长的引领下,前往已经正式发电二十三年时间的羊湖电站了解实地情况,当时我的想法是写出一个当年官兵建设羊湖电站工程的真实时空。也可以这么说,或许我试图去追寻羊湖电站建设工程建设者的足迹,但看到的只是坐落在岗巴拉山麓的电站雄姿,进水口、调压井、主厂房、沉沙池,还有斜跨3000多米长的暗管与明管的高压钢管、矗立于山巅的电线杆。一阵气喘吁吁,一阵头晕目眩,寻找者的我,因缺氧不得不停下了跋涉的脚步,要徒步走上岗巴拉山,绝对是一个壮举。我想,当年的官兵们是如何肩挑背扛、把一袋袋水泥、一捆捆钢筋,把重逾千斤的钢管、水泥电杆、电线搬运到山上的?还有电站机组的大型设备,是如何越过高耸的雪峰,通过险峻的唐古拉山拉运到工地的呢?其间种种艰难,作为寻踪者的我是无法想象的。雅鲁藏布江畔的羊湖电站,是高天下炫目的奇迹,但奇迹的诞生过程和创造这一奇迹的水电官兵的身影早已渐逝渐远,融进了那神山圣水之间,融入了那朗照高原的亘古阳光之中。

从羊湖电站回到成都后,我是惶恐不安的,担心写不出这部作品来。在王泉首长的亲切关怀下,在中国安能集团第三工程局有限公司党群部周毅部长的精心安排下,我又去了他们正在建设中的泸定硬梁包电站引水隧洞工程体验了几天生活。

我觉得积累的生活不够,心里不够踏实,在中国水电七局新闻发言人、新闻中心主任张占国好朋友的鼎力帮助下,我又打点行囊,虔诚地去了云南、四川交界的一坝跨两省的正在建设中的白鹤滩水电站体验了一段生活。

为了在作品中塑造好裴婧这个医务工作者的形象,我在成都市第三人民医院体验了一周时间的生活。我相信现在小说中呈现出的裴婧这个毕业于华西医科大学,就读了五年时间的高才生,应该在读者心中留下鲜活生动的形象。在小说中,她是总队长石方竹的女儿,开始由对母亲的不理解,到后来热爱母亲,支持母亲的工作。

为了在作品中塑造出一个军人世家,我又去了四川的攀枝花市采风,了解当年三线建设时建设攀钢的情况。后来,我在小说中塑造出了在修建羊湖电站打引水隧洞的副连长苏明的可敬形象。苏明的爷爷曾是参加过抗美援朝的志愿军,荣获过二级荣誉勋章,尔后退伍回到老家东北的国有大型工厂从事基建工作。在那个"备战备荒为人民,好人好马上三线"的特殊年代,他举家来到攀枝花参加三线建设,建设攀枝花钢厂。苏明的父亲曾是参加过对越自卫反击战的战斗英雄,歼敌二十二名,荣立了二等功。苏明最终为救战友,壮烈牺牲在引水隧洞施工的大塌方中。其妹苏妍来到高原接过哥哥的"岗",成了一名光荣的武警战士,后来她在工作之余,刻苦学习文化知识,考上了武警水电指挥学校,学成后她又主动回到羊湖电站工地……这就是我在小说中描写的一家三代军人的大致故事。

采访和体验生活结束后,在我苦恼地"孕育"这部作品时,真是废寝忘食,备受煎熬和痛苦,每天抽两三包烟,有时嘴都抽苦了、抽麻木了。著名作家陆文夫说:"艺术创作是一种煎熬的职业。"这句话道出了创作的艰难过程,只有干过那种活儿的人,才能最真切地体会到这一句话的真正内涵。而《涌动的羊湖》又恰恰是我最受煎熬的一部长篇小说。作家就是在一个寂寞的空间里创造另一个世界。一直关心着这部作品创作的张良村博士得知我在构思时的艰辛后,他在微信上说:"小说是对历史的补充,写的是历史忽视了的但背后更为真实的细节史。贵成,慢慢孕育吧,不经过风雨,咋见彩虹?"是的,巴尔扎克也说过,小说是一个民族的秘史。米兰·昆德拉认为,小说是人类精神的最高综合,普鲁斯特认为小说是寻找逝去时间的工具——他的确也用这工具寻找到了逝去的时间,并把它物化在文字的海洋里,物化在"玛德莱娜"小糕点里,物化在繁华绮丽、层层叠叠的对往昔生活回忆的描写中。原兰州军区人民军队报社的高级编辑邓祥燕老首长,因为喜欢我的《黑飘带》《守四方》,得知我"孕育"时的痛苦后,在2020年11月11日的微信上对我说:"胖娃娃都是在阵痛中诞生的!写一部长篇小说的艰辛是不言而喻的,更何况上下关注举世闻名的羊湖电站!相信你贵成的才能和毅力,一定会完成这部史诗级的巨著!"远在山东青岛的老首长刘华林,得知我正在艰难构思,要写一部反映高原军人建设羊湖电站的长篇小说后,他也是无比关心着我,鼓励着我,先后给我发来不少建设电站相关的资料,并叮嘱我在小说中把《基建工程兵之歌》写进去,最好还塑造出一个知青形象。其实,在羊湖电站建设工程中,有不少干部有过当知青的经历的,所以在作品中要塑造出一两个知青形象,那是必然的。原武警水电三总队副总队长王殿林老首长在海南旅游期间,把他知道的"羊湖电站建设工程中的三件小事"写好后,通过微信发给了我。年近古稀的卓正昌先生,因为他与地方水电工程施工单位的工作关系,为我提供了大量正在建设中的水电站施工图片……

贾玉刚是我参与青藏公路改建工程时的老首长,转业至四川省广播电影电视局,正厅职退休。他1991年到1996年在武警交通三支队任政委期间,正值水电、交通、黄金这三个武警部队的特殊兵种按照上级指示,实行改革,全面实行施工承包经营管理机制。对于那段历史,他感慨颇多:"我算是这大段历史的经历者吧,回过头来看这段历史,有深刻的感叹。拉长时空的尺度来看这段历史,这是一场已按了结束键的短暂试验。已无所谓对错,正像黑格尔说的,存在的就是合理的。历史总是由后人去评说的。用厚重的历史观看这段历史,一晃就过去了。无非是特殊时期,特殊做法,起一种特殊的阶段性作用。但重要的是,书写这段历史的官兵,付出的却是终身的代价和有限的生命代价!这场试验的史学价值并不大,但军人的精神价值巨大。文学是人学,小说写人,把人写活写真,把故事编圆,把人物形象塑造出来还是很有价值的。中国的崛起,民族的复兴就是这样一批一批奋斗者去探索,去试验实现的。为这批探索者塑座像,是贺作家的使命担当!加油,兄弟!"他再三嘱咐我一定要把那个时代部队"全面实行施工承包经营管理机制"写进羊湖电站建设工程的长篇小说里。我也如实地在小说中呈现出来了,但觉得不够理想!

在采访的那段时间里,王泉首长只要约请战友聚会,都要热情地召唤我参加。我知道王泉首长的意思,趁聚会的机会,希望我多听听有关当年官兵建设羊湖电站工程的点点滴滴的事情,对我日后写作小说时有利,我心存感激……

这一切的一切,都是成为我创作出羊湖电站建设工程这部长篇小说的巨大动力。

说实在话,苏联文学对我的创作影响很大,我家中至今还珍藏着1983年出版的《苏联文学》杂志。像苏联当代著名作家鲍里斯·利沃维奇·瓦西里耶夫的中篇小说《这里的黎明静悄悄》,后来改编成多个版本的电影、电视剧,我也不知看了多少遍,有些百看不厌的感觉。像苏联著名作家尼古拉·奥斯特洛夫斯基所著的长篇小说《钢铁是怎样炼成的》里的保尔·柯察金的名言,"一个人的生命是应该这样度过的,当他回首往事的时候,不因虚度年华而悔恨,也不因碌碌无为而羞耻。"曾在我多部作品中引用过。高尔基的《母亲》《我的大学》《在人间》等作品,我爱不释手。正如2009年9月19日,作为《天路尖兵》的责任编辑张良村博士(后任解放军文艺出版社副总编辑)在一万五千多字的"审读报告"中写道:"长篇小说《天路尖兵》中的每个人都有一个完整的故事(现在时的完整,过去时的完整),都有自己许多感人的故事,它使我想起了《这里的黎明静悄悄》。"是的,在我创作的"高原军旅长篇小说三部曲"中,我就是那么实践的,作品中的人物大都有他们的"前世今生"。

汪曾祺说得好:"写小说就是要把一件平平淡淡的事说得很有情致,世界上哪有许多惊心动魄的事呢。"

那么如何把羊湖电站建设工程的小说写得有情致呢？在语言上，我还是一直追求着我原来创作长篇小说的标准：那就是用最朴实无华的语言，力争写出最动人心弦的故事。这是我在创作第一部长篇小说《黑飘带》时就开始追求的"规定动作"。《守四方》的创作也是如此。长篇小说因其叙事的历史广度、人性深度、思想力度和情感厚度而成为一个时代文学与文化的重要标志之一。

《小说创作十戒》是著名编辑王笠耘的著作，我特别喜欢他书中的一句话："作者在长篇小说创作中，力争写出生活中的最大可能性。"这句话给了我很大的启示。比如说，在《涌动的羊湖》中塑造的重机连志愿兵驾驶员李晓明、总队工程技术处处长潘登、机关炊事班班长黄群德的妻子董仁琴、带领官兵打隧洞的十二支队一连连长月玉成、取消了志愿兵资格的炊事员杨成钢等这些人物形象时，我基本上描写出了他们在那个年代的工作、生活、爱情、婚姻、家庭与心路历程的最大可能性。

在创作《涌动的羊湖》这部作品时，我十分注意拓展故事的生长空间，以羊湖电站的建设工程为历史背景，以羊湖电站建设工程的总队长方长铨首长的生活原型为轴心，有意识地设计情节与悬念，巧妙又要充满矛盾。记得俄罗斯一位著名的评论家说过一句话："如果在一部长篇小说里，没有矛盾冲突、没有戏剧冲突，就如同一杯白开水那样，让读者无味，也让读者无法读下去的。"艺术虚构是小说创作的基本手法，没有虚构就没有小说。如果虚构得巧妙，就能使作品放得开，收得拢。

"文化是一个国家、一个民族的灵魂。文化兴国运兴，文化强民族强。"党的十九大报告高度重视文化建设，提出繁荣发展社会主义文艺，倡导讲品位、讲格调、讲责任，抵制低俗、庸俗、媚俗。加强文艺队伍建设，造就一大批德艺双馨的名家大师，培育一大批高水平的创作人才。

为此，为了写出有点品位、有点格调的《涌动的羊湖》，做一个有责任感的作家，那就是在《涌动的羊湖》一书中，应该书写好羊湖电站建设工程中的英雄壮举，赞颂好官兵们的英雄精神。我曾经在《守四方》那部作品中，写过这样的一段话：在这个时代，我们应该人人崇拜英雄！平平常常的日子，我们是否想过，什么是英雄？英雄是危难时刻挺身而出，他们默默无闻，却让我们屹立于世界；他们走进历史，却让我们拥抱未来；他们失去生命，却让我们生生不息！英雄是平常日子鞠躬尽瘁，是普通岗位恪尽职守，流血牺牲是英雄，无私奉献也是英雄！英雄是普通人拥有一颗伟大的心，英雄是中华民族的脊梁！他们的事迹和精神，都是激励我们前行的强大力量。一个有希望的民族不能没有英雄，一个有前途的国家不能没有先锋！我们不仅要敬仰英雄、崇拜英雄，更要学习英雄，从他们的身上必能收获拼搏的勇气和必胜的信心，进而凝聚力量、攻坚克难、走向胜利，共圆中华民族伟大复兴的中国梦！

文章千古事，纸笔十年功。从我多年的创作实践经验来看，长篇小说进入写作前，必须具备"三大积累"：生活积累、思想积累和文化积累。同时还要做到长期储蓄、短期储备和临时储存。除了上述这些积累外，作为创作者还应该具有坚强的毅力，否则，你将功败垂成，一无所获。这就要求作者增强眼力、脑力、脚力、笔力。其实，从另外一个角度来讲，文学作品是一个人的经历、知识、才华、灵气与悟性的总体反应。

坐在电脑旁，我真正开始写上《涌动的羊湖》"序曲"两个字时，那是2021年1月1日的早晨。我当时对写作的敬畏之心油然而生，心里是诚惶诚恐的，我知道这个"浩大工程"的创作从今天就开始了，这毕竟是一部40多万字的作品啊！上帝保佑我吧，但愿我不要"壮志未酬身先死"……从此以后，除星期六、星期日休息一下。说是休息，其实脑子里全都在思考未来小说中呈现出来的人物、情节、故事的走向以及人物的人生轨迹。早在我开始动笔写作这部小说前的计划中，就要求自己每天必须写出三千字，这样算下来，一个月只能写出六万多字的样子，所以，这部小说初稿的写作就用了整整七个月时间，共计45万多字。初稿完成时正是2021年八一建军节那天的凌晨。作为军人出身的我来说，八一建军节，这是一个特别有纪念意义的日子。这部长篇小说比我原计划完成初稿创作的时间，整整提前了两个月。

创作过长篇小说的人都知道，文学创作真的不容易：心累、脑累、身体累。有时也有苦思冥想写不出来的时候，我除了烦恼和愁眉苦脸，就是大口大口地吸烟。为了实现每天三千字的写作任务，有时煎熬到凌晨两三点钟。每天真是比鸡起得早，比狗还睡得晚……在写作期间，当我躺在床上休息时，忽睡忽醒，连做梦都是羊湖电站建设工程的事情，脑子里思考的全是未来作品中的人物、情节、故事，于是就开始痛苦地通宵失眠了。自从写作这部作品开始，我每天晚上必须服两粒安眠药、白天要服六粒速效救心丸。这样才能保证每天睡上五六个小时的觉，才能恢复好体力，才能继续第二天的写作。否则，第二天你就无精打采，精力不充足，就无法写作了。

我在创作《涌动的羊湖》期间的感受是，每天的写作就像是在疲惫不堪、气喘吁吁地攀登一座座山峰，每天的写作都会遇到不少的困难，但我都像当年羊湖电站建设工程工地上的官兵那样，发扬拼搏精神，以坚强的意志，啃下一块又一块的硬骨头。写作中,有时为人物多舛的命运,暗自流过几次热泪。在我正式投入创作之前的采访时,王泉首长曾夸赞我:"贺老师是一位有情怀,有胸襟,有担当的中国军人,用强烈的责任心和坚强的毅力,带着炽烈的一腔热血和使命去完成歌颂我们建设羊湖电站的官兵的这部作品"时,我觉得王总对我"高大上"的表扬是言过其实了。但是,当我真正投入到煎熬的创作过程中,才真正感受到王泉首长鼓励我所讲的话的实在力量。如果没有情怀,没有胸襟,没有担当,没有坚强的毅力,我是完不成这次创作任务的。

初稿完成后,我用了一段时间来精心打磨,然后将这部厚重的长篇小说分别送给四川省作家协会名誉副主席王敦贤先生,成都大学中文系教授、四川省中国现当代文学研究会副会长邓经武先生,著名评论家余懋勋先生和原兰州军区人民军队报社的高级编辑邓祥燕老首长,请他们从文学艺术创作的角度,给我提出中肯的修改意见。这四位德高望重的专家,是我的良师益友,每次创作完成长篇小说后,我都要把作品像自己刚出生的心爱的婴儿那样,双手小心翼翼地捧着献给他们,并说:"这是我的孩子,请接稳!"诚心诚意地请他们提出中肯的修改意见后,我又逐一地进行仔细、精心的修改,精益求精地打磨细节,以确保作品的质量。

《涌动的羊湖》修改完后,我又打印了一份送王泉首长他们斧正和赐教。王泉首长花了整整半个月时间,高度负责地读完书稿,对作品中工程技术上存在的描写不准确之处,提出了宝贵的修改意见后,我又逐一进行了认真的修改。

本书即将付梓之际,许多老领导、老首长倾注的关爱和支持,我历历在目,铭记在心。在作品写作过程中,中国安能集团第三工程局有限公司原党委书记、执行董事卢明安,党委副书记、总经理谌少英,现任党委书记、董事长李鸿均,党委副书记、总经理余文,党委副书记陈义明等领导高度关注并给予大力支持,深表感谢!原第十八军的老战士江村罗布,曾先后历任中共西藏自治区委副书记、西藏自治区人民政府主席,第九届全国人大常委会委员、全国人大民族委员会副主任委员,中共第十四届中央委员会候补委员。在西藏工作期间,他曾无数次去羊湖电站建设工程施工工地慰问官兵。现已九十一岁高龄的他,为本书写了序言,耗费了许多心血,我由衷表示谢意!